Laura Wilson

Weg in die Nacht

Roman

Aus dem Englischen
von Caroline Einhäupl

GOLDMANN

Die Originalausgabe erschien unter dem Titel
»Dying Voices«
2000 bei Orion, London

Umwelthinweis:
Alle bedruckten Materialien dieses Taschenbuches
sind chlorfrei und umweltschonend.

Deutsche Erstveröffentlichung Dezember 2000

Umschlaggestaltung: Design Team München
Umschlagmotiv: Photonica/Tsukuma
Satz: deutsch-türkischer fotosatz, Berlin
Druck: Elsnerdruck, Berlin
Titelnummer: 44844
Redaktion: Viola Eigenberz
AB · Herstellung: Sebastian Strohmaier
Made in Germany
ISBN 3-442-44844-1
www.goldmann-verlag.de

3 5 7 9 10 8 6 4 2

Für Michael,
den Helden dieses Buches,
und das in mehrfacher Hinsicht

Prolog

Es geschah, als ich auf dem Weg zur Arbeit war. Es war ein ganz gewöhnlicher Tag. Ich ging die Straße entlang, und alles war wie immer. Ich dachte an nichts Besonderes, nur an Entscheidungen und Termine und was ich als Erstes erledigen müsste, als ich plötzlich die Stimme einer Frau hörte: »Ich liebe dich, Dodie.« Das ist meine Mutter, dachte ich. Ganz beiläufig. Das ist meine Mutter, die mir sagt, dass sie mich liebt.

Ich blieb stehen. Ich weiß nicht mehr, ob ich mich tatsächlich umdrehte oder nicht, aber ich sah – nein, ich sah es nicht, ich spürte es irgendwie … Es hat keinen Sinn, ich kann es nicht genau beschreiben, aber ich hatte dieses ungeheuer starke Gefühl – nein, mehr als das, ich *wusste* es. Sie war neben mir. Eine schöne, junge Frau stand da und lächelte. »Oh, Dodie«, sagte sie, »ich habe dich wirklich lieb.« Es war ein wundervolles Gefühl. Glücklich, stolz, erhaben … Ich sagte: »Ich hab dich auch lieb.«

Dann klickte es sozusagen in meinem Kopf, und alles war wieder beim Alten. Ich dachte, das kann nicht passiert sein. Ich glaube nicht an Gespenster, und meine Mutter lebt nicht mehr. Sie ist seit zwanzig Jahren tot. Sie wurde entführt, als ich acht Jahre alt war, und ihre Leiche wurde nie gefunden.

1

Mein Name ist Dodie Blackstock. Na ja, eigentlich heiße ich Dorothy, aber den Namen verabscheue ich. Und ja, *die* Blackstocks. Wolf Blackstock war mein Vater. Ich bin diejenige, die das ganze Geld geerbt hat. Meine Mutter war seine dritte Frau. Die, die entführt wurde.

Ich hasse es, den Leuten davon zu erzählen. Manchmal – nein, oft – lüge ich. Denn wenn sie mich fragen, ob ich mit ihm verwandt bin, erwarten sie, dass ich in etwa antworte: »Nein, aber ich wünschte, ich hätte sein Geld«, und dann können wir über die Entführung reden und wie seltsam es ist, dass ihre Leiche nie gefunden wurde, und das bringt uns auf den Sommer 1976 und darauf, wie heiß es damals war. Wenn Sie ungefähr so alt sind wie ich – ich bin neunundzwanzig –, weiß ich jetzt schon, dass es die schönsten Sommerferien während Ihrer ganzen Schulzeit waren und Sie jeden Tag im Schwimmbad waren und abends mit dem Gefühl nach Hause kamen, als wäre die Sonne in Ihnen drin.

Wenn ich die Wahrheit sage, bereue ich es gewöhnlich sofort. Denn wenn ich jemandem erzähle, dass Wolf Blackstock mein Vater war und meine Mutter von ihren Entführern umgebracht wurde, kann ich gleich dazusagen: »Ach und übrigens, ich hab 'nen ziemlichen Knall«, denn was anderes können sich die Leute gar nicht vorstellen. Ich habe schon alle möglichen Reaktionen erlebt, von völligem Unglauben bis hin zu einem Grad von Mitleid, wo sich die Leute meinetwegen beinahe umbringen wollten, obwohl sie mich erst seit fünf Minuten kannten. Aber die schlimmsten sind die netten Leute, die, die einfach sagen: »Mein Gott, das muss ja schrecklich gewesen sein.« Ich antworte einfach: »Na ja, schon ...«, und wechsle das Thema, aber ich fühle mich immer unwohl. Als hätten die Leute ein schlechtes Gewissen, weil sie gefragt oder einen Witz darüber gemacht haben. Und natürlich, weil sie fasziniert von dem Geld sind.

Die Leute haben immer wieder gefragt. Eine Weile habe ich mir überlegt, ob ich nicht Flugblätter mit meiner Lebensgeschichte verteilen sollte, um Zeit zu sparen: Vater reich, Mutter entführt, Leiche wurde nie gefunden; Universitätsstudium. Ich arbeite tatsächlich, um mir meinen Lebensunterhalt zu verdienen, anstatt meine eigene Bademode zu entwerfen oder in Galerien herumzustreunen oder was auch immer für reiche Mädchen als Job durchgeht. Wie auch immer, die Idee mit den Flugblättern trat ein wenig in den Hintergrund, weil die Leute jünger wurden – natürlich nicht wirklich, aber Sie wissen schon, was ich meine – und sich nicht mehr erinnern, weil sie entweder zu dem Zeitpunkt noch nicht auf der Welt waren oder noch nicht Zeitung lesen konnten. Doch letztes Jahr, als mein Vater starb, wurde in den Nachrufen und Illustrierten und einer Fernsehsendung alles wieder aufgerührt, und jetzt ist die Geschichte wieder in aller Munde.

Ich war acht, als Mum entführt wurde. Im Januar 1976. Die Entführer wollten zehn Millionen Pfund, aber mein Vater weigerte sich zu bezahlen. Sie gingen auf neun Millionen runter, dann, drei Monate später, auf acht, dann auf sieben und schließlich, zwei Monate nach diesem Angebot, wollten sie noch sechs Millionen. Da war er zum ersten Mal zu Verhandlungen bereit. Sie kennen doch diese Nachrichtenvideos, die jedes Jahr rauskommen? Nun, wenn Sie sich das von 1976 anschauen, können Sie sehen, was passiert ist. Es kommt im

Juni, nach dem Teil über den Kabeljau-Krieg. Man sieht einen Mann mit struppigen Koteletten und einem bügelfreien Hemd mit einem langen, spitzen Kragen, der vor einem Busch im Gras hockt. Die Kamera wackelt ein wenig, und manchmal kommt hinter ihm ein Stück von einem Strohdach ins Bild.

»Um zehn Uhr heute Abend stürmte bewaffnete Polizei das Haus, in dem man die Bande vermutete, die Susan Blackstock, Frau des Multimillionärs und Immobilienhais Wolf Blackstock, gefangen hält, die im Januar dieses Jahres aus ihrem Auto entführt worden war. Mr. Blackstock, einer der reichsten Männer Großbritanniens, wurde aufgefordert, zehn Millionen Pfund zu bezahlen, wenn er seine Frau lebend wieder sehen will. Die Entführer, denen politische Motive unterstellt werden, haben bis jetzt kein Geld erhalten. In einer geheimen Operation kreisten Scharfschützen das abgelegene Häuschen in Suffolk ein, doch als sie sich dem Gebäude näherten, schossen die Entführer auf sie. Die Polizei erwiderte das Feuer, und in dem folgenden Schusswechsel wurden zwei Polizisten verwundet und ein Mann getötet, der für den Anführer der Gruppe gehalten wurde. Einer der Beamten, P. C. Timothy Corrigan, erlag seinen Verletzungen im Krankenhaus. Susan Blackstock war nicht in dem Haus, und bis jetzt wurde keine Spur von ihr gefunden.«

Dann berichtet eine Stimme aus dem Off, dass das dritte Mitglied der Gruppe in einem Haus in Cricklewood verhaftet wurde, wo man Frauenkleider entdeckt hat, aber dass die Leiche meiner Mutter trotz einer landesweiten Suche nie aufgetaucht ist. Darauf folgt ein Bericht über die schlimmsten Verkehrsstaus auf dem Weg an die britische Küste und über Dennis Howell, der der »Minister der Trockenheit« genannt wurde.

Danach muss die Hälfte aller Journalisten des Landes in dieses Dorf in Suffolk gefahren sein. Einer der Dorfbewohner erzählte, es sei wie in dem Film *Zwei rechnen ab* gewesen, und eine Frau berichtete, sie habe die Polizei gerufen, als sie die Schüsse hörte, doch der Sergeant habe gesagt, sie solle sich keine Sorgen machen, es wäre die Polizei, die da schießt. Die andere Hälfte der Journalisten kampierte auf unserer Schwelle, jedenfalls sah es so aus. Wir waren in Camoys Hall. Das war das Landhaus meines Vaters, wo er sich meistens aufhielt und wo ich wohnte, wenn ich nicht im Internat war. Vor dem Haus gibt es ein großzügiges, mit Kies bedecktes Rondell, das noch aus der Zeit stammt, als das Haus gebaut wurde, damit die Kutschen nicht wenden mussten. Ich weiß noch, dass ich aus einem Fenster im oberen Stockwerk darauf hinunterblickte und keinen einzigen Kieselstein mehr sehen konnte, nur die Köpfe der Journalisten. Ich habe hinuntergespuckt, aber niemand hat hochgeschaut.

Offen gesagt, es wäre ein Kinderspiel gewesen, Mum aus Camoys Hall zu entführen, aber sie wurde in London aus ihrem Auto entführt. Mein Vater wollte keine Hunde oder Wachleute, er sagte, er wolle doch nicht Gefangener im eigenen Haus sein, also gab es ganz gewöhnliche Gatter an der Einfahrt statt elektrischer Tore. Es gab zwar ein Schild, auf dem PRIVATBESITZ stand, aber normalerweise waren die Tore offen, und jeder konnte hindurchfahren. Diese Journalisten müssen gedacht haben, sie wären im Himmel. Nur dass mein Vater sich weigerte, mit ihnen zu reden, und sie warteten drei volle Wochen lang tagtäglich umsonst vor dem Haus, während die Suche nach Mums Leiche fortdauerte. Die Journalisten hatten die volle Ausrüstung herangeschafft, Lastwagen, Scheinwerfer, alles. Am Ende gab es sogar Decken und Liegestühle. Die meisten Männer trugen Sonnenhüte, und einige Frauen lagen auf dem verbrannten Rasen vor dem Haus mit hochgerollten T-Shirts in der Sonne. Eine Zeitung veröffentlichte ein Bild von ihnen, wie sie um ein Picknick herumsitzen und Karten spielen. Als sie endlich gingen, verließen Joan, unsere Haushälterin – eigentlich war sie ein bisschen mehr als das, aber darauf komme ich später noch –, und ich auf Zehenspitzen das Haus, um uns umzusehen, und der Garten sah aus wie nach einer Gartenparty. Allerdings nicht wie nach einer im Buckingham Palace. Im folgenden Frühling schnitt unser Koch einen Kohlkopf aus dem Küchengarten auf und fand ein benutztes Kondom darin.

Ich habe ein Foto von der Pressekonferenz, die mein Vater gab. Wir stehen alle vor dem Säulenportal in Camoys Hall. Mein Vater steht vorne, mit Angela, seiner Geliebten – sie war sozusagen pensioniert worden, als er Mum heiratete, aber sie wohnte noch in Camoys Hall –, und dahinter Des, Irene des Voeux, Joan und ich. Irene des Voeux war die Frau, die meine Mutter übers Wochenende besuchen wollte, als sie gekidnappt wurde. Des ist Desmond Haigh-Wood. Er ist inzwischen pensioniert, aber damals war er der Finanzdirektor in der Firma meines Vaters und wahrscheinlich so etwas wie ein Freund. Er hatte seine eigene Suite in Camoys Hall, weil er so oft dort war. Des war immer nett zu mir. Ich weiß noch, wie ich geübt habe, »Dodie Haigh-Wood« zu schreiben, und mir wünschte, dass er mein Vater wäre.

Ich glaube, das Foto muss direkt nach der offiziellen Aufnahme entstanden sein. Keiner schaut mehr in die Kamera, jeder redet mit seinem Nachbarn, und ich soll offensichtlich gar nicht dort sein – die Männer tragen Anzüge, aber ich habe Shorts und ein T-Shirt an, und Joan hält mich am Oberarm fest und versucht, mich ins Haus zu bugsieren. Man kann gerade noch mein Schielen hinter der Brille erkennen, die völlig schief auf meiner Nase sitzt, und meine Haare sind total strubbelig – ganz was Neues –, es sieht aus, als wäre Joan meinen Fransen mit ihrer Nagelschere zu Leibe gerückt.

Da hat die Polizei noch nach meiner Mutter gesucht. Ich konnte mir nicht vorstellen, dass sie tot war. Ich war sicher, sie würden sie finden. Ich dachte, es würde ihr bestimmt gelingen wegzulaufen, und dann würde sie mich holen, und wir würden irgendwo hingehen, wo es schön war und wo wir zusammen leben konnten. Ich war fest davon überzeugt, dass sie mich nicht mit meinem Vater allein lassen würde. Drei Jahre lang habe ich das geglaubt und auch danach noch phasenweise, bis ich fünfzehn war. Ich konnte es niemandem erzählen. Ich wusste, dass alle verständnisvoll sein würden, aber auch mitleidig, weil sie selbst nicht daran glaubten, dass sie zurückkommen würde. Mit Angela redete ich sowieso nur, wenn es sich nicht vermeiden ließ, und der Gedanke daran, mit Joan darüber zu sprechen, war sogar noch schlimmer, weil ich sie mochte. Wahrscheinlich hätte ich mit Des sprechen können, aber ich hatte Angst, dass er dasselbe wie die anderen sagen würde, und dann hätte ich ihn nicht mehr lieb haben können. Und mit meinem Vater redete ich eigentlich gar nicht. Ich meine, ich konnte nicht einfach in sein Arbeitszimmer platzen, es sei denn, er ließ mich rufen. Niemand tat das, nicht einmal Des.

Schließlich musste Mum offiziell für tot erklärt werden. Ihre Leiche wurde nie gefunden. Bis gestern Abend, heißt das. Dem 14. Juni 1996. Man fand die Leiche auf einem Grundstück in Hackney, wo Wohnblocks abgerissen wurden.

Sie war noch keine achtundvierzig Stunden tot.

2

Des hat mir einmal eine Geschichte über Soldaten im Zweiten Weltkrieg erzählt. Sie kämpfen in Malaya oder sonst wo, und ihr Kommandant – ein Mann, der nicht unbedingt für sein Taktgefühl berühmt ist –, bekommt ein Telegramm, in dem steht, dass die Mutter eines Soldaten gestorben ist. Er lässt antreten und sagt: »Alle Männer, die noch eine Mutter haben, einen Schritt vortreten – wo wollen Sie denn hin, Smith?« Der Polizist, der mir das mit meiner Mutter mitteilte, war so ähnlich. Ich erklärte ihm, dass meine Mutter schon tot sei, und er sagte: »Sie sind doch Dorothy Jane Blackstock, oder?« Als ich bejahte, sagte er: »Nun, dann haben Sie absolut Recht, Ihre Mutter ist gestern gestorben. Wir haben gerade ihre Leiche gefunden.« Dann fragte er mich, ob ich »sie sehen wollte«, und meinte natürlich, ob ich bitte mit ins Leichenschauhaus kommen würde, um sie zu identifizieren.

Im Auto wartete ein zweiter Polizist. Beide wirkten noch nicht mal alt genug zum Rasieren, sie konnten sich also bestimmt nicht an die Entführung erinnern, und es war offensichtlich, dass ihnen niemand davon erzählt hatte, oder vielleicht dachten sie auch, es täte nichts zur Sache. Da lag diese Frau im Leichenschauhaus auf der Bahre, mit einem Tuch zugedeckt, und sie behaupteten, das sei meine Mutter. Ich sah mich nach jemandem um, der vielleicht älter war, jemand, der sich daran erinnerte, was damals geschehen war, ein Arzt oder irgendjemand, mit dem ich reden konnte.

Dann kam jemand in einem weißen Kittel und zog das Tuch ein wenig zurück, und einer der Polizisten fragte: »Erkennen Sie sie?«

Ich sagte: »Tut mir Leid, nein.«

»Wollen Sie sagen, das ist nicht Ihre Mutter?«

»Ich weiß es nicht. Tut mir Leid.« Woher sollte ich es wissen? Sie kam mir ein bisschen bekannt vor, aber selbst wenn ich dasselbe Gesicht in einer Menschenmenge gesehen hätte, lebendig – denn sie war nicht verstümmelt oder so was –, hätte ich nicht laut gerufen: »Das ist meine Mutter!« Mein Bild von meiner Mutter – der schönen, jungen Frau, deren Stimme ich noch vor zwei Tagen so deutlich zu hören glaubte –, und diese Frau passten einfach nicht zusammen. Das Gesicht dieser Frau sah einfach so ... nichts sagend aus. Eben *tot,* wahrscheinlich.

Ich sagte: »Ich habe sie seit zwanzig Jahren nicht gesehen. Ich kann nicht sagen, ob sie es ist.« Einer der beiden Polizisten warf mir einen seltsamen Blick zu, aber sie deckten sie wieder zu. Als wir draußen waren, fragte ich: »Warum glauben Sie, dass das meine Mutter ist?«, und sie sagten, dass sie ein Adressbuch bei sich hatte, in dem ihr Name stand: Susan Carrington. Dann fragte ich sie, wie sie mich gefunden hätten, und sie erklärten, dass mein Name in dem Adressbuch stand. Unter der Rubrik, wo man reinschreibt, wen man in einem Notfall benachrichtigen soll, hätte mein Name gestanden. Sie hatte »Tochter« daneben geschrieben. Deswegen nannten sie mich die ganze Zeit *Mrs.* Blackstock – sie dachten, ich wäre verheiratet und Blackstock der Name meines Mannes.

Sie brachten mich in ein kleines Büro mit Aktenschränken und einem ekligen grauen Teppich. Ich schaute nach einem Namen an der Tür, um zu wissen, woran ich war, aber ich fand keinen. Einer der beiden fragte mich: »Sind Sie schon sehr früh von zu Hause weggegangen?« Ich sagte: »Nein, so war es nicht.« Wahrscheinlich hätte ich es erklären müssen, aber das war mir zu dumm. Ich war sauer, weil sie nicht Bescheid wussten, obwohl sie es eigentlich müssten. Ich meine, sie müssen doch Computer oder Akten oder irgendwas haben, wo sie nachsehen können – warum sollte ich ihre Arbeit tun? Und wenn es Mum *war*, warum haben sie dann nicht 1976 ihre Arbeit getan und sie gefunden, als sie noch am Leben war? Ich war nicht nur sauer, ich konnte es einfach nicht ertragen, dass sie noch einmal all diese dummen, kranken Fragen stellten und ... ich weiß auch nicht, auf allem herumtrampelten. Ich wollte nur noch nach Hause.

Ich wollte gerade fragen, ob ich gehen könne, als ein älterer Mann den Kopf zur Tür hereinsteckte und einen der beiden uniformierten Beamten auf den Flur winkte. Ich hörte sie reden – obwohl ich nicht verstand, worum es ging –, dann schaute der ältere Mann wieder herein und wies den anderen Beamten an, mir eine Tasse Tee zu holen.

»Die werden auch immer jünger, nicht wahr?« Er kam herein, setzte sich und stellte sich als Inspector Halstead vor – ich glaube, die anderen hatten sich gar nicht vorgestellt, oder ich habe es vergessen. Er sagte: »Das muss ein schrecklicher Schock für Sie gewesen sein. Miss Draycott hat offensichtlich nicht mit Ihnen gesprochen.«

Ich wollte gerade fragen, wer Miss Draycott war, aber dann fiel mir ein, dass er Joan meinte. Sie lebt immer noch in Camoys Hall.

»Sie haben mit ihr gesprochen?«

»In Miss Carringtons Adressbuch stand bei Ihrem Namen auch die Adresse in Cambridgeshire. Ich habe mit Miss Draycott telefoniert, und sie sagte mir, wo ich Sie finden kann.«

»Wann war das?«

»Heute Morgen. Sie sagte, sie würde Sie sofort anrufen. Sie wollte es Ihnen selbst sagen.«

»Nun, das hat sie nicht getan. Ich war die ganze Zeit zu Hause, bis Ihre Leute kamen.«

Er saß mir gegenüber, die Beine ordentlich unter dem Tisch. Der Uniformierte, der mich gefragt hatte, ob ich von zu Hause weggelaufen war, hatte seinen Hintern auf der Tischkante geparkt, als nähme er nur so lange mit mir vorlieb, bis jemand Interessanteres daherkam.

»Wissen Sie Bescheid?«, fragte ich.

»Sie meinen, über die Entführung? Ja.«

»Die anderen nicht. Sie hatten keine Ahnung. Warum sind Sie so sicher, dass sie es ist? Könnte es nicht auch eine Art Falschmeldung sein?« Ich weiß nicht, was ich mir darunter vorstellte – wahrscheinlich, dass jemand nur behauptete, meine Mutter zu sein, wie diese Frau in Amerika, die behauptete, die Tochter des Zaren zu sein. Die Frau im Leichenschauhaus hatte rote Haare, aber sie waren dunkler als Mums, und die Haare färben kann sich schließlich jeder. Ich wusste nicht, ob ich wollte, dass die Frau Mum war, aber ich wollte auf keinen Fall, dass es Minnie Bloggs war, die man gerade erst aus der Irrenanstalt entlassen hatte und die rumlief und jedem erzählte, sie sei Susan Carrington.

»Nun, wir sind uns nicht sicher. Wir glauben, dass sie obdachlos gewesen sein könnte. Zwei Obdachlosenheime haben den Namen und die Beschreibung erkannt, wussten allerdings nicht viel über sie. Beide beschrieben sie als ruhig – keine große Rednerin. Sie glaubten nicht, dass sie jemand Besonderes war. Sie ist nicht rumgelaufen und hat erzählt, sie sei entführt worden – und es gibt ein Menge Leute dort, die so was erzählen, eine mehr fällt da gar nicht auf.«

»Die Leute behaupten, entführt worden zu sein?«

»Sie wissen schon, von Außerirdischen oder so. Die Verrückten.«

»Haben sie gesagt, dass sie verrückt war?«

»Um Himmels willen, nein. Überhaupt nicht. Tut mir Leid, so habe ich das nicht gemeint.«

»Nein, nein, schon okay. Können wir … einen Moment still sein? Ich muss nachdenken.«

Er ging zu einem der Aktenschränke und zupfte an einer sterbenden Grünlilie, während ich dasaß und versuchte, das alles zu begreifen. Erinnern Sie sich an die Zauberzeichner? Man dreht an den Knöpfen und versucht, ein Haus oder irgendwas zu zeichnen, und bringt nur einen Haufen gezackter Linien zu Stande. So ging es mir jetzt – nichts passte zusammen oder ergab irgendeinen Sinn. Wenn es meine Mutter war, war sie obdachlos gewesen. Ich hätte auf der Straße an ihr vorbeilaufen können, ohne sie zu erkennen. Sie hätte mich um Geld bitten können, und ich hätte es ihr nicht gegeben.

»Wissen die Leute in den Obdachlosenheimen, für wen Sie sie halten? Könnten sie es der Presse erzählen? Ich meine, die Zeitungen müssen doch nichts erfahren, wenn es eine Frau war, die nur *dachte*, sie wäre meine Mutter.«

»Machen Sie sich deswegen keine Sorgen. Dort ist man an solche Dinge gewöhnt. So was geschieht oft. Für die war sie eine ganz normale Kundin.«

»Aber wenn sie es ist, muss man es der Presse mitteilen, oder?« Oh Gott, warum habe ich überhaupt gefragt? Es würde ein Festtag für die Journalisten werden. Das wussten wir beide.

»Ja, wir müssen die Information weitergeben. Da ist noch etwas: Sie hatte zwei Plastiktüten mit Kleidern bei sich. In einer waren ein paar Fotos. Wollen Sie sie sehen?«

Ich wollte nicht, aber ich musste wohl.

Inspector Halstead verließ den Raum und kam mit drei sehr kleinen, durchsichtigen Plastikhüllen zurück, in jeder steckte ein Foto. Er legte sie in einer Reihe verkehrt herum vor mir auf den Tisch. Ich wollte sie nicht umdrehen. Nachdem Inspector Halstead gesagt hatte, dass sie obdachlos gewesen war, wollte ich nicht, dass sie es ist. Plötzlich wollte ich nur noch nach Hause und das alles vergessen.

Die Fotos mussten an vielen Wänden gehangen haben,

denn die Ecken waren ausgefranst und mit vielen kleinen Löchern gespickt. Inspector Halstead drehte eines um und zeigte darauf. »Erkennen Sie das?«

Scheiße. Es war ein Foto von mir als kleines Mädchen. Ich stehe neben dem Planschbecken in Camoys Hall, in einem blauen Badeanzug mit einem weißen Röckchen, und winke mit einer kleinen, roten Schaufel.

»Das bin ich. Da war ich ungefähr zwei. Joan – Miss Draycott – hat das gleiche Bild.«

»Und das hier?«

Das zweite war eine Schwarzweißaufnahme. Meine Eltern. Es sah aus wie eins dieser Portraits, die mein Vater immer für die Weihnachtskarten machen ließ. Meine Mutter sitzt, und mein Vater steht hinter ihr, eine Hand auf ihrer Schulter. Sie lächelt, aber es wirkt unnatürlich, und ihre Beine stehen so komisch unter dem Stuhl, mit gekreuzten Knöcheln, als hätte sie jemand so angeordnet. Sie trägt einen hellen Mantel mit dicken, schwarzen Knöpfen und um den Hals einen schwarzen Pelzkragen, in dem sie aussieht wie ein Harlekin in einem altmodischen Varieté. Er hat einen dunklen Anzug an, ein gut aussehender, schillernder Mann. Mein Vater war wie Marilyn Monroe. Er konnte sein Lächeln an- und abstellen, ganz nach Belieben.

»Das habe ich noch nie gesehen, aber es sind meine Eltern.«

»Und das?« Er drehte das dritte Foto um.

Es war eine Aufnahme von mir, mitten in einer Gruppe von Menschen auf einer Party. Nicht mit meiner Kamera aufgenommen, weil ich keine besitze. Normalerweise gehe ich, wenn die Leute anfangen, mit ihren Fotoapparaten herumzuwedeln, teilweise, weil man nie weiß, wo die Negative landen, und teilweise, weil ich nicht verstehe, warum die Leute immer panisch alles fotografieren müssen, so als wäre es nicht wirklich geschehen, wenn nicht stapelweise Fotos da wären, die in irgendeinem Album vergammeln. Ich erinnere mich daran, wie das Foto gemacht wurde, weil ich normalerweise eine Kamera auf fünfzig Schritte Entfernung rieche, und das war eine der wenigen Gelegenheiten, wo ich es nicht gemerkt hatte, bis es zu spät war. Es ist verwackelt, und meine Augen sind zwei rote Punkte. Wer auch immer das Foto gemacht hat, muss ziemlich besoffen gewesen sein.

»Das war letzte Weihnachten. Wenn die Frau da drin wirklich meine Mutter ist, verstehe ich nicht, wie sie an das Foto gekommen ist.«

»Wissen Sie noch, wer es gemacht hat?«

»Irgendjemand auf einer Party. Ich kannte ihn nicht.«

»Wer hat die Party gegeben?«

»Ein Freund von mir. Tony Hepworth. Aber ich verstehe nicht –«

»Sind Sie sicher, dass Ihre Mutter – oder jemand, der sich Ihre Mutter nannte – nie versucht hat, Kontakt mit Ihnen aufzunehmen?«

»Ja. Wir dachten alle, sie sei tot. Das wissen Sie doch. Jeder dachte, sie sei tot. Auch die Polizei hielt sie für tot. Es gab eine Trauerfeier. In der Kirche in Camoys Hall hängt eine Gedenktafel für sie. Mein Vater hat wieder geheiratet, Herrgott noch mal. Oh Gott, sie ist es, oder?« Ich spürte, wie mir der Tee hochkam, und einen Augenblick lang dachte ich, ich müsste mich übergeben, aber es gelang mir, den Brechreiz zu unterdrücken.

»Ich muss sie mir wohl noch mal ansehen, oder?«

»Würden Sie das tun?«

Er schrie seine Begeisterung zwar nicht heraus, aber ich sah ihm an, dass er zufrieden war, obwohl er versuchte, es sich nicht anmerken zu lassen.

»Ich konnte ihre Augen nicht sehen. Sie hatte einen braunen Fleck in einem Auge. Eigentlich sind sie grün, aber eines hatte einen kleinen braunen Fleck. Wir haben immer Zyklop gespielt – Sie wissen schon, dieses Spiel, wo man sich mit den Gesichtern immer näher kommt, bis man nur noch ein Auge sieht –, und da habe ich den Fleck jedes Mal gesehen. Sie nannte es immer ihr Muttermal. Wenn ich den sehe, weiß ich, dass sie es ist.«

Inspector Halstead sagte, er würde sehen, was er tun könne, und ließ mich mit einem der Beamten zurück. Mir war wieder schlecht. Ich schaute auf den Zuckerrest in der Teetasse und versuchte, nicht daran zu denken, dass sie ihr die Augen aufmachen mussten. Immer wieder sah ich dieses Bild vor mir, wie der Pathologe mit Zangen oder Klemmen ihre Lider auseinander reißt. Inspector Halstead kam zurück und holte mich. Die Augen schienen mich direkt anzuschauen. Die gallertartige Oberfläche – keine Ahnung, wie man das nennt – war irgendwie erstarrt. Die Augen waren stumpf und glänzten gleichzeitig, wie halb fertiges Gelee. Aber der braune Fleck war da. Ich würde ihn überall erkennen.

»Ja«, sagte ich. »Das ist meine Mutter.«

3

Zu Hause setzte ich mich erst mal eine Weile aufs Sofa. Dann legte ich einen Film ein, *Grease*. Ich wollte ihn gar nicht ansehen – ja, ich wusste nicht einmal, dass ich ihn besaß. Es war einfach der Erstbeste, der mir in die Hände fiel, als ich den Schrank aufmachte. Mum war achtundvierzig, als sie starb. Ich habe es ausgerechnet. Ich bin jetzt so alt, wie sie war, als sie entführt wurde. Als alle dachten, sie sei tot. Als ich achtundzwanzig wurde, dachte ich, wenn ich neunundzwanzig werde, bin ich älter, als sie je war. Aber so ist es nicht mehr. Weil sie noch zwanzig Jahre gelebt hat, ohne es mir zu sagen.

Die beiden Uniformierten brachten mich nach Hause. Sie fragten mich, ob es jemanden gebe, der bei mir sein könne, aber ich erklärte ihnen, dass ich allein sein wolle. Ich fragte Inspector Halstead, wie meine Mutter gestorben war, doch er sagte, sie müssten erst ein paar Tests machen und würden mich benachrichtigen, wenn sie mehr wüssten. Ich bat ihn, mich zu warnen, bevor er die Presse informierte. Ich wollte nur vierundzwanzig Stunden, mehr nicht. Um vor ihnen in Camoys Hall zu sein. Ich musste mit Joan sprechen. Was ist nur los bei ihr?, dachte ich. Warum hat sie mich nicht angerufen?

Ich beschloss, nicht darüber nachzudenken. Ich spulte den Film zurück und sah ihn noch einmal von vorne an, weil ich überhaupt nicht aufgepasst hatte, aber das zweite Mal war auch nicht besser. Wenn jemand stirbt, dann gibt man doch die Kleider an Wohltätigkeitsorganisationen. Das haben wir jedenfalls nach Angelas Tod getan. Sie hatte Krebs. Mein Vater hat die Krankenhauskosten bezahlt, sie aber nie besucht. Er hasste kranke Menschen. Kranke und Verrückte machten ihm Angst. Er fürchtete immer, sich anzustecken. Angela besaß Unmengen luftige, fließende Kaftane und Djellabas, und Joan gab sie alle in die Wäscherei oder Reinigung und packte sie anschließend mit Seidenpapier in Koffer. Eines Abends brachten wir sie nach Cambridge und stellten sie vor die Tür des Sue-Ryder-Shops, weil Joan sich nicht traute, hineinzugehen und sie persönlich abzugeben. Joan schenkte ihnen sogar Angelas Pelzmantel. Es war einer dieser Geschlitzten von Fendi. Wenn Mum mir nur gesagt hätte, wo sie ist, hätte ich ihr den Mantel schicken können. Oder das Geld, um einen Mantel zu kaufen. Sie hätte bei mir wohnen können. Als sie im Leichenschauhaus lag, hatte sie ein blaues T-Shirt an, von dem ich nur die obere Hälfte sehen konnte. Ich weiß nicht, was für Kleider sie noch hatte. Inspector Halstead sagte, ich könne die

Tüten mit ihren Sachen haben, wenn das Labor sie nicht mehr braucht, dann werde ich es wissen. Ich hätte ihr helfen können. Wenn sie zu mir gekommen wäre, hätte ich ihr geholfen.

Sie liebte Kleider. Ich habe viele Fotos von ihr aus der Zeit, als sie als Model gearbeitet hat, aber mein Lieblingsfoto stammt aus einem Artikel in *Harper's*. *English Roses* hieß er. Das Foto war eine Woche vor der Hochzeit mit meinem Vater gemacht worden – es ist das letzte Foto von ihr als Model. Sie sieht ein bisschen so aus wie die Mädchen in dieser Serie über das Jet-Set in *Country Life*, nur dass diese Mädchen schön sind. Es ist eine riesige Nahaufnahme vom Gesicht meiner Mutter über eine ganze Doppelseite.

Alles an ihr strahlt – das lange, glatte rotblonde Haar, die hohen Wangenknochen, die Pfirsichhaut mit einem winzigen Anflug von zimtfarbenen Sommersprossen auf der Nase. Ihre Augen sind riesig, mandelförmig und stehen leicht schräg. Sie sind leuchtend grün, bis auf den braunen Fleck. Man sieht nicht, dass er braun ist, weil sie ihr Gesicht so ausgeleuchtet haben, dass er golden wirkt.

Jeder sagte, dass Mum schön war, sogar Angela, aber sie selbst fand das nicht. Wenn sie mit meinem Vater am Abend ausgehen sollte, saß sie stundenlang an ihrem Frisiertisch und schminkte sich. Ich habe ihr immer zugeschaut. Wenn sie fertig war – umwerfend schön –, legte sie ihren Schmuck an, drehte sich zu mir um und fragte: »Wie sehe ich aus?« Ich wusste nie, was ich sagen sollte – ich saß da und hätte sie *ewig* anschauen können. Jedes Mal versicherte ich ihr, dass sie wunderschön aussähe, aber sie ging geradewegs zurück zum Spiegel und begann, sich die Augen mit Cold Cream abzureiben, damit sie wieder von vorne anfangen konnte. Sie machte das fünf- oder sechsmal, ehe sie zufrieden war. Meistens verließ sie den Frisiertisch nur, weil mein Vater jemanden heraufschickte, um sie zu holen. Ich dachte immer, sie schminke sich noch mal, weil ich nicht das Richtige gesagt hatte, aber das war es nicht. Es schien fast so, als sähe sie etwas Hässliches, wenn sie in den Spiegel schaute.

Irgendjemand hat mir mal gesagt, dass Rothaarige eine dünnere Haut als andere Menschen haben. Das stimmt nicht, aber wenn Sie meine Mutter gesehen hätten, hätten Sie es geglaubt. Das war zum Teil das Problem, als ich ihre Leiche sah – ihr Gesicht war nicht hässlich oder verunstaltet, obwohl es nicht so aussah wie in meiner Erinnerung, nein – ihre *Haut* war so anders. Sie sah so teigig und dick aus. Vielleicht sieht die Haut von Toten immer so grob aus, keine Ahnung, ich habe vorher noch nie eine Leiche gesehen. Ich weiß, das klingt schrecklich, aber ihre Haut war eher wie meine. Ich habe zwar ihre Haare, die Sommersprossen und die schlanke Figur von ihr geerbt, aber meine Haut sieht immer stumpf aus, so als würde ich mich nicht genug waschen. Und ich habe Pickel. Mum hatte wahrscheinlich in ihrem ganzen Leben keinen einzigen Pickel, aber ich kriege immer noch welche, obwohl ich fast dreißig bin. Nicht so kleine Krusten, wie auf einer dünnen Pizza, einfach große, dicke Dinger. Ich habe schon ein Vermögen für Hautcremes ausgegeben, aber mit diesen Pickeln und meinen ungelenken Armen und Beinen sehe ich sowieso immer aus, als wäre ich ein Opfer der Beulenpest.

Oh Gott ... Ich schaltete den Fernseher ab und rollte mich mit dem Gesicht zur Wand auf dem Sofa zusammen. Warum hatte sie keinen Kontakt zu mir aufgenommen? Mein Name stand in ihrem Adressbuch. Sie hatte sogar dazugeschrieben, dass ich ihre Tochter bin. Sie hätte doch einen Brief schreiben können. Herrgott noch mal, so schwer konnte das nicht gewesen sein. Sogar die Adresse von Camoys Hall stand in dem Buch – es hätte sie nicht umgebracht, einen Brief zu schreiben. Aber sie hat es nicht einmal *versucht.* Sie ist einfach gegangen, um ihr eigenes Leben zu führen, und hat mich mit *ihm* allein gelassen. Sie muss Freunde gehabt haben. Verdammt, da draußen läuft wahrscheinlich eine Horde besoffener Penner herum, die mehr über meine Mutter weiß als ich. Die Polizei weiß mehr als ich. Jeder weiß mehr als ich. Warum konnte sie nicht einfach all die Jahre tot gewesen sein, so wie wir alle dachten?

Ich wusste nicht, was ich von der ganzen Geschichte halten sollte. Verdammt, was würden Sie davon halten? Versuchen Sie gar nicht erst, das zu beantworten, weil man es nicht kann. Ich kann es jedenfalls nicht. Doch – ich kann es. Ich kann genau sagen, wie ich mich gefühlt habe. Ich hasste sie. Ich hasste sie *wirklich.* Ich war durcheinander, aber mehr noch … ich war einfach schrecklich *wütend,* nicht nur auf meine Mutter, auch auf mich selbst … auf jeden. Weil es passiert war.

4

Joan ging nicht ans Telefon, deshalb beschloss ich, nach Camoys Hall zu fahren. Ich rief zuerst im Büro an, um ein paar Tage frei zu nehmen. Ich bin Redakteurin – na ja, so nennt man das zwar, aber eigentlich bin ich mehr Stylistin. Bei einem Magazin für Inneneinrichtung. Mein Freund Tony glaubt, dass ich den ganzen Tag nur Stoffe über irgendwelche Sachen drapiere und mit Kissen um mich werfe. Ein bisschen mehr tue ich schon – nicht viel, aber ein bisschen. Mir gefällt es jedenfalls. Und ich bin gut. Ich meine, ich habe den Job bekommen, weil ich gut bin, nicht wegen meines Namens. Na schön, es hat nur ein paar Monate gedauert, bis Mark zwei und zwei zusammengezählt hatte, aber er hat *mich* zuerst kennen gelernt, Sie verstehen, was ich meine. Mark war verärgert, weil ich ihn zu Hause anrief, und stocksauer, als ich ihm sagte, dass ich Urlaub brauchte.

»Eine Familienangelegenheit?«

»Ich fürchte, ja. Es tut mir wirklich Leid, aber ich muss mich darum kümmern.«

»Wir kommen schon zurecht, aber ruf mich an, wenn du mehr Zeit brauchst, okay? Ich wüsste es lieber heute als morgen.«

»Danke, Mark.«

»Schon in Ordnung. Aber ruf mich an, ja?«

»Versprochen. Tschüs.«

Auf der Fahrt versuchte ich, mir die ganze Zeit vorzugaukeln, dass ich den Job behalten würde, wenn die Presse von der Geschichte mit meiner Mutter Wind bekam, aber ich wusste, dass das nicht stimmte. Sie würden es mir unmöglich machen, mein Leben zu leben – ich würde meine Wohnung nicht verlassen können, sie würden mich im Büro belästigen ... Was sollte ich tun? Ausgerechnet jetzt musste das passieren, wo ich anfing, mir ein eigenes Leben aufzubauen. Es bedeutet mir so viel, mein eigenes Geld zu verdienen. Es bedeutet, dass ich auf eigenen Füßen stehen kann, mein eigener Herr bin. Und ich hatte es beinahe geschafft, beinahe ...

Was für eine Ironie, dass meine Mutter und ich beide versuchten, unser eigenes Leben zu leben. Dachte sie auch, sie wäre frei gewesen? Wollte sie auch alles aus eigener Kraft schaffen? Nur dass auf ihr Konto nicht all die Jahre Geld von meinem Vater floss, um dafür zu sorgen, dass sie niemals unabhängig wäre.

Plötzlich ertappte ich mich dabei, wie ich an etwas dachte, das mir große Sorgen bereitet hatte, als ich klein war – obwohl ich schließlich aufhörte, darüber nachzudenken, weil es mir so unwahrscheinlich erschien. Es war Folgendes: Ich dachte immer, ich hätte die Kidnapper mal gesehen. Ehe sie meine Mutter entführten, natürlich. Es muss ungefähr ein

Jahr davor gewesen sein, als ich sieben war. Es klingt absurd, aber ich bin mir sicher, dass Mum und ich in ihrem Haus waren. Ich durfte nicht zu dem Prozess gehen, deshalb habe ich die Entführer nie leibhaftig gesehen, aber die Zeitungen veröffentlichten hinterher Fotos, und darauf sahen sie aus wie diese Leute, nur mit anderen Frisuren.

Ich habe das nie irgendjemandem erzählt. Es schien so lächerlich zu glauben, dass sie die Kidnapper sein könnten, zumal sie die einzigen wie Studenten aussehenden Leute waren, die ich je getroffen hatte – und man muss zugeben, dass die Studenten in den siebziger Jahren sich alle ziemlich ähnelten. Und aus meiner Sicht erst recht, mit meinen kurzsichtigen Augen, vor denen selbst in der Nähe alles verschwamm. Als Kind durfte ich nie eine Brille tragen, weil Mum irgendwo gelesen hatte, dass die Augen dann faul werden, also hatte ich immer Kopfschmerzen, weil ich ständig blinzeln musste, um etwas zu erkennen. Mein Vater weigerte sich einfach, das Problem überhaupt wahrzunehmen. Jedes Mal, wenn er mich sah, sagte er nur: »Mach nicht so ein blödes Gesicht.«

Nach einer Weile entschied ich bei mir, dass die Studenten nicht die Kidnapper sein konnten, dass ich es mir ausgedacht oder geträumt hatte. Dann fuhr ich vor ein paar Monaten zufällig an der Straße vorbei, in der meiner Meinung nach ihr Haus gewesen war. Es ist im Norden Londons, in der Nähe von Muswell Hill. Ich erinnerte mich an ein viktorianisches freistehendes Haus, an dem die Farbe abblätterte. Ein paar Stufen führten zur Haustür hinauf, und es gab einen großen Vorgarten voller Unkraut. Die Häuser hier waren zwar viktorianisch, aber es waren Reihenhäuser, und zwar ziemlich kleine – ohne Stufen oder Vorgärten. Wahrscheinlich war es die falsche Straße.

Ich versuchte, mich daran zu erinnern, warum Mum und ich in diesem Teil der Stadt gewesen waren, und das Einzige, was mir einfiel, war die Sehschule. Wegen meines Schielens. Jedes Mal, wenn wir in unserem Londoner Haus waren, ging Mum mit mir zu dieser älteren Frau, die in Muswell Hill wohnte und die nach der so genannten Bates-Methode arbeitete. Ich musste immer auf den Fußballen hin und her schaukeln und einem Stock mit bunten Nägeln zuzwinkern. Ich weiß nicht mehr, wie lange ich diese Stunden besucht habe, aber genützt haben sie nichts.

Wir haben die Entführer wegen einer Katze kennen gelernt. Mum fuhr die Hauptstraße entlang, und sie rannte direkt vor uns über die Straße. Wir hörten nichts, aber das Auto muss sie getroffen haben, denn als wir anhielten, lag sie am Straßenrand, als wäre sie durch den Aufprall dorthin geschleudert worden. Mum und ich beugten uns über das Tier, um herauszufinden, ob es noch lebte, als ein Mann neben uns auftauchte. Er kam nicht aus dem Haus, er kam vorbei und sah uns. Mum hatte ihn nicht gerufen oder ihm zugewunken, aber er überquerte die Straße und hockte sich neben die Katze.

»Es tut mir Leid, gehört sie Ihnen?«, fragte Mum.

»Hab sie noch nie gesehen.«

»Haben Sie ein Telefon? Ich muss einen Tierarzt anrufen.«

»Ja. Gut.«

Er sah ganz normal aus. Er hatte schwarze, schulterlange Haare und trug eine schmutzige Jeans und ein braunes Polohemd. Ich glaube, er könnte derjenige gewesen sein, den sie Steven Moody nannten.

Die Katze war total verängstigt. Sie rührte sich nicht, aber ihre Flanken hoben und senkten sich, und sie hechelte mit offenem Mund wie ein Hund.

»Glauben Sie, wir dürfen sie bewegen?«, fragte Mum.

»Oh, ja«, sagte er. »Sie können sie doch nicht einfach hier liegen lassen.«

Das weiß ich noch, weil Mum ja gar nicht gesagt hatte, dass wir abhauen und die Katze da liegen lassen wollten, sie hatte nur gefragt, ob wir sie bewegen dürften, doch jetzt klang es, als hätten wir vor, sie im Stich zu lassen. Es war, als hätte er plötzlich das Sagen, und Mum fand sich damit ab. Das tat sie oft – sich anderen Menschen unterordnen.

»Na dann los«, sagte der Mann und hob die Katze hoch.

Wir folgten ihm die Straße hinunter in das Haus. Die Entführer wohnten im ersten Stock. Der Treppenabsatz war ihr Flur. Ich dachte, es gäbe auf jeder Seite ein Zimmer, aber als ich das Haus wieder sah, wirkte es dafür zu klein. Im Flur stand eine Schaufensterpuppe. Sie hatte eine Soldatenuniform an und einen Helm auf dem Kopf. Auf dem Boden, zu Füßen der Puppe, stapelten sich Telefonbücher, und der Mann, Steven Moody, setzte die Katze auf den Boden und begann eins davon nach dem nächsten Tierarzt durchzublättern.

Ich muss irgendwas über die Schaufensterpuppe geäußert haben, denn er sagte: »Wir brauchen sie für ein Theaterstück.«

Alle Türen waren zu, bis auf eine, und wir konnten einen Haufen Leute – Studenten, dachte ich damals – sehen, die auf Knautschsäcken, Stühlen und allem Möglichen rumsaßen. Sie sahen uns reinkommen, aber keiner rührte sich oder sagte was, bis Steven Moody den Kopf zur Tür reinsteckte und einen von ihnen bat, eine Decke für die Katze zu holen. Sie hatte wohl nur einen Schock und keine Verletzung, denn als Mum sie mit der Decke, die man ihr brachte, zudecken wollte, sprang sie hoch und schoss ins Wohnzimmer. Mum und der Mann liefen ihr nach. Sie griffen den Leuten durch die Beine, doch keiner nahm Notiz von ihnen, nicht einmal, als die Katze hinters Sofa schiss.

Ich weiß noch, wie ich durch die Tür schaute und Mum inmitten all dieser Leute stand und bat, die Sauerei wegmachen zu dürfen. Doch sie sagten immer wieder: »Lass doch, ist doch egal«, und: »Kein Problem«, aber Mum sagte: »Nein, bitte, Sie müssen es mir erlauben«, und: »Aber wir können es doch nicht da liegen lassen.« Ich verstand, dass sie Recht hatte, aber ich schämte mich für sie, weil die Leute sie nur anstarrten, als wäre sie nicht ganz richtig im Kopf, weil sie so viel Aufhebens darum machte. Der Katze ging es offensichtlich gut, denn sie rannte hinter dem Sofa hervor zum Fenster und sprang hinaus.

Schließlich gab Mum nach und kam wieder in den Flur, aber ich merkte, dass es sie wirklich ärgerte.

Einer der Männer stand auf und kam hinterher. Er sagte: »Machen Sie sich keine Gedanken, das ist eine ganz natürliche Reaktion auf den Schock.« Er holte einen Lappen aus der Küche, und wir folgten ihm – wahrscheinlich um zu helfen.

Dann kam ein Mädchen in die Küche und fragte: »Wollen Sie einen Tee?« Ich merkte, dass sie uns nicht mochte. Ich weiß noch, dass ich gedacht habe, sie fragt nicht freiwillig. Einer der anderen muss sie geschickt haben.

Mum sagte: »Nein danke, im Moment nicht.«

»Ich wollte sowieso gerade welchen machen.« Das Mädchen schien verärgert. »Kein Problem.« Mum war nicht unfreundlich gewesen, aber die Küche war schmutzig, und ich sah, dass sie davor zurückschreckte. Sie warf mir immer wieder Blicke zu, damit ich nichts sagte.

Das Mädchen wandte sich an mich: »Und du? Willst du eine Orangenlimo?«

»Nein danke.«

»Sicher? Es ist keine große Sache.«

Mum antwortete für mich: »Nein, wirklich nicht, aber trotzdem vielen Dank.«

Das Mädchen zuckte die Achseln. »Wie Sie wollen.«

Ich weiß nicht mehr, wie der Mann mit dem Lappen aussah, aber ich erinnere mich an jedes Detail bei dem Mädchen. Maggie Hill. In den Zeitungen stand, dass sie Cello studierte und ein Stipendium an der Musikhochschule hatte. Sie trug einen braunen Hosenanzug aus Samt. Die Jacke hatte breite Revers und die Hose Schlag. An manchen Stellen war der Stoff so dünn, dass er beinahe Löcher hatte, und eine der Taschen war zerrissen. Sie trug braune Stiefel mit Plateausohlen, um die sie breite Gummibänder gewickelt hatte, damit Sohle und Schuh nicht auseinander fielen. Ihre Haare waren ganz kraus, beinahe wie bei einer Afrikanerin, nur dass sie blond war. Für ihr schmales, blasses Gesicht waren es viel zu viele Haare. In der einen Hand hatte sie einen Bleistift und kratzte sich die ganze Zeit mit dem spitzen Ende am Kopf.

Auf den Bildern in den Zeitungen sah Maggie Hill durchscheinend aus, wie ein Gespenst. Sie war diejenige, über die ich am meisten nachgedacht habe, weil sie eine Frau war. Ich habe mich gefragt, ob sie nett zu Mum war, als die Bande sie in ihrer Gewalt hatte. Wahrscheinlich nicht, wenn ich an das Zusammentreffen in der Küche denke. In den Zeitungen stand, dass Maggie Hill die Freundin von Mick Martin war. Martin war der Anführer, derjenige, der bei der Schießerei ums Leben kam. Auf dem Foto in der Zeitung sah er aus wie Jim Morrison. Ich weiß, dass ich ihn nicht gesehen habe, weil ich mich an jemanden, der so aussah, erinnert hätte.

Später, als ich siebzehn oder achtzehn war, hatte ich diese schrecklichen Gedanken daran, dass sie Mum vielleicht ... etwas angetan hätten. Sie vergewaltigt hätten. Aber ich konnte es mir nie bildlich vorstellen. Ich sah sie in einem kleinen Raum, einer Art Zelle, dunkel und schmutzig, mit einem grauenhaften Mann, der sich drohend über sie beugt. Als ich sieben oder acht war, ging ich zwei Jahre lang in die Dorfschule, und einmal kam eine Polizistin und zeigte uns einen Film, in dem es darum ging, keine Süßigkeiten von Fremden anzunehmen und nicht in anderer Leute Autos einzusteigen, es sei denn, man wusste, wer sie waren. In einer Szene sah man ein verängstigtes, kleines Mädchen in der Ecke eines Zimmers in einem Sessel kauern, und ein riesiger Mann stand dicht vor ihr und verdeckte mit seinem Körper das Licht. Ich hatte keine Ahnung, was der Mann mit ihr vorhatte, aber ich wusste, es war etwas Schreckliches. Das hatte ich vor Augen, wenn ich an Mum dachte. Ich konnte mir einfach kein genaueres Bild vorstellen. Aber ich habe mich oft gefragt, was Maggie Hill getan hätte, wenn die Männer irgendwas versucht hätten. Hätte sie versucht, sie daran zu hindern, oder hätte sie gelacht und sie angefeuert und sich gefreut, nur weil Mum schön und reich war und sie nicht? Wenn ich sie mir vorstellte, wie sie da in der schmierigen Küche stand, sich mit dem abgekauten Bleistift am Kopf kratzte und mich fragte, ob ich Orangenlimo wollte, konnte ich mich nie entscheiden.

Ich habe immer überlegt, was sie mit Mum gemacht haben. War sie eingesperrt oder gefesselt? Nachdem die Kidnapper verhaftet waren und die Polizei meine Mutter suchte, war es noch schlimmer. Ich hatte von dem Fall Lesley Whittle gehört; ihre Entführer hatten sie in einem Kanal versteckt, und ich sah Mum irgendwo in einer Höhle unter der Erde vor mir, und oben liefen die Leute drüber, ohne zu wissen, dass sie da unten war. Ich hatte immer diesen Albtraum, dass ich in der Höhle war. Ich schrie, aber niemand kam, um mir zu helfen, die Höhle wurde immer kleiner, ich schlug um mich und glaubte zu ersticken. Beim Essen stellte ich mir vor, wie Mum in einem Zimmer eingesperrt war und verhungerte. Wenn ich ihr doch nur mein Essen geben könnte, dachte ich immer …

Beim Prozess sagten die Entführer, sie wüssten nicht, wo Mum ist. Die Staatsanwaltschaft behauptete, sie hätten sie längst umgebracht; das dachten die meisten Leute. Jeder in Camoys Hall dachte es, obwohl es nie jemand deutlich aussprach. Außer mir. Ich glaubte es nicht, erst als ich achtzehn war, fing ich auch langsam an zu glauben, dass sie sie umgebracht haben mussten, wenn sie nach zehn Jahren immer noch nicht wieder aufgetaucht war. Ohne die Leiche, die bewiesen hätte, dass sie definitiv tot war, fiel es mir ziemlich schwer. Und am Ende stimmte es ja auch gar nicht. Denn sie lebte noch.

Ich weiß nicht mehr, was geschah, nachdem Mum den Tee abgelehnt hatte. Wahrscheinlich sind wir gegangen. Ich kann mich nicht erinnern, ob Mum ihnen ihren Namen gesagt hat oder ihre Telefonnummer, aber vielleicht hat sie es getan, falls die Katze ernsthaft verletzt war. Und sie mussten begriffen haben, dass Mum reich war, weil sie so ... na ja, so gepflegt aussah; ihre Kleidung, ihr Haar, alles. Maggie Hill sah nicht so aus. Sie hatte bestimmt noch nie in ihrem Leben eine Flasche mit Haarfestiger gesehen. Und Mum fuhr keine alte Klapperkiste. Sie hatte einen Sportwagen, einen Mercedes 280SL. Er war rot mit einem Stich ins Rosa, die Farbe hieß Russisch Rot, und die Sitze waren mit cremefarbenem Leder bezogen. Wenn nicht viel Verkehr war, bat ich sie immer: »Fahr, so schnell du kannst«, und sie tat es. Einmal fuhr sie mit hundert Meilen in der Stunde die Royal Hospital Road in Chelsea entlang, und sie und Irene des Voeux lieferten sich auf der Autobahn nach Camoys Hall Rennen, und dann fuhren sie *richtig* schnell. Heute geht das nicht mehr, weil es zu viele Autos gibt. Schade. Aber ich würde es auch machen. Wenn ich jemanden hätte, mit dem ich Rennen fahren könnte, würde ich es tun.

Eigentlich war es zu heiß, aber ich hatte mit Absicht eine Jeans angezogen. Wenn ich in Jeans nach Camoys Hall kam, als mein Vater noch lebte, hatte Joan mich immer über die Hintertreppe nach oben gescheucht, damit ich mich umzog, »bevor Wolfie das sieht«. Er *hasste* Frauen in Hosen, selbst wenn sie seine

Gäste waren. Ich erinnere mich an eine Szene, als ich ungefähr sechzehn war: Irene des Voeux kam in einem wunderschönen Hosenanzug von Thierry Mugler zum Essen herunter. Mein Vater wartete, bis alle saßen – es müssen acht oder zehn Gäste da gewesen sein –, dann lehnte er sich zurück und sah Irene an, ohne ein Wort zu sagen. Ein schrecklich langes Schweigen entstand, und jeder überlegte, was nicht stimmen könnte und warum man nichts zu essen bekam. Es war Joan, die es schließlich kapierte. Sie ging um den Tisch, flüsterte Irene etwas ins Ohr, und Irene verließ den Raum und kam in einem Kleid wieder. Ich habe mich ihm nie widersetzt. Ich wünschte, ich könnte sagen, ich wäre einmal in Jeans zum Essen gekommen, aber ich tat es nie. Weil einfach alle taten, was er sagte. Wir gingen ihm aus dem Weg. Aber er war allgegenwärtig. Wir waren wie Kinder, die glauben, Gott sieht sie überall, sogar wenn sie auf dem Klo sind. Na ja, ganz so war es nicht, aber er war immer gegenwärtig. Er *durchdrang* einfach alles.

Als ich älter war – ehe ich für immer aufhörte, nach Camoys Hall zu fahren, heißt das –, hatte ich ein Auto und fuhr für gewöhnlich Freitagabend nach dem College nach Hause. Ich kam immer zu spät, weil ich es bis zur letzten Minute rausschob. Ich raste über die Autobahn, um rechtzeitig zum Abendessen da zu sein, und das letzte Stück bestand aus kurvigen, schmalen Landstraßen, auf denen man nicht überholen konnte. Ich fuhr wie der Teufel, wobei ich immer abwechselnd mit einer Hand lenkte, während ich mich mit der anderen umzog. Ein guter Rat: Versuchen Sie das nicht, wenn Sie irgendwas anhaben, was man über den Kopf ziehen muss, vor allem, wenn Sie, wie ich, keinen BH tragen, das erschreckt die Leute, und es wäre ein Hammer, wenn Sie einen Unfall bauen würden; Sie hätten auf jeden Fall Schuld.

Ich schwor mir, den Wagen direkt vor dem Portal abzustellen. (»Ich wünschte, du würdest das nicht tun, Dodie. Fahr um Himmels willen das Auto weg, bevor Wolfie es sieht. Du müsstest den Kies selber harken, alle Männer sind schon nach Hause gegangen.«)

Ich verließ die Autobahn und fuhr über die Landstraßen, an Feldern voller Schafe und Schweineställen aus Wellblech vorbei. Das Dorf Camoy ist ein Mischmasch aus allein stehenden, mittelalterlichen Häusern, einem Pub, einem Kriegsdenkmal in der Mitte und Nachkriegsbauten am Dorfrand. Die Bäume, die die lange Auffahrt nach Camoys Hall säumen, werfen streifige Schatten auf den Weg. Es gab mehr Schlaglöcher als je zuvor, und das Haus am Ende des Wegs sah verfallener aus, als ich es in Erinnerung hatte. Eigentlich wollte ich mit Schwung direkt vor der Tür zum Stehen kommen, aber der riesige Schatten des Hauses nahm mir den Wind aus den Segeln. Ich hielt an, stieg aus und schaute am Haus hoch. Der Himmel war immer noch blau, aber die honigfarbenen Mauern wirkten grau im Schatten, und bei allen Fenstern, die nach vorn rausgingen, waren die Fensterläden geschlossen. An den Fensterrahmen im Erdgeschoss blätterte die Farbe ab, und zwischen den Säulen wuchs Gras. Es war nicht richtig verfallen, aber es sah vernachlässigt aus. Ungeliebt. Ich fragte mich, wie viel Geld mein Vater Joan hinterlassen hatte, um es in Schuss zu halten.

Sie hatte meine Anrufe nicht beantwortet. Ich wollte nicht hineingehen. Ich blickte an dem kalten, verschlossenen Haus empor und wünschte, Des wäre hier.

5

Die Haustür war abgeschlossen, ich musste hintenrum gehen. So viel zu einem großen Empfang. Die Hintertür bei der Kapelle war ebenfalls abgeschlossen, aber dafür habe ich einen Schlüssel. Es ist der ältere Teil des Hauses, in dem sich auch die Küche befindet. Ich stand im Korridor und rief, aber niemand antwortete. Ich versuchte, meinen Ärger über Joan zu unterdrücken. Warum hatte sie mich nicht angerufen, um mir das mit Mum zu sagen, und warum war sie nicht da, als ich anrief? Ich meine, wo sollte sie denn sonst sein, Herrgott noch mal? Sie geht nie aus.

Früher kam ich mir in der Küche von Camoys Hall immer vor wie *Arietty* aus dem Film *Ein Fall für die Borger*, Sie wissen schon, winzig, weil die Küche so *riesig* war. Sie ist eine merkwürdige Mischung aus alter, viktorianischer Einrichtung, mit Anrichten und Abtropfschränken aus Holz, und einer dieser Großküchen, in denen man das Essen für Schulen kocht – mit großen Herden aus Stahl und weitläufigen Arbeitsflächen. Aber es ist kein Industrie*design*, sie hat eher etwas von einer Fabrikhalle in Russland. Die Hälfte der Geräte funktioniert wahrscheinlich sowieso nicht mehr, weil sie seit zehn Jahren kein Mensch benutzt hat. Nachdem Virginia gegangen war – sie war die Frau meines Vaters nach meiner Mutter –, hatte er keine Gäste mehr, und Joan hat danach alles weggegeben. Sie kaufte sich von irgendjemandem im Dorf einen gebrauchten Campingherd und kochte selbst. Der arme, kleine Campingkocher sah so traurig aus, neben all den großen Eisentöpfen. Joan hatte eine Tasse und eine Untertasse auf dem großen Holztisch in der Mitte stehen lassen, und auch das war traurig; die Vorstellung, wie sie da saß, ganz allein ihren Tee trank und an meinen Vater dachte.

Unter der Untertasse auf dem Tisch lag eine ihrer Listen. Joans Listen sind berühmt. Sie macht sich jeden Tag eine, und sie fangen immer gleich an: *Aufstehen, baden, anziehen* … Wenn sie etwas erledigt hat, hakt sie es ab. Mein Vater sagte immer, dass Joans Listen eine Zusammenfassung ihrer Gedanken seien und er hoffe, dass er auch irgendwo darin vorkäme, was ziemlich gemein war, weil mindestens die Hälfte aller Punkte Dinge waren, die sie für ihn erledigen musste, eher mehr, wahrscheinlich. Und natürlich gab Angela immer ihren Senf dazu – sie nutzte jede Gelegenheit, sich gegen Joan und auf die Seite meines Vaters zu stellen. Dann sagte sie Dinge wie: »Ja, die liebe Joan, mühsam ernährt sich das Eichhörnchen.«

Ich warf einen Blick auf den Zettel: *Friseurtermin, Fr. 16 Uhr, Mrs. Williams anrufen, Blumen bestellen, Milchrechnung, Obst und Gemüse, Woolite, Pastete ...* Pastete? Darüber, dass sie ausgehen wollte, stand nichts da. Oder dass sie mich anrufen wollte. Ich stopfte die Liste in meine Tasche und wollte gerade nachsehen, ob Joan in einem der sechs Kühlschränke in der Spülküche irgendwas zu trinken hatte, als ein Riese hinter mir durch die Tür stürmte, mit einem Hackmesser herumwedelte und bellte: »Keine Bewegung, du verdammter Bastard!«

Ich erstarrte. Jetzt verstehe ich, warum Opfer von Vergewaltigungen sagen, dass sie nichts getan haben – nicht geschrien oder sich gewehrt haben –, weil ich stocksteif stehen blieb wie der Zinnmann in *Der Zauber von Oz.* Ich wollte sagen: »Bitte, bringen Sie mich nicht um«, oder so was, aber ich brachte kein Wort heraus. Plötzlich flog er durch die Luft auf mich zu. Ich schlug die Hände vors Gesicht und dachte, *Oh, Scheiße,* und dann dachte ich, ich will nicht, dass mein letzter Gedanke auf Erden *Oh, Scheiße* ist, dann gab es einen irren Knall, und er war verschwunden. Ich glaube, er muss mit der Hüfte am Tisch aufgekommen und dann gegen den großen Ofen geflogen sein, der über die gesamte Wand läuft und so stabil ist, dass er einem nuklearen Angriff Stand hält. Das Nächste, an das ich mich erinnere, ist, dass er das Hackmesser fallen ließ, meine Füße umklammerte wie ein Rugbyspieler und wir uns am Boden wälzten. Ich versuchte, auf Händen und Knien von ihm wegzukrabbeln, und er hing an meinen Knöcheln.

»Halt, ich muss mit Ihnen reden«, keuchte er.

Ich versuchte, ihn zu treten, aber es klappte nicht. Wie ein Betonklotz hing er an meinen Füßen.

»Lassen Sie mich los!«

»Ich will doch nur mit Ihnen reden, Herrgott noch mal.« Er klang empört, als wäre ich diejenige, die unvernünftig war.

»Lassen Sie einfach los, okay?«

»Dodie, bitte.«

Dodie? »Woher wissen Sie, wie ich heiße?«

Sein Griff lockerte sich gerade so, dass ich meine Beine wegziehen und mich aufsetzen konnte, während ich versuchte, wieder zu Atem zu kommen. Er lag mit dem Gesicht nach unten auf dem Boden, alle viere von sich gestreckt, keine dreißig Zentimeter von mir entfernt. Er war wirklich ein Riese und hatte schwarze Locken. Er trug ein weißes T-Shirt und diese karierten Hosen, die Köche bei der Arbeit anhaben. Dann hat er wenigstens einen Grund, warum er ein Hackmesser, so groß wie eine Machete, mit sich rumträgt, dachte ich völlig idiotisch.

Er hob den Kopf und stöhnte. Seine dunkelblauen, fast schwarzen Augen blickten eher verwirrt als wütend. »Das hat verdammt wehgetan.« Er setzte sich auf und rieb sich sein Knie.

»Ich habe gefragt, woher Sie wissen, wie ich heiße?«

»Joan hat es mir gesagt. Sie hat mir ein Foto gezeigt. Ich muss mit Ihnen reden.«

»Unsinn. Wie sind Sie überhaupt reingekommen?«

»Joan hat mir die Schlüssel gegeben. Hören Sie, ich tue Ihnen nichts – ich mache Ihnen ein Schinkensandwich.«

»Ich will kein Schinkensandwich.«

»Dann eine Tasse Tee. Ich mache Ihnen eine Tasse Tee, und

wenn Sie wollen, können Sie so lange das Messer halten.« Er hob es vom Boden auf und streckte es mir entgegen. »Okay? Ich gebe es Ihnen. Sie können es haben. So lange Sie wollen. Hören Sie mir nur zu. Bitte. Eine Minute.«

Ich nahm das Messer. Es wog mindestens eine Tonne, und meine Hände brannten von meinem Sturz, als ich mich vor ihm retten wollte, aber ich nahm es lieber, ehe er es sich anders überlegte.

Der Mann stand auf, klopfte sich den Staub von den Hosen und sah auf mich herab. »Ich muss wirklich mit Ihnen reden.«

»Worüber?«

»Erst der Tee. Versprechen Sie, dass Sie nicht weglaufen?« Er ging in die Spülküche, um den Kessel zu füllen. Wahrscheinlich hätte ich versuchen können, zum Auto zu rennen – ich dachte sogar, dass man mich vor Gericht fragen würde, warum ich es nicht getan hatte, solange sich noch die Gelegenheit dazu bot –, aber ich tat es nicht. Ich blieb einfach sitzen. Zum einen, weil ich ihm glaubte, dass Joan ihm die Schlüssel gegeben hatte, zum anderen, weil ich ihn nicht wütend machen wollte und außerdem, na ja, in Gedanken sah ich mich durchaus zu meinem Auto rennen, aber ich konnte einfach nicht aufstehen und es tun. Fragen Sie mich nicht, warum.

»Ich bin gekommen, um die Katze zu füttern«, rief er beiläufig.

»Welche Katze?«

»Shaanti. Eine graue Katze. Orangefarbene Nase. Erinnern Sie sich nicht?«

»Ich dachte, sie wäre gestorben.«

Shaanti war Angelas Katze gewesen. Sie hat sie während ihrer kurzen indischen Phase auf einem Parkplatz gefunden, daher der Name, Sanskrit für Liebe oder Frieden oder so was. Joan hat sie immer Shanty genannt, um Angela zu ärgern. Joan hatte einen Hund, einen Jack Russel namens Malcolm, der vor einem Jahr gestorben ist. Typisch, dachte ich, dass Angelas Katze noch lebt, eine bleibende Erinnerung.

»Woher kennen Sie sie?«

»Joan?« Er kam mit einem Tablett zurück, auf dem Becher und Gläser und eine Flasche standen. »Meine Mutter kannte sie. Wir haben im Dorf gewohnt. Als ich wieder in die Gegend zog, habe ich sie besucht. Eigentlich wegen meiner Mutter. Dann lud sie mich ein, wiederzukommen, und das tat ich.« Er setzte sich neben mich auf den Boden. »Tee?«

»Danke.«

»Kann ich mein Messer wiederhaben?«

»Sie haben gesagt, ich kann es behalten.«

»Können Sie auch, wenn Sie wollen. Aber morgen brauche ich es.«

»Wozu?«

»Für die Arbeit. Ich arbeite in einem Restaurant.«

»Haben Sie mir deswegen ein Sandwich angeboten?«

»Wahrscheinlich. Blöd von mir, aber es war das Erste, was mir einfiel. Übrigens hat noch nie jemand mein Schinkensandwich abgelehnt. Außer Ihnen.« Er schenkte zwei Gläser Kognak ein und reichte mir eins. »Bitte sehr.«

»Ich will eigentlich keinen.«

»Herrje! Sagen Sie nicht immer, dass Sie nichts wollen. Sie hatten einen Schock. Trinken Sie.«

Ich stellte den Tee ab und nahm einen Schluck Kognak, dann stellte ich das Glas auf die andere Seite neben mich auf den Boden, wo er es nicht sehen konnte. Er kümmerte sich nicht darum, was ich tat, sondern trank seinen Kognak. Er hatte hübsche, muskulöse Arme und einen muskulösen Brustkorb. Allerdings keinen Waschbrettbauch. Er war nicht dick, nur ein bisschen rundlich. Er war behaart, aber nicht zu stark. Und er war warm. Er berührte mich nicht, aber ich konnte es spüren. Er lehnte am Ofen, die karierten Beine von sich gestreckt. Schmutzige rosa Espandrillos an den Füßen. Plötzlich wollte ich, dass er mich mochte. Das ist nichts Ungewöhnliches – ich will, dass jeder mich mag. Nur dass das Gefühl diesmal ziemlich stark war. Sagt man das nicht immer über die Opfer von Entführungen? Sie wollen ihren Entführern gefallen, damit die ihnen nicht wehtun oder sie umbringen. Ich habe mich oft gefragt, ob es zwischen Mum und den Männern so war. Hatte sie … Ich warf dem Mann neben mir einen Blick aus dem Augenwinkel zu, dann schaute ich auf das Messer in meinem Schoß. Plötzlich fiel mir auf, dass praktisch jeder Gegenstand in einer Küche tödlich sein kann: Messer, Gabeln, Käsehobel, die verdammte Kochplatte. Ich trank von dem Kognak. Hör auf, sagte mein Verstand. Rede mit ihm. Mach, dass er dich mag. *Rede mit ihm.*

»… ziemlich schlecht, und man musste sie ins Krankenhaus bringen. Ich wollte sie nachher besuchen.«

»Wen, Joan?«

»Ja.« Er sah mich besorgt an. »Haben Sie zugehört?«

»Tut mir Leid. Können Sie das alles noch mal sagen?«

»Sie ist ins Krankenhaus gebracht worden. Heute Morgen ist hier eingebrochen worden. Sie kam hier herein und stieß auf den Einbrecher. Sie hatte einen Schock. Es ging ihr sehr schlecht – ich meine, sie konnte noch reden, aber sie glauben, sie hatte einen Herzinfarkt.«

Joan. Einbruch. Herzinfarkt. Krankenhaus. *Oh Gott, das ist nicht fair, das ist nicht fair …*

»Sie?«

»Die Sanitäter.«

»Aber es ging ihr gut – als sie gingen, meine ich? Haben sie gesagt, wie ernst es ist? Ob sie wieder gesund wird?«

»Sie konnten es nicht sagen. Sie musste schnellstens ins Krankenhaus.«

»Welches Krankenhaus? Wo haben sie sie hingebracht?«

»Nach Addenbrookes. Ich wäre ja mitgefahren, aber dann dachte ich, ich kümmere mich lieber um das Fenster.«

»Welches Fenster?«

»Das im Durchgang, unter dem der Tisch steht. Er hat es eingeschlagen, um hereinzukommen. Ich habe versucht, Sie anzurufen, nachdem ich es repariert hatte, aber Sie müssen schon auf dem Weg hierher gewesen sein. Sie wusste nicht, dass Sie kommen, oder?«

»Nein. Haben Sie die Polizei verständigt?«

»Keine Sorge, sie war hier.« Er schaute mich an, als hätte ich ihm einen Vorwurf gemacht. »Sie waren drauf und dran, mich abzuführen, aber Joan hat es nicht zugelassen.«

Ich hatte das Gefühl, ich müsste mich entschuldigen, deshalb sagte ich: »Wie gut, dass Sie da waren, sonst ...« Ich rappelte mich auf. »Ich muss sie besuchen.«

»Das von vorhin tut mir Leid. Mit dem Messer und so. Als ich Sie hörte, dachte ich, der Einbrecher ist zurückgekommen.«

»Schon gut. Und danke, dass Sie mir das mit Joan erzählt haben.«

»Ist mit Ihnen alles in Ordnung? Soll ich Sie ins Krankenhaus fahren?« Er saß immer noch auf dem Boden, und er sah immer noch hübsch aus, aber wenn er nun doch log und Joan war oben, gefesselt und mit einem Knebel im Mund? Ich musste die ganze Zeit an den verdammten Film denken; geh nicht mit Fremden mit, wenn sie vor der Schule auftauchen und dir Süßigkeiten anbieten und sagen, deine Mum ist krank und du musst mitkommen.

»Wie heißen Sie?«

»Henessey, Jimmy Henessey.« Er senkte ganz leicht die Stimme, fast wie Sean Connery als James Bond. Ich bin sicher, er war drauf und dran, es zu tun, aber er hielt sich zurück. Ich musste beinahe lachen.

»Was ist mit Ihrer Arbeit?«

»Die kommen schon zurecht. Ich wollte Joan sowieso besuchen, sobald ich die Katze gefüttert habe.«

»Glauben Sie, dass sie irgendwas braucht?«

»Ich habe Blumen gekauft. Sie sind im Wagen. Wenn Sie wollen, können Sie sie haben.«

»Das ist sehr nett von Ihnen, aber vielen Dank. Ich dachte eher an ein … Nachthemd oder so was. Vielleicht sollte ich ein paar Sachen für sie zusammensuchen. Ich bin gleich wieder da.«

Er versuchte nicht, mich aufzuhalten, als ich aus der Küche rannte und die schmale Dienstbotentreppe in Joans Zimmer hinaufeilte, das zum Friedhof hinausging.

Es war alles wie immer: Rosenholzmöbel mit gestickten Deckchen darauf, Alte-Damen-Blumen in Kristallvasen, eine Flasche Sherry auf einem kleinen Tisch am Fenster, Sessel mit Schonern und der einzige Fernseher in Camoys Hall, ein tragbares Schwarzweißgerät mit einer kleinen runden Antenne. Mein Vater hasste das Fernsehen, und Mum passte sich ihm an, doch sie wusste, dass Joan einen hatte. Sie hat es meinem Vater nie erzählt, aber ich habe mich oft gefragt, ob er es nicht sowieso wusste und nur nicht wütend wurde, weil es Joans war. Manchmal, wenn Mum nicht da war, holte Joan mich von der Schule ab, und wir schauten zusammen Fernsehen.

Ich war die ganze Zeit darauf gefasst, dass Joan hereinspazierte. Ihre Schubladen waren voll mit schön gebügelten und zusammengefalteten Kleidungsstücken, kleinen Säckchen mit Lavendel und ordentlich zusammengerollter Unterwäsche. Ich packte eins ihrer Nachthemden in eine Reisetasche und ein Paar Strumpfhosen, falls sie entlassen wurde. *Pretty Polly.* Wahrscheinlich gab es den Farbton *American Tan* nicht mehr.

Eine Schublade war mit Joans alten Listen angefüllt. Hunderte – wahrscheinlich Tausende – kleine Zettel, sauber beschrieben, auf denen alle Punkte abgehakt waren. Alles, was Joan in ihrem Leben getan hat, muss auf diesen Listen verewigt sein. Ein bisschen wie Tagebücher, nur ohne Gedanken und Gefühle, nur Dinge, die erledigt werden mussten. Manches waren sicherlich historische Daten, wie das fünfundzwanzigjährige Jubiläum oder der Tag, an dem sie meinen Vater geheiratet hat. Sie haben 1950 geheiratet. Sie hat es mir nie erzählt, ich habe es in seinem Nachruf gelesen. Natürlich wusste ich, dass sie verheiratet waren, es war kein Geheimnis, aber ich wusste nicht, wann, und ich habe nie ein Foto gesehen. Vor Joan hatte es schon eine Frau gegeben, Betty Carroll, von der ich gar nichts wusste. Die Ehe kann allerdings höchstens eine Nanosekunde gedauert haben, wenn man von den Daten ausgeht. Joan hat mir nie über die Zeit erzählt, als sie mit meinem Vater verheiratet war. Vielleicht fand sie es meiner Mutter gegenüber nicht fair. Manchmal fragen mich die Leute: »War das nicht komisch, mit der Ex-Frau und der Ex-Geliebten deines Vaters unter einem Dach zu leben?«, aber als Kind akzeptiert man das einfach. Es dauerte Jahre – eigentlich, bis ich erwachsen war und von zu Hause wegging –, bis ich wirklich begriff, wie anders mein Leben war. Wie auch immer, ohne Joan wären meine Eltern verloren gewesen. Sie organisierte ihr Leben. Und meins. Und wenn sie nun stirbt? dachte ich. Ich konnte mir Camoys Hall nicht ohne sie vorstellen. Sie darf nicht sterben, sagte ich mir. Sie ist immer da gewesen, und ich habe so viele Fragen an sie. Und – es mag vielleicht dumm klingen – ich dachte, Joan liebt mich. Sie hat es nie gesagt, aber ich weiß es. Nur Joan. Auf ihre zuverlässige, altmodische, Listen schreibende Art.

In der Schublade darunter war ein Bündel Bleistifte, von einem Gummiband zusammengehalten. Auf einem saß so ein kleiner Troll mit roten Haaren. Der musste mal mir gehört haben. Plötzlich stieg eine Welle von Gefühlen in mir auf. Nicht weil Joan ihn meinetwegen aufgehoben hatte – ich wusste, dass das nicht so war. Einfach, weil das ihre Art war; sie kann nichts wegwerfen. Sie sammelt Gummibänder und braune Papiertüten, die sie ordentlich zusammenfaltet. Sogar ihre Listen sind ökonomisch; wenn sie alle Dinge auf der Liste eines Tages erledigt hat, dreht sie sie um und benutzt die andere Seite für den nächsten Tag. Sie hat mir einmal erzählt, dass sie das tut, weil sie im Krieg aufgewachsen ist und sich nie abgewöhnen konnte, alles zu sammeln, selbst als die Rationierungen ein Ende hatten und es alles in Hülle und Fülle gab.

Ich weinte nicht. Ich rieb die Haare des Trolls unter meiner Nase, so dass es kitzelte, und legte das Bündel mit Stiften zurück in die Schublade. Ich weinte fast nie, weil Joan es gehasst hatte. Mum weinte manchmal, und Joan wurde immer ganz panisch, wenn sie es sah, und sagte: »Jetzt hör schon auf, Susan. Hör sofort auf!« Sie wusste nicht, ob sie Mum in den Arm nehmen oder schütteln sollte. Ich glaube, es lag zum Teil daran, dass sie fürchtete, mein Vater könnte herausfinden, dass Mum geweint hatte, oder dass Mum es ihm erzählen könnte und er ihr, Joan, die Schuld daran geben würde. Denn alle wetteiferten um seine Gunst, alle wollten einen Stein bei ihm im Brett haben. Joan, Angela, Irene des Voeux, wenn sie da war, sogar Mum, und sie war seine Frau. Wie die Kinder erfanden sie Geschichten über einander. Und über mich. Vor allem Angela. Sie versuchte immer, ihn abzupassen und heimlich mit ihm zu schwatzen, sagte, sie sei ja *so* besorgt um mein Wohlergehen, während sie in Wirklichkeit nur Punkte sammeln wollte. Alte Hexe. Ich holte Joans Liste vom Küchentisch aus meiner Tasche, um sie in die Schublade zu den anderen zu legen, aber dann überlegte ich, dass sie vielleicht gerne wüsste, was sie noch zu tun hatte, und packte sie stattdessen in die Reisetasche.

Als ich wieder runterkam, wartete Jimmy im Korridor auf mich. »Können wir los? Mein Wagen steht draußen.«

Ich wusste nicht, was ich tun sollte. Ich meine, ich war sozusagen damit einverstanden gewesen, dass wir zusammen fuhren, aber ich war mir nicht sicher, ob ich mit ihm fahren wollte und ob ich überhaupt wollte, dass er die ganze Zeit da war. Ich sagte: »Ich glaube, ich fahre lieber mit meinem eigenen Auto.« So konnte ich wenigstens so tun, als hätte ich alles unter Kontrolle.

»Soll ich mit Ihnen fahren?«

»Macht es Ihnen etwas aus?«

»Überhaupt nicht. Ich hole nur die Blumen. Wo steht Ihr Wagen?«

»Vor dem Haus.«

Er öffnete die Hintertür. Es wurde dunkel, aber ich sah einen zerkratzten weißen Lieferwagen. Er sagte: »Ich wette, Ihrer ist bequemer. Ich habe ihn vor ein paar Jahren meinem Bruder abgekauft. Eigentlich nur für die Arbeit. Davor hatte ich immer Motorräder. Das erste mit achtzehn, eine 500CC Norton. Ich kam mir vor wie ... ich weiß auch nicht ...«

»Evel Knievel?«

»Ja genau, mit den Lederklamotten und so. Ich fand mich richtig cool, aber jedes Mal, wenn ich durchs Dorf fuhr, schrien die Kids: ›Absteigen und melken!‹« Wir gingen ums Haus. »Das ist Ihr Wagen?«, fragte er, als er meinen alten VW Polo sah.

»Überrascht Sie das?« Schon als ich es sagte, wusste ich, dass es unfair war. Die Leute erwarten immer, dass ich ein super Auto habe, Designerklamotten trage und in einer Villa wohne und all das, und sie sind total verwirrt, dass es nicht so ist. Ich spürte den vertrauten Anflug von Wut, weil ich immer alles erklären musste. »Steigen Sie ein. Es ist offen.«

»Ich dachte, Sie hätten ein –« Jimmy hielt verlegen inne und legte übereifrig den Gurt an.

Ich ließ den Wagen an. »Was Besseres kann ich mir nicht leisten.« Mehr würde ich nicht dazu sagen – vorerst jedenfalls.

»Entschuldigung, es geht mich nichts an.«

Zeit, das Thema zu wechseln, dachte ich. »Wo haben Sie im Dorf gewohnt?«

»In derselben Straße wie die Curtis'.«

»Die Schweinebauern? Ich kenne Carol und Jackie.«

»Ja, Mr. Curtis' Ferkel sind immer ausgebrochen und haben unseren Garten verwüstet. Mein Vater ist jedes Mal durchgedreht.«

Pond Lane. Graue Häuser aus den fünfziger Jahren hinter dichten, undurchdringlichen Hecken. Wir fuhren gerade daran vorbei.

»Haben Sie Joan gefunden?«

»Ja.«

»War der Einbrecher noch da?«

»Er war weg. Oder sie. Ich habe mich umgesehen, aber es war niemand mehr da.«

»Stand kein Lieferwagen oder Auto vor dem Haus? Er brauchte doch irgendwas, um die Beute wegzuschaffen.«

»Kommt drauf an, worauf er aus war. Wenn es Kleinkram war, Schmuck zum Beispiel, konnte er sich auf dem Grundstück verstecken und über eine Mauer abhauen.«

Das stimmte. Es sind über vierzig Hektar, und abgesehen vom Dorf, ist das nächste Haus mindestens fünf Meilen entfernt. »Ganz schön weit, es sei denn, jemand hat auf ihn gewartet. Die Busse fahren nicht gerade häufig.«

»Sie fahren überhaupt nicht mehr. Die Linie wurde eingestellt.«

»Dann musste er – oder sie – es geplant haben.«

Jimmy schnaubte. »Sie meinen, manche Leute brechen aus Versehen ein?«

»Ich meine, es war kein Gelegenheitsdiebstahl.«

»Irgendein Schurke, der zufällig vorbeikommt, oder ein Jugendlicher auf der Suche nach Autoradios, die er verscherbeln kann, um sich Drogen zu kaufen? Sie waren zu lange in London. Camoys Hall ist keine Doppelhaushälfte. Man muss von der Hauptstraße abbiegen und eine ellenlange Auffahrt hinunterlaufen, bevor man daran vorbeikommt. Und sagt man nicht, dass die Leute, die in große Häuser einbrechen, auf Bestellung klauen? Gemälde, Statuen und solche Sachen.«

»Und wo war dann der Lieferwagen? Das sind große Gegenstände. Wie auch immer, die richtig wertvollen Sachen wurden sowieso eingelagert, als mein Vater starb. Joan wollte sich damit nicht rumärgern.« *Joan.* »Ging es ihr sehr schlecht?«

»Ziemlich.«

»Hat er sie angegriffen?«

»Ich glaube, dazu hatte er keine Zeit. Alles, was sie gesagt hat, war, dass sie jemanden gesehen hat, und dann bekam sie die Schmerzen in der Brust. Wussten Sie, dass sie vor kurzem einen kleinen Herzinfarkt hatte? Allerdings legt sie Wert darauf, dass es nur eine Art Anfall war – aber für mich klingt es wie ein Infarkt.«

»Das wusste ich nicht.«

»Wirklich nicht?« Jimmy schien überrascht. »Vielleicht wollte sie Sie nicht beunruhigen. Sie wiederholte immer wieder, dass es belanglos war, aber sie musste eine ganze Weile im Krankenhaus bleiben.«

»Das hat sie mir nicht erzählt. Wir hatten allerdings nicht so viel Kontakt. Sie hat mir nur manchmal geschrieben.«

»Ja, so ist sie. Immer tapfer. Wahrscheinlich dachte sie, es würde zu viel Aufhebens darum gemacht, wenn sie es erwähnt.«

»Wahrscheinlich.« Sie hatte es mir nicht erzählt. Ich spürte, wie mir die Tränen in die Augen stiegen, und wechselte wieder das Thema. »Hat man das Grundstück abgesucht?«

»Die Polizei? Ja, ein paar waren draußen. Ich glaube nicht, dass sie großartig gesucht haben, es hat höchstens zehn Minuten gedauert. Sie sind auch durchs Haus gegangen. Jedenfalls durch den hinteren Teil. Sie hält die Verbindungstüren zum vorderen Teil verschlossen, wissen Sie?«

»Nein, das wusste ich nicht.« Klasse, dachte ich. Ein Fremder weiß mehr über mein Leben als ich. Jedenfalls über mein Haus. Mein Haus – wenn Joan etwas zustieß, würde es wirklich mir gehören. Oh Gott, *bitte* mach, dass es ihr gut geht.

»Die Polizei wollte sich auch im vorderen Teil umschauen, aber ich habe ihnen erklärt, dass sie nie dort ist, er ist immer abgeschlossen. Ich weiß sowieso nicht, wo sie die Schlüssel aufbewahrt, und sie war bereits auf dem Weg ins Krankenhaus.«

»Was ist mit Fingerabdrücken?«

»Deswegen wollten sie noch mal wiederkommen. Ich sollte anrufen, um einen Termin zu vereinbaren, aber jetzt sind Sie ja da …« Er zuckte die Achseln. »Sie wollen von Joan eine Beschreibung haben, sobald sie vernehmungsfähig ist. Aber ich würde mir an Ihrer Stelle nicht allzu große Hoffnungen machen. Die Polizei kann nicht viel tun. Sie glauben nicht, dass etwas gestohlen wurde. Wahrscheinlich hat Joan den Einbrecher gestört, als er durch das Fenster kam. Da habe ich sie gefunden, auf dem Boden unter dem Fenster im Korridor.«

»Da war sie bei vollem Bewusstsein, oder?«

»Es sah so aus. Ich meine, sie hat einigermaßen zusammenhängend geredet. Sie hatte Schmerzen in der Brust. Sie hatte sich das Bein angeschlagen, es blutete, und darüber regte sie sich mehr auf als über die Schmerzen. Und sie war verwirrt wegen all der Menschen, ihr Haar war eine Katastrophe, ihr Rock war hochgerutscht, und sie wollte nicht, dass die Sanitäter sie so sehen. Während wir warteten, überredete sie mich, ihr ihre Handtasche zu holen, damit sie sich die Nase pudern konnte.«

»Sind Sie sicher, dass er sie nicht angegriffen hat?«

»Nicht hundertprozentig, aber ich hatte den Eindruck, als hätte sie ihn durchs Fenster kommen sehen. Dann muss sie den Schmerz gespürt haben und fand sich plötzlich auf dem Boden wieder. Die Polizei glaubt auch, dass sie ihn verschreckt hat. Sie sagen, Profis wollen niemanden verletzen, weil sie dann nicht so lange in den Knast müssen, falls sie erwischt werden. Sonst stehen sie wegen Körperverletzung vor Gericht, besonders, wenn sie ein Messer oder so was bei sich haben.«

»Sie haben doch gesagt, dass Sie dachten, ich sei der Einbrecher?«

»Ja?«

»Und woher wussten Sie dann, wer ich bin? Hat Joan Ihnen wirklich Fotos gezeigt?«

»Ein oder zwei. Und Sie sehen aus wie Ihre Mutter.«

»Vor allen Dingen.« Ich spürte, wie er mich ansah. Wie gut, dass es dunkel war.

»Es fehlte nichts, und es war auch nichts durchwühlt – jedenfalls so weit ich das beurteilen kann. Bei mir wurde einmal eingebrochen. Ich lebte damals mit jemandem zusammen, und als wir nach Hause kamen, war die Wohnung total auf den Kopf gestellt. Die Unterwäsche meiner Freundin war überall verstreut.«

»War das ein Perverser?«

»Die Polizei sagt, sie waren auf Geld und Pässe und so was aus. Lisa fand *die Polizisten* pervers. Die hatten nämlich einen Mordsspaß, als sie in ihren Unterhosen wühlten. Sie war fuchsteufelswild.«

»Und was ist draus geworden?«

»Nichts. Wir haben nie wieder was gehört.«

»Was wurde geklaut?«

»Nicht viel. Eigentlich nichts richtig Wertvolles. Mussten wir da hinten nicht rechts abbiegen?«

Als wir auf die Station kamen, war Joan tot. Später wurde mir klar, dass sie gestorben sein musste, während wir in der Empfangshalle des Krankenhauses standen und einem freundlichen, aber völlig unfähigen Angestellten zusahen, wie er versuchte, Joans Daten in den Computer einzugeben. Er sagte immer wieder, dass sie nicht aufgenommen worden sei, und wir widersprachen ihm immer wieder, und als er sie endlich gefunden hatte – und ungefähr hundert Mal erklärt hatte, dass es nicht sein Fehler gewesen sei – und wir endlich unterwegs waren, hatte sie einen zweiten Infarkt, und diesmal war er tödlich.

6

Ich hob den Kopf. Wo war ich? Langsam nahm Joans Wohnzimmer vor meinen Augen Konturen an. Schlafsäcke auf dem Boden. Deren Reißverschlüsse nicht zugezogen. Laken. Decken. Der Kopf auf einem Kissen. So was Dummes. Dieses Haus hatte genug Betten – so viele, dass man sie nicht mehr zählen konnte, würde Des sagen. Mir fiel ein, dass ich zu Jimmy gesagt hatte, ich wollte in diesem Haus in keinem Bett schlafen.

Er war bei mir geblieben. Er hatte uns in meinem Auto zurückgefahren. Er war mit reingekommen ... Auf dem Kaminsims stand eine leere Kognakflasche. Halt, dachte ich, wieso kann ich sehen? Ich blinzelte. Erst mit einem Auge, dann mit dem anderen. Ich hatte meine Kontaktlinsen noch drin. Jedenfalls eine. Jetzt sehe ich und jetzt nicht. Und trotzdem verschwimmt alles vor meinen Augen. Ich muss den Kognak ausgetrunken haben. Dafür geht's mir gar nicht mal so schlecht. Wahrscheinlich bin ich noch nicht lange genug wach, um die vollen Konsequenzen zu spüren. Jimmy muss schon weg sein. Ich wette, er ist einer von denen, die nie einen Kater bekommen.

Ich sah mich ein wenig genauer um. Aschenbecher? Ja. Er raucht Selbstgedrehte. Uhrzeit: 8.20 Uhr. Nicht schlecht. Wir müssen so gegen elf zurückgekommen sein und noch eine Weile geredet haben. Dann hat er das Bettzeug zusammengesucht. Ich weiß noch, dass ich dachte, wie gut, dass er da ist, weil ich nicht gewusst hätte, wo es aufbewahrt wird. Danach muss ich eingeschlafen sein. Über einer Stuhllehne lag ordentlich gefaltet eine Jeans. Es war meine. Ich musste sie irgendwann ausgezogen haben. Und meine Socken ... *und meine Unterhose.* Oh, nein, das darf nicht wahr sein. Es *kann* nicht sein. Ich meine, ich hatte keine Schlaftablette oder so was genommen, also wäre ich doch aufgewacht, oder? Da war allerdings der Kognak. Wir hatten eine ganze Menge getrunken ... Ich konnte keine Beweise entdecken. Weder an mir noch an meinem Schlafsack. Es lagen weder Kondome noch verdächtig aussehende Papiertaschentücher herum. Er könnte sie natürlich mitgenommen haben. Ich erinnerte mich nicht, dass er mich geküsst hatte, aber das musste er auch nicht. Nicht, wenn ich so weggetreten war. Ich starrte an die Decke, hoffte, dass all das nicht wahr wäre, und stellte mir dabei einen Psychotest in der *Cosmopolitan* vor.

Bist du eine alte Schlampe? Mit unserem Multiple-Choice-Quiz findest du es heraus. Du erhoffst dir Großes, als der Mann deiner Träume mit zu dir kommt, aber du trinkst zu viel Kognak und schläfst auf dem Sofa ein. Als du aufwachst, ist er verschwunden. Jetzt willst du wissen, was passiert ist. Du

a) nimmst an, ja, es ist etwas passiert, und denkst: »Wahnsinn, ich hab's geschafft.«
b) verklagst ihn, weil du nicht mindestens drei multiple Orgasmen hattest, was in der post-feministischen Ära das Minimum ist.
c) schickst ihm sofort eine E-Mail, um es herauszufinden.

Antwort: Egal, ob du a), b) oder c) angekreuzt hast, du bist und bleibst eine alte Schlampe, und deine Chancen, eine bedeutungsvolle und haltbare Beziehung mit einem Mann aufzubauen, sind gleich NULL.

Ich hatte nicht mal seine Telefonnummer, geschweige denn seine E-Mail-Adresse. Wahrscheinlich spricht er nie wieder mit mir, dachte ich. Das kommt davon, wenn ich auch nur für den Bruchteil einer Sekunde versuche, mir vorzumachen, dass ein Mann mich anziehend findet und nicht die Tochter von Wolf Blackstock. Die hab ich auch mal flachgelegt, sie war 'ne Katastrophe. Warum erwarte ich etwas anderes? So ist es immer gewesen, seit ich das erste Mal mit einem Mann namens Andrew Collins in ein Hotel gegangen bin. Es war am Meer, irgendwo in der Nähe von Chichester. Ich sollte zu Hause bleiben und fürs Abitur lernen, aber ich erklärte Joan, ich müsste in der Schulbibliothek arbeiten. Ich hatte den Mann bei einer Hochzeit kennen gelernt und mich einverstanden erklärt, das Wochenende mit ihm zu verbringen. Keine Ahnung, warum. Ich hatte höchstens zehn Minuten mit ihm geredet, und er gefiel mir nicht mal besonders. Wahrscheinlich wollte ich es meinem Vater zeigen, obwohl ich schreckliche Angst hatte, dass er es herausfinden könnte. Ich glaube, ich wollte einfach einmal was für mich allein machen.

Wie auch immer, es war ein Desaster. Andrew Collins glänzte lediglich an der Oberfläche, wie ein Sportwagen mit einem zu schwachen Motor, und er war älter als ich – dreißig vielleicht oder fünfunddreißig? Er hätte genauso gut hundert sein können, so jung und dumm kam ich mir vor. Er redete über seine Arbeit, er war Börsenmakler. Mir fiel nichts ein, was ich hätte sagen können. Ich konnte an nichts anderes als an meine Bücherliste fürs Abitur denken, und was geschehen würde, wenn irgendjemand herausfand, wo ich war. Das Hotel war eines dieser großen, von einer Familie geführten viktorianischen Häuser mit Flachdachanbauten, die aussahen wie öffentliche Toiletten. Wir aßen im Speisesaal. Am Nachbartisch saß eine Gruppe betrunkener leitender Angestellter mit ihren Sekretärinnen. Sie wiederholten die ganze Zeit denselben Satz »Alle Hühner picken«, immer wieder, nur dass sie dabei mit zwei Fingern die Mundwinkel auseinander zogen und es als »Alle Hühner ficken« rauskam, was natürlich der Sinn der Übung war. Die Frauen wurden jedes Mal hysterisch. Die Kellner versuchten immer wieder, sie zur Ruhe zu mahnen, aber die Leute waren viel zu betrunken. Andrew und mir gelang es, in einer halben Stunde sämtliche Gesprächsthemen abzuhandeln, und als die Gäste am Nebentisch in voller Fahrt waren, hatten wir keine Chance mehr. Wenn wir darüber hätten lachen können, wäre es nicht so schlimm gewesen, aber wir konnten es nicht. Ich merkte, dass Andrew versuchte, als Mann von Welt aufzutreten, der so was schon tausendmal gemacht hatte, aber er war eben kein Mann von Welt und hatte überhaupt keine Erfahrung mit solchen Situationen – sonst hätte er niemals so ein Hotel ausgesucht –, und ich wusste nicht, was ich tun sollte. Ich konnte nicht mal was Nettes über das Essen und den Wein sagen, weil ihm auch klar sein musste, wie ekelhaft beides war, und ich war so unsicher, dass ich kaum einen Bissen hinunterbekam. Wir ließen den Nachtisch und den Kaffee in stillschweigender Übereinstimmung ausfallen und gingen auf unser Zimmer. Ich machte uns einen Nescafé und nahm meine Tasse mit ans Fenster, um nicht auf dem Bett sitzen zu müssen. Das Zimmer lag zum Parkplatz, und gerade als Andrew sich hinter mich stellte und einen Arm um meine Taille legte, torkelte eine der Sekretärinnen über den Asphalt und kotzte in einen Busch.

Ich war noch Jungfrau, Überraschung, Überraschung. Wir zogen uns aus – na ja, ich kroch halb angezogen ins Bett, zappelte unter der Decke herum und warf ein Teil nach dem anderen aus dem Bett, damit Andrew mich nicht sah –, und dann lag ich einfach nur da und wartete, dass es passierte. Ich wollte ihn nicht anfassen, und eigentlich wollte ich auch nicht, dass er mich anfasste, aber ich dachte, dann hätte ich es wenigstens getan. Ich würde wissen, wie es war. Am Anfang war es ganz enthusiastisch, und im Dunkeln dachte ich einen Augenblick lang sogar, ich könnte es genießen, aber dann machte ich irgendwie total zu. Zuerst war Andrew noch nett zu mir, aber dann, als er sah, dass er nicht weiterkam, wurde er wütend. »Was ist los mit dir?«, fragte er immer wieder. Am Anfang versuchte ich noch zu antworten, doch dann gab ich auf, weil ich mir dieselbe Frage stellte.

Andrew machte noch einen Versuch, aber nach einer Weile resignierte er, und wir lagen schweigend nebeneinander. Das Hotel teilte anscheinend den Parkplatz mit dem benachbarten Rugbyclub, denn ungefähr eine Stunde später kamen lauter Leute raus und grölten draußen herum: »Ficken, ficken, bis es kracht, Arsch und Titten, Samstagnacht, wer heute keine Nummer schiebt, der hat auch sonst total versiebt.«

Ich weiß nicht, ob Andrew noch wach war, aber ich lag da und dachte, genau mein Steckbrief.

Ich habe es nie jemandem erzählt. Stattdessen lernte ich weiter für mein Abitur und verbannte die ganze Affäre aus meinem Kopf. Doch es passierte mir immer wieder – nicht das Körperliche, aber ich hatte immer wieder das Gefühl, dass die Männer mich als eine Art *Eintrittskarte* betrachteten. Selbst wenn sie es nicht von Anfang an wussten, irgendwann fanden sie es heraus. Und es nützte gar nichts, wenn ich ihnen erklärte, dass ich nicht so ein Leben führte.

Ich stöhnte. Warum musste alles immer so verdammt schwierig sein? Ja, gut, ich wollte, dass Jimmy mich mochte. War das wirklich zu viel verlangt? Ich zog mein T-Shirt und den BH aus und stellte mich auf einen der Sessel, um mich in dem Spiegel über dem Kamin zu betrachten. Einen Teil von mir. Den mittleren Teil. Ehrlich, es ist kein Wunder, dass ich sexuell eine Niete bin. Jemand, der es schafft, gleichzeitig dünn *und schwabbelig* zu sein. Meine Haut ist leichenblass, mein Bauch steht raus, und meine Brüste sind winzig. Mückenstiche. Früher gab es im Dorf einen alten Mann, Albert. Inzwischen ist er wahrscheinlich tot. Er war Schweinehirte bei den Curtis'. Er stank, hatte kaputte, braune Zähne und trug zerschlissene Kordhosen, die von einem orangefarbenen Strick zusammengehalten wurden. Und er machte sich immer an die jungen Mädchen ran, um ihre Brüste zu betatschen. Die Leute im Dorf beschimpften ihn zwar immer: »Du alter Drecksack«, aber eigentlich scherte sich niemand drum, weil er harmlos war. Als ich fünfzehn war, machte er es bei mir. Es war wie ein Ritual, sich von Albert die Brüste befingern zu lassen, doch ich war so verblüfft, dass ich einfach nur dastand und zuließ, dass er seine Hand unter mein T-Shirt steckte. Nach einer Weile sagte er: »Sehr hübsch, meine Liebe«, und zog seine Hand heraus. Ich wusste, dass er nur höflich war. Er hat es nie wieder versucht. Ich konnte es ihm nicht verübeln; Mr. Curtis' Töchter, Jackie und Carol, hätten Samantha Fox den Rang ablaufen können.

Um mich ein bisschen aufzuheitern, kletterte ich auf die Sessellehne, damit ich meine Beine sehen konnte. Dünne Oberschenkel. Wenigstens etwas. Und – Wahnsinn – ein riesiger blauer Fleck, den ich mir bei dem Kampf mit Jimmy geholt haben musste. Dann bemerkte ich, dass hinter dem Spiegel ein Zettel klemmte. Eine Nachricht! Ich brach mir beinahe den Fuß, als ich vom Sessel sprang.

Hoffe, ich habe dich nicht geweckt. Ich komme heute Nachmittag vorbei. Mal sehen, wie es dir geht. Meine Handynummer ist 0140 9770398, falls du mich erreichen willst. Jimmy.

P. S. Ich bringe Kognak mit, deiner ist alle.

P. P. S. Es ist nichts passiert.

Es ist doch idiotisch, dass man weinen muss, wenn jemand nett zu einem ist. Ich las Jimmys Nachricht und brach sofort in Tränen aus. Nicht wegen dem, was er geschrieben hatte, wegen allem – wegen Joan, Mum, dem bedauernswerten kleinen Mädchen, das ich mit acht Jahren gewesen war. Als ich den Kopf hob, erhaschte ich einen Blick auf mein Gesicht im Spiegel, zwei rote Augen und Sturzbäche von nasser Wimperntusche.

Joan wäre entsetzt, dachte ich. Als man mich schließlich zu ihr ließ, legte ich ihr ihre letzte Liste in die Hände. Es erschien mir so ungerecht, dass sie nicht mehr alles erledigen und abhaken konnte.

Eine Flutwelle von Trauer, Leid und Einsamkeit überrollte mich. Nackt, den aufgeweichten Zettel an mich gepresst, kauerte ich auf dem Teppich und schluchzte.

7

Es war ein Schock, Joans Handtasche auf dem Küchentisch stehen zu sehen, so als würde sie jeden Augenblick aus der Spülküche hereinkommen, ihren Mantel anziehen und den Schal umbinden. Aber ich war es gewesen, die die Tasche dorthin gestellt hatte, nicht Joan. Eine Weile saß ich mit der Tasche auf dem Schoß am Tisch. In den letzten vierundzwanzig Stunden war meine Welt auf den Kopf gestellt worden. Ich konnte mir nicht einmal mehr vormachen, dass ich meinen Job behalten würde. Das stand außer Frage, denn jetzt gehörte das Geld mir: das Blackstock-Vermögen – das Geld, die Aktien, der Besitz – und damit auch die Verantwortung. Mein Vater hat mir alles hinterlassen, mit Joan als Treuhänderin. Nach ihrem Tod sollte alles in meine Hände übergehen. »Warum musstest du sterben, Joan«, fragte ich laut. »Warum gerade *jetzt,* verdammt noch mal?«

In Joans Wohnzimmer klingelte das Telefon. Ich dachte, es wäre für sie, aber es war der Arzt aus dem Krankenhaus, der mir sagte, dass er den Gerichtsmediziner informieren müsse und wissen wolle, ob Joan sich im Falle ihres Todes für eine Erd- oder eine Feuerbestattung ausgesprochen hätte. Ich erklärte ihm, dass sie auf unserem Friedhof neben meinem Vater begraben werden würde. Meine Mutter konnte auf der anderen Seite liegen, wenn sie ihre Leiche je freigaben. Als Angela starb, erlaubte mein Vater nicht, dass sie auf dem Friedhof beerdigt wurde. Auf meine Frage nach dem Grund sagte Joan, Angela sei Jüdin gewesen, was ich nicht gewusst hatte. Der Arzt erklärte mir, dass das Beerdigungsinstitut Joans Leiche noch nicht haben könne, falls der Gerichtsmediziner eine Obduktion anordnete, aber man würde mich rechtzeitig benachrichtigen.

Ich rief den Pfarrer an und verabredete einen Termin wegen des Gottesdienstes mit ihm. Er berichtete mir, dass die Kirche in Camoys Hall schon seit einer Ewigkeit nicht mehr benutzt worden war, und bot seine freiwillige Putztruppe an, die aus lauter neunzigjährigen Damen bestand. Ich musste wohl eine professionelle Reinigungsfirma beauftragen. Die Damen des Pfarrers würden von der Leiter fallen und sich den Hals brechen, und dann hätte ich für den Rest meines Lebens mit ihren Familien vor Gericht zu tun. Zuerst einmal musste ich allerdings den Schlüssel zur Kirche finden. Ich muss mir einen Plan machen, dachte ich. Ja, ich musste mir wirklich eine Liste machen.

Immer wenn Des Joan mit einer Liste in der Hand sah, sang er: »Sie hat eine kleine Liste, sie hat eine kleine Liste«, wie der Chor der königlichen Scharfrichter in *Mikado.* Dann neckte er sie: »Wer wird heute geschlachtet, Joanie?«, und sie lachte und sagte, er solle nicht so einen Unsinn reden. Joan und Des waren alte Freunde, schon seit der Zeit, als mein Vater mit ihr verheiratet war. Sie machte immer schrecklich viel Aufhebens um Des, kommandierte ihn herum und schalt ihn und lachte, wenn er zum hundertsten Mal den gleichen dummen Witz oder anzüglichen Scherz machte. Oh Gott, *Des.* Ich hätte es ihm gestern Abend sagen müssen.

Ich brauchte ungefähr fünf Anläufe, um seine Nummer zu wählen, weil ich immer wieder mittendrin auflegte, aufstand, hin und her lief und mit irgendwelchen Sachen spielte. Das Schlimmste, was mir passieren kann, ist, dass er mich zum Teufel jagt, sagte ich mir die ganze Zeit, aber das half nicht viel. Ich hatte Des seit der Beerdigung meines Vaters nicht mehr gesehen, und da hatte ich keine drei Worte mit ihm gewechselt, weil ich unmittelbar nach der Beerdigung gegangen bin. Der Anblick von Virginia war daran schuld gewesen. Mein Vater hatte sie 1980 geheiratet, und fünf Jahre vor seinem Tod, sie litt bereits an einer schweren Anorexie, hatten sie sich getrennt. Bei seiner Beerdigung tauchte sie auf wie ein Skelett in fleischfarbener Folie. Ihr Begleiter musste sie in die Kirche tragen. Ich sah sie an und dachte, das hat mein Vater getan, und jeder hier wird die nächsten drei Stunden damit verbringen, seinen Namen und sein Leben zu preisen und zu sagen, wie großartig er war. Mir war speiübel.

Ich lauschte dem Klingeln am anderen Ende der Leitung und betete, dass Des zu Hause war, denn ich glaubte nicht, dass ich den Mut aufbringen würde, es noch einmal zu versuchen. Dann hob er ab.

»Des? Hier ist Dorothy«, sagte ich.

»Dodie?« Er klang richtig erfreut. »Wie geht es dir? Warte einen Augenblick, ich hole mir einen Stuhl. Die alten Beine sind auch nicht mehr das, was sie einmal waren.« Er legte den Hörer ab.

Ich sah ihn vor mir, wie er in seinem Nadelstreifenanzug einen Stuhl über den Teppich zog. Ich kenne Des, seit ich ein kleines Baby war, und habe ihn nie etwas anderes als einen Anzug tragen sehen. Wahrscheinlich schläft er im Anzug. Seine Hemden sind immer gestärkt und weiß, seine Haare und Fingernägel perfekt gepflegt, doch was einem eigentlich auffällt, ist sein Gesicht. Es ist so asymmetrisch, beinahe kubistisch. Sogar seine Augenbrauen sind schief – eine ist nach oben, die andere nach unten geschwungen, seine Nase schlängelt sich durch die Mitte, und die unteren Zähne stehen kreuz und quer. Das klingt, als wäre er Frankensteins Monster, aber das ist er nicht. Er hat die freundlichsten Augen und das süßeste Lächeln, das ich kenne.

Plötzlich wurde mir klar, wie dumm es gewesen war, Des in den ganzen Ärger über meinen Vater reinzuziehen. Als ich die heimlichen Zahlungen auf mein Konto entdeckte und meinem Vater einen Brief schrieb, schickte er Des vor, also hatte ich den Streit mit ihm, was natürlich idiotisch war, weil er gar nichts damit zu tun hatte. Und der Streit war natürlich völlig überflüssig, denn mein Vater fuhr fort, mir jeden Monat Geld zu überweisen. Doch die Wut hatte alle guten Erinnerungen an Des überschattet, und ich hatte völlig vergessen, wie lieb er ist. Ich versuchte mir zu überlegen, wie ich ihm das mit Joan und Mum sagen sollte. Ich hatte das Gefühl, als hätte ich meine Zunge verschluckt.

»Jetzt sitze ich ganz gemütlich. Du darfst anfangen.«

»Oh, Des –« Ich fing wieder an zu weinen. Verdammte Scheiße.

»Dodie? Meine alte Liebe, was ist mit dir?«

»Ich –« Ich brachte die Worte nicht heraus.

»Beruhige dich. Wir haben alle Zeit der Welt. Hast du ein Taschentuch?«

»Ja.«

»Gut. Putz dir die Nase. Na los, kräftig. Und jetzt erzähl mir, was los ist.«

»Joan ist tot«, platzte ich heraus. So viel dazu, es ihm schonend beizubringen. Des schwieg. »Sie hatte einen Herzinfarkt.«

Wieder Schweigen, und dann sagte er: »Oje.«

»Da war ein Einbrecher, der sie erschreckt hat, und dann hatte sie einen Herzinfarkt. Sie haben sie ins Krankenhaus gebracht, und dort hatte sie noch einen Infarkt, und ich war nicht da. Ich hab's nicht rechtzeitig geschafft und konnte sie nicht mehr sehen, bevor sie starb. Ich ...« Ich schluchzte so heftig, dass ich kaum Luft bekam, geschweige denn sprechen konnte. Ich hatte das Gefühl, ich könnte nie mehr aufhören. Das Taschentuch in meiner Hand war ein durchnässtes Knäuel.

»Oh Gott.«

»Des ... es tut mir Leid ..., aber da ist noch was.«

»Erzähl.«

»Es ist wegen Mum. Die Polizei hat eine Leiche gefunden, und da war lauter Zeug dabei mit ihrem Namen, ein Kalender oder so was, und sie haben mich gebeten, sie zu identifizieren – die Leiche. Ich wusste nicht, ob sie es ist oder nicht, aber ich glaube schon, weil sie diesen Fleck im Auge hatte, und ich habe mit dem Dienst habenden Polizisten gesprochen, und er hat mir –«

»Halt! Langsam. Wir Alten sind nicht so schnell wie ihr Jungen, weißt du. Willst du sagen, die Polizei hat Susans Leiche gefunden?«

»Ja.«

»Was hast du da über die Augen gesagt ... ein Fleck?«

»Ihr Muttermal, sie hatte ein Muttermal –«

»Tut mir Leid, Dodie, ich verstehe nicht ganz. Willst du sagen, dass die Leiche, die sie gefunden haben ... *frisch* war?«

»Ja. Sie ist vor ein paar Tagen gestorben.«

»Aber sicherlich ... Wo hat man sie gefunden?«

»Im Osten Londons. Bauarbeiter haben sie entdeckt, als sie Wohnblocks abgerissen haben.«

»Und wann hat die Polizei mit dir Kontakt aufgenommen?«

»Am Samstag. Dann bin ich hierher gekommen, um Joan zu besuchen, und da habe ich von dem Einbruch und dem Herzinfarkt und all dem erfahren.«

»Ich verstehe.«

»Und jetzt werden die Zeitungen und die Journalisten hier auftauchen und alles Mögliche wissen wollen, und ich kann ihnen nichts sagen, weil ich nichts weiß! Und kein Mensch wird mir glauben, weil sich alles gegen einen verschwört, sobald jemand reich oder berühmt ist oder einen Titel hat. Jeder muss ja etwas zu verbergen haben, und es ist von öffentlichem Interesse, das herauszukriegen. Sie werden mich nie in

Frieden lassen, ich werde meine Arbeit aufgeben müssen, und dann das ganze Geld, und ich bin ganz allein und –« Da brach ich wieder zusammen.

Des sagte die nächsten Minuten nicht viel, außer: »Immer langsam mit den jungen Pferden«, während ich nach Papiertaschentüchern fischte und versuchte, aufzuhören zu heulen. Dann fragte er: »Wo bist du?«

»In Camoys Hall.«

»Du wirst irgendwann Benny aufsuchen müssen – je eher, je besser. Soll ich etwas ausmachen?« Benny ist Mr. Bennington, unser Anwalt.

»Kommst du mit?«

»Wenn du willst. Ich werde für morgen Vormittag einen Termin machen, und anschließend können wir essen gehen. Das heißt, nur wenn du willst, natürlich.«

»Das wäre schön. Wenn du nichts dagegen hast.«

»Natürlich nicht. Um ehrlich zu sein, Dodie, ich bin einfach nur dankbar, dass du noch mit mir reden willst.«

Ich machte mich auf die Suche nach Joans Adressbuch, es gab bestimmt ein Dutzend Menschen, die ich anrufen musste. Und ich sollte nach Hause fahren, um ein paar Kleider zu holen, ehe Des und ich zu Benny gingen. Und mein Faxgerät. Und dann konnte ich auch gleich meinen Fernseher mitnehmen. Ich hatte gar nichts in Camoys Hall. In dem Augenblick, in dem ich das Haus verlassen hatte, hatte Joan mein Zimmer zu einem Abstellraum umfunktioniert. Aber ich hätte sowieso nicht darin schlafen wollen. Ich beschloss, mir eins der großen Zimmer auszusuchen, in dem nie jemand geschlafen hatte, und zu versuchen, ein Doppelbett dort hineinzustellen.

Ich ging nach oben in Joans Schlafzimmer, dachte, ich sollte ein paar Kleider für sie zusammensuchen, doch ich lief nur im Zimmer herum und sah mir ihre Sachen an. Ich wusste nicht mehr, welches ihr Lieblingskleid war. Sie trug immer Sachen, die nicht mal in den siebziger Jahren modern gewesen waren: Firmen wie Jacqmar und Windsmoor, Schals mit Schwindel erregenden Mustern und Kostüme aus Katalogen mit Namen wie »Traum in Pfirsich«. Sie wurden entweder von Barkers aus London geschickt – Angela nannte den Laden immer das Harrods der kleinen Leute, um Joan zu ärgern – oder von Pearson & Sheldrake's in Cambridge. Ihre neuesten Kleider waren von M & S, weil Pearson & Sheldrake's vor fünf Jahren zugemacht hatte. Ich war immer so gerne mit ihr in dieses Geschäft gegangen. In der Kinderabteilung gab es ein richtiges Schaukelpferd, und sie hatten ein kaltes Lunchbuffet mit Smørgasbord. Als ich zum ersten Mal echtes Smørgasbord gegessen habe, war ich richtig enttäuscht, weil es ganz anders schmeckte als das bei Pearson & Sheldrake's.

Ich öffnete den Schrank, in dem Joan ihre Wolljacken aufbewahrte, und überlegte, ob Leute tatsächlich in so haarigen Jacken begraben wurden. Es müsste natürlich eine neue sein, nicht eine von denen, die sie jahrelang aufbewahrt und zigmal an den Ellbogen gestopft hatte. Bei einer ihrer ständigen Schlachten mit Angela ging es ums Heizen. Im Winter stapfte Joan in schweren Tweedröcken und dicken Wollstrümpfen herum, während Angela lange, exotische Baumwollkleider trug und sich ständig beklagte, dass sie fror. Dann sagte Angela zu Joan: »Ich verstehe gar nicht, wie du *denken* kannst, so wie du eingepackt bist. Ich könnte es nicht ertragen«, und »kein Wunder, dass du niedergeschlagen bist, Joan. Bei all den Schichten, die du unbedingt anziehen willst.« Aber in Wirklichkeit wollte Angela keine Strumpfhosen und so was tragen, weil sie ihre Bräune zur Schau stellen wollte. Es gelang ihr immer, ihre Beine aus den Schlitzen ihrer weiten Kleider zu stecken und den Leuten damit unter der Nase herumzuwedeln, bis sie einen Kommentar über ihre Bräune abgaben. »Ich bin Löwe. Ein Kind der Sonne. Ich kann einfach nicht ohne Sonne leben. Wolfgang sagt immer, es ist eine Schande, dass wir nicht im Ausland leben können, aber er hat natürlich so schrecklich viele *Verpflichtungen.«* Sie überredete meinen Vater, ihr eine Sonnenbank zu kaufen, und ließ sich stundenlang darauf grillen. Am Ende sah ihr Gesicht aus wie ein Sattel.

Auf der Suche nach Joans Adressbuch fand ich eine Packung Katzenzungen. Früher nahm Joan mich immer mit in ihr Zimmer und gab mir eine, wenn mein Vater mich angeschrien hatte. Deshalb habe ich wahrscheinlich heute noch Pickel – Hunderte von Katzenzungen bahnen sich ihren Weg aus meinem Organismus. Sie tat es, weil sie nicht wollte, dass ich weinte. Ich biss in eine hinein. Sie schmeckte ein bisschen alt, aber der Geschmack von Schokolade und salzigen Träumen war mir entsetzlich vertraut.

Am Boden der Schachtel fand ich eine meiner Fantasiespeisekarten. Mit rosa Filzstift geschrieben und so verblasst, dass man es beinahe nicht mehr lesen konnte, stand dort: *Fischstäbchen, weise bonen, Absen.* Ein Datum stand nicht drauf, aber ich wusste, dass ich es in dem Sommer vor Mums Entführung geschrieben haben musste, als sie plötzlich so seltsam mit dem Essen wurde und darauf bestand, eine eigene Küche zu haben, in der sie nur für uns beide kochen konnte. Es war eins der wenigen Male, wo Mum sehr bestimmt war. Normalerweise hatte sie keine Meinung, sie stimmte einfach den anderen zu, besonders, wenn es Joan oder mein Vater waren. Aber bei dieser Essensgeschichte war es, als hätte sie plötzlich einen eigenen Kopf. In Wirklichkeit hatte sie allerdings einen Nervenzusammenbruch, den mein Vater so geheim hielt, dass selbst die adleräugigen Reporter dieser Klatschsendungen im Fernsehen nichts mitkriegten.

Ich weiß noch, dass Joan gegen diese Küchenidee war.

»Wolfie, sie ist nicht sie selbst. Und außerdem bezweifle ich, dass sie in ihrem Leben je irgendwas gekocht hat!« Aber mein Vater hörte nicht auf sie. Er war auf der Stelle einverstanden. Ich nehme an, er dachte, es würde helfen, Mum zu isolieren und zu verhindern, dass ihre Verrücktheit ihn ansteckte, deshalb ließ er ihr im oberen Stockwerk eine eigene Küche bauen. Die Sache war nur, dass Mum aus unerfindlichen Gründen bei sich beschlossen hatte, dass manche Lebensmittel rein und gut waren und manche nicht, und die unreinen, koste es, was es wolle, aus unserem Speiseplan eliminiert werden müssten. Ich sehe sie noch, wie ein Schulmädchen an ihrem Kugelschreiber kauend, am Küchentisch sitzen, ohne Makeup, mit abgeplatztem rosa Nagellack, wie sie sich ihre wundervollen Haare raufte, während sie Joans Kochbücher wälzte und alles, was sie für ungesund hielt, durchstrich, Fleisch, Fisch, Schweineschmalz, Salz, Zucker, weißes Mehl – ja, eigentlich alles. Wenn es ein Rezept für etwas richtig Übles war, wie Würstchen im Schlafrock oder Nierenpastete, kritzelte sie so lange drüber, bis die Seite wie eine schwarze Wolke in einem Cartoon aussah.

Als sie das erste Mal verkündete, sie würde etwas kochen, war ich fasziniert. Ich wuselte den ganzen Vormittag vor der Küchentür herum und versuchte, hineinzuspähen. »Kann ich reinkommen? Darf ich jetzt rein? Wann ist es fertig?«

»Jetzt nicht, Dorothy, ich habe zu tun.«

Doch sie schien die ganze Zeit am Küchentisch zu sitzen und irgendwas in eines der Kochbücher zu kritzeln. Als ich sie endlich dabei erwischte, wie sie in einem Topf rührte, hätte ich vor Aufregung schreien können. Das war es, was andere Mütter taten. Sie trugen Schürzen und kochten Essen in kleinen Küchen! Wie die lächelnde Mutter im Twinset, mit den glänzenden Haaren auf dem Umschlag von Joans *Family Cookbook* von Marguerite Patten, die, über einen blauen Resopaltisch gebeugt, leuchtend gelben Pudding an ihre Lieben verteilt. So sollte das Leben sein. Als ich meine Mutter da am Herd stehen sah, dachte ich plötzlich, wir würden wie andere Leute sein. Ich wusste nicht, wie es geschehen würde – ich dachte einfach, dass all die Streitereien, die Speichelleckerei, die heimlichen Zusammenkünfte, das ständige Flüstern, das plötzliche Geschrei, die beleidigten Gesichter und das Weinen hinter verschlossenen Türen aufhören würden und meine Mutter und ich uns irgendwie in das Bild auf Marguerite Pattens Kochbuch verwandelten und für immer glücklich wären.

Dieser wunderbare Zustand der Euphorie dauerte genau bis zu dem Augenblick an, bis wir beide uns zum Mittagessen an den Küchentisch setzten. Mum machte »Ta – Ta!«, wie eine Trompete, und hob stolz den Deckel der Terrine. Und, ta-ta, da hatten wir's: Kressebüschel in warmem Wasser.

»Was ist das?«, fragte ich.

»Kressesuppe.«

»Es sieht aber nicht so aus.«

»Komm schon, gib mir deinen Teller.«

»Mum, das ist keine Kressesuppe.«

»Doch.«

»Ist das Rezept da draus?« Ich nahm das Buch und las die Liste der Zutaten. Ein großes oder zwei kleine Bündel Kresse. Durch dickes blaues Kugelschreibergekritzel entzifferte ich: *1 Pfund Kartoffeln, geschält und gewürfelt, 2 1/2 Liter Hühnerbrühe, 1 kleine Zwiebel, Butter, Salz, geriebene Muskatnuss, Pfeffer, 2–3 Teelöffel Sahne.* Auf der gegenüberliegenden Seite war ein Foto von einer blauweiß gestreiften Schüssel mit einer dicken, grünen Flüssigkeit. »So muss es aussehen. Du hast nicht alles reingetan, oder?«

Mum drehte das Buch zu sich. »Ich konnte nicht alles reintun. Da steht Hühnerbrühe. Igitt! Ich tue doch keine Hühnerbrühe in ein Essen.«

»Aber warum keine Kartoffeln?«

»Viel zu grob. Tiere essen Kartoffeln.«

»Sahne?«

»Man kann Sahne nicht mit Kresse mischen.«

»Salz?«

»Salz ist schlecht für dich. Aber ich habe etwas Pfeffer hineingetan.«

»Aha, das geht also, wie?«

»Sprich nicht so mit mir, Dorothy. Sie schmeckt bestimmt gut. Jetzt gib mir deinen Teller, bevor die Suppe kalt wird.«

Als ich Joan von der Suppe erzählte, sagte sie: »Das kann nicht wahr sein, Liebes«, aber ein paar Wochen später ging sie in Mums Küche, weil sie etwas suchte, und entdeckte ihr Käseexperiment auf der Fensterbank; zehn Milchflaschen in unterschiedlichen Stadien der Fäulnis. Wenn Mum den richtigen Zeitpunkt erwischte, würde sie die getrennte Milch durch ein Musselintuch gießen und einen wabbeligen, blauweißen, geronnenen Käse erhalten, bei dessen Anblick mir schon schlecht wurde. Die restlichen Flaschen ließ sie stehen. Tag für Tag der Sonne ausgesetzt, wurde der Inhalt erst gelb, dann grün und schließlich schwarz. Joan entdeckte auch die Getreidekäfer in der Speisekammer und den steinharten Kanten eines grobkörnigen, grauen Brotes im Brotkasten. Dann machte sie mit mir einen Spaziergang durch den Garten und fragte mich, was ich in den letzten drei Monaten zu essen bekommen hatte. Schock, Entsetzen. »Aber du brauchst *Eiweiß!* Du sieht wirklich ein bisschen spitz aus. Wie sollst du ordentlich wachsen, wenn du kein Fleisch isst?« Das war natürlich Musik in meinen Ohren, und da fing die Geschichte mit den Fantasiespeisekarten an. Wir hatten eine besondere Vereinbarung. Jeden Morgen sollte ich auf einen Zettel schreiben, was ich gerne zum Mittagessen haben wollte, und ihn unter Joans Tür durchschieben. Nachdem ich mich durch

Mums Essen gequält hatte, trottete ich über den Flur in Joans Zimmer und bekam ein köstliches zweites Essen, ganz nach meinen Wünschen. *Fischstäbchen, weise bonen und Absen.* Mein Gott, meine Rechtschreibung. *Weise bonen* mussten gebackene weiße Bohnen in Tomatensoße sein. Was Joan wohl aus den *Absen* gemacht hat. Erbsen aus der Dose wahrscheinlich. Ich hatte Fischstäbchen bis dahin nur zweimal bei den Curtis' gegessen, aber für mich war es der Himmel auf Erden, und ich dachte wohl, dass gebackene Bohnen und Erbsen dazugehören. Ehrlich gesagt bin ich nicht sicher, ob Fischstäbchen und gebackene Bohnen besser für mich waren als Mums Kressesuppe, aber sie schmeckten hundertmal besser. Und es gab *Paradiescreme* aus dem Laden im Dorf. Joan und ich hatten einen Code für Paradiescreme. Wir nannten es »Heiliger Vogel«, weil ich irgendwo etwas über Paradiesvögel gelesen hatte. Am Ende wurde daraus ein Ausruf für alle Gelegenheiten. Jedes Mal, wenn Angela anfing, von ihrer neuesten spirituellen Macke zu schwärmen, sagten wir: »Heiliger Vogel«, und verdrehten die Augen. Angela tat immer so, als bemerke sie es nicht, aber es machte sie wahnsinnig.

Ein pessimistischer Polizist kam wegen der Fingerabdrücke und bestäubte lauter Sachen im Korridor, und eine halbe Stunde später trafen Jimmy und der Glaser ein. Der Glaser ging an die Arbeit, ich kochte Tee für uns alle, und dann machten Jimmy und ich einen Rundgang durch den vorderen Teil des Hauses. Ich hatte den Schlüssel in Joans Handtasche gefunden, hatte aber auf Jimmy gewartet, weil ich nicht allein gehen wollte, doch das sagte ich ihm nicht.

Als ich die Verbindungstür aufschloss, sagte er: »Hier bin ich nie gewesen. ich glaube nicht, dass Joan oft hierher gekommen ist.«

»Musste sie eigentlich auch nicht. Ihr Zimmer war im hinteren Teil, und sie hat nie, wie mein Vater, großartig Gäste eingeladen.« Ich öffnete die Tür zum Esszimmer. »Früher gab er hier immer richtige Bankette.« Die Fensterläden waren zu, und nur wenige Sonnenstrahlen fielen auf den riesigen, dunkel glänzenden Tisch.

»Da haben ja leicht fünfzig Personen Platz.« Ich konnte sein Gesicht in dem dämmrigen Licht nicht sehen, aber er klang beeindruckt.

»In welchem Restaurant arbeitest du?«

»In der ›Artischocke‹.«

»Das ist ja ein richtig gutes!« Ich war ein paar Mal mit Des dort gewesen.

»Das klingt überrascht?«

»Das wollte ich nicht. Tut mir Leid. Aber es ist ein sehr gutes Restaurant.«

»Ja, es ist nicht schlecht. Ich hätte allerdings lieber mein eigenes.«

Oh, super, dachte ich. Er glaubt, ich werde ihm ein Restaurant kaufen, deshalb ist er so nett zu mir. Deshalb hat er sich wahrscheinlich auch bei Joan lieb Kind gemacht, und jetzt, wo sie nicht mehr da ist, versucht er es bei mir.

»In ein paar Jahren bin ich so weit. Was ist da drin?«

»Das Billardzimmer. Müsste offen sein.«

Vielleicht sollte es ja doch keine Anspielung sein. Wenn schon mein Freund Tony Hepworth, dessen Ex-Freund letztes Jahr seine sämtlichen sexuellen Geheimnisse der *Sun* verkauft hat, meint, ich sei paranoid, dann bin ich es vielleicht wirklich. Tony ist der Erbe des Manifold-Imperiums. Autozubehör. Vor einer Woche rief er an, um mir zu erzählen, dass man ihm den Führerschein abgenommen hat, was, wenn man es recht bedenkt, ganz schön komisch ist. Aber Des hat mich schon vor Jahren vor Abstaubern gewarnt. Er erzählte mir von einem Code, den die Funker früher benutzten, ARPUK, eine willkürliche Aneinanderreihung von Buchstaben, die so viel heißen sollte wie: Diese Person ist ein Abenteurer, lass dich nicht mit ihm ein. Er sagte: »Wenn du groß bist, wirst du eine Menge Abenteurer kennen lernen, Dodie.«

Wir gingen durch das Billardzimmer in die Halle. Sämtliche Möbel waren mit Schonbezügen verhüllt.

»Können wir die Fensterläden aufmachen?«, fragte Jimmy.

»Wenn du willst. Wir müssen sie allerdings nachher wieder zumachen.«

»Wirklich schade, dass alles verschlossen sein muss.«

»Weil das Licht die Farben ausbleicht, aber ein paar Minuten dürften nichts schaden.«

Die Fensterläden waren mit Vorhängeschlössern gesichert, und ich konnte den richtigen Schlüssel nicht finden. Jimmy trat hinter mich: »Brauchst du Hilfe?«

Ich reichte ihm den Schlüsselbund. »Ich habe keine Ahnung, wofür die alle sind.« Gott, er war so *warm*. Ich konnte es spüren. Er trug wieder die Kochhosen, dazu eins von diesen modischen zweifarbigen T-Shirts mit V-Ausschnitt. Man sieht sie immer an diesen dürren Typen wie in *Trainspotting*, und er war wirklich zu muskulös dafür, aber es sah klasse aus.

Jimmy öffnete die Fensterläden.

Ich muss schon sagen, die Halle war wirklich beeindruckend, trotz der Schonbezüge. Sie ist weitläufig mit einem Marmorboden und drei wunderschönen Marmorsäulen an jedem Ende, mit blassgelben Wänden und weiß gestrichenen halb runden Nischen für kleine Statuen.

»Es ist wie ein Eisstadion oder so was. Hier sollten Leute in prächtigen Scarlett-O'Hara-Kostümen Walzer tanzen«, sagte er.

»Willst du?« Das hatte ich nicht sagen wollen. Es war mir herausgerutscht.

»Was?«

»Walzer tanzen?«

»Ich weiß nicht, wie es geht.«

»Ich aber. Na ja, bis zur Drehung bin ich nicht gekommen, aber ich kann Walzer geradeaus tanzen. Wir müssen nur in einer Ecke anfangen, mehr nicht. Komm mit.« Wir gingen in eine Ecke, dann fiel mir etwas ein. »Es geht nicht, weil ich der Mann sein müsste, sonst klappt es nicht.«

Jimmy zuckte die Achseln. »Ich habe nichts dagegen.«

»Gut. Leg einen Arm um meine Taille und den anderen auf meine Schulter, und ich mache dasselbe. Und jetzt machst du mir einfach alles nach, nur rückwärts, okay?«

»Klingt kompliziert.«

»Ist es aber nicht, ehrlich. Es ist viel leichter, die Frau zu sein. Jetzt bewege ich mein Bein gegen deins, und du musst dein Bein rückwärts bewegen – nein, das andere –, damit ich dir nicht auf den Fuß trete.«

»Ich wette, deine Tanzlehrerin hat es nicht so erklärt.«

»Nein, aber sie war eine alte Vogelscheuche, und so ist es verständlicher. Komm schon. EINS, ZWEI, DREI, eins, zwei, drei, eins, zwei, drei ...«

Es klappte richtig gut, so dass wir es gleich noch mal versuchten, und dann probierten wir es mit Jimmy als Mann, was auch ganz gut ging, nur dass er die ganze Zeit um meine Füße herumgehen wollte, anstatt darauf zu. Dann hörten wir auf und standen einen Augenblick lang in der Ecke, die Hände immer noch in Position. Er zog mich kurz an sich, versuchte aber nicht, mich zu küssen. Plötzlich dachte ich, Tanzen ist wie ein Vorspiel zum Sex, und wahrscheinlich meinte er jetzt, ich sei eine von den Frauen, die im Bett die ganze Zeit Befehle bellen.

»Willst du das obere Stockwerk sehen?«

»Geht das?«

»Warum nicht? Komm, wir gehen über die Haupttreppe.« Ich öffnete die Flügeltür zum Treppenhaus, das eine eigene Halle hatte. Sie ist kleiner als die Eingangshalle, aber immer noch ganz schön groß.

Jimmy betrachtete die Portraits von dümmlichen Zeitgenossen König Georgs, die an den Wänden verteilt waren. »Sind das alles deine Vorfahren?«

»Nicht meine. Keine Ahnung, wessen Ahnen das sind. Mein Vater hat sie in den sechziger Jahren gekauft. Der da ist allerdings ein Verwandter – der da oben.« Wenn man um den Treppenabsatz biegt, steht man einem wirklich beeindruckenden Portrait eines Mannes in Uniform gegenüber, der einem über den Treppenabsatz hinweg direkt in die Augen schaut. »Das ist mein Onkel Lawrence. Es ist von Graham Sutherland.«

»Was war er? Ein Feldmarschall oder so was? Orden hat er jedenfalls genug.«

»Ich glaube nicht, dass er so einen hohen Rang hatte. Die Orden sind für Spionage und so weiter. Du weißt schon, hinter den feindlichen Linien. Im Dienst des Vaterlandes.«

»Schön für ihn. Ich habe diese Comics geliebt – *Nimm dies, Fritz, Gott im Himmel, Hände hoch, aiiee, ba-ba-ba-ba-ba-ba-bam.«* Jimmy lehnte sich ans Geländer und feuerte aus einem imaginären Maschinengewehr auf die Portraits.

»Ich glaube, ich war acht, als ich begriff, dass der Krieg längst vorbei war: Ich war schrecklich enttäuscht.«

»Komisch, dass es solche Sachen immer noch gab, als wir klein waren. Wie alt bist du, Jimmy?«

»Vierunddreißig. Fast fünfunddreißig.«

»Wow, richtig alt. Ich bin neunundzwanzig. Als ich klein war, hatte ich einen Bauernhof aus Plastik mit Kühen und Traktor und allem, was dazugehört. Und einem Landmädel. So stand es auf dem Schild im Geschäft. ›Landmädel‹. Ich musste Joan fragen, was das ist.« Ich sah zu Onkel Lawrence auf. »Sein richtiger Name war Ludwig. Nach Beethoven.«

»Kein Wunder, dass er ihn in Lawrence geändert hat.«

»Ja. Mein Vater kürzte seinen einfach zu Wolf ab. Von Wolfgang. Wolfang Amadeus Blackstock. Das mit dem Amadeus habe ich erst aus seinem Nachruf erfahren.«

»Mochten deine Großeltern zufällig deutsche Musik?«

»Müssen sie wohl. Meine Großmutter war zur Hälfte Deutsche, aber mein Großvater war Engländer. Sie starben beide vor meiner Geburt, und ich weiß nicht viel über sie. Ich glaube, sie war ziemlich dominant. Mein Vater hatte wahrscheinlich keine besonders glückliche Kindheit.« Ich stieß die Flügeltür zum Ballsaal auf.

Jimmy wich einen Schritt zurück. »Wahnsinn, der ist ja irre!«

Er war hübscher, als ich ihn in Erinnerung hatte, obwohl eine dicke Staubschicht den riesigen Kronleuchter wie ein Pelz bedeckte und vor den beiden großen steinernen Kaminen Ruß lag. Auch hier waren die Möbel zugedeckt. Was eine immense Verbesserung war. Der Ballsaal hat eine Reihe Fenster zum Vorplatz des Hauses, gekrönt von einem riesigen Fenster in der Mitte, das in einem von Säulen eingerahmten Erker liegt. Früher habe ich mir immer vorgestellt, dass der leicht zerkratzte Soldat von der Quality-Street-Dose, in der Joan ihre Haarnadeln aufbewahrte, mit seiner Dame durch den Saal wirbelt und mit ihr dort stehen bleibt, Angesicht zu Angesicht, während die Musik langsam endet.

Ich ging zum Erker und zog das Leinentuch von dem Brokatsofa. »Setzen wir uns hierher?«

»Gut.« Jimmy ließ sich neben mich fallen. »Wie war er, dein Vater?«

»Oh ... Fordernd, ein sehr guter Geschäftsmann, hochintelligent. Er hat sein Geld nicht geerbt. Er hat alles selbst verdient – hauptsächlich mit Immobilien. Billige ausgebombte Häuser, Büroblocks im Zentrum Londons, Klötze in der City und im Westend, solche Sachen. Er war nicht nett und fröhlich – er war am Abriss des Euston Railway Arch und des Coal Exchange und wahrscheinlich noch ein paar anderer architektonischer Meisterwerke beteiligt –, aber er hat keine krummen Geschäfte gemacht. Man könnte sagen, er war zu drei Viertel ein mächtiger Bonze und zu einem Viertel der Zauberer von Oz.«

»Was meinst du damit?«

»Genau das. Ich glaube, er hatte was von einem Scharlatan. Erinnerst du dich an die Stelle, wo Toto hinter den Vorhang kommt und man plötzlich diesen Typ sieht, der an den Fäden zieht, wie im Marionettentheater? Na ja, manchmal dachte ich, wenn ich hinter *seinen* Vorhang gucken könnte, würde ich sehen, wie er wirklich ist. Aber es war kein Vorhang, hinter dem er sich verbarg, es war eher die chinesische Mauer, und ich wusste nicht, wie … ich sie umschiffen sollte.« Ups, dachte ich, jetzt bin ich irgendwie neben der Spur, und er hat keinen Schimmer, wovon ich rede. »Ging es dir mit deinem Vater auch so?«

Jimmy machte ein überraschtes Gesicht. »Eigentlich nicht. Mein Vater war ein guter Kerl. Nachdem er tot war, habe ich mir gewünscht, ich hätte ihn gefragt, wie es war, im Krieg aufzuwachsen, aber ich wollte nicht … neugierig sein … du weißt schon. Wir haben nicht viel geredet, aber wir kamen miteinander aus. Und er war vernünftig. Als ich sagte, ich wollte in einem Restaurant arbeiten, spotteten meine Brüder, und ich dachte, mein Vater würde die Wände hochgehen, aber das tat er nicht. Er dachte eine Weile nach, und dann sagte er, alle berühmten Köche sind Männer, und wenn ich das werden wollte, dann los.«

»Hast du je für ihn gekocht?«

»Manchmal. Es musste allerdings einfach sein. Er wollte immer Fleisch und Kartoffeln. Doch selbst wenn er mein Essen nicht mochte, aß er auf, und ich wusste immer, wann es ihm richtig schmeckt, weil er dann einen Nachschlag haben wollte.« Er blickte auf den Schlüsselbund in seinen Händen und spielte damit. Dann sagte er: »Mein Vater ... Wenn er nicht mein Vater gewesen wäre, ich meine, wenn ich ihn in einem Pub getroffen hätte, hätte ich ihn auch gemocht.«

»Das hast du schön gesagt. Ich wünschte, ich könnte das über meinen Vater auch sagen.«

»Das ist was anderes«, sagte Jimmy. »Dein Vater war viel älter, oder? Schon deswegen muss es schwieriger gewesen sein. Und mein Vater hat nach seinem Tod auch keine Fernsehsendung bekommen.« Er spielte ein wenig heftiger mit dem Schlüsselbund. »Stimmt das, was sie in dieser Sendung gesagt haben?«

»Manches.« Man hatte mich auch gefragt, ob ich dafür interviewt werden wollte. »Eine Gelegenheit, Ihre Seite der Geschichte zu erzählen«, hatten sie gesagt, aber ich hatte abgelehnt. Nur meinetwegen – ich hätte ihm eins auswischen können, doch das wollte ich nicht. Ich wollte nicht, dass jeder weiß, wer ich bin, und ich wollte nicht riskieren, dass ich mich aufregte und mich vor der Kamera lächerlich machte. Als ich mir die Sendung ansah, bereute ich meine Entscheidung nicht. Wie auch immer, das Problem bei solchen Sachen ist, dass die Leute, die wirklich was zu erzählen hätten, nie etwas ausplaudern. Joan und Des hätten etwas sagen können, wenn sie gewollt hätten, aber sie waren auch nicht dabei. Doch Irene des Voeux war da. »Wolfgang und ich hatten eine ganz besondere Beziehung.« Aus ihrem Munde klang das, als wären sie so was wie Ronald Reagan und Margaret Thatcher gewesen. Aber so besonders war die Beziehung nicht, denn sie wurde nicht die vierte Mrs. Blackstock. Der Preis ging an eine Grace-Kelley-Puppe namens Virginia French, die zehn Jahre jünger als Irene war. Ich wette, für meinen Vater war es ein echter Kick, Irene zu erzählen, dass er Virginia heiraten würde. Sie zu behandeln wie Angela und Mum, sie zu locken und dann, *peng*! Aber im Fernsehen sagte Irene, dass er sie gebeten hatte, nach Camoys Hall zu ziehen. »Ich glaube, er hat mir nie verziehen, dass ich sein Angebot abgelehnt habe. Und als ich ihn anrief, um ihm zu erzählen, dass ich mich mit einem anderen verlobt hatte, sagte er: ›Ich verstehe‹, und legte auf. Er war ein sehr maskuliner Mann, sehr besitzergreifend.« Blubber, blubber.

»Also was von all dem stimmte?«

»Er war ein Diktator. Sie haben für die Sendung einen Mann interviewt, der mal für ihn gearbeitet hat, und er zitierte sinngemäß einen Vers von Auden: ›Wenn er um einen Bleistift gebeten hätte, hätten sie einen ganzen Wald für ihn abgeholzt.‹ Das stimmte. Aber die Geschichte, dass er mit so vielen Frauen zusammenlebt und das Männliche schlechthin verkörpert, war Quatsch. Dieses Klischee, dass mächtige Männer eine übersteigerte Libido haben, ich meine – Lloyd George, Kennedy, Clinton, okay. Aber mein Vater war nicht so.«

»Die Leute im Dorf dachten das schon. ›Für den, der es mag‹, haben sie immer gesagt. Oder ›Wer hat, der hat …‹ Du weißt schon.«

»Aber er nicht. Es gab eine Art sexuelle Rivalität, ja, so könnte man es wahrscheinlich nennen, zwischen Joan und Angela und meiner Mutter, und dann war da noch Irene des Voeux, ja, sogar seine Sekretärinnen rivalisierten ein bisschen, aber es ging nicht um *Sex*, wenn du verstehst, was ich meine.«

»Nicht ganz.«

»Er hat nicht mit ihnen geschlafen. Nur mit meiner Mutter, glaube ich.«

»Warst du nicht noch ein bisschen zu jung, um das zu wissen?«

»Ich glaube, ich hätte es gemerkt. Angelas und Joans Zimmer waren nicht weit von meinem entfernt. Wenn da nachts ein Kommen und Gehen gewesen wäre, hätte ich es mitbekommen.«

Jimmy schnaubte.

»Tut mir Leid, da habe ich mich schlecht ausgedrückt. Aber in diesem Haus gibt es keine Doppelbetten, weißt du. Kein einziges. Überall. Ich weiß, das beweist gar nichts, aber ... Eigentlich ertrage ich es nicht. Ich werde mir ein Doppelbett besorgen. Vielleicht stelle ich es hier rein.« Jimmy schwieg dazu. »Jedenfalls ging es bei meinem Vater nicht um Sex, es ging nur um Macht. Die Frauen zankten sich um ihn, um seine Gunst, manchmal waren es richtige Grabenkämpfe, aber ihm war es egal. Es gefiel ihm, Entscheidungen zu treffen, dass die Leute auf jeden Wink von ihm reagierten. Verstehst du, was ich meine?«

»Ungefähr. Aber warum ist Joan geblieben, wenn er so war? Wenn er sich wegen deiner Mutter von ihr hat scheiden lassen? War das nicht schrecklich erniedrigend für sie?«

»Sie hat ihn geliebt.«

»Aber das macht es doch nur noch schlimmer.«

»Ich weiß, was du meinst, aber ich glaube, er hatte Mum noch nicht kennen gelernt, als er sich von Joan scheiden ließ. Da war eine ziemlich große Lücke, weil er mindestens drei Jahre lang mit Angela zusammen war. Ich glaube, für Joans Generation war es anders. Der Krieg und so. Ich glaube, sie haben nicht so viel vom Leben erwartet wie wir. Die meisten Frauen machten damals keine Karriere, und Joan und mein Vater waren irgendwie aneinander gewöhnt. Er konnte grässlich zu ihr sein, richtig gemeine Sachen sagen, aber es schien ihr nichts auszumachen. So wie sie miteinander umgingen, konnte man meinen, sie wären noch miteinander verheiratet. Ein altes Ehepaar, das seit einer Ewigkeit zusammen war ...«

»Alles in Ordnung? Du musst nicht über Joan reden, wenn du nicht willst.«

»Das macht nichts. Wenn ich über sie rede, denke ich wenigstens nicht über sie nach.« Oder über Mum. »Siehst du den Flügel da drüben, unter dem Schonbezug?« In einer Ecke des Ballsaals stand ein abgedeckter Konzertflügel, nur die Beine schauten heraus, wie bei einem Hund, der ein Mäntelchen trägt. »Meine Eltern haben immer vierhändig gespielt. Abends. Er im Smoking und sie in einem langen, schwarzen Samtrock und einer weißen, hochgeschlossenen Spitzenbluse, wie echte Musiker. Alle sind hier zusammengekommen, um zuzuhören.«

»Sehr vornehm.«

»Es war überhaupt nicht vornehm. Eher wie ein Stierkampf. Mein Vater spielte seit Jahren, und er hatte Talent. Aber meine Mutter war Anfängerin. Ich meine, sie übte die ganze Zeit und tat ihr Bestes. Sie konnte zwar der Musik folgen, sie schaffte es nur nicht, im richtigen Tempo die richtigen Noten zu spielen. Er hielt immer das Tempo, und sie fingen zusammen an, doch dann wurde sie langsamer, weil sie sich so konzentrierte, und fiel erst einen, dann zwei, dann drei Takte zurück. Und zum Schluss war sie so hinterher, dass er umblättern musste und sie nicht mehr sehen konnte, was sie spielen musste. So war es immer. Schließlich hörte er auf, dann hörte sie auf und sah ihn an, und er sagte: ›Du solltest lieber weiterspielen, damit du aufholst.‹ Also spielte sie weiter, und sie fingen wieder zusammen an, ein paar Minuten lang ging alles gut, und dann ... dasselbe von vorn. Nach einer Weile sah ich, dass ihre Hände anfingen zu zittern, sie begann, Fehler zu machen, und er wurde wütend und sagte:

›Herrgott noch mal, pass doch auf.‹ Dann zitterte ihre Unterlippe, und sie atmete tief ein und aus, und ich wusste, dass sie alles daransetzte, nicht in Tränen auszubrechen. Aber es gelang ihr nie, und das Ganze endete immer damit, dass er den Deckel auf die Tasten knallte und sie in Tränen aufgelöst aus dem Saal rannte. Nie ist ihr jemand nachgegangen. Doch, Des tat es, wenn er da war, aber keine von den Frauen. Sie waren viel zu sehr damit beschäftigt, nicht die Gunst meines Vaters zu verspielen. Ich wollte ihr jedes Mal hinterherlaufen, aber ich hatte zu viel Angst.«

»Was für ein Schwein.«

»Ich habe immer gebetet, dass Mum das Tempo hält. Einmal habe ich mich so sehr darauf konzentriert, dass meine Handflächen bluteten, weil ich die Nägel darin vergraben hatte. Doch Angela und Irene des Voeux liebten es, du weißt schon, wie lange wird sie diesmal durchhalten? Irene war angeblich Mums beste Freundin, aber sie war jedes Mal gespannt, wie es ausgehen würde.« Im Geiste sah ich das Bild vor mir: Mum, die eine sommersprossige, zitternde Hand hebt, um eine Strähne hinters Ohr zu streichen, mit riesigen, glänzenden Augen versucht, die Tränen zurückzuhalten, und stirnrunzelnd auf die Tasten starrt. Angela, die sich vorbeugt und aufmerksam zuschaut. Eine grinsende Irene, und hinter ihnen Joan mit niedergeschlagenem Gesicht. Ich spürte, wie Jimmy meinen Arm berührte.

»Herrje, Dodie.«

Ich machte eine Handbewegung, um das Bild zu verscheuchen. »Schon gut.«

»Hör mal, ich könnte heute Abend für dich kochen, wenn du willst. Ich habe frei. Diesmal ganz offiziell.«

»Du musst nicht.«

»Ich will aber.«

»Die Idee gefällt mir. Danke, Jimmy.«

»Dann gehe ich wohl mal einkaufen, Joans Vorratsschränke sind nicht gerade mit Delikatessen gefüllt, so weit ich mich erinnere.«

»Soll ich dir Geld geben? Ich meine, wenn du viel einkaufen musst …«

»Schon gut.« Er stand auf. »Gibt es etwas, das du überhaupt nicht magst? Nur für alle Fälle.«

»Ich bin nicht gerade verrückt auf Kressesuppe, aber das ist alles.«

Als er weg war, ging ich in Joans Zimmer. Ich weinte nicht, ich saß einfach nur auf ihrem Bett, bis mir einfiel, dass sie es nicht gemocht hatte, wenn man auf dem Bett saß, also setzte ich mich in einen Sessel. Dann dachte ich an den zweiten Code, den Des mich gelehrt hatte. PTYUO. Er bedeutete: Kollision mit einem Eisberg.

8

Jimmy kochte ein erstaunliches Abendessen. Ich fragte ihn, ob er Hilfe brauche, aber er lehnte ab, also setzte ich mich an den Küchentisch und sah ihm zu, und wir unterhielten uns ein wenig. Er verbreitete keine Hektik oder besonderen Enthusiasmus, er kochte einfach vor sich hin. Er brauchte nicht mal ein Kochbuch, hatte alles im Kopf. Schwer vorstellbar, dass das derselbe Mann war, der versucht hatte, mich mit einem Hackmesser zu zerfleischen.

Ich holte das gute Geschirr heraus und deckte am Kopfende des Tisches im Esszimmer für uns, mit Servietten und Silber und Kerzen, und es sah wunderschön aus. Wenn ich ein Kleid dabeigehabt hätte, hätte ich mich sogar umgezogen. Ich werde mich nie mit einem selbst gekochten Essen revanchieren können, dachte ich, aber vielleicht kann ich ihn ja zum Essen ausführen. Das Restaurant müsste allerdings er aussuchen.

Jimmy hatte als Vorspeise Chicorée mit Roquefort und Walnüssen gemacht, dann gab es Huhn mit Knoblauch, Oliven und Rosmarin und zum Nachtisch Vanilleeis, das mit heißem Espresso übergossen war, und dazu Katzenzungen. Diese Art, das Eis zu servieren, nennt man offensichtlich *affogato.*

»Ich habe es so zubereitet, weil ich vergessen habe, normalen Kaffee zu kaufen«, sagte Jimmy.

»Ist in der Küche keiner?«

»Joan trinkt – trank – immer Ersatzkaffee. Im Laden im Dorf hatten sie ihn immer extra für sie auf Vorrat.«

»Oh, dann lassen wir es lieber. Das war köstlich.«

»Dodie ...«

»Hhmm?« Ich schaute in meine Schüssel und überlegte, ob ich sie auslecken durfte.

»Ein paar Leute im Dorf haben mich gefragt, wann Joans Beerdigung ist.«

»Was hast du geantwortet?«

»Dass ich es nicht weiß.«

»Ich kann erst einen Termin festsetzen, wenn die Todesursache feststeht, aber es wird irgendwann in den nächsten zehn Tagen sein, vorausgesetzt, der Gerichtsmediziner ist mit seiner Arbeit fertig. Der Pfarrer hat gesagt, er würde den Gottesdienst hier abhalten, aber die Kapelle ist in einem schrecklichen Zustand ... Ehrlich gesagt, ich weiß nicht, wo ich anfangen soll.«

»Ich bin sicher, sie werden dir helfen. Wenn du sie fragst.«

»Wer?«

»Mrs. Bright, Mrs. Curtis, Mrs. Halstead, alle. Sie würden liebend gern helfen, wenn du sie lässt.« Mrs. Halstead. Der gleiche Name wie der Inspector, mit dem ich gesprochen hatte. Warum hatte er mich nicht angerufen? »Wer ist Mrs. Halstead?«

»Sid Halstead hatte die Gärtnerei, erinnerst du dich?«

»Vage.«

»Mrs. Bright gehörte der Dorfladen, bis sie ihn schließen musste. Und die Curtis' kennst du, oder? Die Schweinezüchter.«

»Natürlich. Das ist sehr nett von ihnen. Aber warum tun sie das?«

»Joan hatte viele Freunde im Dorf, Dodie. Sie hat den Leuten immer geholfen. Sie hat Mrs. Brights Hüftoperation bezahlt – in einer Privatklinik. Das alte Mädchen wäre gestorben, bis der National Health Service in die Hufe kommt. Und als meine Mutter Krebs bekam, sollte sie ins Krankenhaus, aber sie wollte nicht. Joan hat eine Krankenschwester bezahlt, damit sie zu Hause bei Dad bleiben konnte. Sie tat es nicht aus Eigennutz oder so was, sie kehrte nicht die feine Dame raus, die Almosen an die Armen verteilt, sie tat es wirklich für die Menschen. Ich habe sie einmal gefragt – warum sie es getan hat –, und sie sagte, ihre Mutter hätte ihr beigebracht, immer ein wenig Geld in der Hinterhand zu haben, falls jemand Hilfe brauchte. Tut mir Leid, das klingt ... So hat sie es jedenfalls gesagt. Aber du solltest die Frauen besuchen.«

»Das wusste ich nicht.« Ich wollte nicht darüber nachdenken, dass Joan solche Dinge getan hatte. Dann musste ich nur weinen. Ich sah den Ofenschirm vor dem Kamin an. »Schade, dass nicht Winter ist. Wir hätten ein Feuer machen können.«

»Ich glaube nicht, dass in letzter Zeit der Schornsteinfeger da war.«

»Vielleicht sollte ich die Kamine mal sauber machen lassen.«

»Alle auf einmal? Das kostet dich die Haare vom Kopf.

Dieses Haus zu führen muss in seinen Hochzeiten ein ganz schönes Unternehmen gewesen sein.«

»Wahrscheinlich. Joan war brillant darin. Es gab Köche und Dienstmädchen, Personal für alles Mögliche, aber ihre Stärke war die Organisation. Man merkte es gar nicht, es lief immer wie ein Uhrwerk.«

Jimmy grinste. »Diese Listen, die sie immer gemacht hat. Nach dem Tod deines Vaters waren sie wahrscheinlich viel kürzer.«

»Joan war bestimmt ein bisschen verloren, als sie nicht mehr für ihn sorgen musste.«

»Sie war einsam.«

»Ich weiß. Ich wollte sie besuchen, aber –«

»Hey!« Er legte über den Tisch hinweg seine Hand auf meinen Arm. »Das sollte keine Kritik sein.«

»Nein, aber ich hätte es tun sollen. Es wurde einfach immer schwieriger, hierher zurückzukommen. Um ehrlich zu sein, ich habe mich nie gut mit meinem Vater vertragen. Er hat nicht viel getan, du weißt schon, diese väterlichen Sachen, und nachdem meine Mutter verschwunden war, wurde es nur schlimmer. Ich war die meiste Zeit im Internat, aber wenn ich nach Hause kam – na ja, es war einfach schrecklich. Entweder ignorierte er mich oder er kritisierte mich, und Joan und Angela stritten die ganze Zeit. Du weißt von Angela, oder?«

Jimmy nickte.

»Wie auch immer, dann ging ich auf die Universität, aber er war immer da und zog an meinen Fäden. Er sagte mir, was für Fächer ich im Abitur nehmen sollte, erlaubte nicht, dass ich auf eine Kunstschule gehe. Ich hasste die Universität. Ich sollte Wirtschaftswissenschaften studieren, obwohl ich viel lieber Malerei und Design machen wollte, deshalb verbrachte ich die meiste Zeit in Galerien. Ich habe eine Drei bis Vier im Examen gemacht, was ein Wunder war, bei dem minimalen Aufwand, den ich betrieben habe. Aber mein Vater sah es natürlich nicht so. Er war außer sich. Er sagte, ich wäre nicht daran interessiert, einen anständigen Job zu bekommen, und würde sowieso den erstbesten Mann heiraten, der mir über den Weg läuft, ich hätte genauso gut Sekretärin werden können, und er wüsste gar nicht, warum er sich die Mühe gemacht hatte, mich zur Uni zu schicken, weil alle Frauen gleich wären … Er hatte mich schon hundertmal angeschrien, und ich hatte einfach nur dagesessen und es erduldet, weil ihm niemals jemand widersprach, aber diesmal dachte ich, dieser Mann kontrolliert *mein ganzes Leben.* Und ich machte den Mund auf und schrie ihn an. Ich glaube, er war genauso verblüfft wie ich. Ich weiß nicht mehr genau, was ich gesagt habe – jedenfalls nicht jedes Wort –, aber ich erklärte ihm, ich sei keine Marionette und brauche sein Geld nicht, er müsse mir nicht alle fünf Minuten sagen, was ich zu tun habe und … na ja, das war so ungefähr das Wesentliche. Ich weiß noch, dass Joan irgendwann hereinkam, mich am Arm packte und versuchte, mich aus dem Zimmer zu ziehen, und ich ihn anschrie: ›Du Schwein, ich hasse dich, ich hasse dich, es ist alles deine Schuld.‹ Da redete ich nicht mehr von mir, ich meinte Mum, er war an ihrem Verschwinden schuld. Ich weiß, dass er wusste, was ich meinte, weil ich sein Gesicht sah, er war richtig schockiert. Einen Augenblick lang sah ich … Weißt du noch, was ich über den *Zauberer von Oz* gesagt habe, darüber, dass ich hinter den Vorhang schauen wollte?«

»Heute Nachmittag? Ja.«

»Ich habe einen alten Mann gesehen. Er hätte irgendein Rentner im Bus sein können.«

»Was ist dann passiert?«

»Das klingt alles sehr edel, nicht wahr? Ich sagte, ich brauche sein Geld nicht, und machte mich auf, ein neues Leben zu beginnen, aber ich war so naiv. Wo sollte ich hingehen? Ich hatte keinen blassen Schimmer. Mein Vater mochte ja viel gewesen sein, aber geizig war er nicht. Während meines Studiums überwies er mir regelmäßig Geld auf mein Konto. Er hatte mir in London eine Wohnung gekauft, ein Auto. Ich hatte in meinem ganzen Leben noch nie einen Kontoauszug angesehen.« Ich hielt inne. »Ich weiß, wie das für dich klingen muss, Jimmy.« Mein Gesicht glühte. »Du denkst wahrscheinlich, ich bin ein verwöhntes Biest, und ich würde es dir nicht mal übel nehmen –«

»Ich denke gar nichts. Erzähl mir den Rest auch noch.«

»Ich konnte nicht wieder in die Wohnung gehen, die er mir gekauft hatte, also blieb ich eine Weile bei einer Freundin und suchte mir den Job bei der Zeitschrift. Ich war verzweifelt. Ich konnte nicht Schreibmaschine schreiben, konnte nicht für mich sorgen, mein Gehalt war lächerlich, und ich hatte keine Ahnung, was das Leben kostete – Miete, ein Laib Brot, ein Liter Milch, ein Fahrschein für den Bus.« Jimmy fing an zu lachen. »Das ist nicht witzig! Ich wollte unabhängig sein und mein eigenes Leben führen und … und … Du wirst nicht glauben, was jetzt kommt.« Es klang so lächerlich, dass ich beinahe selber lachen musste. »Ich verdiente wirklich nicht viel Geld, aber ich kaufte Kleider und alles und fand, dass ich wirklich gut zurechtkam, weil der Bankdirektor mir keine bösen Briefe schrieb, und dann – ich glaube, es war sechs Monate später – bekam ich bei der Arbeit eine Unterhaltung mit, dass man seine Kontoauszüge kontrollieren solle, und ich dachte, stimmt, das sollte ich auch mal tun. Aber als ich sie sah, war da diese Extrasumme, die jeden Monat auf meinem Konto einging, ungefähr zehnmal so viel wie mein Gehalt. Natürlich von meinem Vater. Und ich hatte gedacht, ich käme *so gut* zurecht.«

»Es tut mir Leid«, sagte Jimmy, »aber die meisten Menschen –«

»Ich weiß. Willkommen im richtigen Leben. Das ist so blöd. Als ich das herausgefunden hatte, schrieb ich meinem Vater einen Brief, dass ich sein Geld nicht wolle. Ich hatte geschrieben, dass ich ihn nicht sehen wolle, also schickte er einen seiner Partner, jemanden, den ich kenne, der mir erzählte, mein Vater wolle nur mein Bestes. Ich widersprach, sagte, er will mich nur kontrollieren, und wir hatten einen lächerlichen Streit, weil das Ganze gar nichts mit dem Mann zu tun hatte, es war eine Sache zwischen meinem Vater und mir. Das Geld floss weiter auf mein Konto, nur dass ich es jetzt wusste und versuchte, es nicht anzurühren, was allerdings nicht funktionierte, weil mein Gehalt so niedrig war. Ich nahm es für die Miete, und natürlich dachte ich ab und zu, was soll's, und kaufte mir Kleider oder irgendwas anderes davon. Schließlich eröffnete ich ein Konto bei einer anderen Bank und ließ mir mein Gehalt dorthin überweisen, damit ich nur noch davon lebte. Ich hatte keine Ahnung. Ich versuchte, abends zu arbeiten, kellnerte, arbeitete in Bars. Ich wollte sein Geld nicht ausgeben, aber es war da. Ich hasste mich selbst dafür, denn inzwischen wusste ich, wie es war. Ich weiß schon. Für mich ist es leicht, das zu sagen, oder?« Ich sah Jimmy an. Jetzt lachte er nicht mehr, nicht mal mit den Augen.

»Erzähl weiter«, sagte er ruhig.

»Mit der Zeit brauchte ich sein Geld immer weniger. Ich hatte gelernt, was das Leben kostet. Ich machte keine Ferien, ich zerschnitt meine Kreditkarten. Ich schrieb mich in einen Kurs für Design ein und bekam einen besseren Job, ich wurde befördert und wieder befördert, und dann machten mir andere Firmen Angebote, was super war, weil sie nicht wussten, wer mein Vater ist, und das hieß, man behandelte mich wie jeden anderen Menschen auch. Dann konnte ich einen

Kredit aufnehmen und mir ein Auto kaufen, und in den letzten zwei Jahren war ich ... unabhängig.« Für mich war es so ein Triumph gewesen, aber hier, vor Jimmy, klang es erbärmlich. Als wollte ich einen Orden haben für das, was jeder normale Mensch tut. »Hör mal, Jimmy, es tut mir Leid«, sagte ich. »Ich bin ... ich glaube, ich kann nicht mehr. Vielleicht solltest du besser gehen.«

»Wenn du willst.« Ich konnte nicht erkennen, ob er sauer war. »Entschuldige mich einen Moment.« Ich rannte auf eins der unteren Klos, setzte mich auf den Deckel und starrte die Wand an. Blasse Flecken bedeckten die Wände, da wo Bilder gehangen hatten. Onkel Lawrences Sammlung Moderner Kunst, die mein Vater geerbt hatte. Mein Vater wollte sie in seinen Räumen nicht haben, deshalb ließ er sie hier unten aufhängen. Eins der Bilder, das hier hing, mochte ich sehr gern, ein kleiner John Minton, *Friedhof auf Korsika.* Ich könnte es raussuchen und irgendwo aufhängen, dachte ich.

Der Gedanke an das Bild beruhigte mich ein wenig, und ich wusch mir das Gesicht mit kaltem Wasser und kehrte ins Esszimmer zurück. Jimmy hatte abgeräumt und rauchte eine selbst gedrehte Zigarette. Sie sah aus, als wäre sie unter einen Lastwagen gekommen.

»Rauchst du nie richtige Zigaretten?«, fragte ich.

»Manchmal. Sie schmecken mir nicht besonders. Und die hier sind billiger. Willst du einen Kognak? Ich habe neuen besorgt.«

»Danke. Und danke, dass du nicht gegangen bist.«

»Du solltest schlafen gehen. Ich werde aufräumen. Keine Angst, ich sorge dafür, dass alles gut abgeschlossen ist, wenn ich gehe.«

Ich war froh, dass er nicht angeboten hatte zu bleiben. Ich fühlte mich erschöpft.

»Dodie?«

»Ja.«

»Willst du, dass ich wiederkomme? Nach dir schaue?«

»Ja, bitte. Wenn es dir keine Mühe macht, meine ich. Hast du nicht schrecklich viel zu tun? In dem Restaurant, meine ich.«

»Manchmal bekomme ich Ausgang.«

»Morgen muss ich nach London und ein paar Sachen regeln, aber übermorgen bin ich wieder da. Ich weiß noch nicht genau, wann ...«

»Ich rufe dich vom Restaurant aus an.« Er schenkte noch etwas Kognak in einen Kognakschwenker und reichte mir das Glas. »Warum nimmst du es nicht mit?«

»Gute Idee.«

»Schlaf gut, ja?« Als ich an ihm vorbeiging, griff er nach meiner freien Hand und gab ihr einen kleinen Kuss.

»Gute Nacht, Jimmy. Und danke für das Essen. Ich habe es genossen.«

Ich ging in Joans Wohnzimmer und legte mich in das Durcheinander von Laken, Decken und Kissen auf dem Boden, aber ich konnte nicht schlafen. Ich hörte, wie Jimmy die Hintertür abschloss und wegfuhr, und mir fiel ein, dass ich vergessen hatte, ihn nach dem Schlüssel zu fragen. Ich zog einen Bademantel an, den ich in einem der oberen Schränke gefunden hatte, und ging mit dem leeren Kognakglas in der Hand den Flur entlang zurück ins Esszimmer. Die Flasche stand noch auf dem Tisch. Ich nahm sie mit in die Halle, machte alle Lichter an und die Türen weit auf. Ich hatte vergessen, wie still es in Camoys Hall nachts ist. Ich hockte mich auf den Sockel einer der Säulen, die das Portal trugen. Sie war mit Flechten bewachsen und noch warm von der Sonne. Manchmal hatte ich mit Des an den Sommerabenden hier draußen gestanden, wenn er nach dem Essen seine Zigarre rauchte. Joan erlaubte nicht, dass er sie im Haus rauchte. »Kommst du mit, Dodie?«, sagte er immer. Wir schauten über den Rasen, wie hinter dem Zaun die Kühe in den Stall getrieben wurden, und sangen »Goodnight Ladies« zu der Melodie von »Einer geht noch«. Am Schluss war das immer ziemlich schwierig, weil man die Worte so zusammenquetschen musste.

Seltsam, aber ich wollte Jimmy alles Mögliche erzählen. Allerdings nichts über Mum, das wäre, als würde ich um Mitleid heischen. Und ein Journalist mit einem fetten Scheckbuch genügt, um dein ganzes Leben zu zerstören. Wie bei meinem Freund Tony. Sein Vater drehte total durch – Tony hatte noch nicht mal ihm gesagt, dass er schwul ist. Aber als wir im Ballsaal waren, hätte ich Jimmy beinahe etwas erzählt.

Es geschah ein paar Monate, bevor Mum entführt wurde. Wir waren in unserem Haus in Knightsbridge. Es muss Winter gewesen sein, weil ich meine neuen, kniehohen Lederstiefel mit Lammfellfutter trug. Ich weiß nicht mehr, wo wir gewesen sind, aber anschließend gingen wir in einen U-Bahnhof, was so etwas wie ein Abenteuer war, weil wir normalerweise mit dem Auto oder dem Taxi fuhren. Es war ein großer U-Bahnhof irgendwo im Zentrum Londons. Ich erinnere mich daran, dass es ziemlich dunkel war, als wir dort hinliefen, sehe noch die verschwommenen Lichtkegel von Straßenlaternen und Autos und Geschäften und die vielen Menschen vor mir, die nach der Arbeit nach Hause eilten. Ich war so aufgeregt, als wir die Rolltreppe hinunterfuhren und ich all die Plakate für Werbung und Filme sah, auf denen gut aussehende Männer mit Waffen und Cocktails in der Hand abgebildet waren und wunderschöne Frauen in Bikinis. Überall waren Menschen, ich habe noch den Geruch in der Nase und die leuchtenden Farben vor Augen.

Ich dachte, Mum würde stehen bleiben und auf den Stadtplan schauen, aber das tat sie nicht, vielleicht habe ich auch geträumt, jedenfalls war sie gerade noch auf der Rolltreppe neben mir gewesen, und dann eilte sie durch einen der Gänge, die zu den Bahnsteigen führten, davon, und alles, was ich von ihr sah, war ihr Hinterkopf. Zwischen uns war eine dichte Menschenmenge, die sich ihren Weg zu den Zügen bahnte. Ich sagte: »Entschuldigung, entschuldigen Sie bitte«, und versuchte, eine Lücke zwischen all den dicken Mänteln zu finden, aber die Leute sagten immer wieder: »Hör auf zu drängeln« und »Wir haben es alle eilig« und ließen mich nicht durch. Ich verlor sie aus den Augen und rief: »Mum! Mum!«, aber sie hörte mich nicht. Ich senkte den Kopf und schob mich vorwärts, und dann sah ich plötzlich, dass die Menschen vor mir für etwas Platz machten und dass es Mum war. Sie stand einfach da und sah in meine Richtung. Menschen schoben sich an ihr vorbei, um auf den Bahnsteig zu kommen, so dass sie sich dagegenstemmen musste, aber sie blieb einfach stehen und schaute stur geradeaus. Ich hakte mich bei ihr unter und hielt mich an ihrem Arm fest. Eine Frau trat mir auf den Fuß, und ein Mann stieß mit seiner Aktentasche gegen mein Bein. »Mum, was machst du? Haben wir uns verlaufen?«, fragte ich. Sie schien gar nicht zu bemerken, dass ich da war.

Dann lichtete sich die Menge ein wenig, und ich sah, dass Mum eine riesige Ledertasche dabeihatte. Es war ein bisschen wie ein Traum. Ich hatte nicht gemerkt, dass sie sie trug. Es schien so, als hätte sie sich plötzlich materialisiert. Einen Moment lang dachte ich, dass jemand sie im Gedränge fallen gelassen hatte, aber dann sah ich, dass sie sicher zwischen Mums Füßen klemmte. Ich sagte: »Bitte, lass uns auf dem Stadtplan nachschauen, wo wir sind, damit wir nach Hause gehen können«, aber sie hockte sich vor der Tasche auf die

Fersen, zog den Reißverschluss auf und fing an, Sachen herauszuholen. Kleider. Ihre und meine. Die Tasche war voll davon: Blusen und Röcke, sogar Unterwäsche war dabei. Ich rüttelte sie an der Schulter und fragte: »Was machst du da?«, aber sie schob meine Hand weg.

Ein paar Menschen kamen näher, und sie richtete sich auf und hielt ein paar Sachen in die Luft. »Möchten Sie das haben? Es ist so gut wie neu.« Aber die Leute ignorierten sie und eilten weiter. Dann trat sie vor einen älteren Geschäftsmann und zeigte ihm ein wunderschönes Spitzenhemd. »Nehmen Sie das für Ihre Frau.«

Der Mann schob es zurück. *»Entschuldigen Sie.«*

Sie hielt ihn von hinten fest. »Nehmen Sie es für Ihre Frau.«

»Ich habe keine Frau.« Er ging weiter.

Mum folgte ihm. »Dann für Ihre Freundin. Ich bin sicher, es wird ihr gefallen.«

Er blieb stehen. »Ich habe kein Geld dabei.«

»Ich will kein Geld. Bitte nehmen Sie es.«

»Na gut.« Er nahm es. »Sind Sie sicher, dass Sie kein Geld wollen?«

»Ja, ehrlich. Sie können es haben.«

»Na dann, danke.« Er machte ein verlegenes Gesicht und schob es schnell in seine Aktentasche.

Sie wandte sich von ihm ab und bot einer gewichtigen, großmütterlich aussehenden Frau eine Bluse aus schwerer, cremefarbener Seide an. Die Frau betastete den Stoff mit Daumen und Zeigefinger und sagte: »Nur zu, nur zu.« Sie hielt uns einen geflochtenen Plastikkorb hin, als erwartete sie ein Pfund Kartoffeln. Weiß Gott, was sie mit dieser Bluse anfangen wollte, denn Mum trug Größe 36.

Andere Menschen kamen vorbei, und Mum gab auch ihnen Kleider, und dann kamen zwei Sekretärinnen – jedenfalls sahen sie aus wie Sekretärinnen –, bekamen mit, was da vorging, und begannen, in der Tasche zu Mums Füßen herumzuwühlen, Sachen herauszufischen und die Schilder zu prüfen, als wären sie bei einem Ausverkauf. Mum sah hinunter. »Bedienen Sie sich«, sagte sie. »Nehmen Sie sich, was Sie wollen.«

Pendler blieben stehen und umringten uns, um herauszufinden, was da los war, der Kreis schloss sich immer enger um uns, als die Leute hinter ihnen vorbeidrängten, bis sie beinahe über uns drüberfielen. Mum verteilte Kleidungsstücke an jeden, der sie haben wollte. Ich erhaschte immer wieder einen Blick auf die verschenkten Stücke: ein Kleid von Frank Usher aus handbemalter Seide, ein schwarzes Balmain-Kostüm, ein dunkelblaues Teil von Jean Muir, ein beiges Stück von Kenzo. Eine der Sekretärinnen zu Mums Füßen, ein dünnes Mädchen mit einer dicken, schwarzen Brille, zog Mums luftiges, weißes Ossie-Clark-Kleid aus der Tasche. Ich war dabei gewesen, als sie es gekauft hatte, und es war mein Lieblingskleid. Ich kniete mich hin und versuchte, es zu fassen zu kriegen, aber die Sekretärin hielt es mit einer Hand fest und schob mich mit der anderen beiseite. »Lass los«, sagte sie. »Das will ich.« Ihr schlechter Atem war zwischen einem Dutzend Beinpaaren gefangen.

Aus dem Augenwinkel sah ich meinen rosa Rock auf dem grauen, schmutzigen Boden liegen, zerknittert und mit Füßen getreten, zerrissen und besudelt. Ich ließ das Kleid los und streckte mich zwischen den mahlenden Stiefeln und Schuhen, um ihn zu retten, doch ich kam nicht nahe genug heran. Ich kroch auf Händen und Füßen vorwärts, und irgendjemand trat mir auf die Hand. Als ich endlich bei meinem Rock angekommen war, schleppte die Menge durch den Tunnel eine Spur von Kleidungsstücken mit sich. Ein Mädchen blieb mit dem hohen Absatz ihres Stiefels in einem Top von Yves St. Laurent hängen und knickte mit dem Fuß um.

Ich hörte, wie sie sagte: »Autsch. Verdammter Mist«, und sah, wie der Stoff zerriss, als sie ihn von ihrem Fuß zerrte und auf den Boden warf. Die beiden Sekretärinnen standen auf und liefen kichernd weg, die Taschen zum Bersten mit Mums Kleidern vollgestopft. Ich weiß nicht, was die Sachen damals gekostet haben, aber heute wären sie vier- oder fünftausend Pfund wert. Sie haben nicht einmal Danke gesagt.

Meine Hand fühlte sich an, als wäre sie gebrochen. Ich presste sie mit dem anderen Arm gegen meine Brust, damit sie aufhörte, wehzutun. Über meinen Kopf hinweg reichte Mum ein Bündel T-Shirts an eine plumpe, mütterliche Frau. Ich warf einen Blick in die Tasche. Es war nur noch ein Stück darin. Kennen Sie das, wenn man als Kind ein absolutes Lieblingskleidungsstück hat? Das man immer anziehen will, egal, wie alt oder abgetragen oder schmutzig es ist? Ich hatte eine rosa-weiß gestreifte Jacke. Des hatte sie mir aus Paris mitgebracht, als ich sieben war, und langsam wurde sie mir zu klein, aber sie war wirklich etwas Besonderes, und ich liebte sie mehr, als ich je etwas in meinem Kleiderschrank geliebt hatte, davor und danach. Sie war das letzte Stück in der Tasche.

Ich sah zu Mum auf. »Kann ich die behalten?« Ich hielt die Jacke hoch, damit Mum sie sehen konnte. »Es ist meine Lieblingsjacke. Bitte, darf ich?«

Inzwischen kamen nur noch wenige Pendler, und wir hatten einen freien Blick durch den Gang. Ein paar von den Kleidern waren bis ans andere Ende des Gangs geweht, und der Fahrtwind der Züge ließ sie im Wind flattern. Von weitem sahen sie aus wie Müll. Eine Frau mit einem Mädchen in meinem Alter kam vorbei. Ich packte Mum am Arm, aber es war zu spät. Sie hatte die Jacke schon in der Hand.

»Ich glaube, die würde Ihrer Tochter gut stehen«, sagte sie. »Möchten Sie sie haben?« Sie wandte sich an das Mädchen.

»Möchtest du sie haben? Wenn du willst, kannst du sie behalten.«

»Mum«, flüsterte ich. »Die anderen Sachen sind mir egal, aber lass mich die Jacke behalten.«

Die Mutter sah ihre Tochter an. »Die Dame fragt, ob du sie haben willst, Sandra.« Sie nahm die Jacke und hielt sie dem Mädchen an die Brust und lehnte sich ein wenig zurück, um sie zu betrachten. »Sieht wirklich hübsch aus. Was meinst du, Sandra?«

»Bitte«, wisperte ich.

Die Tochter hörte mich und grinste. Sie trug eine große Zahnspange aus Metall. »Danke, ich finde sie toll.« Ich sah zu, wie die Mutter die Jacke zusammenfaltete und in ihre Tasche stopfte. Die Tochter starrte mich an und wartete darauf, dass ich anfing zu weinen.

Wir sahen ihnen nach. »Warum hast du das gemacht? Ich habe dich gebeten, es nicht zu tun. Ich habe dich *angefleht.*«

»Es ist nur eine Jacke.«

»Es war meine Lieblingsjacke. Aus Paris.«

»Es spielt keine Rolle, woher sie war. Es war nur ein Haufen Wolle, mehr nicht. Völlig unwichtig.«

»Gar nicht unwichtig. Es war *meine* Jacke.«

»Gut, wenn du mir nicht glaubst, hat es keinen Sinn, es dir zu erklären.« Sie zog den Reißverschluss der Tasche wieder zu und lehnte sich in der Hocke an ein Werbeplakat, das auf der gewölbten Wand des Gangs klebte.

»Ich hasse dich.«

»Nein, das tust du nicht, Dorothy. Natürlich tust du das nicht.«

Ein U-Bahn-Angestellter kam und fragte Mum, was sie da mache. Wahrscheinlich hatte sich jemand über uns beschwert. Mum wehrte sich nicht. Wir folgten dem Mann in einen kleinen, grauen Raum und warteten, bis die Polizei kam. Der Mann bot mir eine Cola an. Ich dachte, Mum würde es mir verbieten, aber sie sagte nichts. Auf einem meiner Lederstiefel war ein schwarzer Fleck, den ich zu verstecken versuchte, indem ich den anderen Fuß daraufstellte. Die Polizei verhaftete Mum nicht, und sie bekam auch keine Anzeige, sie brachten uns einfach nach Hause.

Joan muss Bescheid gewusst haben, weil sie in unserem Haus in Knightsbridge war, als man uns zurückbrachte, aber ich glaube nicht, dass sie es jemandem erzählt hat. Sie kann es nicht weitererzählt haben, denn es wäre unweigerlich bei meinem Vater gelandet, und der hätte Mum wahrscheinlich auf der Stelle für geisteskrank erklärt. Joan entfernte den Fleck auf meinem Stiefel mit Wildlederreiniger und ging mit mir zu Harrods, um neue Garderobe für mich zu kaufen, obwohl sie nie ein Wort darüber verlor, warum ich sie brauchte. Sie versuchte sogar, einen Ersatz für die rosa-weiß gestreifte Jacke zu finden, doch keine war auch nur annähernd so gut.

Ich weiß nicht, warum ich dachte, Jimmy würde auch nur ein Wort von all dem verstehen. Ich verstehe es selbst nicht, und er ist Gott sei Dank Koch und kein Psychiater. Das ist sowieso alles Scheiße. Meine Freundin Coralie Markham war bei einem Psychiater, nachdem ihr dritter Mann sie verlassen hatte. Es funktionierte – irgendwas dabei funktionierte –, aber sie fing plötzlich an, sich die ganze Zeit zwanghaft zu analysieren. Ehrlich, es war so langweilig, dass man sich wünschte, sie hätte nicht aufgehört, die Pillen zu nehmen.

Ich überlegte gerade, ob ich Coralie wegen der Beerdigung anrufen sollte – sie hat sich immer gut mit Joan verstanden –, als ich das Geräusch hörte. Das Licht aus der Halle beleuchtete die Säulen und die Steinfliesen, aber jenseits davon war alles schwarz. Etwas oder jemand bewegte sich in der Dunkelheit. Füße auf dem Rasen. Blätterrascheln. Kiesknirschen. Zu schwer für einen Fuchs. Ein Mann.

»Hallo? Ist da wer? Hallo?«

Wieder Knirschen. Und dann Atmen. Ganz nah. Nah genug, um das Atmen zu hören.

Da draußen war jemand.

9

Es dauerte zehn Minuten, bis ich genug Mut hatte, in Joans Wohnzimmer zurückzugehen. Die Fenster im vorderen Teil des Hauses sind in Ordnung, weil sie Fensterläden haben, aber die im rückwärtigen Teil haben keine. Die Fenster im Flur haben nicht mal Vorhänge. Ich dachte die ganze Zeit, ich würde ein Gesicht sehen, das mich anstarrte.

Am nächsten Morgen weckte mich das Telefon. Es war der Verwaltungsbeamte aus dem Krankenhaus, der mir mitteilte, dass der Gerichtsmediziner bei Miss Draycott keine Obduktion angeordnet hatte, so dass man die Entlassungspapiere ausstellen könne. Ich legte den Hörer auf und rieb mir die Augen. Entlassungspapiere. Man sollte wirklich meinen, inzwischen gäbe es einen besseren Euphemismus dafür. Reg dich nicht auf, sagte ich mir. Beruhige dich. Denk nicht darüber nach, was du tust. Ich rief das Bestattungsunternehmen an, um Joans Transport aus dem Krankenhaus zu organisieren, dann hinterließ ich dem Pfarrer eine Nachricht mit der Frage, ob er den Trauergottesdienst am Samstag, dem 29. halten konnte und hinterließ meine Londoner Nummer. Ich warf einen Blick auf den Kalender. Elf Tage. Zeit genug.

Auf dem Weg nach London schaute ich bei Mrs. Curtis rein. Die Curtis' wohnen in einem großen, grob verputzten Nachkriegshaus am Rand des Dorfes. Ich stand auf dem grauen Betonweg zwischen Reihen von Bambusstäben, an die blaue Plastikschnipsel gebunden waren, um die Vögel von Mrs. Curtis' Gemüse zu vertreiben, und drückte auf die Klingel. Niemand kam. Ich wollte gerade wieder gehen, als eines der Seitenfenster aufging und eine der Zwillingsschwestern den Kopf herausstreckte.

»Carol?«, rief ich. Es sind eineiige Zwillinge, mit babyblauen Augen und einem Wust unkämmbarer, kurzer Locken, die aussehen wie ein Teller *Fusilli,* aber ich kann sie eigentlich immer unterscheiden.

»Ja«, rief sie. »Entschuldige, aber ich war auf dem Klo. Komm hinten rum.«

Ich folgte dem Betonpfad ums Haus, vorbei an einem Haufen Mülltonnen. Die Küchenfenster waren beschlagen, und als ich die Tür öffnete, schlug mir in Kopfhöhe eine Reihe dampfender, grauer Küchentücher entgegen, die auf einem Trockengestell von der Decke hingen.

Carol war hinter der Wäsche. »Ich habe gerade Mittag gegessen. Du musst drunter durchkriechen. Man kann sie nicht höher hängen, der Zug klemmt.« Sie saß neben der hellen Arbeitsplatte aus Resopal. Ihre Nägel hatten Trauerränder, und ihre Finger hinterließen graue Abdrücke auf dem weichen, weißen Sandwich. Sie trug keine Strumpfhosen, und der Reißverschluss ihres Rocks wurde oben von einer Sicherheitsnadel gehalten und gab den Blick auf ein Stückchen einer ehemals weißen Unterhose frei.

»Eine Tasse Tee?«, fragte sie. »Ich bin im Moment zum Essen reingekommen. Ich arbeite jetzt auf der Farm, darum esse ich lieber hier als zu Hause.« Ich wollte mich gerade setzen, als sie sagte: »Kannst du bitte Wasser aufstellen? Ich bin schon den ganzen Morgen auf den Beinen.«

Was ich an Carol und Jackie liebe, ist, dass das Geld zwischen uns keine Rolle spielt. Ich bin jünger als sie, deshalb kommandieren sie mich herum, und ihr Haus oder ihr Lebensstandard war ihnen nie peinlich. Ich tue ihnen Leid, weil ich nicht verheiratet bin.

Ich steckte den elektrischen Kessel ein und öffnete ein paar Schränke auf der fruchtlosen Suche nach sauberen Bechern.

»Das mit Joan tut mir so Leid, Doe. Mum hat sich schon gefragt, ob du vorbeikommst.«

»Ist sie da?«

»Mit Dad in die Stadt gefahren.«

»Könntest du sie bitten, mich wegen der Beerdigung anzurufen?«

»Klar. Weißt du schon, wann sie ist?«

»Der Pfarrer hat mich noch nicht zurückgerufen. Es ist wegen der Kapelle. Jimmy meinte, deine Mum würde mir helfen, sie sauber zu machen.«

»Jimmy Henessey?«

»Kennst du ihn?«

»Natürlich kenne ich ihn.« Sie beugte sich vor. »Läuft da irgendwas? Zwischen euch?«

»Nein, er hat nur Joan manchmal besucht, das ist alles.«

Carol zündete sich eine Zigarette an. »Schieb mal den Unterteller rüber, Doe.« Sie zeigte auf einen angeschlagenen, grünen Teller, auf dem zwei ausgequetschte Teebeutel lagen. »Und? Lebst du in London mit jemandem zusammen?«

»Nein.«

»Gibt's jemanden?«

»Im Moment nicht.«

»Niemand da, den du magst?«

»Eigentlich nicht.«

Carol grinste. »Sei vorsichtig mit Jimmy«, sagte sie, als könnte sie meine Gedanken lesen. »Er ist klasse, ich weiß. Aber er hat sich hier einen Namen gemacht. Sei einfach vorsichtig, mehr nicht.« Sie tippte sich an die Nase. »Tu nichts, was ich auch nicht tun würde, okay?« Sie stopfte den letzten

Bissen ihres Sandwiches in den Mund. »Hab ich dir eigentlich schon mal meine Hochzeitsfotos gezeigt?«

Carol hat vor fünf Jahren geheiratet. Sie hatte mich eingeladen, aber ich war nicht da gewesen, weil ich meinen Vater nicht treffen wollte.

»Warte, ich hole das Album. Mum hebt es hier für mich auf, damit die Kinder es nicht in ihre klebrigen Finger kriegen.« Sie sprang auf und kam mit einem Fotoalbum in einem abgegriffenen, weißen Satineinband zurück. Auf der Vorderseite stand *Unsere Hochzeit*, umgeben von flatternden Bändern und schwingenden Glocken. »Es war ein wunderschöner Tag«, sagte sie und zeigte mir ein Foto von sich in Weiß, wie sie vor der Kirche in die Sonne blinzelte.

»Ich wusste gar nicht, dass du in Camoys Hall geheiratet hast.«

»Ich wäre auch nicht darauf gekommen, aber Joan hat es uns angeboten. Sie ließ die Kapelle herrichten, hat die Blumen bezahlt und alles. Ich wollte immer in einer Kirche heiraten. Jackie war nur auf dem Standesamt, das ist überhaupt nicht dasselbe.« Sie holte ein zerknittertes Polaroidfoto aus einer Einstecktasche auf der letzten Seite des Albums. »Schau, sie trägt ein ganz gewöhnliches Kostüm. Patrick hat ihr nur einen ganz kleinen Hochzeitsstrauß geschenkt. Ich fand, das war ein bisschen gemein. So eine Hochzeit wollte ich nicht. Sieh mal«, sagte sie und blätterte zu den Bildern ihrer eigenen Hochzeit zurück. »Dave in seiner Uniform. Sieht er nicht gut aus?« Carols Mann, Dave, hatte die Army ein Jahr nach der Hochzeit verlassen. »Und da ist Tommy in seinem kleinen Anzug. Ist er nicht süß? Er war so brav, ich konnte es kaum glauben.« Carol zeigte auf ein Foto ihres ältesten Sohnes. »Mum hat auf ihn aufgepasst, als wir auf Hochzeitsreise waren. Da haben wir Jason gezeugt.« Sie lachte. »Mir reichen zwei. Jackie hat inzwischen vier.«

»Wie geht's Jackie?«

»Ach, ganz gut. Immer noch mit Patrick zusammen.«

»Und wie geht's Dave?«

»Hab ich dir das nicht erzählt? Wir haben uns getrennt. Ich liebe ihn immer noch, aber ich bin jetzt mit jemand anders zusammen.«

»Und die Kinder?«

»Denen geht's gut. Dave gibt mir allerdings keinen Penny für sie.«

»Zahlt die Sozialhilfe nicht?«

Carol lachte. »Die springt nur ein, wenn die Männer einen Job haben, Doe. Dave ist für sie uninteressant. Willst du eine?« Sie schob eine Schachtel mit Geleefrüchten über den Tisch.

»Nein danke.«

»Auf Diät? Du solltest ein bisschen zulegen, nicht abnehmen.« Sie befingerte die oberste Lage der Süßigkeiten, fand nichts, was ihr gefiel, und suchte in der unteren Lage weiter. »Jackie nennt ihn Catweazle.«

»Wen?«

»Meinen neuen Freund.«

Ich muss ein ziemlich verständnisloses Gesicht gemacht haben, denn sie sagte: »Erinnerst du dich nicht an die Fernsehserie? Ach nein, ihr hattet ja keinen Fernseher, oder?« Sie sah mich mitleidig an. »Catweazle war dieser Typ in der einen Kinderserie. Er hatte strubbelige Haare und einen Bart wie ein Zauberer. Vielleicht war er auch ein Zauberer, wenn ich es mir recht überlege. Greg – so heißt er – ist ein bisschen älter als ich, deshalb hat er mehr Falten, und mit dem Bart und so ... Jackie sagt, er sieht aus wie Catweazle.«

»Wohnt er in der Nähe?«

»In einem Wohnwagen. Ich war noch nie dort. Es ist ihm peinlich. Seine Frau hat ihn rausgeworfen, als sie sich getrennt haben, und er wusste nicht, wohin. Er war auch in der Army wie Dave. Er kommt immer zu mir. Du solltest abends mal vorbeikommen. Er wird dir gefallen.«

»Das wäre klasse. Hör mal, Carol, ich muss los. Soll ich dir meine Telefonnummer in London dalassen, falls deine Mutter mich anrufen will? Ich bin wahrscheinlich morgen wieder hier, aber für alle Fälle ...«

Carol bot mir ihre Zigarettenschachtel und einen abgesplitterten Bleistiftstummel an. »Schreib's hier drauf. Keine Sorge, Doe, ich gebe sie ihr.«

Ich fand einen Stapel Briefe und sieben Nachrichten auf meinem Anrufbeantworter, als ich in meine Wohnung in London kam. Tony Hepworth wollte wissen, warum ich ihn nicht angerufen hatte; eine war von Des: »Wir haben morgen um fünf einen Termin bei Benny, ich hole dich um halb fünf ab und reserviere hinterher irgendwo einen Tisch, bis dann.« Jemand namens Alex: »Das Stück hat schon angefangen, ich steh vor dem Theater, wenn du das hörst, ruf mich auf meinem Handy an.« Dann wieder Alex: »Es ist jetzt zwanzig nach acht, offensichtlich hast du meine Nachricht nicht erhalten, wo bist du? Wenn du in den nächsten zehn Minuten deinen Anrufbeantworter abhörst, ruf mich an.« Und schließlich: »Jetzt ist es Viertel vor neun, und ich gehe nach Hause, du kannst mich später dort anrufen. Ich hoffe, es geht dir gut.« Ich dachte, jemand müsse sich verwählt haben, bis ich in meinem Terminkalender nachschaute und entdeckte, dass ein Mann namens Alex Henshall am Montagabend mit mir in *Fräulein Julie* im Nationaltheater gehen sollte. Gut, dass ich es vergessen hatte. Ich hätte mich wahrscheinlich umgebracht, wenn ich einen Strindberg hätte durchhalten müssen. Am besten sagte ich meine gesellschaftlichen Termine für die nächsten zwei Wochen ab, um ganz sicherzugehen. Dann kam eine Nachricht von dem Pfarrer aus Camoys, in der er mir mitteilte, dass ihm Samstag, der 29. recht war, wie wäre es um elf? Die letzte Nachricht war von Inspector Halstead. Nur eine Telefonnummer.

Ich zog die Jalousien hoch, spulte den Anrufbeantworter zurück und zog mich mit meinem Handy und einem großen Gin Tonic in mein Arbeitszimmer zurück. Ich spielte eine halbe Stunde am Computer herum, dann leerte ich den Gin Tonic mit einem Zug und rief Inspector Halstead an.

Er war selbst dran, was mich überraschte. »Danke, dass Sie zurückrufen, Miss Blackstock.«

»Gibt es was Neues?«

»Wir haben die Zähne mit den Zahnarztunterlagen verglichen, und die Dame, die wir hier haben, ist Ihre Mutter, wie Sie gedacht haben.«

»Zahnarztunterlagen? Werden die nicht vernichtet?«

»Normalerweise schon. Bei Privatpatienten heben sie sie manchmal länger auf, aber ich muss zugeben, so lange selten. Wir dachten, es ist einen Versuch wert, und wir hatten Glück.«

»Und alles passt zusammen?«

»Ja.«

»Danke.« *Danke?* Ich hatte mich innerlich bereits damit abgefunden, dass es Mum war, aber es war etwas anderes, es offiziell oder wissenschaftlich bestätigt zu bekommen. Mein Kopf schien plötzlich leer zu sein. Ich brachte kein vernünftiges Wort heraus. Ich fragte mich, ob Inspector Halstead mich atmen hörte. »Warum ... Ich meine, können Sie mir sagen ... Was war die Todesursache? Wissen Sie es?«

»Wir werden es Ihnen sagen können, wenn die Testergebnisse da sind, das wird vermutlich morgen sein, aber ich rufe Sie an, sobald ich etwas weiß.«

»Sie werden mir zuerst Bescheid geben, ja? Sie werden der Presse nichts sagen, ehe Sie es mir gesagt haben.«

»Natürlich nicht. Das würden wir nie tun.« Er sprach aufmunternd, als hätte ich etwas Lächerliches gesagt.

»So was kommt vor. Eine Freundin erfuhr erst vom Tod ihres Stiefvaters, als sie die Überschrift in der *Sun* sah.«

»Ich gebe Ihnen mein Wort, dass so etwas diesmal nicht passiert.«

»Ich muss es zuerst wissen. Vor allen anderen. Es ist wirklich wichtig.« Ich gab ihm meine Handynummer und die Nummer in Camoys Hall. Dann mixte ich mir noch einen Gin Tonic und holte Joans altes, zerfleddertes Adressbuch aus meiner Tasche, um eine Liste der Leute zu machen, die zu ihrer Beerdigung eingeladen werden mussten. Doch ich konnte mich nicht konzentrieren. Schließlich entschied ich, dass Des vielleicht mehr Namen kannte als ich, und stopfte alles in meine Tasche, um es nachher mitzunehmen, dann ging ich ins Bad und versuchte, mich ein wenig passabel herzurichten. Bis ich meine ersten Kontaktlinsen bekam, wusste ich nie, wie mein Gesicht ohne Brille aussah, so kurzsichtig bin ich. Da muss ich ungefähr fünfzehn gewesen sein. Ich war zwar über das Alter hinaus, auf eine wunderschöne Prinzessin aus dem Märchen zu hoffen, aber das erste Mal war trotzdem eine Enttäuschung. Weil ich irgendwie gedacht oder gehofft hatte, meiner Mutter ähnlich zu sehen. Die Leute sagen mir immer wieder, dass ich ihr ähnlich bin, aber das liegt nur an den roten Haaren. In Wirklichkeit wollte ich in den Spiegel schauen und staunend ihr Gesicht mit einem wunderschönen Nebel drumherum sehen. Doch das passierte nicht.

Einige Jahre später stieß ich zufällig auf ein Gedicht. Ich weiß nicht, wer es geschrieben hat, aber ich habe die Worte nie vergessen:

Dies Gesicht
Diese Miene, die du trägst,

Du hast sie dir nicht ausgesucht, nicht wahr?
Jemand sagte: Da hast du, sieh zu, was du damit anfängst.

In meinem Fall war nicht viel drin.

Als Des durch die Tür kam, breitete er die Arme aus, und wir hielten uns eine Ewigkeit fest, ohne ein Wort zu sagen. Er hatte weniger Haare, als ich in Erinnerung hatte, aber er wirkte fit und war sonnengebräunt. Er betrachtete mich kritisch. »Du bist ja spindeldürr. Du machst doch nicht etwa irgendeine törichte Diät?«

»Bestimmt nicht. Du siehst aber ziemlich gut aus.«

»Ich war in einem dieser gesunden Badeorte. Dort wickeln sie dich in Unmengen von Tüchern, misshandeln dich und zwingen dich, eine Woche lang nur verdammte Karotten zu essen. Natürlich schleicht man sich hinaus, um eine Zigarre zu rauchen, aber sie riechen es aus einer Meile Entfernung, und man kriecht mit eingezogenem Schwanz zurück, und alle schauen einen vorwurfsvoll an.« Er schnitt ein Gesicht. »Keine Ahnung, ob das gesund ist, aber man fühlt sich so *rein*. Vielleicht solltest du es auch mal versuchen. Sie könnten dich ein wenig aufpäppeln.«

»Als Nächstes wirst du Feuchtigkeitscreme benutzen, Des.«

»Nein, das werde ich nicht. Außerdem gibt es so was für Männer nicht.«

»Heutzutage schon.«

»Oh Gott! Wohin soll das noch führen? Als ich jung war, war man ein Schwächling, wenn man bei Regen einen Schirm aufspannte, geschweige denn sich so einen Dreck ins Gesicht schmierte.«

»Bist du in diesem Badeort so braun geworden?«

Des machte ein unsicheres Gesicht. »Ich war in Südfrankreich. In den Ferien. Hab mir da unten ein Haus gekauft. Da wimmelt es von Grauen Panthern.« Er grinste. »Einige sind sogar älter als ich, wenn du dir das überhaupt vorstellen kannst. Du musst mich dort mal besuchen kommen. Ein bisschen Leben ins Haus bringen. Lassen wir das ganze Gesundheitszeug, der Wagen steht draußen.«

»Hast du immer noch den Bentley?«

»Natürlich. Jetzt mach dich fertig, sonst kommen wir zu spät.« Des' altes, cremefarbenes Monster parkte vor der Tür. Ein paar Minuten lang fuhren wir schweigend. Dann sagte Des: »Du weißt, was das alles bedeutet, oder?«

Ich nickte. »Joan ist tot, also gehört das Geld jetzt mir.«

»Ja. Ich weiß, dass du … nun ja, dass du möglicherweise nicht nur glücklich darüber bist, aber ich fürchte, du kannst nichts dagegen tun.«

»Ich nehme an, ich kann es jederzeit irgendeiner Wohltätigkeitsorganisation spenden.«

»Ganz so einfach ist es nicht, und das weißt du sehr gut.« Des klang leicht verärgert. »Bringen wir es hinter uns, damit Benny seine Arbeit tun kann.« Er hielt inne. »Du wirst die Mehrheit der Anteile haben, verstehst du?«

»Das weiß ich, Des.«

»Natürlich. Entschuldige. Mir geht etwas anderes, was du am Telefon gesagt hast, nicht aus dem Kopf; diese Arbeit, die du hast …«

»Was ist damit?«

»Also, ich fürchte, du musst sie aufgeben. Das weißt du doch, oder?«

»Wahrscheinlich, obwohl ich mich frage –«

»Dodie, sei realistisch. Es ist eine Frage der Verantwortung.«

»Ich *weiß.* Du brauchst mich nicht zu belehren, Des. Bitte.«

»So schlimm ist es gar nicht. Einen Full-Time-Job wirst du bei Blackstock nicht haben. Niemand wird erwarten, dass du jeden Morgen ab neun Gewehr bei Fuß hinter einem Schreibtisch sitzt, aber du musst viel aufholen, und das wird Zeit kosten. Rom wurde auch nicht an einem Tag erbaut.«

»Nein, aber Pompeji wurde in einer halben Stunde zerstört.«

Des seufzte. »Bis jetzt habe ich mich um alles gekümmert, aber du wirst dich ziemlich gut einarbeiten müssen. Ich kann dir alles zeigen, doch ich werde nicht ewig da sein. Ich weiß nicht, was für eine Kündigungsfrist du hast, ich bin sicher, Benny kann sich mit deiner Zeitschrift einigen. Es tut mir Leid, Kleines, ich weiß, dass du das alles nicht willst, aber du hast mehr oder weniger keine Wahl, fürchte ich.«

»Ich weiß. Darf ich dich etwas fragen, Des?«

»Schieß los.«

»Hast du erwartet, dass mein Vater mir irgendwas vererbt? Über Joan, meine ich?«

Des machte ein überraschtes Gesicht. »Nun, ja. Ja. Ich habe immer angenommen, dass er das tut.«

»Obwohl wir Streit hatten?«

»Es war immer klar, Dodie. Eigentlich wurde nie darüber diskutiert – um ehrlich zu sein. Ich glaube nicht, dass dein Vater sich Blackstock ohne sich selbst im Cockpit vorstellen konnte – aber immerhin bist du seine Tochter. Außerdem kannst du diesen Job nicht ewig machen. Du hast dein Bestes getan, aber so ganz hat es doch nicht hingehauen, oder?«

»Eigentlich verdiene ich ziemlich gut – verglichen mit den meisten Leuten jedenfalls.«

»Ja, gut, aber sieh es von der sonnigen Seite. Jetzt kannst du dir eine anständige Wohnung leisten. Und ein ordentliches Auto statt der alten Klapperkiste.«

»Ich weiß nicht, warum ich überhaupt versucht habe, mir

ein eigenes Leben aufzubauen. Wozu das Ganze? Acht, neun Jahre Arbeit, und in nicht mal fünf Sekunden ist alles hin.«

»Ich weiß, dass Wolf nicht besonders glücklich darüber war, aber ich habe immer gedacht, es tut dir gut, dich allein durchzukämpfen.« Er tätschelte mein Knie. »Weißt du, ich bin wirklich stolz auf dich.«

Als wir nach dem Termin bei Benny wieder im Wagen saßen, sagte Des: »Kommen wir also zu den ernsteren Dingen. Ich dachte, wir könnten vielleicht den neuen Japaner ausprobieren, von dem ich schon so viel gehört habe. Wenn mir vor zwanzig Jahren jemand gesagt hätte, dass ich rohen Fisch essen würde, hätte ich ihn für verrückt erklärt, aber ich mag es. Ich habe bestimmt schon ganze Schwärme vertilgt. Was hältst du davon?«

»Ich möchte am liebsten nach Hause.«

Er sah mich scharf an. »Was ist los, Dodie? Für die meisten Menschen würde es nicht das Ende der Welt bedeuten, wenn sie ein Vermögen erben, weißt du.«

»Ja. Aber als wir da drin waren und Mr. Bennington alles erklärte, hatte ich das Gefühl, als ... als wäre ich lebendig begraben oder so was. Ich weiß seit über sechs Monaten, dass es unvermeidlich ist, aber wahrscheinlich – vielleicht weil ich es nicht wahrhaben wollte – glaubte ich, es würde nicht *geschehen.* Macht es dir etwas aus, wenn wir nicht darüber reden?«

»Überhaupt nicht. Aber ich habe mich so darauf gefreut, dich zum Essen auszuführen. Ich mache dir einen Vorschlag, warum kommst du nicht mit zu mir, und Angelina kümmert sich um eine Mahlzeit für uns?«

Also taten wir das. Des und seine Haushälterin Angelina wohnen in einem der wunderschönen Nash-Häuser, die auf den Regent's Park blicken. Er kaufte es für einen Spottpreis in den siebziger Jahren, was typisch für Des' Scharfsinn ist.

Es stimmt, dass mein Vater ein begnadeter Geschäftsmann war, aber ohne Des' Hilfe wäre Blackstock nicht halb so groß, wie es heute ist, und das wusste er. Offiziell hat sich Des vor zehn Jahren zur Ruhe gesetzt, aber er ist immer noch die graue Eminenz bei Blackstock – abgesehen von allem anderen besitzt er beinahe zehn Prozent der Anteile – und hat bei allem ein Mitspracherecht.

Des hat einen fantastischen Garten, an den Wänden klettern Glyzinien, und es gibt einen riesigen Torbogen, um den sich weiße Rosen ranken. Dort saßen wir auf einer geschnitzten Holzbank. »Und jetzt will ich alles, was du am Telefon gesagt hast, noch einmal hören, und diesmal ganz langsam. Von Anfang bis Ende.« Er drohte mir mit dem Zeigefinger. »Und keine Abschweifungen, klar?«

Also erzählte ich ihm noch einmal von Joan und Mum und all dem anderen, bis auf den Teil mit Jimmy und dem Messer. Es dauerte ungefähr eine halbe Stunde, die ganze Geschichte zu erzählen, wobei Des kaum etwas sagte, außer: »Und dann?«, oder: »Oh Gott.« Als ich fertig war, legte er den Arm um mich und tätschelte mehrmals unbeholfen meine Schulter. »Du armes Ding. Da hast du ganz schön was durchgemacht, was? Wie kann ich dir helfen?«

Ich fischte Joans Adressbuch und die Gästeliste aus meiner Tasche. »Du könntest mir dabei helfen. Ich kenne die Hälfte der Leute überhaupt nicht.«

Des blätterte das Adressbuch durch. »Ich kenne einige.« Er zog ein Notizbuch in einer silbernen Hülle und einen Miniaturstift aus seinem Jackett. »Wann soll die Beerdigung sein?«

»Am neunundzwanzigsten. Das ist ein Samstag. Der Pfarrer meinte, um elf, ich dachte, dass wir anschließend einen Lunch anbieten.«

»Gut. Ich schreibe mir die Namen ab und fange an zu telefonieren. Dann lasse ich dich wissen, wer alles kommt. Das beschleunigt das Ganze doch ein bisschen, oder?«

»Danke.«

»Hast du eine Anzeige für die Zeitung aufgesetzt?«

»Nein.« Daran hatte ich gar nicht gedacht.

»Dann übernehme ich das. Wie willst du all die Menschen satt kriegen?«

»Ich dachte, ich rufe ein paar von diesen Leuten an.« Ich zeigte Des die Liste am Ende des Adressbuchs, mit den Namen von allen Caterern, Floristen, Weinhändlern, Dekorateuren und Musikern, die Joan für die Feste meines Vaters beschäftigt hatte, als er noch am Leben war.

»Dann kann ja nichts schief gehen. Sie werden sich alle an sie erinnern.«

»Es ist ein paar Jahre her, seit sie das letzte Mal gebraucht wurden.«

»Macht nichts. Sie hat ihnen eine Menge Aufträge eingebracht. Daran werden sie sich erinnern. Und die Leute mochten Joan. Sie hatte viele Freunde.«

»Ja, das hatte sie.« Ich dachte daran, was Jimmy über die Leute im Dorf gesagt hatte. »Was für Lieder sollen wir in der Kirche singen, Des?«

»Also, ›Der Herr ist mein Hirte‹, das war immer ihr Lieblingslied. ›Ein feste Burg ist unser Gott‹ und äh ... ›Lobet den Herren‹. Am liebsten mochte sie die Version von Grace Fields. Und wie wär's mit ›Jerusalem‹? Ich finde, das ist immer ein passendes Lied.«

Ich notierte mir die Lieder auf der Rückseite der Gästeliste. »Das ging schnell. Ich finde die Wahl gut, aber bist du sicher, dass sie diese Lieder auch ausgesucht hätte?«

Des machte ein hilfloses Gesicht. »Sie hat es mir mal gesagt. Weiß Gott, wie wir darauf zu sprechen gekommen sind, aber sie sagte, dass ›Ein feste Burg ist unser Gott‹ sie immer zum Lachen brachte, weil die Leute sich so durchstöhnten. Dann sagte sie, dass sie es gerne auf ihrer Beerdigung hätte, und ich fragte sie, welche Lieder sie noch gerne hätte, und dann fragte sie mich …« Einen Augenblick lang schwiegen wir. »Wenn alles vorbei ist – die Vorbereitungen und das alles –, hättest du etwas dagegen, wenn ich das da behalte?« Er zeigte auf Joans Adressbuch.

»Natürlich nicht. Aber willst du denn nicht etwas Persönlicheres haben?«

Des schaute das Adressbuch an. »Ich habe es ihr geschenkt. Vor vielen Jahren.«

»Ich verstehe. Ja, natürlich kannst du es haben.«

Wieder waren wir einen Moment still, dann sagte er: »Wirst du Benny einladen?«

»Darauf wäre ich jetzt nicht gekommen.«

»Du solltest es tun. Er ist schrecklich beleidigt, wenn man ihn vergisst. Soll ich ihn anrufen? Er mochte Joan sehr gern, weißt du.«

»Ja, wenn du meinst. Gibt es noch jemanden, den ich nicht vergessen darf? Ich meine, der nicht in ihrem Adressbuch steht?«

»Da wäre noch Joans Schwester.«

»Ich wusste gar nicht, dass Joan eine Schwester hat.«

»Sie ist ein paar Jahre älter. Sie standen sich nicht sehr nahe.«

»Wie heißt sie?«

»Madeleine. Madeleine Draycott. War nie verheiratet. Früher wohnte sie in Bournemouth. Es dürfte nicht allzu schwer sein, sie aufzutreiben, vorausgesetzt, sie lebt noch.«

»Vielleicht steht sie nicht in Joans Buch, weil sie tot ist. Aber dann wäre ihr Name durchgestrichen, oder?« Ich sah erst unter D nach, dann unter M. Nichts. »Waren sie zerstritten?« Warum gab es so viel, das ich nicht wusste?

»Ich glaube, sie und dein Vater waren nicht einer Meinung.« Er stand auf und streckte seine Beine. »Du kennst doch die Regeln, Dodie.« Er klang wütend.

»Auch wenn sie nicht kommen will, müssen wir sie benachrichtigen. Hast du sie je kennen gelernt?«

»Vor vielen Jahren. Als wir alle noch jung und schön waren und unsere Kniegelenke uns nicht geärgert haben.« Er beugte sich hinunter und massierte sie. »Was machen wir wegen des Essens?«

»Chinesisch?«

»Gute Idee. Hier in der Nähe ist einer, der liefert. Soll ich Angelina bitten, uns was zu bestellen? Sie trifft immer eine gute Wahl.«

Er ging hinein, und ich wanderte herum, schnupperte an den Blumen und dachte an Joan. Es war schwer, sich vorzustellen, dass sie mal jung gewesen war, aber ich hatte Fotos gesehen, und sie war sehr hübsch gewesen, eine strenge Schönheit mit aufgesteckten Haaren. Wann sie und Des sich wohl über Kirchenlieder unterhalten hatten? Ich wette, mein Vater hätte nicht gewusst, welche Lieder Joan gefallen hätten, und er war mit ihr verheiratet gewesen. Des wusste immer, wie viele Kinder jemand hatte, in welche Schule sie gingen und wie ihre Hunde hießen. Ich nehme an, er verkörpert das Menschliche bei Blackstock P. L. C. Bei offiziellen Anlässen schicken sie ihn heute noch vor.

Angelina brachte uns das chinesische Essen in den Garten, und wir aßen es unter dem Rosenspalier. Wir redeten noch ein bisschen über die Organisation der Beerdigung, doch ich konnte mich nicht konzentrieren und schüttete am Ende schwarze Bohnen auf meine Liste. Des gab mir sein Taschentuch, um sie abzuwischen. Als wir fertig waren, entstand eine Pause, während Des seine Zigarre rauchte und wir zusahen, wie hinter den Fenstern der Häuser die Lichter angingen. Ich dachte, er wäre meilenweit entfernt, aber plötzlich sagte er: »Was ist los, Dodie?«

»Nichts.«

»Doch. Du bist gleich durchs Papier durch.«

Ich schaute auf das Taschentuch. »Entschuldige. Ich werde es für dich waschen.«

»Mach dir deswegen keine Gedanken. Was ist los? Abgesehen vom Offensichtlichen: Joan, deine Mutter, das Erbe.«

»Es ist schwer zu erklären.«

»Versuch es.«

»All diese Dinge, die ich nicht weiß. Würdest du mir Sachen erzählen, wenn ich dich frage, Des?«

»Was für Sachen?«

»Aus der Vergangenheit. Wie es war, was geschehen ist. Einfach ... Sachen eben.«

»Über Susan?«

»Ja, aber eigentlich über alles. Ich habe das Gefühl, ich verstehe gar nichts ... Entschuldige, ich schweife ab. Aber du hast gefragt.«

»Wo bist du im Moment hauptsächlich? In Cambridgeshire?«

»Ja. Ich bin nur heute Nachmittag zu dem Termin gekommen.«

»Was hältst du davon, wenn ich dich da draußen besuchen komme und wir zusammen essen gehen? Nächste Woche?«

»Ja, wenn du willst.«

»Ich hätte nichts dagegen, ein paar Tage in der ›Fetten Henne‹ zu logieren, es sei denn, sie haben den Gutshof kaputt renoviert. Ich könnte dir beim Aussortieren helfen.« Er stand auf. »Du siehst ein bisschen spitz aus. Schlaf dich mal wieder aus. Ich rufe dir ein Taxi.«

Des begleitete mich zum Taxi und beugte sich durchs Fenster, um mich auf die Stirn zu küssen. »Ich rufe dich an. Versuch, dir keine Sorgen zu machen, Dodie. Schlaf gut und träum was Süßes.« *Schlaf gut und träum was Süßes.* Das hatte er immer zu mir gesagt, als ich klein war.

Es war erst halb zehn, als ich vor meiner Wohnung aus dem Taxi stieg, deshalb begann ich, ein paar Leute anzurufen. Ich hinterließ Nachrichten für Tony, Coralie Markham und Alex Henshall, dann sah ich mir die Liste an, die ich gemacht hatte. Des hatte mindestens die Hälfte der Namen abgehakt, für mich blieben noch ungefähr fünfundsiebzig übrig. Ohne einen besonderen Grund fing ich am Ende an. Mrs. Williams. Die Frau auf Joans letzter Liste. Wahrscheinlich eine alte Bekannte aus dem Women's Institute, doch es war eine Londoner Nummer. Vielleicht leitet sie das Institut. Ich wählte.

»Hallo?«

»Hallo, ist da Mrs. Williams?«

»Am Apparat.«

»Ich rufe wegen Joan Draycott an. Ich fürchte, ich habe schlechte Nachrichten.«

»Schlechte Nachrichten? Wer ist da?«

»Mein Name ist Dorothy Blackstock. Ich fürchte, Joan ist … sie ist tot. Sie hatte einen Herzinfarkt. Ich bereite die Beerdigung vor und wollte wissen –«

»Haben Sie gesagt, Ihr Name ist Dorothy Blackstock? *Dodie* Blackstock?«

»Ja. Ich bin – war – sozusagen ihre Stieftochter.«

»Ich weiß, wer Sie sind. Wissen Sie, wer ich bin?«

»Also, ich habe das Adressbuch durchgeschaut, wissen Sie, um herauszufinden –«

»Früher hieß ich Hill.«

»Entschuldigung, ich –«

»Maggie Hill.«

Ich ließ beinahe das Telefon fallen. »Haben Sie mir die Orangenlimonade angeboten?«

»Wie bitte?«

»Orangenlimonade. In der Küche. Als die Katze überfahren wurde.«

»Ja, das war ich.« Dann stimmte es also. Der braune Hosenanzug aus Samt, das krause Haar. Ich hatte es nicht geträumt oder erfunden. »Ich bin überrascht, dass Sie sich daran erinnern.«

»Ich verstehe das nicht. Warum steht Ihr Name in Joans Adressbuch?«

»Wir standen seit einiger Zeit in Kontakt. Sie hat mir allerdings kein Geld gegeben, wenn Sie das denken.«

»Nein. Warum sollte ich –«

»Ich hätte es den Zeitungen erzählen können. Ich hatte Angebote. Aber ich habe nie mit einem von denen geredet.«

»Hören Sie, Mag – Mrs. Williams –«

»Ich habe zwar kein Geld, verstehen Sie. Ich bin meistens total abgebrannt. Aber ich habe nie auch nur mit einer einzigen Zeitung geredet.«

Total abgebrannt. Diese Schuhe damals, die mit Gummibändern zusammengehalten wurden. »Ich will Sie treffen.«

»Mich treffen?«

»Ja. Kann ich Sie besuchen?«

»Also, ich weiß nicht recht –«

»Um zu reden. Hören Sie, ich werde Sie dafür bezahlen.«

»Ich will Ihr Geld nicht.«

»Ich muss mit Ihnen reden. Bitte, Mrs. Williams.«

»Ich weiß nicht, was Sie sich davon erwarten, aber wenn Sie wollen –«

»Ich will. Wie wär's nächste Woche? Dienstagabend? Haben Sie da Zeit?«

»Wenn Sie wollen, können Sie auch nachmittags kommen. Ich gehe nie aus.«

»Gut. Nächsten Dienstag um zwei. Wo wohnen Sie?«

Sie nannte eine Adresse in Tower Hamlets. »Keine schöne Gegend. Lassen Sie Ihr Auto zu Hause. Und tragen Sie keinen Schmuck oder Designerklamotten und so was, solche Sachen sind Sie nämlich gleich los.«

»In Ordnung. Danke.«

»Auf Wiedersehen.« Sie legte auf.

Es dauerte zehn Minuten, bis ich aufhörte zu zittern. Ich ging in die Küche und versuchte, mir noch einen Gin Tonic zu mixen, doch ich schnitt mir in den Daumenballen, statt in die Zitrone. Es brannte, wenn auch nicht sehr schlimm. Einen Augenblick lang sah ich zu, wie das Blut in den Zitronensaft auf dem Brettchen tropfte, dann tauchte ich den Zeigefinger der anderen Hand in die Flüssigkeit und zog kleine Kreise auf der hölzernen Oberfläche. Nach einer Weile konnte ich wieder denken. So wie Maggie Hill über Geld geredet hatte, hätte sie Joan erpressen können, wenn sie gewollt hätte. Entweder du zahlst, oder ich verkaufe meine Geschichte an die Zeitungen. Bloß welche Geschichte? Die Neuigkeit, dass meine Mutter noch am Leben war? Maggie Hill war für sieben Jahre ins Gefängnis gegangen, also musste sie Ende 1983 rausgekommen sein ... Bei guter Führung könnte es auch früher gewesen sein. Sie konnte es Joan nicht erzählt haben, solange sie im Gefängnis war, jedenfalls nicht in den ersten zwei oder drei Jahren, weil Joan es meinem Vater erzählt hätte, und dann wäre Mum zu uns zurückgekommen, und er hätte nicht Virginia heiraten können und ... Wie auch immer, was war mit dem Foto, das Mum bei sich hatte, das von mir auf Tonys Party? Denn was ich wirklich nicht verstand, war, warum Mum nicht von selbst zurückgekommen war. Es sei denn, sie hätte ihr Gedächtnis verloren. Ich meine, sie hatte einen Nervenzusammenbruch, bevor sie entführt wurde, und eine Entführung würde reichen, jeden in den Irrsinn zu treiben. Aber warum standen dann unsere Namen in ihrem Adressbuch?

Ich muss beinahe eine Stunde so dagestanden haben. Nur ich, mein verletzter Daumen und mein Gin Tonic. Der warm war, weil ich die Eiswürfelschale fallen gelassen hatte und alle Eiswürfel herausgesprungen und unter den Schränken verschwunden waren. Na schön, dachte ich, Zeit, ins Bett zu gehen.

Als ich um drei Uhr immer noch nicht eingeschlafen war, stand ich auf und begann, Sachen einzupacken, die ich mit nach Camoys Hall nehmen wollte. Ich stopfte meinen Laptop in seine Tasche, zog den Stecker des Faxgerätes heraus und steckte es in eine Plastiktüte. Ich war gerade dabei, die ungeöffnete Post in meine Handtasche zu packen, als das Telefon klingelte. Tony. Er kommt immer spät von seinen Partys nach Hause und ruft mich dann an, um mir zu erzählen, was ich verpasst habe.

Ich ging an das Telefon im Flur. »Du hast Glück. Ich habe noch nicht geschlafen.«

Stille.

»Tony?«

»Sei ruhig und hör mir zu.« Eine Männerstimme. Mit Sicherheit nicht Tonys.

»Was –«

»Hast du nicht gehört, du reiche Schlampe. Halt's Maul und hör zu. Du denkst, du bist in Sicherheit, was?«

»Wer ist da?«

»Halt dein verdammtes Maul. Das ganze Geld hat deiner Mutter nichts genützt, oder? Und dir wird es auch nichts nützen, weil ich weiß, wo du wohnst.«

10

Ich knallte den Hörer auf die Gabel, dann nahm ich ihn wieder ab. Tony, ich würde Tony anrufen. Er würde wissen, was zu tun ist. Ich wählte. Besetzt. Ich wählte wieder. Immer noch besetzt. Das konnte Stunden dauern. Ich musste meine Hände dazu bringen, aufzuhören zu zittern. In diesem Zustand konnte ich gar nichts tun ... *Herrje.* Des. Das war's, Des anrufen. Okay, drück die Tasten, null – eins – sieben – eins – Nein. Warte. Wenn der Anrufer über meine Mutter Bescheid wusste, wusste er vielleicht auch, wo Des wohnte. *Ich weiß, wo du wohnst.* Er konnte schon auf dem Weg sein, auf dem Weg zu mir. Er würde mich holen, und ich konnte nichts dagegen tun. Ich wirbelte herum und starrte die Haustür an. Ich konnte beinahe sehen, wie der Knauf sich zu drehen begann. Denk nach, Dodie, denk nach. Inspector Halstead anrufen? Nein. Was konnte er schon tun? Ich musste hier raus. Ich musste in mein Auto kommen und eine möglichst große Entfernung zwischen mich und meine Wohnung legen. Camoys Hall. Niemand wusste, dass ich dort gewesen war. Ich hatte nicht einmal meinem Chef gesagt, wo ich hinfuhr, nur Des. Und Jimmy. Ich musste zurück nach Camoys Hall.

Ich packte alles ins Auto, verschloss die Wohnung und fuhr so schnell ich konnte durch die leeren Straßen. Erst als ich die halbe Strecke auf der Autobahn hinter mir hatte, fiel mir der Herumtreiber wieder ein. Dieses Atmen, so *nah.* Ich zuckte zusammen, trat auf die Bremse – Gott sei Dank war niemand hinter mir – und schlingerte auf die Standspur.

Ich wusste nicht, was ich tun sollte. Ich saß eine Ewigkeit da, und jeder vorbeifahrende Lastwagen schaukelte mein kleines Auto hin und her. Ich rief von meinem Handy aus Des an. *Netz überlastet. Bitte versuchen Sie es später noch einmal.*

Vielleicht hatte es gar keinen Herumtreiber gegeben. Es konnte alles Mögliche gewesen sein – Kids aus dem Dorf, ein Fuchs, die Katze ... Shaanti. Ich hatte ihr kein Futter dagelassen. Sie würde Hunger haben. Aber was auch immer das da draußen in Camoys Hall gewesen sein mochte, der Anruf in meiner Wohnung war *echt.* Ich konnte Des anrufen, wenn ich da war und die Katze gefüttert hatte.

Shaanti freute sich wenigstens, mich zu sehen, als ich endlich in Camoys Hall ankam. Schnurrend rieb sie sich an meinen Beinen, während ich in den Küchenschränken nach einer Dose Katzenfutter suchte, sie öffnete und den Inhalt mit einer Gabel in ihre Schüssel kratzte, wobei mir von dem Geruch beinahe schlecht wurde. So etwas Normales zu tun, wie eine Katze zu füttern, beruhigte mich irgendwie. Ich schüttete etwas Milch für sie in eine Untertasse und ging in Joans Wohnzimmer, um Des anzurufen. »Wahrscheinlich ist es irgendein Irrer, aber es ist besser, wir gehen auf Nummer sicher«, sagte er. »Du brauchst da oben sowieso eine Alarmanlage. Das habe ich Joan auch immer gesagt, aber sie war genauso schlimm wie dein Vater. Ich habe ihr erklärt, dass heutzutage alles viel schlechter geworden ist, aber sie wollte nicht hören.«

»Hast du sie denn oft gesehen? Nach dem Tod meines Vaters?«

»Hin und wieder. ›Oft‹ würde ich nicht sagen. Wie auch immer, wegen der Alarmanlage – ich kenne da eine gute Firma. Ich werde sie anrufen, soll ich? Ich bezweifle zwar, dass sie heute noch kommen können, aber ich glaube, du brauchst dir wirklich keine Sorgen zu machen, Dodie. Ich weiß, es ist ziemlich unheimlich, wenn man mitten in der Nacht angerufen und bedroht wird, aber diese Leute *tun* einem selten etwas. Du stehst nicht im Telefonbuch, oder?«

»Um Gottes willen, nein.«

»Sehr vernünftig. Und was die andere Geschichte angeht – dass da draußen jemand war –, das waren wahrscheinlich nur irgendwelche Jugendlichen, die sich dort rumgetrieben haben.«

»Ich dachte, es könnte vielleicht ein Tier gewesen sein.«

»Sehr gut möglich. Seltsam, wie sich solche Dinge in der Fantasie festsetzen. Ich erinnere mich an eine Weihnachten – es muss vor zwölf oder fünfzehn Jahren gewesen sein –, als dein Vater und ich in Wales waren, um uns ein Haus anzuschauen. Als wir zum Wagen zurückkamen, sprang er nicht an, und weißt du, was wir gefunden haben, als wir unter die Motorhaube geguckt haben? Eine vollständige Mahlzeit. Kartoffeln, Truthahn, Rosenkohl, alles! Es war ein bisschen ölig, aber hübsch angerichtet, so als wollte es jemand gleich verspeisen. Wir haben nie herausgefunden, wie das Essen dahingekommen ist. Dein Vater meinte, es wären walisische Nationalisten gewesen. Egal, das zeigt mal wieder … Aber was ich sagen wollte, ist, dass seltsame Dinge passieren können. Wenn du meinen Rat hören willst, mach einfach weiter mit den Vorbereitungen für die Beerdigung. Lenk dich ab. Es ist immer besser, einfach so weiterzumachen wie bisher.«

»Wahrscheinlich hast du Recht. Danke, Des.«

»Denk dir nichts dabei, mein Kind. Ich rufe dich an, wenn ich mit den Sicherheitsleuten gesprochen habe.«

Es stimmte, was Des gesagt hatte. Man musste sich beschäftigen. Denn immer wenn ich aufhörte, etwas zu tun, fing ich an nachzudenken, und dann fing ich an zu weinen, bekam Angst oder wurde depressiv. Ich räumte Joans Schreibtisch in ihrem Wohnzimmer komplett leer und fing an zu arbeiten. Es stimmte auch, dass sich die Leute an Joan erinnerten, wie Des gesagt hatte. Alle erinnerten sich an sie und waren tief betroffen, wenn ich ihnen erzählte, dass sie gestorben war. Sie wussten, was für Essen sie immer bestellt hatte, welche Blumen wohin kamen, einfach alles. Ich verbrachte praktisch den ganzen Vormittag am Telefon, und es gelang mir, Dekorateure, eine Reinigungsfirma, Personal und so weiter zu organisieren. Und ich weiß, dass das ein bisschen verrückt klingt, aber während ich all das tat, stellte ich mir vor, ich wäre Joan. Ich imitierte nicht ihre Stimme oder so etwas, ich versuchte einfach, das zu tun, was sie getan hätte. Weil sie solche Sachen immer für meinen Vater organisiert hatte – keine Beerdigungen, aber große Feste mit vier- bis fünfhundert Gästen. Ich hatte keine Ahnung, wie viel Arbeit es war, bis ich damit anfing. Mein Vater gab beinahe jede Woche ein Essen oder einen Empfang, und niemand hat Joan je bei den Vorbereitungen geholfen. Es gibt Firmen, die all das organisieren, und ich hätte eine davon nehmen können, aber ich wollte es selbst tun. Wenn du mich sehen könntest, Joan, wärst du hoffentlich beeindruckt, dachte ich.

Am späten Vormittag machte ich mir aus Joans Zichorienpulver einen Kaffee. Ich spuckte das meiste davon wieder aus und nahm mir vor, eine Kaffeemaschine zu kaufen. In meine Wohnung konnte ich nicht noch einmal fahren, also musste ich einkaufen gehen. Dann rief ich bei Habitat in Cambridge an und bestellte das größte Doppelbett, das sie vorrätig hatten, aber pronto. Auf eine seltsame Art genoss ich es beinahe.

Ich war gerade dabei, meine Einkaufsliste neben die sechs anderen zu hängen, die ich an Joans Korkbrett gepinnt hatte, als Jimmy anrief.

»Wie geht's?«, fragte er.

»Langsam. Es ist so viel zu tun.«

»Brauchst du Hilfe? Wenn du willst, kann ich morgen vorbeikommen.«

»Wirklich?«

»Klar, warum nicht? Ich habe mit Mrs. Curtis gesprochen. Sie hat gesagt, sie kommt irgendwann im Laufe des Vormittags zu dir.«

»Super. Jimmy, ich habe mir überlegt …«

»Was?«

»Der Caterer faxt mir heute Nachmittag ein paar Menüvorschläge für den Empfang nach der Beerdigung. Hättest du Lust, sie dir anzusehen?«

»Kein Problem. Dann komme ich so gegen elf.«

Als ich auflegte, dachte ich plötzlich: *Mum.* Für sie würde ich das alles auch tun müssen.

Dann dachte ich darüber nach, ob ich sie im nächsten Leben wohl jemals wiedersehen würde. Vorausgesetzt natürlich, es gab ein nächstes Leben. Ich will Mum wirklich wiedersehen. Komisch, als Angela starb, habe ich nie an solche Sachen gedacht. Ich war viel zu sehr damit beschäftigt, mich schuldig zu fühlen, weil ich sie nicht gemocht hatte. Oder als Virginia starb. Sie war sozusagen meine Stiefmutter gewesen, aber ich kannte sie kaum. Als ich sie auf der Beerdigung meines Vaters sah, bis aufs Skelett abgemagert, dachte ich, wenn sie ein Tier wäre, würde sie den Killerinstinkt im Menschen wecken, und die würden sich gratulieren, weil sie sie so gnädig von ihrem Elend erlösten. Ungefähr drei Monate später gelang es Virginia schließlich, sich zu Tode zu hungern. Und als mein Vater starb, kam ich auch nicht auf den Gedanken, ihn in einem nächsten Leben wiedersehen zu wollen. Ich war nicht froh, dass er tot war, ich war nur so *erleichtert.* Als könnte ich mich zum ersten Mal in meinem Leben entspannen. Doch als ich von seinem Testament erfuhr, war es, als wäre er immer noch da und kontrollierte alles. Der einzige Unterschied war nur, dass wir ihn nicht mehr sehen konnten.

Ich holte die Post aus meiner Handtasche und guckte, ob irgendwas Interessantes dabei war. Bis auf einen dicken braunen Umschlag mit einer aufgedruckten Adresse schienen es nur Rechnungen und Rundschreiben zu sein. Ich öffnete den Umschlag und griff hinein, in der Erwartung, meinen Vorrat an Einmalkontaktlinsen für den nächsten Monat herauszuziehen. Meine Fingerspitzen berührten etwas Weiches. Beinahe Pelziges. Ich schaute hinein. Der Umschlag war voller Haare.

Als ich ihn ausschüttelte, fiel ein dickes, blassrotes, sauber zusammengerolltes Büschel Haare in meinen Schoß. Rotblond. Genau wie meine. Genau wie die meiner Mutter. *Oh Gott*! Ich sprang auf, und die Haare flogen von meinem Schoß. Als sie auf dem Teppich landeten, wanden sie sich einen Augenblick wie ein Fisch.

Ich rannte ohne nachzudenken aus dem Zimmer, aus dem Haus und über den Rasen. Ich krabbelte durch den Grenzgraben und rannte zwischen den Bäumen hindurch auf das Feld. Ich bin nicht besonders trainiert. Kurz bevor meine Lungen explodierten, blieb ich stehen, krümmte mich, die Hände auf die Knie gestützt, und rang nach Luft. Sonnenschein. Heller, sicherer Sonnenschein.

Er weiß nicht, dass ich hier bin, sagte ich mir. Er kennt nur meine Adresse in London. Und es konnten irgendwelche Haare sein. Man brauchte nur ein Foto meiner Mutter anzuschauen, dann wusste man, was für eine Haarfarbe sie hatte. Fotos von ihr gab es genug … Bloß, dass es keine gewöhnliche Haarfarbe war. Und das Haar in dem Umschlag war nicht gefärbt. Bei gefärbten Haaren sind alle Strähnen gleich, und bei diesen war jede ein bisschen anders. Aber es kann auch ein Spinner gewesen sein, dachte ich. Ein schlechter Witz. Oder nicht?

Ich sah auf und merkte, dass ich nicht wusste, wo ich war. Früher kannte ich das Gelände ziemlich gut, aber inzwischen war viel mehr Land an Bauern verpachtet. Da wo früher nie etwas war, grasten Schafe und Kühe und wuchs Getreide, und Bäume und Hecken schienen verschwunden zu sein. Joan hatte das Land verwaltet, nicht ich. Vielleicht hatten sie die Hecken entfernt, ohne es ihr zu sagen. Ich konnte mir nicht vorstellen, dass sie damit einverstanden gewesen wäre, aber vielleicht ja doch. Sie hätte mich allerdings nie angerufen, um es mit mir zu besprechen. Vielleicht dachte sie ja, ich würde sie zum Teufel schicken. Vielleicht hätte ich das auch getan.

Nach einer halben Stunde Fußmarsch kam ich an die Grenze des Besitzes. Dort begann das Dorf Camoys Hall. Nur ein Holzzaun trennt das Feld von der Straße und einem Fußweg. Ich lief auf das Dorf zu, und nach zehn Minuten war mir die Landschaft wieder vertrauter. Ich kletterte über den Zaun, lief durch ein Wäldchen, und da war der alte Unterstand aus dem Krieg, umgeben von zwei Reihen Stacheldraht. Es war lange darüber diskutiert worden, ob man ihn abreißen sollte, aber er war aus massivem Beton und zu groß, um ihn zu sprengen.

Als Kind war ich nie gerne hineingegangen. Es hatte etwas mit der Atmosphäre zu tun. Ich fürchtete mich nicht davor, dass irgendein längst toter Soldat mir auf die Schulter klopfen konnte, aber es roch nach Urin, und die rauen, grauen Wände waren voller Graffiti. Ich kannte die Kids aus dem Dorf, die die Sachen geschrieben hatten. Hier gibt es kein Kino oder sonst etwas in der Nähe, und wenn man noch keinen Führerschein hat, um in den Pub zu fahren und den Samstagabend nicht mit den Eltern vor dem Fernseher verbringen will, ist das hier die Alternative: fröstelnd in einem muffigen, düsteren Betonbunker herumhängen, angeben, rumknutschen und Obszönitäten an die Wand sprühen. Selbst wenn ich es gedurft hätte, hätte ich nicht mitmachen wollen.

Als ich durch den Stacheldraht kroch, dachte ich, der Bunker ist Geschichte. Die werde ich nicht mehr los. Ich las die Graffitis. Die Initialen *NF* mit einem Hakenkreuz waren mehrmals da. *Mark war hier. Tracey war hier. Carol liebt Pete. Jackie und Pete für immer zusammen.* Beide Zwillinge. Glücklicher Pete. Plötzlich fragte ich mich, ob Jimmy früher auch hier war. Ich wanderte um den Bunker herum und suchte nach seinem Namen, dann blieb ich vor dem Eingang stehen und schnüffelte. Es roch nicht nach Urin, sondern nach etwas anderem. Bleichmittel? Desinfektionsmittel? Die Kids aus dem Dorf würden hier wohl kaum sauber machen. Und die Graffitis waren alt. Vielleicht hatten sie einen besseren Ort zum Rumhängen gefunden. Ich spähte durch den Eingang. Bis auf einen blassen Lichtstreifen, der durch die Schießscharte fiel, konnte ich nichts erkennen. Doch auf dem Boden waren Spuren zu sehen und ein Teil eines Fußabdrucks. Von einem Menschen, nicht von einem Tier. Ein ziemlich großer. Zu groß für Joans Fuß. Warum sollte sie auch hierher gekommen sein? Sie hat den Bunker früher nicht desinfiziert, warum sollte sie es also jetzt getan haben?

So weit ich sehen konnte, war da nichts. Ich wollte nicht über die Schwelle treten. Das Dach war zu niedrig, die Wände zu dick. Es gab zwar keine Tür, die jemand hätte zuschlagen können, um mich einzusperren, aber trotzdem … In einer Ecke konnte ich einen Schatten erkennen, dunkler als die anderen Schatten in der Umgebung. Mit kleinen Schritten und angehaltenem Atem begann ich, darauf zuzugehen.

Er war grau und weich … ein schmutziges, weißes Handtuch. Ich warf einen Blick über die Schulter, ehe ich mich herunterbeugte, um es mir näher anzusehen. Was ich für Fettflecken gehalten hatte, waren tatsächlich sechs oder sieben kleine Batterien. Aber ich sah weder ein Radio noch eine Taschenlampe. Das Handtuch sah klumpig aus. Ich hob es an einer Ecke an. Eine Rolle dickes, schwarzes Klebeband lag darunter.

Als ich mich aufrichtete, spürte ich plötzlich, dass jemand vor dem Unterstand war. Ich hörte kein Geräusch, sah nur eine kurze Verdunkelung des hellen Streifens auf dem Boden, als wäre jemand an der Schießscharte vorbeigegangen. Ich wirbelte herum, traute mich kaum zu atmen. Stille. Ganz langsam bewegte ich mich auf den Ausgang zu.

Ich sah mich um. Gras und Bäume auf der einen Seite, der Zaun und die Straße auf der anderen. In der Ferne Bäume und winzige Kühe, die die Hügel sprenkelten. Kein Mensch. Aber ich wusste es. Jemand beobachtete mich. Jemand war hier.

Ich schaute zu den Bäumen, die halb im Schatten lagen. Vielleicht war es ein Journalist? Besser als ein unbekannter Spinner, wenn auch nur geringfügig. Wieder schaute ich mich um. Das Feld war viel zu offen, der Himmel viel zu weit. Plötzlich kam ich mir winzig vor. Als könnte mich jeden Augenblick ein gigantischer Fuß zerquetschen. Aber diesmal war ich mir sicher. *Ich war nicht der einzige Mensch hier.* Ich rannte über das Feld. Ich war völlig außer Atem. Mir war schwindelig, und in meinem Mund sammelte sich Speichel, den ich immer wieder ausspuckte. Ich bekam Seitenstiche. Aber ich hörte nicht auf zu rennen, bis ich in Joans Wohnzimmer zusammenbrach.

Ich zog die Vorhänge zu und klemmte den Schreibtischstuhl unter den Türknauf. Doch was würde mir das nützen? Im Geiste sah ich die Axt schon vor mir, wie sie die Tür durchschlug und die Füllung zu Kleinholz machte, sah Jack Nicholsons Gesicht. Gallegeschmack im Hals, mir wird schlecht, ich brauche Wasser, mir wird schlecht, schwarzes Klebeband, Entführer, Lesley Whittle in dem verdammten Abflussrohr, und ich war allein, ich war *ganz allein.* Ich sah auf den Boden. Die Haare meiner Mutter waren immer noch da. Auf dem Teppich. Zusammengerollt wie ein schlafendes Tier. Unsere Haare sind tot, selbst wenn wir am Leben sind und sie auf unserem Kopf wachsen, sind sie tot. Aber er hatte es berührt, als Mum noch lebte, hatte es abgeschnitten. Ich konnte mich nicht überwinden, die Haare aufzuheben, und schob sie mit dem Fuß aus meinem Blickfeld unter den Schreibtisch. Das rote Licht des Anrufbeantworters blinkte; die Stimme, der Mann da draußen würde mich umbringen.

Ich konnte die Nachricht nicht abhören. Ich legte den Finger auf den Startknopf, konnte ihn aber nicht drücken. Ich weiß, wo du wohnst. London, das war in London. Aber wenn er hier war, wenn er mir gefolgt war … Die inneren Türen im vorderen Teil des Hauses waren bereits abgeschlossen. Ich ging zur Hintertür und zog Stühle, den Dielentisch und alles, was in Reichweite stand, davor, dann hastete ich in die Küche und in die Spülküche, um die Fensterläden zuzumachen. Ich zerrte alle Mülltonnen vor die Tür zum Hof. Sie würden zwar niemanden daran hindern hereinzukommen, aber ich würde es wenigstens hören. Dann ging ich zurück in Joans Wohnzimmer und verbarrikadierte mich dort für die Nacht.

II

Irgendwann schlief ich ein. Ich muss ziemlich müde gewesen sein, denn ich wachte erst am nächsten Morgen um elf auf, als es an der Hinterveranda klingelte. Einen Augenblick lang geriet ich in Panik, aber dann hörte ich eine Frauenstimme draußen meinen Namen rufen. Joans Wohnzimmer liegt an demselben Flur wie die Veranda, deshalb hörte ich die Stimme ganz deutlich. Es war Carol Curtis. »Doe? Alles in Ordnung da drin?«

»Eine Minute.« Es dauerte eher fünf, bis ich mir einen Weg durch den hinteren Flur gebahnt hatte. Ich schob die Riegel zurück, aber der Schirmständer klemmte unter einem der Querbalken, so dass ich die Tür nur eine Handbreit aufbekam.

Carol Curtis' Gesicht zwängte sich in den Türspalt. »Was zum Teufel ist hier los, Doe?« Sie gab der Tür einen festen Stoß. Mit einem krachenden Geräusch zerbrach ein Bein des Schirmständers. »Herrje.« Carol schaute auf das zersplitterte Holz. »Ich hoffe, das war nicht irgendeine Antiquität. Glaubst du, wir können jetzt reinkommen?«

»Ja. Tut mir Leid. Hallo, Mrs. Curtis«, sagte ich, als hinter Carol ihre Mutter auftauchte.

»Hallo, meine Liebe. Wir wollten dich nicht wecken. Wir sind nur gekommen, um über die Beerdigung zu reden, aber wir können auch wieder gehen, wenn es jetzt nicht passt.« Sie betrachtete das Durcheinander der Möbel und schaute dann wieder mich an. »Alles in Ordnung? Hier sieht's aus, als wäre was passiert.«

»Alles in Ordnung, ehrlich. Es ist wirklich sehr nett von Ihnen, dass Sie vorbeikommen, Mrs. Curtis.«

Carol verschränkte die Arme. »Ich finde, es sieht überhaupt nicht aus, als wäre alles in Ordnung. Was ist passiert?«

»Carol!«, sagte Mrs. Curtis. Sie wandte sich an mich. »Wenn du nicht darüber reden willst, meine Liebe –«

»Schon gut. Es ist wegen gestern Abend. Ich dachte, ich hätte ein Geräusch gehört, das ist alles.«

»Du musst ja schreckliche Angst gehabt haben, wenn du dich so verbarrikadierst.«

»Sie wissen doch, wie das ist, wenn man allein ist, und draußen ist es dunkel –«

»In so einem großen Haus ist es bestimmt nicht besonders schön so allein«, sagte Mrs. Curtis. »Ich habe immer zu Joan gesagt, ich weiß nicht, wie du –«

Carol unterbrach sie und verdrehte die Augen: »Blühende Fantasie, das ist das Problem. Apropos, wir haben Jimmy auf dem Weg getroffen. Er wird jede Minute hier sein.«

»Oh. Genau. Gut. Warum geht ihr nicht in die Küche? Ich ziehe mich schnell an.«

»Ich kann das hier aus dem Weg räumen, wenn du willst«, bot Carol an, »so lange du dich hübsch machst.«

Als ich gewaschen und angezogen in die Küche kam, waren alle Fensterläden geöffnet. Mrs. Curtis und Carol saßen am Tisch, und die Sonne beschien ihre Haare, Carols braunen Krauskopf neben dem weißen von Mrs. Curtis. Mrs. Curtis ist mollig und gemütlich, hat strahlend blaue Augen wie ihre Zwillingstöchter und eine glänzende, rote Nase wie Rentier Rudolph Rüssel.

»Jimmy ist da drin«, sagte Carol und nickte in Richtung Spülküche. »Er macht Kaffee. Geh schon, begrüß ihn.«

Jimmy hielt kopfschüttelnd Joans Kaffee-Ersatz in der Hand.

»Hi«, sagte ich. Ich weiß nicht, warum, sonst sage ich nie »Hi« zu irgendjemandem, aber ich war so glücklich, dass Leute im Haus waren. Und ich war glücklich, dass Tag war und nichts geschehen war, dass die Sonne schien und die Sicherheitsleute kommen würden – wahrscheinlich jedenfalls. Doch ich freute mich auch, Jimmy zu sehen. Das streite ich gar nicht ab. Und ich streite nicht ab, dass ich mit dem Gedanken spielte, Jimmy zu fragen, ob er über Nacht bleiben wollte, aber ich kam nicht im entferntesten so weit, es auszusprechen. »Brauchst du Hilfe?«

»Nein, danke.« Er lud Tassen und Untertassen auf ein Tablett.

»Tut mir Leid wegen des Kaffees. Ich hätte welchen mitbringen sollen. Ich will heute Nachmittag einkaufen gehen.« Plötzlich spürte ich eine Welle von – was? Tapferkeit? Wohl eher Dummheit. »Also, ich dachte … Hast du Zeit zum Mittagessen?«

»Ja. Ein Freund von mir hat gerade ein neues Lokal unten am Fluss aufgemacht. Da wollte ich sowieso hin. Wenn du Lust hast, rufe ich ihn an.«

»Warum nicht?« Gar nicht so schwer, sagte eine Stimme in meinem Kopf. Eigentlich kinderleicht. »Ich hole nur einen Aschenbecher.« Ich öffnete einen Schrank und holte einen der zweihundert Aschenbecher heraus, die darin aufbewahrt wurden. Was sollte ich mit so vielen? Wir gingen zurück in die Küche, um uns zu den anderen zu gesellen, und Jimmy stellte das Tablett auf dem Tisch ab und tätschelte Carols Krauskopf, als er an ihrem Stuhl vorbeiging. Sie hob einen Arm, um ihn zu verscheuchen.

»Lass das.«

»'tschuldigung, konnte einfach nicht widerstehen.« Carol machte ein grimmiges Gesicht, dann lächelte sie ihn an. Offensichtlich waren sie sich sehr vertraut. Vielleicht hatten sie miteinander geschlafen. Dass es nicht an der Wand im Bunker stand, hieß noch lange nicht, dass es nicht passiert war. Carol liebt Jimmy, dachte ich. Aber Dodie geht mit Jimmy essen.

»Blumen brauchst du«, verkündete Mrs. Curtis. »Kleine Töpfe. Das macht alles gleich ein bisschen freundlicher. Ich habe schon zu Joan gesagt, jetzt, wo du allein bist, solltest du dir ein paar hübsche Pflanzen vom Markt besorgen, aber sie wollte nicht. Nur noch was, um das man sich kümmern muss, hat sie gesagt.« Ich sah mich in der Küche um. Auf der Kommode lag die Katze, sonst waren alle Oberflächen leer. Mrs. Curtis beugte sich vor. »Ich habe Joan sehr gern gehabt, weißt du? Wir alle mochten sie. Wir wollen uns ja nicht einmischen, aber du wirst uns doch erlauben zu helfen, oder?«

»Ich glaube nicht …« Ich spürte Jimmys Blick auf mir. *Sie*

wollen helfen. »Also, da ist die Kapelle. Sie muss sauber gemacht werden, aber ich weiß nicht mal, wo die Schlüssel sind.«

»Hast du in dem Schränkchen hinter der Tür zur Spülküche nachgesehen?«, fragte Mrs. Curtis. »Da hat Joan alle Schlüssel aufbewahrt, die sie nie brauchte.«

»Ich wusste gar nicht, dass hinter der Tür überhaupt ein *Schränkchen* ist.«

»Sieh nach.«

Ich sah nach und fand einen kleinen Holzschrank, der an der Wand hing. Darin waren ungefähr zwanzig Haken. Außer an einem hing an jedem ein Schlüssel mit einem Schild. Dachboden 1, Dachboden 2, Dachboden 3, Dachboden 4, Abstellraum 1, Abstellräume 2, 3, 4, 5. Einer davon muss in die Tür zu meinem alten Zimmer passen, dachte ich, aber ich ließ sie hängen. Ich wollte mein Zimmer so in Erinnerung behalten, wie es war, als ich noch darin wohnte, nicht als ein Durcheinander von staubigen Möbeln und alten Koffern. S's Zimmer. S? Susans Zimmer. Ich war nicht oben gewesen. Hatte es nicht gewollt. Wurde es nicht verschlossen, nachdem sie verschwunden war? Oder es war Virginias Zimmer geworden ... ich konnte mich nicht erinnern. Offenbar hatte Joan einfach nie das Schild ausgewechselt.

Carol steckte den Kopf um die Ecke. »Schon gefunden?«

»Warte.« Kapelle. Neben Susans Zimmerschlüssel. Ich nahm sie beide herunter, machte das Schränkchen zu und stopfte den Schlüssel zu Susans Zimmer in meine Tasche. »Hab ihn!«

An dem Ring hingen zwei identische Schlüssel, also gab ich einen davon Mrs. Curtis, die versprach, bevor sie ging, einen Blick in die Kapelle zu werfen, um zu schauen, was getan werden musste. Wir diskutierten eine Weile darüber, was für Putzmittel gebraucht wurden, ob die Seitenschiffe ein wenig

Glanz vertragen konnten, und ich erklärte, wo die Blumen stehen sollten. Mrs. Curtis machte sich in einem Spiralheft Notizen und sagte, ich könne alles ihr und dem Pfarrer überlassen.

»Danke, Mrs. Curtis. Ich bin wirklich ausgesprochen dankbar.«

»Wie ich schon sagte, wir alle mochten Joan sehr gern. Und außerdem muss man sich als Nachbarn helfen, das ist doch der Sinn der Sache, oder?« Sie nippte an ihrem Kaffee-Ersatz. »Es ist lange her, seit ich so was getrunken habe. Wenn ich es mir recht überlege, schmeckt es gar nicht so schlecht. Mrs. Bright hat ihn immer extra für Joan bestellt. Es ist wirklich eine Schande, dass es den Laden nicht mehr gibt. Natürlich bin ich immer einmal in der Woche zum Großeinkauf in den Supermarkt gefahren, aber ich vermisse es trotzdem, dass man nicht mehr schnell was im Laden holen kann. Norma Bright hat es das Herz gebrochen, als sie schließen musste, aber –«

Jimmy sah von den Faxen mit den Menüvorschlägen auf. »Ist das ihr Name? Norma?«

»Ja, so hießen die Leute damals. Norma. Und Joan. Und Shirley natürlich, das ist mein Name. Der ist auch aus der Mode gekommen. Aber sie werden wiederkommen. Wahrscheinlich werden eure Enkelinnen so heißen, Carol. Joan, Jean, June, all diese Namen …«

»Oh Gott, ich hoffe nicht.« Carol verzog das Gesicht. »Ich muss schon sagen, Doe, dieser Muckefuck …«

»Ich weiß. Komm nächste Woche wieder. Dann habe ich anständigen Kaffee.«

»Na gut. Aber kauf Nescafé, ich mag dieses edle Zeug nicht.«

»Bauerntrampel«, sagte Jimmy.

»Ach, halt die Klappe, Mr. Cordon-Bleu-Henessey.«

Mrs. Curtis ignorierte die beiden und redete weiter. »Norma – Mrs. Bright – hat keine Kinder, deshalb gab es niemanden, der den Laden übernehmen konnte, als sie sich zur Ruhe setzte. Kein Mensch kauft heutzutage so einen Laden, damit kann man kein Geld mehr machen. Aber früher war er der Mittelpunkt des Dorfes. Es gibt natürlich den Pub, aber der ist doch eher für die Männer, oder? Die älteren Frauen gehen nicht in den Pub, so wie es die jungen heute tun. Kannst du dir uns alte Damen da beim Dominospielen vorstellen?«

»Domino?« Carol schnitt eine Grimasse. »Du gehst doch nie in den Pub, oder, Mum? Es sei denn, Dad führt dich aus, was er einmal im Jahr tut ...«

Das nächste Stück bekam ich nicht mit, weil ich anfing, darüber nachzudenken, ob Mrs. Curtis wohl meinte, ich solle einen neuen Laden im Dorf gründen. Ich *könnte* es in Erwägung ziehen, ich meine, ich würde etwas für die Dorfgemeinschaft tun, und es ist so traurig, dass all die kleinen Läden schließen müssen – es war jedenfalls besser als die Bettelbriefe. Nach dem Tod meines Vaters bekam ich jede Woche einen Müllsack voll davon, weil die Leute dachten, ich hätte alles geerbt, doch jetzt hat es Gott sei Dank ein bisschen nachgelassen. Aber ich habe sie alle aufgehoben, obwohl ich nie einen aufgemacht habe. Tony hält mich für verrückt. Er fragt immer wieder, warum ich sie nicht wegschmeiße, aber mir kommt es unfreundlich vor, sie einfach zu vernichten. Könnte Unglück bringen. Oh Gott, dachte ich plötzlich, vielleicht ist einer von meiner Mutter dabei, und ich habe ihn nicht gesehen. Ich muss sie hierher holen und durchsehen. Ich werde Des bitten müssen, einen Kurier zu schicken. Es sind Hunderte, Tausende von Briefen. Ich werde sie alle lesen müssen. Gerade wollte ich Mrs. Curtis unterbrechen und sagen, dass ich einen dringenden Telefonanruf erledigen müsse, als ich hörte, wie sie etwas über Ärger mit Mrs. Blackstock sagte.

»Was für Ärger?« Es kam wie eine Maschinengewehrsalve heraus.

Mrs. Curtis' Augen weiteten sich. »Nicht deine Mutter, meine Liebe«, sagte sie besänftigend. »Es war Virginia Blackstock.«

»Was war mit Virginia Blackstock?«

Mrs. Curtis sah aus, als wünschte sie, sie hätte den Mund gehalten. »Na ja, ich dachte, du wüsstest es. Ich dachte, Joan hätte es dir erzählt.«

»Was erzählt?«

»Dass Virginia immer ... na ja, sie hat immer Sachen genommen. Im Laden. Gestohlen.«

»Hat Joan Ihnen das erzählt?«

»Oh, *nein.* Joan hätte es mir nie erzählt. Sie war deinem Vater gegenüber immer sehr loyal, Dodie. Norma Bright hat es mir erzählt, erst gestern. Sie sagte, dass Virginia immer Sachen genommen hat, sich aber nicht besonders schlau dabei angestellt hat. Mrs. Bright dachte, sie hätte eine Erscheinung, als sie es das erste Mal gesehen hat – wie Mrs. Blackstock etwas in ihre Tasche stopft –, aber natürlich hatte sie nur sehr wenig auf Lager, so dass sie immer wusste, wenn eine Tüte Zucker fehlte –«

»Das hat sie gestohlen? Zucker?«

»Also, ich weiß nicht so genau, ob es Zucker war, aber es waren immer Lebensmittel. Fertigprodukte, Dosen, solche Sachen. Mrs. Bright hat immer aufgeschrieben, was fehlte, und am Ende des Monats hat Joan die Sachen bezahlt.«

Kein Wunder, dass Joan Mrs. Brights neue Hüfte bezahlt hat. »Wusste noch irgendjemand im Dorf davon?«

»Nein! Kein Mensch. Ich weiß es ja selber erst seit gestern. Norma sagte, wie traurig es sei, dass Joan tot ist, weil sie immer so gut zu ihr war. Und dann erzählte sie mir von Virginia, und dass Joan immer alles wieder in Ordnung gebracht hat. Sie meinte, jetzt könne sie darüber reden, wo doch beide nicht mehr unter uns weilen. Ich dachte, du wüsstest es, sonst hätte ich nichts gesagt …« Sie bewegte ihre Hand über den Tisch auf mich zu. Ich sprang auf. Ich hätte es nicht ertragen, von ihr getätschelt zu werden. Die Sache mit Virginias Klauerei war an sich völlig uninteressant. Seien wir ehrlich, was geht mich Virginia an?

Ich lehnte mich an die Kommode und versuchte, ein unbeteiligtes Gesicht zu machen. »Na ja, ich wusste natürlich, dass Virginia krank war, aber …« Was hatte Mrs. Curtis über Joan gesagt? *Sie war deinem Vater gegenüber immer loyal.*

»Sie hat nie einen besonders glücklichen Eindruck gemacht, oder?«, fragte Carol. »Bei all dem Geld sollte man meinen …« Sie sah mich an. »Also, für dich ist es anders, Doe. Du bist damit geboren worden.« Es klang, als wäre es eine Missbildung.

»Gibt es noch mehr, was ich wissen sollte?«

Carol hob die Hände, als hätte ich eine Waffe auf sie gerichtet. »Hör mal. Doe, wir sind nur gekommen, um dir unsere Hilfe anzubieten.«

»Das meine ich nicht. Seid ihr sicher, dass da nicht noch mehr ist, was alle außer mir wissen? Ich komme mir vor wie der Dorftrottel. Warum stelle ich mich nicht einfach vor den Pub, damit alle mit Kokosnüssen auf mich schmeißen können? Damit alle was zum Lachen haben.« Als ich es sagte, wusste ich, dass es nicht fair war. Sie wollten bloß helfen, aber mir war alles nur zu viel. Ich betrachtete die drei am Tisch. Jimmy kritzelte mit gesenktem Kopf Notizen an den Rand der Menüvorschläge. Carol und Mrs. Curtis starrten einander an. Carol hatte die Augenbrauen hochgezogen und nickte leicht mit dem Kopf, na los, erzähl schon, und Mrs. Curtis' Augenbrauen waren zusammengezogen, und sie schüttelte beinahe unmerklich den Kopf, nein, auf keinen Fall, und wag es ja nicht.

»Was?«, rief ich. Beide sprangen auf. Mrs. Curtis war die Erste, die etwas sagte: »Ich wasche schnell die Tassen ab, und dann gehen wir.«

»Was ist los?«

»Es ist nicht wichtig. Du hast doch bestimmt genug zu tun.« Mrs. Curtis nahm drei Tassen auf einmal mit den Fingern an den Henkeln und stellte sie aufs Tablett.

»Ich finde, wir sollten es ihr sagen, Mum«, sagte Carol.

»Mir was sagen?«

»Wir wissen nicht einmal, ob es stimmt.« Mrs. Curtis goss ein wenig Milch in den Aschenbecher und schwenkte ihn hin und her, um sicherzugehen, dass Carols Zigaretten richtig aus waren.

»Ich hab's gesehen, Mum. Ich habe es mir nicht ausgedacht!«

Jimmy sah auf. »Was hast du gesehen?«

»Den Mann«, sagte Carol. »Ich hab ihn gesehen. Mum wollte es nicht glauben, als Albert sagte, er hätte ihn gesehen, und als ich ihn sah, meinte sie, ich würde mir das nur ausdenken, um mich wichtig zu machen.«

»Warte mal«, sagte ich. »Welchen Mann?« Beinahe hätte ich gefragt, ob es der Mann war, der hier herumlungerte, aber ich hielt mich gerade noch zurück. Ich weiß nicht, warum, aber ich hatte das Gefühl, ich sollte ihnen nicht zu viel verraten.

»Es ist schon lange her«, sagte Mrs. Curtis. »Ein paar Monate, bevor deine Mutter – du weißt schon …«

»Ende 1975?«

»Wahrscheinlich. Also, Albert hat damals immer wieder gesagt, er hätte einen Land Rover auf dem Weg hinter dem Wald gesehen, spätnachts, mit einem Pärchen drin. Einem Liebespaar, so hat er es genannt. Na ja, am Anfang haben wir gesagt, na und? Aber er sagte, er wüsste, wer sie sind, und machte eine Riesengeschichte daraus. Wir haben ihn nur ausgelacht. Haben geschimpft, weil er mitten in der Nacht anderen Leuten nachspioniert, der alte Dreckskerl. Denn das war er. Aber er blieb dabei und trieb meinen Fred beinahe die Wände hoch. Er erzählte es praktisch jedem im Dorf, und am Ende dachten wir, er muss es sich ausgedacht haben, sonst würde er doch sagen, wer es ist. Chalky, das war der andere Mann, der damals für uns gearbeitet hat, ein Riese, hat den alten Albert über den Wassertrog gehalten und gesagt, wenn er nicht sofort ausspuckt, wer es ist, taucht er ihn unter. Es war Mitte Dezember und ganz schön kalt, deshalb hat Albert es ihm gesagt. Chalky sagte: ›Du lügst‹, und hat ihn untergetaucht. Weil er gesagt hat, es wäre deine Mutter, verstehst du? Deine Mutter mit einem Mann hinten in diesem Land Rover.«

»Welcher Mann?«

»Das wusste Albert nicht. Aber die Sache war die, keiner glaubte ihm. Wir alle kannten deine Mutter, und sie war nicht so. Albert wurde ganz schön damit aufgezogen, aber er nahm es nicht zurück, obwohl wir ihm ins Gesicht sagten, er würde uns auf den Arm nehmen. Egal, dann hat Madame …« Sie zeigte auf Carol. »Ich dachte, sie wüsste überhaupt nichts von der ganzen Geschichte, aber sie muss gelauscht haben. Und prompt sagt sie, sie hätte sie auch gesehen.«

Ich sah Carol an. »Hast du das?«

»Ja.«

»Ich dachte, sie redet Unsinn«, sagte Mrs. Curtis. »Ich sagte zu ihr: ›Um Mitternacht schlaft ihr tief und fest, da habt ihr im Wald nichts zu suchen‹, aber Carol sagte, der Land Rover hätte auf unserem Weg geparkt, sie hätte ihn vom Fenster aus gesehen, und die beiden hätten geknutscht.«

»Ich hab dafür ’ne ganz schöne Tracht Prügel bezogen«, sagte Carol.

Jimmy grinste sie an. »Und mit Recht.«

»Ach, halt die Klappe.«

»Ich glaube immer noch, du hast es geträumt, Carol«, sagte Mrs. Curtis. »Du hast Alberts Gerede gehört und dann davon geträumt. So einfach war das.«

»Nein«, sagte Carol. »Ich hab's gesehen.«

»Und warum hat Jackie es dann nicht gesehen? Ihr macht doch auch heute noch immer dasselbe. Was die eine hat, muss die andere sofort auch haben.« Mir schoss durch den Kopf, dass das Jimmy einschließen konnte.

»Ich hab dir doch erzählt, dass Jackie geschlafen hat. Ich bin aufgewacht und habe aus dem Fenster geguckt, das ist alles.«

Mrs. Curtis schnaubte. »Und da war nichts zu sehen. Es war stockfinster.«

»Nein, da war der Mond, keine Wolken. Wie geschaffen für Liebespaare.«

»Wie sah der Mann aus?«

»Viel konnte ich nicht sehen. Deine Mutter habe ich nur an ihren Haaren erkannt. Er hatte allerdings so einen langen Bart. Und lange Haare, bis auf den Kragen, wie man sie damals hatte, dunkelbraun oder schwarz. Mehr konnte ich wirklich nicht sehen.«

»Groß? Klein?«

»Er saß, deshalb konnte ich nicht erkennen, wie groß er war oder ob er dünn oder dick war.«

»Waren sie –«

»Sie hatte den Kopf zurückgelegt, und er beugte sich über sie und hat sie geküsst. Für mich war es das Romantischste, was ich je gesehen hatte.«

»Und es war definitiv meine Mutter?«

»Ja, Ehrenwort.« Carol warf ihrer Mutter einen Blick zu, die mit dem Löffel in der Zuckerdose herumstocherte. »Ich lüge nicht, da kann sie sagen, was sie will.«

»Warum hast du mir das nicht erzählt, Carol?«

Sie zündete sich noch eine Zigarette an. Das Streichholz zischte, als es in die Milch im Aschenbecher fiel. »Ich konnte nicht – so was – ich war erst elf, Doe, vergiss das nicht. Erst wollte ich es dir erzählen, weil es ein großes Geheimnis war, das größte, was ich je hatte, aber als ich es Mum erzählte, sagte sie, ich soll keine dummen Geschichten erzählen.«

»Aber später, nachdem sie entführt worden war? Hast du es da irgendjemandem erzählt?«

Mrs. Curtis legte den Löffel weg. »Ich werd dir sagen, was passiert ist, Dodie. Wie gesagt, ich glaubte Carol nicht, aber sie beharrte darauf, und weil sie noch nie gelogen hat, begann ich mich zu fragen, ob etwas dahinter stecken könnte. Und als das alles passierte, die Entführung und so, dachte ich mir, ich erzähle es lieber Fred. Also redeten wir darüber, überlegten, ob wir es Joan oder der Polizei sagen sollten, und beschlossen, dass es besser war, nichts zu sagen. Wir fanden, es würde niemandem etwas nützen, Dodie. Es hatte nichts mit der Entführung zu tun, und wir dachten, die Presse könnte davon Wind bekommen. Es ist nicht richtig, schlecht von den Toten zu sprechen, und außerdem hätte es alles nur noch schlimmer gemacht, besonders für deinen armen Vater.«

»Sie meinen meinen armen Vater, der sich geweigert hat, das Lösegeld zu bezahlen?«

»Also dazu kann ich nichts sagen, Dodie. Vielleicht war es nicht richtig, dass wir niemandem davon erzählt haben, aber wir wollten dich schützen – euch alle –, deshalb haben wir es getan.« Sie griff nach dem Löffel und begann, wieder im Zucker herumzustochern.

Dezember 1975, dachte ich, lange, dunkle Haare. 1975 war die halbe Welt von Männern mit langen Haaren und Bärten bevölkert. Wie auch immer, Mums Entführung ist politischer Natur gewesen, nicht persönlicher. Es ist eine Gang gewesen, nicht die Tat eines traurigen Einzeltäters. Ich meine, alle Elefanten sind grau, aber nicht alles, was grau ist, ist ein Elefant.

12

Es ist nicht richtig, schlecht über die Toten zu sprechen. Besonders, wenn die Toten noch am Leben sind, Mrs. Curtis. Ich hatte nur Des von Mum erzählt. Ich musste es den Leuten langsam sagen, aber ich konnte nicht. Alle würden dieselben Fragen stellen, und ich wusste auf keine einzige eine Antwort. Außerdem war ich mir immer noch nicht klar darüber, wie es für mich war. Ich war gleichzeitig wütend, traurig und wie betäubt, was eigentlich zu nichts führte.

Ich dachte über den Mann nach, den Carol gesehen hatte. Den Mann mit den langen, dunklen Haaren und dem Bart. Mum musste freiwillig mit ihm gegangen sein, wenn sie mitten in der Nacht in seinem Auto saß und sich hatte küssen und liebkosen lassen. Musste in einem Ossie-Clark-Kleid und passenden hochhackigen Sandaletten durch eine warme Brise die Auffahrt entlanggeschlichen sein. Doch es war Dezember, also musste sie gefroren haben. Und das Ossie-Clark-Kleid hatte sie in der U-Bahnstation verschenkt. Dann eben in einem Pelzmantel. Sie zieht sich den Kragen um den Hals, mit einer leicht bläulichen Hand, die ihr Geliebter wärmend in seine Hände nimmt. Große Hände, warm und trocken. Das Heizungsgebläse macht Lärm. Er hatte den Land Rover extra für sie sauber gemacht, und wenn er eine Zigarette rauchen wollte, kurbelte er die Scheibe hinunter. Sie würden ihren Pelzmantel auf der Ladefläche ausbreiten und sich lieben und danach nebeneinander liegen, auf die Ellbogen gestützt, sich ansehen und miteinander reden. Sie würde kichern und sich beschweren, dass sein Bart kitzelte. Er würde ihr anbieten, ihn abzurasieren, aber das würde sie ablehnen. Wie war sie zurückgekommen? Hatte er sie bis zum Tor gefahren? Das war gefährlich. Jemand aus dem Dorf hätte den Wagen hören und am Fenster auftauchen können. Oder war sie dort, wo es parkte, aus dem Auto gesprungen und hat sich noch einmal zum Fenster hineingelehnt, um ihn zu küssen, ehe sie durch die Dunkelheit davonlief? Er hätte geflüstert: »Sei vorsichtig«, und sie hätte gesagt: »Ich liebe dich«, und er hätte geantwortet: »Ich dich auch«, und dann hätte er hinter dem Lenkrad gesessen und beobachtet, wie sie verschwand, und sich gefragt, ob sie überhaupt da gewesen war.

Wer war er? Langer Bart. Dunkle Haare bis auf den Kragen. Ich hatte immer wieder Jason King vor Augen, nur dass das in den frühen Siebzigern gewesen war. Keine Ahnung, warum ich an ihn dachte, denn ich habe die Serie nur einmal bei den Zwillingen gesehen. Ich hatte zu wenig Erfahrung mit dem Fernsehen, kannte keine Filme, so dass ich nie wusste, was los war und ihnen mit meinen Fragen auf die Nerven ging. Wenn der Mann Mums Geliebter gewesen war, war sie vielleicht mit ihm durchgebrannt. Oder vielleicht hatte er sie aus den Händen der Entführer gerettet, und sie wollten nicht zugeben, dass sie das Lösegeld verloren hatten. Vielleicht war er mit seinem Land Rover gekommen, hatte sie abgeholt und war mit ihr in den Sonnenuntergang davongefahren. Wahre Liebe bis in alle Ewigkeit. Wahre Liebe ohne mich. Aber warum stand dann *mein* Name in ihrem Adressbuch und nicht seiner?

Das ergab alles keinen Sinn. Ich wollte am liebsten immer wieder mit dem Kopf auf den Tisch schlagen. Vielleicht *glaubten* Albert und Carol nur, meine Mutter in dem Wagen gesehen zu haben, und in Wirklichkeit war es nur eine Frau gewesen, die ihr ähnlich sah. Schließlich sind wir in England, dachte ich. An jeder Straßenecke gibt es Frauen mit roten Haaren und blasser Haut.

Carol und Mrs. Curtis verabschiedeten sich. (»Es tut mir Leid, Dodie. Ich wollte dich nicht aufregen. Man weiß ja nie, vielleicht lernt Carol eines Tages doch noch, ihre große Klappe zu halten.«) Als ich von der Tür zurückkam, dachte ich, Jimmy würde etwas dazu sagen, aber er zeigte nur auf die Menüvorschläge und fragte, was ich von seinen Verbesserungen hielt. Anschließend gingen wir in Joans Wohnzimmer, um seinen Freund wegen des Mittagessens anzurufen.

Jimmy legte auf. »Er erwartet uns um halb eins, machen wir, dass wir loskommen.«

»Ich muss mir nur noch die Nachricht anhören.« Ich deutete auf das blinkende, rote Licht.

»Gut. Ich warte draußen.«

»Nein. Warte –« Jimmy blieb an der Tür stehen. »Kannst du einen Moment hier bleiben? Nur solange ich zurückspule.«

Er zuckte die Achseln. »Wenn du willst.«

Es war Des. »Tut mir Leid, dass ich dich verpasst habe. Die Leute vom Sicherheitsdienst kommen morgen Abend. Schneller ging es nicht. Ich habe ihnen gesagt, dass es ein großer Auftrag ist. Ich muss jetzt weg, aber wir reden morgen darüber. Mach dir keine Sorgen, sie haben die Sache in null Komma nix im Griff.«

Morgen hieß heute, dachte ich. Heute Abend. »Super.«

»Eine gute Idee.« Jimmy nickte in Richtung Anrufbeantworter. »Vor allem, wenn du das Haus behalten willst.«

»Das weiß ich noch nicht. Ehrlich gesagt, habe ich keine Ahnung, was ich machen soll. Tut mir Leid, Jimmy, aber macht es dir etwas aus, wenn wir nicht darüber reden?«

Danach hatte ich eigentlich einen sehr schönen Tag. Das Restaurant von Jimmys Freund war klasse. Die Sonne schien, und wir saßen im Garten und beobachteten, wie die Schwäne über den Fluss glitten, und Jimmys Freund kam heraus, und sie redeten über Gedecke und Köche und solche Sachen. Als der Freund mich fragte, was ich machte, erzählte ich ihm, ich hätte mich gerade um einen neuen Job beworben. Ich fühlte mich seit einer Ewigkeit zum ersten Mal wieder entspannt. Ja, ich erzählte sogar einen Witz. Auf dem Weg zum Auto legte Jimmy den Arm um mich.

»Danke, dass du ihm nichts erzählt hast«, sagte ich.

»Du meinst, wer du bist? Nach dem, was du vorher gesagt hast … Ich dachte, du hättest etwas dagegen.«

»Es ist einfach so, dass sich die Leute anders benehmen, wenn sie wissen, wer ich bin. Entweder versuchen sie, mir zu schmeicheln, oder sie geben beißende Kommentare ab, um zu zeigen, dass sie völlig unbeeindruckt sind.«

»Das würde John nicht tun. Er ist in Ordnung.«

»Du würdest dich wundern.«

»Du traust den Menschen wirklich nicht, oder?«

»Du würdest auch niemandem trauen, wenn du ich wärst.«

»Wenn ich du wäre, wer würde dann heute Abend für achtundfünfzig Leute kochen?«

»Achtundfünfzig? Musst du dann nicht langsam mal anfangen? Ich könnte dich absetzen.«

Jimmy sah auf die Uhr. »Ich bin nicht ganz so unentbehrlich. Ich könnte noch mit dir einkaufen gehen – nur wenn du willst, natürlich.«

Ich war dankbar, dass Jimmy mich zur Abwechslung einmal etwas ganz Normales tun sah. Was Supermärkte betrifft, bin ich ein Spätentwickler – erst mit neunzehn habe ich das erste Mal einen betreten –, aber seither habe ich eine Menge Übung. Im Gegensatz zu Tony. Ich weiß noch, wie ich ihn einmal in New York besucht habe, wo er versuchte, für sich selbst zu sorgen. Er vergaß regelmäßig, sich Einkaufslisten zu machen, und tat einfach das Gleiche in den Einkaufswagen wie die anderen Leute. Wenn er dann nach Hause kam, stellte er fest, dass er die Hälfte nicht mochte und die andere Hälfte keine anständige Mahlzeit ergab, so dass er alles wegwarf und sich stattdessen Essen liefern ließ. Seine Vorräte bestanden aus Nudeln, vergammeltem Salat und Grapefruits, die er in der Mikrowelle explodieren ließ.

Als wir den Einkauf hinter uns hatten, fühlte ich mich richtig gut – ich hatte sogar daran gedacht, Katzenfutter zu kaufen –, aber dann vermasselte ich es. Wir tranken an der kleinen Kaffeebar ein Mineralwasser und beobachteten Mütter, die versuchten, sich über das Geheule ihrer Kleinkinder hinweg zu unterhalten, während die Kinder sich in ihren schmutzigen Buggys hin und her warfen, soweit es die Gurte erlaubten, und den zur Beruhigung angebotenen Orangensaft verweigerten.

»Warum nehmen sie nur die Kinder mit zum Einkaufen?«, fragte ich. »Sie hassen es doch ganz offensichtlich, die armen, kleinen Dinger.«

»Weil sie keine andere Wahl haben.« Gut gemacht, Dodie.

»Verachtest du mich?«

»Nein, warum sollte ich?«

»Weil ich nicht weiß, wie es ist, wenn man keine andere Wahl hat, als sein Baby mit in den Supermarkt zu nehmen.«

Er zuckte die Achseln. »Jeder hat Probleme. Deine sind nur anders, das ist alles.«

»Aber so einfach ist es nicht, oder?«

Jimmy seufzte. »Dodie, es tut mir wirklich Leid, aber ich kann jetzt nicht darüber reden, ich muss zur Arbeit.« Auf dem Weg zum Auto sagte er kein Wort, und ich dachte, er wäre sauer. Aber ich wollte nicht fragen, was das Problem war, weil es ein so kindisches Spielchen ist. Ich wusste es sowieso. Ich. Er machte daraus kein Thema, ich tat es. Des hat mir einmal erzählt, dass die Amerikaner während des Krieges eine Abkürzung hatten: SNAFU. Was bedeutete: *Situation normal, all fucked up.* Des sagte damals *all fouled up,* aber er wusste mit Sicherheit, dass ich mir denken konnte, wofür das F eigentlich stand.

Doch auf dem Weg zur »Artischocke« wurde es besser. Jimmy fragte mich, ob ich etwas wegen der Fingerabdrücke gehört hätte.

»Das habe ich völlig vergessen. Wahrscheinlich haben sie nichts Bemerkenswertes gefunden. Das hat er gleich gesagt.«

»Aber sie haben mich immer noch nicht um eine Zeugenaussage gebeten.«

»Na ja, der Einbrecher hat ja eigentlich nichts getan. Jedenfalls glaube ich das.«

»Das klingt nicht besonders überzeugt.«

Das war ich auch nicht. »Jimmy? Wenn du viel zu tun hast, ist es egal, ich meine, keine Sorge, es ist nicht so wichtig, aber –«

»Was? Spuck's aus.«

»Kannst du heute Abend vorbeikommen? Ich möchte gerne etwas mit dir besprechen.«

»Ich werde nicht vor halb eins fertig …«

»Du könntest doch auf einen Absacker vorbeikommen. Wenn du nicht zu müde bist, meine ich.«

Jimmy dachte nach. »Okay, mache ich. Kannst du mich an der Ecke rauslassen?«

Ich hielt an der Hintertür zum Restaurant. Jimmy lehnte sich herüber und streifte meine Wange mit den Lippen, ehe er ausstieg. Ich fuhr nach Hause und war viel glücklicher, als ich es unter den gegebenen Umständen sein dürfte.

Die Leute von Habitat kamen mit dem Doppelbett, was sich als eine Art Himmelbett mit langen Musselinvorhängen entpuppte. Sie erklärten sich bereit, es in den Ballsaal zu schaffen und aufzubauen. Ich wollte nicht mitten in der Nacht zwischen all den zugedeckten Möbeln aufwachen, deshalb nahm ich die Schonbezüge ab und stopfte sie in einen der Schränke auf dem Flur. Das Bett war wirklich kein besonders edles Möbelstück, und inmitten der vielen Chaiselongues und dem Heuschreckenschwarm aus Notenständern wirkte es bizarr, aber es war auf jeden Fall besser als ein Bett aus Kissen auf dem Boden.

Danach rief ein Beamter der örtlichen Polizei an. Ihnen sei zu Ohren gekommen, dass vor kurzem bei mir eingebrochen worden sei, und ob ich etwas dagegen hätte, wenn im Laufe des Tages jemand vorbeikäme, um mit mir über Sicherheitsmaßnahmen zu sprechen. Es hörte sich an, als wüssten sie noch gar nicht, dass Joan tot war. Ich überlegte, ob ich ihnen das hätte mitteilen müssen. Ich hätte gedacht, dass es Aufgabe des Krankenhauses ist, jedenfalls hatte mir niemand gesagt, dass es meine Aufgabe war. Obwohl ich mich an diesem sonnigen Nachmittag in Joans Wohnzimmer vor dem Herumtreiber sicher fühlte, hatte ich doch immer eine Hand am Telefon. Er würde in der Nacht auftauchen, sich seinen Weg durchs Gebüsch suchen, nasse Blätter würden an den Sohlen seiner Turnschuhe kleben. Er versteckt sich hinter den Büschen, damit man ihn nicht sieht. Dunkler Anorak, die Wollmütze tief über die heimtückischen Augen gezogen, schmutzige Jeans, eine Taschenlampe, ein Messer und das schwarze Klebeband in den Händen, das auf den Lippen brennt, wenn er es abreißt und dir sagt, du sollst ja nicht schreien, sonst bringt er dich um.

Gott sei Dank rief Tony an, ehe ich mich vollends in meine Paranoia hineinsteigerte. »Süße, es tut mir so Leid. Warum hast du mir nichts erzählt?«

»Du meinst von Joan? Das habe ich. Ich habe dir eine Nachricht hinterlassen.«

»Nein, ich meine, vorher. Du hättest mich anrufen sollen, Dodie. Ich wäre sofort gekommen.«

»Schon gut. Ich hab's überlebt.«

»Wirklich, oder sagst du das nur? Normalerweise läufst du weg, Dodie, und siehst den Dingen nicht ins Gesicht.«

»Ich bin hier, oder? Und ich habe alle Vorbereitungen für die Beerdigung getroffen.«

»Warum denn, um Himmels willen? Lass das doch jemand anders machen.«

»Ich will es aber selber tun. Joan hätte es auch getan.«

»Ich bin ihr einmal begegnet. Gehörte sie der Frauengewerkschaft an?«

»Fast. Nur ohne Zigarre. Dem Women's Institute.«

»Ach ja, natürlich. Ich wusste doch, dass es irgendwas mit Marmelade und Rückgrat zu tun hatte.«

»Kommst du zur Beerdigung? Sie ist am Samstag in einer Woche.«

»Natürlich komme ich. Wenn du willst, kann ich auch ein paar Tage bleiben und dir helfen. Allerdings muss ich den Chauffeur mitbringen.«

»Wen? Ach so, dein Führerschein.«

»Du kannst ihn doch irgendwo unterbringen, oder? Das Haus muss ungefähr hundert Schlafzimmer haben.«

»Nein, nur fünfundzwanzig.«

»Also, klein kann man das wohl nicht nennen.«

»Wie ist er denn?«

»Dominic? Wunderbar. Er hatte einen Bürojob in der City, aber das ist in die Hose gegangen, deshalb arbeitet er jetzt für mich. Hast du eine Satellitenschüssel?«

»Im Augenblick habe ich nur einen Schwarzweiß-Fernseher. Aber ich lasse mir einen anderen liefern. Im Pub gibt es einen. Warum denn? Du hasst doch Sport.«

»Dominic ist verrückt danach. Wenn man ihn lässt, würde

er den ganzen Tag fernsehen. Er ist natürlich absolut hetero, aber man kann nicht alles haben. Ich überlege wirklich, ob ich nicht hetero werden sollte. Neulich hat eine Frau gesagt, es wäre so ein Verlust.«

»Bitte nicht. Das wäre schrecklich verwirrend.«

»Das ist es! Ich könnte sagen, ich bin verwirrt. Eine grandiose Idee.«

»Aber das wäre, als würde ich sagen, ich bin ab jetzt lesbisch.«

»Du könntest eine Lippenstiftlesbe sein, oder ... Nein, nein, nein. Zu dir würde der Vampir-Look passen – leichenblasse Haut, blutrote Fingernägel und schwarze Kleider. Eine Art rothaarige Morticia. Du weißt schon, die aus der Addams Family.«

»Quatsch. Ich bin sowieso davon abgekommen. Und ich habe überhaupt keine schwulen Gene oder was man sonst dafür braucht.«

»Schwule Gene, so ein Unsinn. Du glaubst den Mist doch nicht wirklich, oder? Egal, wenn ich hetero würde, könnte ich mich mit Dominic zusammentun. Ich könnte eine Art Männerhimmel für uns beide schaffen. Poster von Melinda Messenger, ein Kühlschrank voller Bier, ein Dartboard, Fußballkalender an den Wänden, wir würden uns über Rugby unterhalten ... Ach, vergiss es. Hör mal, Dodie, ich muss los und die Metropole unsicher machen. Grüß mir den Landfrauenverein, ja? Und noch was, wenn ich irgendetwas tun kann, greif einfach zum Telefon. Okay? Egal, wie spät es ist. Ruf mich an. Wenn ich nicht da bin, rufe ich zurück, sobald ich zu Hause bin. Tust du das?«

»Du klingst wie Claire Rayner.«

»Hör mal, Süße, ich *bin* Claire Rayner. Also, versprichst du es mir?«

»Ja. Danke, Tony.«

»Jederzeit. Ich umarme dich. Pass auf dich auf.«

Als ich auflegte, fragte ich mich, warum ich Tony nichts von Mum erzählt hatte. Tony ist wahrscheinlich mein bester Freund. Ich weiß, dass er es verrückt findet, zu versuchen vom eigenen Geld zu leben – das hat er mir oft genug gesagt –, aber wir kommen gut miteinander aus. Wir haben sogar darüber diskutiert, ob wir heiraten sollen. Nicht die schlechteste Idee. Tony ist sehr nett, und ich weiß, dass er es nicht darauf anlegt, weil er a) mindestens so viel Geld hat wie ich und b) so schwul wie sonst keiner ist. Ich weiß nicht, warum ich es ihm nicht erzählt habe. Oder Jimmy. In meinem Kopf habe ich es immer wieder durchgespielt. Wahrscheinlich kann ich es einfach nicht ertragen, alles wieder aufzuwärmen.

Aus dem Faxgerät quoll eine lange Papierschlange vom Weinhändler, und ich wollte sie gerade abreißen, als zwei lächelnde Männer von der Sicherheitsfirma erschienen. Einer, offensichtlich der Wortführer, schwenkte ein Klemmbrett. »Wir nehmen an, früher ist Ihnen lieber als später«, sagte er.

»Oh, unbedingt. Soll ich Ihnen alles zeigen?«

»Wir würden gerne im Haus anfangen, wenn Ihnen das recht ist. Wir kommen im Auftrag eines …«, er warf einen Blick auf sein Klemmbrett, »… Mr. Haigh-Wood. Ist er überhaupt hier?«

»Nein, aber ich wollte ihn sowieso gerade anrufen, wenn Sie mit ihm sprechen wollen.«

»Wenn es geht, gerne.«

Ich führte sie in Joans Wohnzimmer und ging hinaus, um die Einkäufe wegzuräumen, während sie mit Des über Wachpatrouillen und solche Dinge sprachen. Als ich wieder ins Zimmer kam, sagte der Mann mit dem Klemmbrett gerade: »… und ich glaube, die junge Dame würde gerne noch mit Ihnen sprechen.«

»Des? Könntest du mir einen Gefallen tun?«

»Kommt darauf an, was, mein Kind.«

»Könntest du mir meinen Fernseher mit einem Kurier hierher bringen lassen? In einem Lieferwagen?«

»Fernseher? In Camoys Hall? Ich sehe schon, von jetzt an wird sich einiges verändern.«

»Joan hatte immer einen kleinen Schwarzweiß-Fernseher in ihrem Zimmer. Wusstest du das nicht?«

Des schwieg einen Augenblick lang, dann sagte er bedächtig: »Doch, ich glaube, ich wusste es.«

»Und ein paar Briefe. Bettelbriefe in Müllsäcken. Könntest du mir die auch mitschicken?«

»Dodie.« Des seufzte. »Ich habe dir doch schon mal gesagt, dass es nicht so einfach ist, dein Geld wegzugeben.«

»Ich will sie nicht deswegen haben. Ehrlich.«

»Na gut. Wenn du willst, kann ich Angelina jetzt gleich in deine Wohnung schicken. Was ist mit dem Schlüssel?«

»Meine Nachbarin hat einen. Sie heißt Liza. Sie arbeitet zu Hause und ist normalerweise da. Ich rufe sie an und beschreibe ihr Angelina, damit sie Bescheid weiß. Dann rufe ich dich noch einmal an.«

»Gute Idee.« Die Männer vom Sicherheitsdienst waren jetzt außer Hörweite, so dass ich Des von dem Päckchen mit den Haaren erzählen konnte.

»Gestern Morgen? Du meinst, jemand hat es nach Camoys Hall geschickt?«

»Nein, es kam in meine Wohnung.«

»Was stand auf dem Poststempel?«

Ich holte den Umschlag aus Joans Papierkorb. »Kann ich nicht lesen. Er ist zu verschmiert.«

»Dann hilft uns das auch nicht weiter. Ich glaube, es ist durchaus möglich, dass einer der Entführer deiner Mutter ihn geschickt hat. Ehrlich gesagt weiß ich nicht recht, was ich denken soll.«

»Da war noch etwas …« Ich hielt inne.
»Du musst es mir schon erzählen.«
»Ich habe dir doch erzählt, dass neulich Abend jemand draußen war –«
»Ich dachte, wir haben uns darauf geeinigt, dass es eine Horde Jugendlicher aus dem Dorf war.«
»Kann sein, aber ich bin mir sicher, dass gestern auch jemand hier war.« Ich erzählte ihm von dem alten Unterstand.
»Hör zu, Dodie. Ich weiß, dass du durcheinander bist, mein Liebes, aber es könnte ein Farmer gewesen sein. Es kann irgendjemand gewesen sein.«
»Du warst nicht dabei.«
»Das stimmt. Aber bei allem, was geschehen ist … Du hast eine schwere Zeit hinter dir, und da verschieben sich die Proportionen leicht einmal. Der Mann von der Sicherheitsfirma sagt, er kann morgen Abend seine Notfalltruppe schicken, um auf dem Gelände Streife zu gehen, und übermorgen können sie alles andere installieren.«
»Morgen Abend?«
»Ja. Glaubst du, du kommst bis dahin zurecht?«
Ich erwähnte nicht, dass Jimmy kommen würde. »Ja, sicher, Des. Wirklich, ich komme zurecht.«
»Braves Mädchen. Es ist ja nur für eine Nacht. Danach wirst du es gemütlich haben.«

Ich rief meine Nachbarin Liza an, beschrieb ihr Angelina und erklärte ihr, warum sie den Schlüssel zu meiner Wohnung brauchte. Angelina stammt von den Philippinen. Aber keine Sorge, sie bekommt ein anständiges Gehalt, Urlaubs- und Weihnachtsgeld, und ihre Rentenbeiträge werden bezahlt. Sie arbeitet seit über zwanzig Jahren für Des, und er hat bisher nicht versucht, ihre falschen Zähne zu konfiszieren. Von all dem sagte ich natürlich nichts zu Liza. Stattdessen erklärte ich ihr, Angelina sei eine Kollegin und dass sie ein paar Dinge holen solle, während ich bei einem Foto-Shooting in Irland sei. So konnte sie keinen Hinweis auf Camoys Hall geben, falls jemand fragte.

Ich hatte kaum aufgelegt, da klingelte das Telefon wieder.

»Hallo?«

»Miss Blackstock?«

»Am Apparat.«

»Hier ist Inspector Halstead. Es war besetzt.«

»Ja. Tut mir Leid.« Plötzlich hatte ich das Gefühl, als wäre die Temperatur im Zimmer um zehn Grad gesunken. So steht es immer in Romanen, aber es geschah tatsächlich. Draußen war es glühend heiß, doch ich hatte eine Gänsehaut an den Armen.

»Wir haben weitere Informationen über Ihre Mutter, Miss Blackstock.«

»Ja?«

»Wie Sie wissen, konnten wir sie anhand ihrer Zahnarztakten identifizieren ...«

»Und?«

»Also, wir haben weitere Tests gemacht. Toxikologie ... Ich habe die Berichte vor mir. Sie kamen schon heute Morgen, aber leider hatte ich bis jetzt alle Hände voll zu tun.« Er machte eine Pause und räusperte sich. Was auch in den Berichten stand, er wollte anscheinend nicht derjenige sein, der es mir mitteilte. Ich sagte nichts.

»Miss Blackstock?«

»Ich bin noch dran.«

»Also, wie es scheint – das heißt, die Berichte deuten darauf hin –, dass Ihre Mutter an einer Überdosis Heroin starb.«

»Sie *deuten* darauf hin?«

»Ja. Das heißt, sie sagen es ziemlich deutlich.«

»Ich verstehe. War sie eine …« Das Wort fiel mir nicht ein. »Ich meine, war sie … süchtig?«

»Wir sind nicht ganz sicher. Wenn sie regelmäßig Heroin genommen hat, hat sie es jedenfalls nicht gespritzt. Es gibt natürlich andere Möglichkeiten. Man hat nur eine Einstichstelle gefunden, vielleicht war es das erste Mal. Es ist allerdings oft der Fall, dass die Leute nicht besonders pingelig sind, wenn sie süchtig sind. Man hat weitere … chemische Substanzen gefunden. Ihre Mutter scheint Temazepam genommen zu haben. Wir haben unter ihren Sachen Tabletten gefunden, und ich fürchte, manchmal ist die Kombination … Und sie hatte einen hohen Alkoholspiegel, was sich auch nicht gerade günstig ausgewirkt hat. Es wird eine Untersuchung geben, Miss Blackstock, und sie wird öffentlich sein. Ich fürchte, so sind die Vorschriften. Aber in solchen Fällen lautet das Urteil für gewöhnlich auf Unfall mit Todesfolge. Ich fürchte, Menschen, die so leben wie Ihre Mutter, sind, nun ja, sagen wir mal, anfällig für solche Dinge.« Damit wollte er mir sagen, dass man nichts weiter in der Sache unternehmen würde. Tod durch Unfall. Das war's.

»Aber sie hat kaum getrunken!« Inspector Halstead antwortete nicht. Und was sollte er auch dazu sagen? Meine Mutter und die Frau, deren Leiche man in Hackney auf dem Baugrundstück gefunden hatte, mochten denselben Körper gehabt haben, aber in Wirklichkeit waren es zwei völlig verschiedene Menschen. Die Frau, die ich gekannt hatte, hätte Temazepam nicht mit der Feuerzange angefasst, geschweige denn Heroin. Sie hatte nicht mal Kaffee getrunken, es sei denn, er war aus Butterblumen gemacht.

»Miss Blackstock, haben Sie in den letzten Jahren Kontakt mit Ihrer Mutter gehabt?«

»Nein, ich dachte, sie wäre tot, das habe ich Ihnen doch gesagt.«

»Sie haben sie nicht gesehen? Mit ihr telefoniert?«

»Nein, ich dachte, sie wäre tot. Wir alle dachten das.«

»Alle?«

»Mein Vater, Joan – äh, Miss Draycott, alle.«

»Sie haben nie gehört, dass jemand über Ihre Mutter gesprochen hat?«

»Nun, natürlich habe ich –«

»Haben Sie je gehört, dass jemand gesagt hat, sie könne noch am Leben sein?«

»Nein, wir hatten keine Ahnung.«

»Ich fürchte, das kann nicht sein, Miss Blackstock.«

»Was meinen Sie damit?« Maggie Hill. Sie musste herausgefunden haben, dass meine Mutter noch lebte, und es Joan erzählt haben. »Nun, es scheint so … oder besser gesagt, es gibt Hinweise, dass Miss Draycott tatsächlich *wusste,* dass Ihre Mutter noch am Leben ist. Man hat einen Brief gefunden. Von Miss Draycott. Bei den Sachen Ihrer Mutter. Er war in ein Kleidungsstück eingenäht.«

»Wie bitte … War er datiert?«

»Ja. Im August 1976.«

»Was haben Sie gesagt?«

»August 1976. Das Datum. So stand es auf dem Brief.«

»Sind Sie sicher?«

»So steht es da, Miss Blackstock.«

»Aber das war keine zwei Monate, nachdem man die Kidnapper verhaftet hat.«

»So ist es.«

»Aber das kann nicht stimmen. Die Trauerfeier war im September.«

»Wissen Sie das genau? Es ist schließlich sehr lange her.«

»Ja. Ich weiß es noch, weil ich das ganze Gemüse und Obst vom Erntedankfest aus der Kirche räumen musste –« Ich hielt inne. *Joan wusste, dass Mum noch lebte, als sie die Trauerfei-*

er organisierte. Inspector Halstead schwieg. Mir war schlecht.
»Wenn das Datum auf dem Brief stimmt … welcher Tag war es genau?«

»Ich habe den Brief nicht vor mir liegen. Er ist bei den persönlichen Sachen Ihrer Mutter.«

»Kann ich ihn sehen?«

»Im Moment brauchen wir ihn leider noch. Möglicherweise gibt es weitere Untersuchungen im Fall der Entführung.« Er räusperte sich wieder. »Miss Blackstock, der Brief von Miss Draycott weist darauf hin, dass Ihr Vater ebenfalls –«

»Mein *Vater?*«

»Es sieht so aus, als hätte er ebenfalls gewusst, dass Ihre Mutter noch lebt. Deshalb möchten wir, so schnell es geht, Miss Draycott vernehmen.« *Mein Vater wusste es.*

»Aber das geht nicht.«

»Ich fürchte, wir müssen es tun, Miss Blackstock.«

»Ich meine, es geht wirklich nicht. Sie ist tot.«

»Wie bitte?«

»Joan ist tot. Sie hatte einen Herzinfarkt.«

»Wann war das?«

»Vor ein paar Tagen. Am Sonntag.« *Mein Vater wusste es.*

»Warum haben Sie das nicht bei unserem letzten Gespräch gesagt?«

»Es hatte nichts damit zu tun.« *ER WUSSTE ES. VERDAMMT NOCH MAL, ER WUSSTE ES.*

»Ich verstehe.«

Inspector Halstead erging sich in vagen Andeutungen über die Schwierigkeiten, das Ganze zu untersuchen, man müsse sich beraten und Schritte in die Wege leiten, doch ich nahm nichts davon auf. Irgendwann muss ich mich wohl verabschiedet haben, denn als die Männer vom Sicherheitsdienst ihre Köpfe durch die Tür steckten, um Bescheid zu geben, dass sie fertig seien und morgen wegen ihres Angebots mit

Mr. Haigh-Wood Kontakt aufnehmen würden, telefonierte ich nicht mehr. Da starrte ich einfach die Wand an – besser gesagt, ich schaute in die Richtung der Wand, ohne sie zu sehen. Mein Gehirn war wie leer gefegt, ich konnte weder Wände anstarren noch denken oder weinen. Mein Vater hatte gewusst, dass sie noch lebte. Dieser eine Satz nahm allen Raum ein. Wie Hochwasser, das in einem geschlossenen Raum immer höher steigt, rauschte er in meinen Ohren.

13

Zehn Millionen Pfund. Keine Polizei oder sie stirbt. Mit blauem Leuchtstift auf ein liniertes Blatt Papier geschrieben, das aus einem Spiralheft herausgerissen war. Es war um Mums American-Express-Karte gewickelt und in Finchley abgestempelt.

Zwei Tage, ehe irgendjemand bemerkte, dass sie vermisst wurde. Sie wollte das Wochenende mit Irene des Voeux verbringen, und bis Sonntagabend dachten wir, sie wäre bei ihr. Es war Januar und schneidend kalt, und Des und ich spielten Rommé an einem mit grünem Filz bezogenen, zusammenklappbaren Kartentisch vor dem Kamin in Joans Wohnzimmer, als Joan den Kopf hereinstreckte und sagte: »Dessie? Kann ich dich kurz sprechen? Draußen?«

Ich fing an zu meckern und zu maulen, weil Des mir schon seit einer Ewigkeit versprochen hatte, mit mir Karten zu spielen, und wir gerade erst angefangen hatten, aber er lachte nur und sagte: »Hör auf zu schmollen. Ich bin gleich wieder da.«

Die Tür war nur angelehnt. Ich nutzte die Zeit, ein paar Karten zu vertauschen und mir ein besseres Blatt zu verschaffen, so dass ich dem Gespräch vor der Tür keine besondere Aufmerksamkeit schenkte, aber ein paar Gesprächsfetzen fing ich auf. »Sagt, sie war nicht da … Unmöglich, dass sie nicht angerufen hat … Seltsam … In letzter Zeit … Mache mir Sorgen … Will Wolf damit eigentlich nicht behelligen …« Solche Gespräche gab es in Camoys Hall die ganze Zeit, für gewöhnlich bauschte jemand irgendwas auf und gab sich schrecklich besorgt, um bei meinem Vater ein paar Punkte zu machen. Ich streckte der Tür die Zunge heraus und rief ein paarmal: »De – es! Komm endlich!« Aber er kam nicht. Ich hörte, wie sich seine Schritte auf dem Flur entfernten.

Stattdessen steckte Joan den Kopf zur Tür herein und sagte, ich müsse eine Weile Patience legen, weil »Des kurz mit deinem Vater sprechen muss«.

Ich weiß noch, dass Joan später gesagt hat, wie merkwürdig sie es fand, dass Irene nicht schon am Freitag in Camoys Hall angerufen habe, und dass Angela erwiderte, sie solle nicht absichtlich naiv sein, in ihrem Alter sei das lächerlich. Joan sagte: »Ich weiß nicht, was du meinst.« Angela warf mir einen bedeutungsvollen Blick zu und verzog das Gesicht, und Joan sagte, sie solle nicht vulgär sein. Ich hatte keinen Schimmer, worüber sie sprachen. Später versuchte ich, naiv im Wörterbuch nachzuschlagen, konnte es aber nicht finden, weil ich nicht wusste, wie man es schreibt. Vielleicht wollte Angela andeuten, dass Mum nichts Gutes im Sinn hatte und Irene sie deckte. Vielleicht meinte sie, dass Mum sich mit dem Mann im Auto traf.

An jenem Abend legte ich eine Weile Patiencen, dann döste ich im Sessel ein. Ich muss ungefähr eine Stunde geschlafen haben. Als ich aufwachte, musste ich dringend aufs Klo, aber als ich versuchte, die Tür von Joans Wohnzimmer aufzumachen, war sie abgeschlossen. Ich schrie und hüpfte herum, aber es kam niemand, also zog ich den Sessel ans Fenster und kletterte raus auf den Hof. Es war stockfinster, der Wind war eisig, und ich stieß mich mit der Innenseite meines Beines am Fensterriegel, doch ich hatte das Gefühl, ich würde platzen, wenn ich nicht in den nächsten fünf Sekunden pinkeln konnte. Ich stolperte herum, bis ich einen Busch fand, das nasse Gras pikste mich am Po, als ich mich mit klappernden Zähnen dahinterhockte. Dann hörte ich Motorengeräusche und sah Scheinwerfer um die Ecke biegen und an der Kapelle vorbeifahren, ehe die Autos vor der Hinterveranda zum Stehen kamen. Dann ging das Licht auf der Veranda an, und ich konnte erkennen, dass es Streifenwagen waren, aus denen uniformierte Polizisten stiegen. Ich hörte Joans Stimme – sie murmelte irgendwelche Entschuldigungen und was für schreckliches Wetter wir hatten –, und dann verschwanden sie alle im Haus, und die Tür fiel hinter ihnen zu.

Ich rannte hinterher und versuchte, die Hintertür zu öffnen, aber Joan hatte abgeschlossen, also lief ich ums Haus zum vorderen Wohnzimmer, wo Licht brannte. Ich hoffte, dass Des dort war, aber leider war es Joans Gesicht, das hinter den Vorhängen erschien. Sie bedeutete mir, zur Haustür zu kommen, ließ mich hinein und explodierte fast (»Was um alles in der Welt machst du da draußen?«), als Des erschien und sagte: »Ich weiß zwar nicht, was du getan hast, Dodie, aber du bist ja ganz blau. Sieh zu, dass du in der Küche etwas bekommst, das dir wieder Farbe ins Gesicht zaubert.«

Als ich davonlief, hörte ich ihn zu Joan sagen: »Beruhige dich, altes Haus. Sei nicht zu streng mit ihr.«

Ich wollte meinen Kakao im Wohnzimmer trinken, aber da waren Joan und Des und redeten mit drei Polizisten. Joan scheuchte mich hinaus und befahl mir, auf dem Sofa in der Diele zu warten, sie würde gleich kommen. Sie kam auch ein paar Mal heraus, um Fotoalben zu holen, und einmal hatte sie etwas in der Hand, das wie ein Pass aussah, aber als ich sie fragte, was los war, schüttelte sie nur den Kopf und beschwichtigte mich. Schließlich gingen die Polizisten, und sie kam heraus, setzte sich neben mich und sagte, dass es ein dummes Missverständnis gegeben hätte, meine Mutter hätte sich verlaufen, aber jetzt sei alles wieder in Ordnung und morgen früh sei sie wieder da. Dann tat sie ganz geschäftig, klatschte in die Hände und sagte: »Und jetzt ab ins Bett und sofort schlafen!« Ich weiß noch, dass ich mich an der Sofakante festgehalten habe, damit sie mich nicht hochziehen und die Treppe hinaufschieben konnte. Ich wusste, dass sie nicht die Wahrheit sagte. Zum einen hatte sie alles viel zu schnell erklärt, und als ich sie fragte, warum Mum nicht einen Polizisten nach dem Weg gefragt hatte (wieder das Video in der Schule), antwortete Joan, sie hätte keinen gefunden. Das glaubte ich nicht, denn in der Straße in London, wo wir wohnten, hatte immer ein Polizist Dienst, und ich glaubte, dass man in London keine hundert Meter gehen konnte, ohne auf einen Polizisten zu stoßen. Schließlich kam Des und versprach, mir eine Geschichte zu erzählen, wenn ich ins Bett ging. Natürlich war ich einverstanden. Ich hatte zwar Angst, dass Joan mich wegen Mum angelogen hatte, aber eine Geschichte war sogar noch besser als ein Kartenspiel. An diesem Abend hörte ich zum ersten Mal *Albert und der Löwe.* »Es war mal ein Ort namens Blackpool, bekannt für gut Wetter und Spaß ...« Ich habe nie die berühmte Version von Stanley Holloway gehört, nur Des', und ich nehme an, seine Interpretation war nicht besonders gut, aber ich kann immer noch jeden Vers des Gedichts auswendig aufsagen. Des saß auf meiner Bettkante, ein Glas Whisky in der Hand, und sagte, er würde bei mir bleiben, bis ich eingeschlafen war. Ich erinnere mich noch daran, wie er das Glas in der Hand schwenkte und hineinstarrte, als ich ihn fragte, wo Mum seiner Meinung nach wohl war und ob er glaubte, dass die Polizei sie finden würde. Er dachte einen Augenblick nach und sagte, ja, ich solle mir keine Sorgen machen, allzu weit könne sie nicht sein. Ich fand, das hörte sich an, als sei sie ein entflohener Sträfling.

»Ist es, weil sie so seltsam geworden ist?«, fragte ich.

Er antwortete: »Manchmal regen sich Menschen über irgendwas schrecklich auf, und dann müssen sie allein sein, um wieder zur Ruhe zu kommen. Ich bin sicher, das ist es, was deine Mutter tut, aber es ist besser, auf Nummer sicher zu gehen.«

»Weiß *er* es?«

»Ja, wir haben es ihm gesagt. Er sagt, du sollst dir keine Sorgen machen.«

Der Erpresserbrief kam am nächsten Morgen. Er war an meinen Vater adressiert. Zehn Millionen Pfund. Keine Polizei oder sie stirbt. Laut Poststempel war er am Freitag abgeschickt worden, es war ein Erste-Klasse-Stempel, eigentlich hätte er also am Samstagmorgen ankommen sollen und muss irgendwo stecken geblieben sein. Als Joan mir den Brief zeigte, bin ich total durchgedreht. Ich weiß noch, dass ich auf sie losgegangen bin, auf ihre Brust und ihre Arme eingeschlagen und geschrien habe: »Warum habt ihr nicht versucht, sie zu finden? Du hast mich angelogen. Sie haben bestimmt die Polizei gesehen. Jetzt bringen sie sie um. Das ist deine Schuld, du hast gelogen, du hast die Polizei gerufen. Du wolltest, dass sie sie umbringen.« Ich dachte, wahrscheinlich versuchen sie in diesem Augenblick, sie umzubringen, und niemand tut etwas.

Dann marschierten ein paar Männer durch die Hintertür, und ich hörte jemanden sagen: »Hallo, Officer.«

Ich raste schreiend durch den Flur auf sie zu: »Geht weg, geht weg, sie werden sie umbringen.«

Einer versuchte, mich hochzuheben, und ich wand mich und strampelte in seinem Griff und versuchte, ihm das Gesicht zu zerkratzen. »Lass mich los! Sie werden sie umbringen! Ich hasse dich!«, schrie ich.

Eine Polizistin namens Rosemary bugsierte mich in die Küche und machte die Tür hinter uns zu. Sie war so sicher, so fest und ruhig. Schließlich hörte ich auf zu weinen, und sie hielt meinen Kopf, als ich mich über einem der Spülbecken erbrach, wischte mir das Kinn ab und fragte mich, ob ich lieber Apfelsaft oder Milch wollte. Als ich mich für Milch entschied, sagte sie: »Wie gut, dass Humphrey nicht hier ist«, was ich nicht verstand. Humphrey war irgendeine Figur aus dem Werbefernsehen, die ich nie gesehen hatte. Ich dachte, Humphrey wäre der Name von einem der Entführer und dass die Polizisten Mum retten konnten, wenn sie den Namen wussten. Mir ging es gleich besser, bis mir klar wurde, dass Rosemary etwas ganz anderes gemeint hatte.

Rosemary sagte, ich solle mir keine Sorgen machen, die Polizei sei da, um zu helfen, und dass ich zuschauen dürfe, wie sie ihre Einsatzzentrale einrichteten, wenn ich mich beruhigt hätte. Ich war ein bisschen enttäuscht, als sich herausstellte, dass es sich dabei nur um das Wohnzimmer handelte, in dem einfach ein paar Geräte aufgebaut wurden. Die Polizei arbeitete mit drei Teams: dem roten, dem blauen und dem grünen. »Wie in der Schule«, sagte Rosemary. Die Roten waren in unserem Haus stationiert, und sie waren diejenigen, die mit meinem Vater und Des besprachen, was zu tun war. Die Blauen durchsuchten das Gelände. Ich weiß nicht mehr, was die Grünen taten. Was es auch gewesen sein mag, wir sahen sie nie.

Die Roten hatten eine lange Unterredung mit meinem Vater und Des, und dann versammelten sich Joan, Angela und ich im Zimmer, und sie erteilten uns eine Art Lektion, was geschehen würde. Das vordere Wohnzimmer war eigentlich zu klein für zwölf Personen, und Angela bestand darauf, im Schneidersitz zu Füßen meines Vaters zu sitzen, dessen Stuhl mitten im Zimmer stand, so dass die Leute immer wieder über ihre Knie stolperten. Joan hockte auf der Lehne, und Des und ich quetschten uns mit Rosemary auf ein Zweisitzersofa. Alle tranken Tee aus zarten Porzellantassen, die auf den Untertassen klapperten, wenn man sie abstellte.

Es ist komisch, ich kann mich an jedes Detail der Wohnzimmereinrichtung erinnern, als hätte ich ein Foto vor mir liegen, aber ich weiß kaum noch, was gesagt wurde. Hauptsächlich redete der Detective Chief Inspector von den Roten. Seinen Namen habe ich vergessen, wenn ich ihn überhaupt je kannte. Als Erstes sagte er, dass die Rettung des Opfers höchste Priorität habe – so nannte er es, höchste Priorität – und dass wir alle Ruhe bewahren müssten. Ich war erschöpft, wie benommen. Da saß ich und hörte diesem Polizisten zu, der über Telefone anzapfen und Nachrichtensperre und Maßnahmen zur Rettung meiner Mutter redete, aber er hätte genauso gut über – ich weiß nicht – Badesalz reden können. Ich versuchte, mich zum Zuhören zu zwingen, aber ich verstand so viele Worte nicht, und dann ertappte ich mich dabei, dass ich irgendwas im Zimmer anschaute, zum Beispiel, wie weit Rosemarys Dauerwelle herausgewachsen war. Oder Angelas Armbanduhr, die sie mit dem Zifferblatt auf der Innenseite ihres Armes trug, oder das alte, staatsmännische Profil meines Vaters vor dem goldenen Hintergrund der Sessellehne – und dann stellte der Polizist Fragen.

»Weißt du das, Dorothy?«, fragte Joan.

»Was?«

»Was deine Mutter anhatte, als sie am Freitag wegfuhr.«

Ich hatte Angst, den Mund aufzumachen, wegen all der Polizisten. »Ja.«

Einer der Polizisten sagte: »Und könntest du es uns bitte sagen.« Es klang, als würde ein Lehrer sagen: »Vielleicht erzählst du uns den Witz auch, damit wir mitlachen können.«

»Einen grünen Pullover. Einen langen Wollmantel. Braun. Braune Stiefel. Mit hohen Absätzen. Der Pullover hatte einen großen Kragen.«

»Rock? Hosen?«

»Das konnte ich nicht sehen, wegen dem Mantel, aber sie hatte einen Hut auf. Er passte zum Mantel.«

»Was für einen Hut?«

»Einen braunen. Sie hatte ihn tief über ihre Haare gezogen.«

»War es ein Clochardhut?«, fragte Rosemary.

Ich wusste nicht, was ein Clochardhut war. »Ich weiß nicht. Wie eine Pudelmütze. Nur ohne Bommel.«

Rosemary beugte sich vor und tätschelte mein Knie. »Gut gemacht. Das wird uns weiterhelfen.«

Dann fragte der Detective Chief Inspector, ob Joan Mum am Freitag gesehen hatte.

»Kurz. Wir haben nur ein paar Worte gewechselt. Über ihr Wochenende.«

»Wie würden Sie ihren Gemütszustand beschreiben?«

»Ich weiß nicht. Mir kam sie absolut zufrieden vor.«

Mein Vater sagte: »Sie freute sich auf das Wochenende. Miss des Voeux war eine gute Freundin.« Er sagte »war«, als wäre Mum bereits tot. Dann fügte er hinzu: »Ich glaube, es ist Zeit, dass Dorothy ins Bett geht, Joan.«

Während ich mir an all den Knien und Teetassen vorbei den Weg zur Tür bahnte, herrschte absolute Stille, und niemand wünschte mir eine gute Nacht. Ich sah Des an, aber er hatte den Kopf gesenkt. Joan folgte mir hinaus und brachte mich nach oben ins Bett. Sie wartete, während ich mir die Zähne putzte und mein Nachthemd anzog, dann deckte sie mich fest zu. »Du brauchst dir keine Sorgen zu machen. Alles wird wieder gut.« Dann machte sie das Licht aus und segelte hinaus, um die Zimmer für den Detective Chief Inspector und Rosemary herzurichten, weil sie bei uns übernachten würden.

Ich kann nicht beschreiben, wie die Nacht war. Die Leute sagen immer: »Es muss ein Albtraum gewesen sein«, aber das beschreibt es nicht annähernd. Aus einem Albtraum kann man aufwachen. Als Erwachsener kann man sich tröstliche Dinge sagen, wenn man nachts um drei wachliegt, wie zum Beispiel: »Morgen früh sieht alles ganz anders aus«, aber wenn jemand entführt wird, nützt all das überhaupt nichts. Außerdem war ich nicht erwachsen, ich war acht Jahre alt und lag ganz allein in einem stockfinsteren Zimmer in meinem Bett. Mum war von diesen … diesen schrecklichen Leuten entführt worden, und niemand tat etwas, um sie zurückzuholen. Natürlich weiß ich heute, dass die Polizei nach ihren Spezialmethoden handelte, und ich glaube, sie leistete sogar gute Arbeit, bis die Kollegen in Suffolk auf der Randall-Farm das Feuer eröffneten und alles zunichte machten. Aber damals erklärte mir niemand etwas. Rosemary war nett zu mir, genau wie Des und Joan auf ihre Art, aber niemand setzte sich zu mir und redete mit mir, und aus Angst, dass man mir sagen würde, ich werde meine Mum nie wiedersehen, traute ich mich nicht zu fragen.

Die ersten vier Tage, das Warten darauf, dass die Entführer Kontakt aufnahmen, waren die schlimmsten. Der Detective Chief Inspector sagte immer wieder: »Solange sie keinen Kontakt aufnehmen, können wir nichts tun. Ich fürchte, wir können nur warten.« Rosemary sagte zu mir: »Sie werden deiner Mutter nichts tun. Dafür ist sie für sie viel zu viel Geld wert, und wenn etwas viel Geld wert ist, muss man gut darauf aufpassen, nicht wahr?«

In meiner Erinnerung stehe ich andauernd an irgendwelchen Türen in Camoys Hall und versuche herauszubekommen, was vor sich geht, ehe mich jemand entdeckt und verscheucht. Ich stehe da und gucke und gucke. Beobachte die Polizisten, wie in diesem Song von Elvis Costello, nur dass ich weit davon entfernt war, süß zu sein. Eher gespenstisch mit meiner bläulich-weißen Haut und den glanzlosen Augen, die hinter meinen neuen, dicken Brillengläsern nie so richtig in dieselbe Richtung zu gucken schienen, weil ich schielte.

Männer in Jeans und Pullover erschienen mit Koffern voller Schraubenzieher und lagen auf der Seite unter georgianischen Tischen, entrollten Kabel und fummelten mit Telefondosen herum. In kleineren, zweifarbigen Koffern, die wie Plattenspieler aussahen, waren große Rollen mit Bändern – Spulen nennt man sie, glaube ich. Steinzeitmodelle verglichen mit dem, was es heute gibt. Am Anfang versuchten die Männer, mit mir zu reden, mich aufzuheitern, aber ich schaffte es einfach nicht, ihnen zu antworten, und nach einer Weile gaben sie auf. Einmal hörte ich, wie einer von ihnen die anderen fragte, ob sie glaubten, dass ich »ganz dicht« sei. Sie saßen beim Essen um den Küchentisch und merkten nicht, dass ich vor der Tür stand.

Der Mann, der antwortete, hieß Dave Cook. »Lass sie in Ruhe, das arme, kleine Ding. Wie würde es dir gefallen, wenn es deine Mutter wäre?«

»Kein Mensch würde meine Mutter entführen, die würde ihnen die Hölle heiß machen. Aber soll ich dir was sagen, Cookie, ich hätte nichts dagegen, wenn meine Alte gekidnappt würde. Von mir aus könnten sie sie behalten.« Darauf kam schallendes Gelächter, gefolgt von Rufen wie: »Lass das«, und »du blöder Hund«, als einer anfing mit zerbröselten Chips zu werfen. Dann sah mich der, der das über seine Frau gesagt hatte, an der Tür stehen und stieß den Mann neben sich an, und einer nach dem anderen verstummte. Sie starrten mich an, und ich starrte zurück.

Dave Cook streckte mir ein Dreieck aus Weißbrot mit

Schinken entgegen. »Willst du ein Sandwich?« Ich schüttelte den Kopf. »Ein Stück Kuchen?« Ich schüttelte wieder den Kopf. »Sehr vernünftig. Zwischen den Mahlzeiten soll man ja auch nicht essen. Sonst endest du wie er.« Er zeigte auf einen dicken Polizisten am Ende des Tisches. Dann wandte er sich wieder an die anderen. »Habt ihr vor, etwas wegen des kaputten Mikrofons zu unternehmen?«

Von da an war Dave Cook mein Held. Ich glaube, ich habe während der sechs Monate kaum sechs Worte mit ihm gewechselt, aber jedes Mal, wenn er nach Camoys Hall kam, um die Abhör- und Aufnahmeausrüstung zu überprüfen, folgte ich ihm auf Schritt und Tritt. Einmal hörte ich jemanden sagen, dass er Geburtstag hatte, also bastelte ich eine Karte für ihn. Ich malte mit Filzstiften ein Bild von ihm und seiner Ausrüstung und schrieb darunter: »Von Ihrem Schatten«, weil er mich immer so nannte. Wenn ich aus irgendeinem Grund mal nicht auftauchte, sagte er immer: »Wo wohl mein Schatten heute war.« Wahrscheinlich machte ich ihn wahnsinnig, aber er zeigte es nie.

Mums roter Mercedes wurde einen Tag vor dem Anruf der Kidnapper gefunden. Er parkte in der Elgin Avenue, nahe Maida Vale. Irgendjemand meldete es, weil einige Scheiben zerbrochen waren und der Wagen zu schick für die Gegend war. Heute sind die Häuser dort ein kleines Vermögen wert, aber damals waren sie mit vier oder fünf Familien vollgestopft und heruntergekommen, die Säulen an den Eingängen waren knallrot oder giftgrün oder schreiend rosa gestrichen, die Farbe blätterte ab, und vor den Fenstern hingen schmuddelige Stores oder Batiktücher.

Die Polizei sagte, wegen der zerbrochenen Scheiben könne man unmöglich sagen, ob etwas aus dem Wagen gestohlen wurde. Mums Reisetasche war weg, aber im Kofferraum stand eine Kiste Chateau Margaux, die sie als Geschenk für

Irene mitgenommen hatte. Die Polizei schleppte den Wagen ab und führte einige Untersuchungen durch, doch man fand nichts Besonderes.

An dem Abend, als der Wagen gefunden wurde, sah ich gerade Dave Cook zu, wie er die Abhöranlage im Wohnzimmer testete, als ich plötzlich von den Stufen vor dem Haus die wütende Stimme meines Vaters hörte. Ich stand gleich hinter der Haustür und wich ein paar Schritte zurück in die Diele, damit ich ihn hören konnte, aber nicht gesehen wurde.

»Das ist Diebstahl, nichts anderes. Erpressung und *Diebstahl*! Das werde ich nicht dulden«, hörte ich meinen Vater sagen.

»Es könnte echt sein, Wolf.« Des' Stimme, sehr ruhig. »Das meint jedenfalls die Polizei, und sie haben so etwas schließlich schon öfter erlebt.«

»Die Polizei! Sie haben keine Ahnung, wie diese Frau funktioniert. Ich werde mich nicht zum Narren machen lassen. Sie kriegt keinen einzigen Penny.«

»Nun, die Polizei denkt, du solltest den Entführern mitteilen, dass du das Lösegeld nicht zahlen kannst. Dann werden sie mit ihrer Forderung heruntergehen, und je länger es dauert, desto größer ist die Chance, sie zu finden.«

»Entführer! Sie hat nicht die Absicht, gefunden zu werden. Das ist alles auf ihrem eigenen Mist gewachsen. Du kennst die Frauen nicht.«

»Wolf, es gibt keinerlei Beweise –«

»Ich *brauche* keine Beweise! Du hast gesehen, wie sie sich benommen hat. Da hast du deinen Beweis. Was brauchst du noch?«

»Warum sollte sie das tun?« So kontrolliert hatte ich Des' Stimme noch nie gehört. »Sie liebt dich, Wolf.«

»Sie hat dich um den kleinen Finger gewickelt, genau wie die anderen. Alle benehmen sich wie ein Haufen Narren und tanzen nach ihrer Pfeife. Ich werde mich nicht von einer Verrückten bestimmen lassen.«

So erfuhr ich, dass mein Vater dachte, alles sei getürkt und meine Mutter stecke dahinter. Rosemary hatte zu mir gesagt, dass man auf Dinge, die viel Geld wert waren, gut aufpassen musste. Wenn die Entführer herausfanden, dass Mum meinem Vater keinen Penny wert war, war sie nicht mehr sicher. Doch ich war Des nicht böse, weil er meinem Vater nicht widersprochen hatte. Ich wusste, warum er es nicht getan hatte. Ich meine, ich war schließlich auch nicht rausgelaufen und hatte geschrien: »Das ist nicht wahr. Du musst ihr helfen, sie ist meine *Mutter*!« Ich wollte es tun, aber ich tat es nicht. Niemand tat so etwas in diesem Haus. Stattdessen schlich ich zurück ins Wohnzimmer. Dave Cook schaute von seinen Zangen und Drähten auf, sah, dass ich weinte, und bot mir einen Schokoladenriegel an.

Bald darauf stieß mein Vater mit dem Detective Chief Inspector wegen der Frage zusammen, ob die Entführung echt war. Dies wurde unten von Angela berichtet, die immer wieder ins Arbeitszimmer meines Vaters eilte, um ihn zu trösten, und regelmäßig hinausgeworfen wurde. Natürlich war es Wasser auf Angelas Mühle, dass meine Mutter ihre eigene Entführung inszeniert haben sollte, um Geld aus meinem Vater herauszuholen, und sie gab Joan immer wieder mit ausschweifenden Gesten über meinen Kopf hinweg zu verstehen, dass sie mit vor die Tür kommen sollte, weil sie brandneue Nachrichten von oben hatte. Meistens ignorierte Joan sie, und wenn es nicht anders ging, sagte sie, sie solle sich nicht einmischen. Ich war mir ziemlich sicher, dass Joan nicht an eine vorgetäuschte Entführung glaubte, denn ich platzte oft in verstohlene Unterredungen zwischen Joan und Des, und ich wusste, dass er die Entführung für echt hielt.

In Camoys Hall gab es drei Telefonleitungen, und vor dem

ersten Anruf wusste niemand, welche Nummer die Entführer benutzen würden, deshalb leitete Dave Cook alle Anrufe ins Sekretariat und gab der Sekretärin strikte Anweisung, die Leitungen frei zu halten. Sie sollte den Leuten sagen, dass wir ein neues Telefonsystem bekamen und ob sie bitte nächste Woche wieder anrufen könnten, weil es noch Probleme gäbe.

Als die Entführer das erste Mal anriefen und versuchten, meinem Vater zu sagen, wo er das Geld hinterlegen solle, schrie er die ganze Zeit: »Holen Sie Susan ans Telefon! Ich will mit meiner Frau sprechen!«, und ließ sie nicht zu Wort kommen, so dass sie auflegten.

Zwei Tage später riefen sie wieder an. Sie weigerten sich, mit meinem Vater zu sprechen, und bestanden darauf, dass alle Verhandlungen über Des liefen, sonst würde meine Mutter erschossen. Ich war gerade im Flur, und es gelang mir, Des und Joan zu belauschen, die sich hinten auf der Veranda unterhielten. Ein Gutes hat es, in einem so großen Haus wie Camoys Hall zu leben: Es gibt jede Menge Verstecke. Diesmal hatte ich mich hinter die Tür zur Schmutzkammer gequetscht, in der die Gummistiefel aufbewahrt wurden und wo Joans Jack-Russel-Terrier, Malcolm, seinen Korb stehen hatte. Sie müssen auf und ab gegangen sein, während sie miteinander sprachen, denn ich konnte nur Bruchstücke verstehen: »Hat einen Wutanfall bekommen ... Will es immer noch nicht glauben ... Hat gefragt, ob es sie in Gefahr bringt ... Kann man noch nicht sagen, jetzt, wo sie sie haben, werden sie wahrscheinlich versuchen, alles rauszuholen ... Wenn wir nicht bezahlen ... Ich habe es versucht, aber er ist unerbittlich ... Habe ihn noch nie so wütend gesehen ... Reden von jetzt ab mit mir ...«

»Sollten wir nicht irgendwas zu Dodie sagen?« Das war Joans Stimme. »Ich muss ihr etwas sagen.«

»Nein. Wir haben keinerlei Beweis, dass Susan noch am

Leben ist. Sie lassen mich nicht mir ihr sprechen. Wir haben darum gebeten, dass sie uns eine Kassette schicken, auf der sie die Schlagzeile der heutigen *Times* liest, aber die werden wir frühestens am Freitag bekommen.«

Ich wollte die ganze Zeit fragen, ob Mums Kassette angekommen war, aber das ging nicht, weil ich es ja eigentlich nicht wissen durfte. Sie kam dann einen Tag zu spät, und Joan setzte sich mit mir in das vordere Wohnzimmer, um sie anzuhören. Wir standen alle im Kreis um den Kassettenrecorder und lauschten auf Mums Stimme, die sehr ruhig das Datum und die Schlagzeilen über die Concorde-Fabrik vorlas, und das war's, doch der Detective Chief Inspector schaffte es nicht rechtzeitig, den Recorder auszuschalten, so dass ich eine Männerstimme sagen hörte: »Jetzt hör mir mal –«, ehe er den Knopf fand.

Schweigen. Dann sagte Rosemary: »Siehst du, es geht ihr gut.«

»Was hat der Mann gesagt?«

»Das war eine Nachricht für deinen Vater.«

Ich sah meinen Vater an, der in einem Ohrensessel am Kamin saß. Ich glaube, wenn ich ihn Dad genannt hätte, wäre das Haus zusammengebrochen. Er sagte: »Komm her, Dorothy«, beugte sich vor und gab mir einen Kuss. »Ab mit dir.«

Während der nächsten Wochen hörte ich Mum Schlagzeilen über Angola, die Tate Gallery, Harold Wilson und Jim Callaghan vorlesen, über Rhodesien, die Trennung von Prinzessin Margaret, den Tod von Howard Hughes und die Wahlen in Portugal. Ich weiß mehr über das, was in jenen wenigen Monaten in der Welt geschah, als über den Rest der siebziger Jahre. Mehr sagte Mum nie. Immer nur das Datum und die Schlagzeile. Nie fragte sie, wie es mir geht, nie sagte sie, wir sollten bitte das Geld schicken. Kein persönliches Wort. Jedenfalls habe ich nie etwas gehört.

Das Anhören dieser Kassetten wurde zu einem gespenstischen Ritual. Unglücklicherweise überzeugte die Tatsache, dass die Entführer nur mit Des verhandeln wollten, meinen Vater nur noch mehr davon, dass alles ein Schwindel war, obwohl die Polizei ihm versicherte, dass die Kidnapper Mum nur nach dem Namen eines engen Freundes der Familie fragen mussten. Ich hörte, wie er den Detective Chief Inspector anschrie, dass Mum den Entführern vertrauliche Informationen über seine Geschäfte und seine Bankkonten gäbe. Später hörte ich Des zu Joan sagen: »Wie soll Susan ihnen etwas über Blackstock sagen? Sie weiß nicht mal, in welcher Farbe die Sessel bezogen sind. Wirklich, Joanie, so wie Wolf sich benimmt, wäre ich nicht überrascht, wenn er als nächstes *mich* der Entführung beschuldigt.«

Mein Vater blieb dabei, dass unter keinen Umständen ein Lösegeld gezahlt werden sollte, so dass Des und die Polizei versuchten, die Entführer hinzuhalten, indem sie sagten, es sei unmöglich, zehn Millionen aufzutreiben, ohne Verdacht zu erregen, und Gegenangebote machten. Der Detective Chief Inspector erklärte Des, dass die Chance, Mum zu retten immer größer wurde, je länger sich die Verhandlungen hinzogen. Er schrieb mit dickem, schwarzem Leuchtstift Notizen auf große Zettel für Des' Telefonate mit den Entführern. Sie wurden während des Gesprächs an die Wand im vorderen Wohnzimmer gepinnt, damit Des sie problemlos sehen konnte. Manchmal ließen sie sie dort hängen.

HIER IST KEINE POLIZEI
BESORGT UM SUSAN
WEITERE BEWEISE – WIE VORHER
HIMMEL UND ERDE IN BEWEGUNG GESETZT, UM GELD ZU BESORGEN
SECHS MILLIONEN – MEHR KÖNNEN WIR NICHT BIETEN

Solche Sachen standen auf den Zetteln.

Es war immer derselbe Mann, der anrief. Ich hörte nur noch einmal seine Stimme. Ich hatte ein Buch im Wohnzimmer vergessen, nachdem wir mal wieder Mum beim Vorlesen der Schlagzeile zugehört hatten, und als ich es holen wollte, war niemand da, aber der Kassettenrecorder mit der Kassette stand noch auf dem Tisch. Ich drückte PLAY und hörte eine Männerstimme sagen: »Wir haben die Schnauze voll von deinen Spielchen, Blackstock. Wir wissen, dass du das Geld hast. Jetzt fangen wir an, ihr die Finger abzuhacken. Jede Woche einen, bis du zahlst. Keine Angst, du kriegst deinen Beweis. Schau in den Briefkasten.«

Danach nichts mehr. Ich konnte mich nicht bewegen. Die Welt um mich herum blieb irgendwie stehen, und ich war wie eingeschlossen in mich selbst. Ich stand da und starrte auf die kleinen Räder im Kassettenrecorder, die sich immer weiter drehten. Ich weiß nicht, wann Des hereinkam. Er sagte nichts, zog mich nur neben sich aufs Sofa und legte die Arme um mich. Ich hörte, wie jemand die Tür aufmachte, und spürte Des' Kinn an meinem Haar, als er den Kopf schüttelte. Jetzt nicht. Die Tür fiel wieder zu.

»Es tut mir Leid, dass du das gehört hast, Dodie.«

»Sie werden ihr die Finger abhacken.«

»Nein, das werden sie nicht tun.«

»Doch. Er hat gesagt – er sagte –«

»Ich weiß, was er gesagt hat, aber es wird nicht geschehen. Bis jetzt geht es deiner Mutter gut, oder?«

»Wahrscheinlich.«

»Wenn sie ihr etwas antun wollten, hätten sie es schon längst getan. Sieh mal, wenn du sehr lange mit Leuten zusammen bist, lernst du sie gut kennen. Wie du und ich, wir kennen uns, oder?«

»Ja, aber –«

»Kein aber. Wenn du jemanden gut kennst, kannst du ihm nicht wehtun. Du könntest mir doch nicht den Finger abhacken, oder?«

»N-nein, natürlich nicht.«

»Siehst du. Ihr wird nichts geschehen.«

Ich *musste* ihm glauben. Als man Paul Getty das Ohr abschnitt, war ich erst fünf, so dass ich Gott sei Dank nichts darüber wusste. Ich weiß nicht, was mit den Kassetten geschehen ist, wahrscheinlich hat die Polizei sie mitgenommen.

Obwohl mein Vater nicht an die Entführung glaubte, nahm er mich aus der Dorfschule, als die Polizei ihm erklärte, sie könnten möglicherweise versuchen, sich auch mich zu schnappen. Ich verpasste ein ganzes Halbjahr und kam im Herbst auf ein Internat. Joan sagte der Schulleitung nicht, warum ich die Schule verließ, nur so viel, dass mein Vater mich zu Hause unterrichten wollte. Ein Lehrer zeigte sich nie, was mir viel Freizeit bescherte. Ich verbrachte Stunden damit, Fotos meiner Mutter anzuschauen. Modefotos, Portraits, Schnappschüsse von der Familie, egal was. Ich saß mitten in meinem Zimmer auf dem Fußboden und legte sie vor mir auf dem Teppich aus. Joan fragte mich, ob ich sie in ein Album kleben wollte, aber das lehnte ich ab. Ich wollte sie alle auf einmal nebeneinander sehen.

Manchmal setzte sich Des zu mir, oder wir gingen in die kleine Küche meiner Mutter, tranken Tee und aßen gelbe und rosafarbene kleine Kuchen. Wir stießen mit unseren Bechern an, und er sagte: »Zum Wohl.«

Einmal fragte ich ihn: »Des, wie war ich, als ich klein war?«

»Na ja, du hast viel gequakt, aber ich nehme an, das tun alle Babys.«

»Ja, aber später?«

»Als kleines Kind, meinst du? Also, du hattest ein rotes Nilpferd namens Timothy. Du hast es überall mitgeschleppt, und wenn irgendjemand versucht hat, es dir wegzunehmen, gab es schreckliches Protestgeheul.«

»Wie alt war ich da?«

»Drei oder vier, glaube ich. Du bist mit diesem *abscheulichen* Tier unter dem Arm und einem Strahlen auf dem Gesicht immer splitterfasernackt durch den Garten gelaufen.«

Ich hatte Timothy vergessen. Der arme Des musste mir diese Anekdote mindestens fünfzehn oder zwanzig Mal erzählen. Joan erinnerte sich auch noch an Timothy. Schließlich tauchte er ganz hinten in einem Schrank wieder auf, und sie setzte ihn auf mein Kissen.

Und Des und ich sangen miteinander. Lauter Lieder, an die er sich aus seiner Jugend erinnerte. »Two Little Girls in Blue«, »The Stately Homes of England«, »Lily of Laguna« und so weiter. Ich kenne sie auswendig wie andere Menschen in meinem Alter die Songs von den Beatles. Es ist komisch, weil sie eigentlich ein Teil von Des' Vergangenheit sind, aber sie wurden auch ein Teil meiner Vergangenheit, obwohl ich noch nicht mal geboren war, als sie Hits waren. Wir standen auf der Veranda und sangen aus vollem Hals, und Des tat, als wäre er betrunken. Ich lachte Tränen, und manchmal kam Joan heraus und schimpfte, wir sollten nicht so viel Krach machen. Doch das war, bevor sie die Übergabe verpatzten.

Die Drohung, meiner Mutter die Finger abzuhacken, schien meinen Vater zu überzeugen, dass die Entführung echt war, wahrscheinlich, weil er sich an die Getty-Entführung erinnerte, und er willigte ein zu bezahlen. Inzwischen hatten wir Anfang Juni, und Des war es gelungen, die Lösegeldsumme auf sechs Millionen zu drücken. Die Entführer wollten ganz bestimmte Geldscheine, die Dave Cook auf Mikrofilm ablichten ließ. Dann wurden sie in einen Koffer gepackt, der mit einem Spezialgerät ausgerüstet war, damit man ihn lokalisieren konnte. Es gab einen Riesenstreit, weil mein Vater nur für die oberen Geldscheine echte nehmen wollte, aber der Detective Chief Inspector sagte ihm, dass Mum womöglich ihre Finger verlieren könnte, wenn die Kidnapper merkten, dass man sie ausgetrickst hatte.

Auch Des wurde wütend. Ich hörte ihn schreien: »Herrgott noch mal, Wolf, du *willst* sie doch in einem Stück zurück, oder?«

Die Entführer wollten, dass Des den Koffer trug und dass er um Mitternacht in einer Telefonzelle an einer Raststätte an der A 12 auf weitere Instruktionen warten sollte. Der Mann sagte, dass einer von ihnen jede Bewegung Des' beobachten würde und dass sie Mum sofort umbringen würden, wenn er versuchte, sie auszutricksen. In jener Nacht gab es einen unvorhergesehenen Sturm, und es regnete in Strömen. Die Entführer zwangen Des, auf eine Art total verrückte Schatzsuche zu gehen, er musste durch halb Suffolk fahren und nach Telefonzellen mit weiteren Anweisungen suchen, auf denen dann stand, zu welcher Telefonzelle er als Nächstes fahren sollte, und so weiter, bis er endlich erfuhr, wo er das Geld lassen sollte. Ich sehe ihn vor mir, wie er im Regen aus dem Auto steigt und irgendeine aufgeweichte Böschung hinaufklettert, bei brennenden Scheinwerfern, damit er nicht in einem Loch landet, in einem durchnässten Regenmantel, und über die Krempe seines Hutes läuft das Wasser, als er sich hinunterbeugt, um in einer nach Pisse stinkenden Telefonzelle die mit Filzstift geschriebenen Instruktionen zu lesen. Es war stockdunkel, und Des kannte die Gegend nicht, so dass er sich in einem Gewirr von Landstraßen, die kaum mehr als Trampelpfade waren, verirrte. Ein Polizeiwagen sollte ihm unauffällig folgen, aber sie verloren immer wieder das Signal des Koffers, und als Des um vier Uhr morgens endlich an der tatsächlichen Übergabestelle ankam, waren sie meilenweit entfernt.

Die Übergabe sollte in einer verlassenen Baptistenkapelle

stattfinden, und Des hatte die Anweisung, drumherum zu gehen und den Koffer unter dem hinteren Vordach abzustellen. Doch er kam von der falschen Seite, und er sagte später, es wäre totaler Zufall gewesen, dass er die Kapelle überhaupt gefunden hatte. Er wollte den Koffer gerade am gegenüberliegenden Gebäude, einer Katzenpension, stehen lassen, als er auf deren Schild stieß – eine eineinhalb Meter hohe, gelbe Katze aus Holz – und seinen Fehler bemerkte.

An diesem Punkt wurde das Ganze zu einer Farce. Das blaue Team begab sich auf Beobachtungsposten an der Kapelle, doch niemand kam, um das Lösegeld abzuholen. Die örtliche Polizei war nicht informiert worden, so dass der Dorfpolizist natürlich sofort dachte, er hätte eine Bombe der IRA vor sich, als er den Koffer unter dem Vordach der Kapelle entdeckte. Es war 1976. Achtzehn Monate nach den Guildford-Urteilen. Seine Vorgesetzten waren derselben Meinung, sperrten das Gebiet ab, riefen die Armee zu Hilfe und versuchten, unser Team zu verhaften, als es unter dem Rhododendron hervorkroch, um alles zu erklären.

Das war eigentlich der Anfang vom Ende. Der Regen verhalf uns zu einem Vorteil, denn die Blauen stießen zufällig auf einen Lieferwagen, der auf einem schlammigen Weg ein paar Meilen von der Kapelle entfernt stecken geblieben war. Auf der Ladefläche lag Mums brauner Mantel. Der Wagen war mit Haaren, Fusseln und Fingerabdrücken übersät, so dass die Polizei vermutete, dass jemand darin gelebt haben musste. Im Aschenbecher fanden sie sogar abgeschnittene Zehennägel. Einige der Fingerabdrücke passten zu Steven Joseph Moody, Laden- und Gelegenheitsdieb.

Die Inhaberin der Katzenpension hatte sich bei der örtlichen Polizei über den Wagen beschwert. Sie sagte aus, sie habe das Pärchen gesehen, das den Wagen abgestellt hatte, und gab der Polizei eine Beschreibung von Mick Martin und Maggie

Hill. Suffolk war 1976 eine von den verschlafenen Gegenden, in denen man immer ein Fremder blieb, es sei denn, der Urgroßvater war bereits im Dorf geboren, so dass sie einer ganzen Menge Leuten aufgefallen waren, und nach einer Woche entdeckte das blaue Team die Randall-Farm, die ungefähr fünf Meilen von der Kapelle entfernt lag.

Das blaue Team fand auch heraus, dass es auf der Randall-Farm kein Telefon gab, also zapften sie, als Handwerker getarnt, die Telefonzelle im nächsten Dorf an. Das war das Telefon, von dem aus Mick Martin ein paar Tage später Des anrief und schrie, dass wir ein Haufen Lügner und Schweine wären und er Mum wie ein Schwein abstechen würde, denn das war es, was sie – und wir – verdienten.

Ich weiß, dass er das sagte, denn ich hörte, wie Des es Joan erzählte. Die Blauen saßen in einem Wäschereiwagen auf der anderen Straßenseite der Telefonzelle und hörten jedes Wort. Ich habe nie verstanden, warum sie Mick Martin nicht auf der Stelle verhaftet haben, als er die Telefonzelle verließ, aber wahrscheinlich wussten sie zu dem Zeitpunkt noch nicht, mit wie vielen Kidnappern sie es zu tun hatten, oder dass Steven Moody noch in London war. Vielleicht dachten sie, dass Mum umgebracht werden würde, wenn Mick Martin nicht zurückkam, aber … Sagen wir einfach, wenn sich die Dinge anders entwickelt hätten, hätte *selbst dann noch* alles wieder gut werden können.

Schließlich entdeckte einer der Dorfpolizisten – die zu dem Zeitpunkt mit dem blauen Team wie Hund und Katze waren – Mick Martin auf dem Weg zur Randall-Farm, dachte, das könnte der Mann sein, der das Auto bei der Kapelle abgestellt hatte, und versuchte, ihn in Gewahrsam zu nehmen. (Ich schwöre, so hat er es vor Gericht ausgedrückt.) Mick Martin sah ihn kommen, geriet in Panik, schubste ihn in die Hecke und rannte ins Haus, um Maggie Hill zu warnen. Natürlich holte der Polizist über Funk sofort jeden verfügbaren Mann in Suffolk zur Verstärkung. Innerhalb von zwanzig Minuten war die Randall-Farm von bewaffneten Polizisten umstellt.

Auf dem Nachrichtenvideo heißt es, die Entführer hätten den ersten Schuss abgegeben, aber es herrschte ein derartiges Durcheinander, dass es genauso gut ein schießwütiger Scharfschütze der Polizei gewesen sein konnte. Egal, wer die Schießerei auslöste, als die Blauen ankamen, war bereits ein Miniaturkrieg im Gange. Randall-Farm klingt schrecklich hochtrabend und nach großer Landwirtschaft, aber ich glaube, sie war nicht mal in ihren besten Zeiten ein großer Betrieb, und 1976 gab es dort nur noch ein verfallenes Farmhaus, einen völlig zugewucherten Garten und eine verlassene Scheune. Auf dem Nachrichtenvideo sieht man eine Reihe Scharfschützen hinter einer bröckelnden Mauer zum Vorgarten hocken, die Waffen auf die Fenster im oberen Stockwerk gerichtet, weil sie die des unteren Stockwerks hinter lauter Gras und Unkraut nicht sehen konnten. Als die Polizei schließlich das Haus stürmte, kletterten einige durch diese Fenster ins Haus, und die Fensterbänke brachen unter ihrem Gewicht zusammen. Sie brachten Mick Martin in Handschellen heraus und weigerten sich, sie ihm abzunehmen, obwohl sein rotes Hemd blutgetränkt war und es offensichtlich war, dass er sterben würde. Sie breiteten eine karierte Decke auf dem Weg aus und zwangen ihn, sich daraufzulegen. Das kann man auf dem Video nicht sehen, weil der Weg zum Teil von der Steinmauer verdeckt wird, aber es wurde in den meisten Zeitungen erwähnt. Doch man sieht, wie sie anschließend Maggie Hill herausbringen, und man sieht, wie sie anfängt zu schreien, als ihr klar wird, wer da blutend auf der Decke liegt. Maggie Hill trug ein blaues Trägerkleid, und man sieht sehr deutlich das Blut an ihrem Arm, aber es war nur eine Fleischwunde, die ziemlich schnell geheilt sein muss, denn beim Prozess trägt sie keine Schlinge oder so was. Als die Polizei sie abführt, schaut sie sich immer wieder um und schreit: »Helft ihm! Ihr Schweine, warum hilft ihm denn keiner?« Und als endlich ein Krankenwagen kam, waren alle Wege von den Autos der Journalisten blockiert. Der Gerichtsmediziner sagte aus, wenn der verletzte Polizist, Tim Corrigan, schneller ins Krankenhaus gekommen wäre, hätte er überlebt. Des ging an Stelle meines Vaters zu seiner Beerdigung.

14

Während sie sich in Suffolk gegenseitig abschlachteten, spielten wir Monopoly. Ich war schon im Bett, aber Joan kam herauf, weckte mich, und ich durfte im Nachthemd herunterkommen, um mit den anderen im Wohnzimmer auf Neuigkeiten über die Freilassung meiner Mutter zu warten. Rosemary schlug vor, ein Spiel zu spielen. »Bei uns zu Hause sind alle verrückt auf Brettspiele. Und es ist doch schön, wenn es etwas gibt, das man zusammen tun kann.«

Einen Augenblick lang dachte ich, mein Vater würde explodieren. Wenn Joan oder Angela das gesagt hätten, wäre er in die Luft gegangen. Stattdessen sagte er: »Es ist Jahre her, dass ich Monopoly gespielt habe.« Es klang so absurd, als würde Professor Stephen Hawking seine Physikprüfung in der Schule noch mal machen wollen.

»Aber Wolfie, wir haben kein –«, setzte Joan an.

»Sie haben doch eins, oder?« Mein Vater lächelte Rosemary an. »Warum holen Sie es nicht, und wir machen alle zusammen ein Spiel?« Selbst als wir auf die Nachricht warteten, ob Mum tot oder am Leben war, konnte er es sich nicht verkneifen, Rosemary zu seiner Favoritin des Abends zu küren und sie gegen Angela und Joan auszuspielen.

Angela machte ein großes Tamtam daraus, Rosemary Platz zu machen, damit sie das Spiel holen konnte. Sie war dazu übergegangen, sich auf dem Dach in die Sonne zu legen, damit die Journalisten sie nicht sehen konnten, und sie war beinahe schwarz. Ich weiß noch, wie sie auf dem Teppich hockte, gegen die Knie meines Vaters gelehnt, in einem weißen Gewand, mit Ledersandalen an den Füßen und einem Dutzend klimpernden Armreifen an den Armen, das glänzende, tief schwarze Haar zu einer Hochfrisur aufgetürmt.

Rosemarys Dauerwelle war in den fünf Monaten seit der Entführung so weit herausgewachsen, dass ihre braunen Haare ganz glatt herunterhingen und sich nur noch unten kringelten. Sie trug einen Jeansrock und gemusterte Hausschuhe aus Nylon mit einem blassblauen Fellbommel obendrauf.

Als sie weg war, sagte Angela: »Ich weiß nicht, wie sie solch grauenhafte Pantoffeln tragen kann. Kunststoff ist doch abscheulich. Da kann die Haut nicht atmen.« Und sie streckte ein dunkelbraun gebranntes Bein aus ihrem Kleid heraus, um uns zu zeigen, wie hübsch ihre Haut atmen konnte.

Mein Vater legte eine Hand auf ihre Schulter. »Willst du uns nicht einen Tee kochen?«

»Das Küchenpersonal hat bereits Feierabend, Wolfgang, und ich weiß nicht, wo alles ist.«

»Dann finde es heraus. Mach dich zur Abwechslung einmal nützlich.« Er versetzte ihr einen nicht besonders sanften Schlag auf den Hintern, als sie aufstand. Einen Augenblick lang dachte ich darüber nach, ob er Angela vielleicht loswerden wollte, damit Rosemary ihren Platz einnehmen konnte. Es kam mir nicht in den Sinn, dass Rosemary das vielleicht gar nicht wollte. Ich dachte, dass es viel netter wäre, mit ihr zusammen zu sein als mit Angela, weil sie eine Spezialausbildung darin hatte, wie man Menschen daran hinderte, sich anzuschreien. Vielleicht fand sie es ja ganz normal, in Stress-Situationen Monopoly zu spielen. Man sollte allerdings meinen, sie hätte sich zu dem Zeitpunkt bereits denken können, dass Monopoly für uns unter jenen Umständen so normal war wie eine Reise zum Mond.

In regelmäßigen Abständen steckte der Detective Chief Inspector den Kopf zur Tür herein und bedeutete Des, in die Diele zu kommen. Wenn Des wieder ins Zimmer kam, sah mein Vater ihn an und zog die Augenbrauen hoch, und Des schüttelte ganz leicht den Kopf, und wir anderen taten so, als hätten wir nichts bemerkt. Am Ende gewann mein Vater beim Monopoly, obwohl Rosemary ganz schön hinter seinem Geld her war. Des war auch nicht schlecht, nur dass er immer wieder rausgehen musste, um mit dem Inspector zu reden, und vergaß, dass er rot hatte, und stattdessen mit meinen blauen Stein spielte.

Rosemary tätschelte meine Hand. »Ich wette, du freust dich darauf, deine Mum wiederzusehen.«

»Hoffen wir einfach, dass sie wieder auftaucht, in Ordnung?«, sagte Des. Er hatte alle seine Zigarren aufgeraucht und begonnen, bei Dave Cook Zigaretten zu schnorren, aber Joan runzelte nicht mal die Stirn.

Als das Spiel zu Ende war, gingen Des und ich hinaus und versuchten zu singen, aber irgendwie gelang es uns nicht.

Ich sagte zu Des: »Sie wird doch zurückkommen, nicht wahr? Sie bringen sie zurück?«

Er sah mich an, und ich merkte, dass er drauf und dran war, so etwas wie: »Natürlich kommt sie zurück« zu sagen, doch dann änderte er seine Meinung und sagte: »Ich weiß es nicht, Dodie. Ich weiß es wirklich nicht. Ich hoffe es.«

Wir standen zwischen den Säulen und quälten uns durch

das eine oder andere Lied, bis ich anfing zu weinen und er den Arm um mich legte und sagte: »Es tut mir so Leid, meine Süße.«

Dann hörten wir Reifen auf dem Kies, und Angela winkte mit ihrem weißen Ärmel aus der Tür und zischte: »Journalisten! Kommt rein!«

Als wir wieder ins Wohnzimmer kamen, machte Joan die Fensterläden zu. Ich weiß nicht mehr, wie lange wir danach dasaßen und auf die Geräusche lauschten, die die Journalisten draußen machten. Niemand sagte etwas. Joan begann, eine Liste zu schreiben, und Rosemary las *Woman's Realm,* ein Frauenmagazin. Ich schlief irgendwann ein, den Kopf an Dave Cooks Schulter gelehnt. Niemand weckte mich, um mir zu sagen, dass Mum gerettet war, weil sie nicht gerettet wurde.

So habe ich es in Erinnerung. Aber so war es nicht, oder? Oder vielleicht war es damals so, aber nicht später, als sie nach Mum suchten. Weil mein Vater wusste, dass sie noch lebte. Er wusste es, doch er sagte es der Polizei nicht, sonst hätten sie die Jagd abgeblasen. Und er sagte es *mir* nicht.

Und Joan. Ich dachte, sie liebt mich. Sie hätte mir doch bestimmt erzählt, dass Mum noch lebt, wenn sie mich liebte. Aber sie liebte *ihn* mehr. Wieder hörte ich Mrs. Curtis' Stimme in meinem Kopf: Joan war deinem Vater gegenüber immer loyal. Das Wissen war das ultimative Geheimnis, das sie mit ihm teilen konnte. Ich konnte mir die ganz speziellen, kleinen Unterredungen vorstellen, die es gelegentlich mit sich brachte. »Ich habe etwas Wichtiges mit Wolfie zu besprechen. Unter vier Augen, wenn du nichts dagegen hast.« Und sie konnte Angela mit Fug und Recht die Tür vor der Nase zumachen. Ihr ewiger Trumpf.

Ich rannte so schnell, dass ich praktisch die Hintertreppe zu Joans Schlafzimmer hinauffiel. Ich stieß mit beiden Händen die Tür auf, so dass sie gegen den Schrank krachte, der dahinter stand. Ich zog die Kissen von den Stühlen, zerwühlte das Bett und fegte die Bücher von den Regalen. Innerhalb von dreißig Sekunden war der Teppich mit einem Gewirr aus Leintüchern, offenen Taschenbüchern, geplatzten Lavendelsäckchen und der typischen, fleischfarbenen Unterwäsche alter Damen übersät, und über allem lagen Joans Listen verstreut, wie riesige, weiße Schneeflocken. Als ich mich hinkniete, um das Chaos zu sichten, stieß ich mit dem Knie in die Borsten einer Haarbürste, die ich nicht gesehen hatte. Sie flog beinahe aus dem Fenster, als ich sie wegwarf. Ich wühlte mich durch Nadelkissen, kleine Flaschen mit Yardley's Lavendel, lederne Schmuckkästchen, Chiffontücher, bestickte Brillenetuis und Pakete mit riesigen Binden mit Bändern. Es musste Jahre her sein, seit sie die gebraucht hatte. In einer braunen Papiertüte verpackt war der dazugehörige Gürtel.

Aber es gab keine Briefe, keine Postkarten, nichts, was darauf hinwies, dass Joan gewusst hatte, dass meine Mutter noch lebte. Ich hob eine ihrer Listen auf. *Fensterputzmittel. Warum Fr. keine Lebensmittel? Batterien für das Radio. Termin für Pediküre für W., so bald wie möglich. Knopf an blaue Jacke annähen.* Sie tat nur, was auf der Liste stand. Irgendwo würde stehen: *Susan schreiben.* Oder eher: *S. schreiben,* falls Angela es sah. Ich musste sie alle lesen. Ich fing an, die Listen mit beiden Händen aufzusammeln und in eine leere Schublade zu stopfen.

Joan hatte Angela oft beschuldigt, in ihrem Zimmer herumzuschnüffeln, wenn sie nicht da war. Wenn Mum ihr geschrieben hatte, hatte sie die Briefe vielleicht woanders versteckt. Dieses Haus ist voller Mist, dachte ich. Und riesig. Ich konnte tagelang suchen und nichts finden. Ich betrachtete das Chaos auf dem Boden. Wenn Joan das sähe, wäre sie außer sich. Doch es würde ihr recht geschehen, weil sie so eine

Heuchlerin gewesen war, getan hatte, als sei sie immer so gut, obwohl sie die ganze Zeit eine große Lüge gelebt hatte.

Ein Dutzend Bücher lag vor mir ausgebreitet, von einer zerbrochenen Puderdose eingestäubt. Joan hatte nicht viel gelesen. Sie hielt es für Zeitverschwendung. Ich las die Buchrücken. Agatha Christie, Ngaio Marsh, Margery Allingham. Nur ein Buch von Dorothy L. Sayers. Ich verstecke manchmal Sachen in Büchern. Ich nahm *Tod auf dem Nil* in die Hand und schüttelte es aus. Dasselbe tat ich mit *Mord braucht Reklame, Die besten Pater Brown Geschichten* und *Die Pickwickier.* Nichts.

Darunter fand ich eine Ausgabe von *Mystik* von Evelyn Underhill, die gar nicht zu Joan zu passen schien, eher zu Angela, obwohl sie sich immer eher zu östlichen Religionen hingezogen fühlte als zu christlichen Mythen. Vielleicht hatte Joan es aus Angelas Zimmer stibitzt, um sie zu ärgern. Angelas Bücherregale waren voller solcher Sachen. Nicht dass ich sie diese Bücher je habe lesen sehen. Sie ließ sie aus reiner Effekthascherei auf den Tischen liegen. Der schwarze Buchrücken sah aus wie neu – so als hätte noch nie jemand hineingeschaut. Ich schüttelte es aus wie die anderen, aber es fiel nichts heraus. Ich blätterte das Buch durch und überlegte, wo ich als Nächstes suchen sollte, da fiel mir der gezackte Rand einer Schwarzweiß-Fotografie ins Auge, die zwischen den Seiten steckte.

Ich muss es mindestens eine Minute angeschaut haben, ehe ich begriff, dass es ein Hochzeitsfoto war. Ein Mann und eine Frau standen nebeneinander, sie lachend, in einem hellen Kostüm mit Corsage, er in einer Art Uniform, das Weinglas zum Toast in Richtung Fotograf erhoben. Nur der Blumenstrauß in der Hand der Frau verrät den Anlass. Während des Krieges? Danach? An jeder Ecke des Fotos waren kleine Markierungen, wo es einmal in einem Album geklebt hatte.

Die Menschen kamen mir irgendwie bekannt vor, wie Fernsehschauspieler aus einer Serie, man hat das Gefühl, sie persönlich zu kennen, obwohl ... Es war Joan. Doch der Mann sah nicht aus wie mein Vater. Er war blond, nicht dunkel, und mein Vater war nie in der Armee gewesen, es sei denn, das war auch etwas, was ich nicht wusste. Ich kniff die Augen zusammen, damit das Bild klarer wurde. Weniger Knitterfalten, aber die Gestalt blieb dieselbe: Des. Er musste ihr Trauzeuge gewesen sein. Er hatte heute noch dieselbe altmodische Frisur, wie gefrorene Wellen. Komisch, dachte ich, dass er 1950 noch Uniform trug, er musste doch schon längst aus der Armee entlassen sein. Ich drehte das Foto um. Da stand ein Datum. 16. März 1946. Und darunter war gekritzelt: Mr. und Mrs. Desmond Haigh-Wood!

Ich starrte die verschnörkelte Schrift an. Joan war mit Des verheiratet gewesen?

15

Eigentlich hätte ich es mir denken können. So wie sie miteinander umgegangen waren. Wie Des mich gefragt hat, ob er Joans Adressbuch haben könne, und wusste, welche Lieder sie mochte. Sie haben 1946 geheiratet, aber 1950 heiratete Joan meinen Vater. Was war geschehen? Kam er des Wegs und hat sie Des ausgespannt? Aber wenn er *das* getan hat ... Also, man bleibt doch nicht mit jemandem befreundet, der einem die Frau weggenommen hat, oder? Ich konnte mir auch nicht vorstellen, dass Joan Ehebruch begangen hatte. Es ergab einfach keinen Sinn.

Noch etwas, das ich Des fragen musste. Ein weiteres Thema für das Gespräch unter Erwachsenen, das er mir versprochen hatte. Ich werde ihn nicht direkt fragen, dachte ich, ich halte ihm einfach das Foto unter die Nase und warte ab, was er dazu sagt. Es konnte nichts Gutes bedeuten, sonst hätte er es mir schon früher erzählt. Oder Joan. Oder Angela, wenn sie es gewusst hatte.

Irgendwie gab mir das alles das Gefühl, schrecklich unwichtig zu sein. Offensichtlich hatte ich Mum so wenig bedeutet, dass sie sich zwanzig Jahre lang nicht die Mühe gemacht hatte, mich zu sehen. Sie hatte sich nicht einmal verabschiedet. Ich weiß noch, wie ich in der hinteren Diele stand und zusah, wie sie ihren Mantel anzog. Dann hatte sie mir einen Kuss gegeben und gesagt, ich dürfe nicht mit rauskommen, um ihr zu winken, weil es zu kalt sei. Und das war's. Und jetzt Des. Was hatte er doch noch gesagt? »Ich bin froh, dass du noch mit mir reden willst.« Nun, ich bin verdammt *überrascht.* Am liebsten wäre ich aus dem Haus gelaufen und hätte den Schlüssel weggeworfen. Vor allem davonlaufen – all den Geheimnissen, all den Lügen – und es verrotten lassen. Ich stand in dem Chaos in Joans Zimmer und schrie: »Und was ist mit mir? Was ist mit *mir*?« Einen kurzen Augenblick lang war Ruhe, dann hörte ich die Glocke an der Hinterveranda.

Es war ein onkelhafter Police Constable namens Russell. »Das mit Miss Draycott tut mir so Leid, Miss Blackstock.«

»Woher wissen Sie denn das? Der Polizist, der mich angerufen hat, wusste es nämlich nicht.«

»Ja, das stimmt. Aber das Krankenhaus hat uns benachrichtigt. Der Einbrecher ist durch das Fenster in diesem Flur gekommen, nicht wahr?« Ich führte ihn zu dem reparierten Fenster, und wir standen davor und betrachteten es wie ein Kunstwerk in einer Galerie.

»Sie haben es reparieren lassen?«

»Ja.«

»Hier hat Mr. Henessey Miss Draycott gefunden, stimmt's?«

»Ja. Der Mann hat sie überrascht. Als er eingebrochen ist. Das heißt, wenn es ein Mann war.«

»Ganz schön große Füße für eine Frau. Wir haben hier einen Fußabdruck gefunden.« Er zeigte auf den Tisch.

»Können Sie irgendwas daraus schließen?«

»Eigentlich nicht. Es war eine Art Turnschuh. Billigware. Na ja, eigentlich sind die verdammt teuer. Ich habe gerade ein Paar für meine Tochter gekauft.« Er seufzte. »Hören Sie, Miss Blackstock, wie ich schon sagte, das mit Miss Draycott tut mir schrecklich Leid, aber viel können wir nicht tun. Wir haben nur den Fußabdruck, und ich fürchte, das reicht nicht.«

»Aha. Das war's dann wohl, oder?«

»Um ehrlich zu sein, Miss Blackstock, hier in der Gegend sind es oft Jugendliche, die solche Einbrüche verüben. Meistens aus Jux. Für die jungen Leute in den Dörfern hier gibt es nicht viel Abwechslung, meistens hängen sie herum und kommen in Schwierigkeiten. Sie wissen doch sicher, was ich meine.«

Ich dachte an den Unterstand. »Ich glaube schon.«

»Wenn sie einmal rausgefunden haben, dass Sie keine Alarmanlage haben ... Ehrlich gesagt, Miss Blackstock, ich bin überrascht, dass Sie nicht schon früher solchen Ärger hatten.«

»Vielleicht gab es ja früher schon Ärger. Ich wohne seit Jahren nicht mehr hier.«

»Uns ist nichts bekannt. Wenn ich Sie wäre, würde ich so ein großes Anwesen sofort sichern lassen. Schon allein wegen der Versicherung. Ich glaube nicht, dass Ihre Hausratversicherung zahlt, wenn das Haus weit offen steht.« Ich teilte ihm mit, dass ich dabei sei, das Grundstück in Fort Knox zu verwandeln, was ihm offensichtlich gefiel. Ich sagte ihm allerdings nicht, dass Camoys Hall und sein Inhalt möglicherweise gar nicht versichert waren. Ich weiß noch, wie der Detective Chief Inspector meinen Vater fragte, ob wir irgendeinen Versicherungsschutz für Entführungen hätten, und mein Vater daraufhin anfing, alle Versicherungsgesellschaften als Verbrecher zu beschimpfen. Joan hatte seine Meinung zweifellos geteilt.

»Sind Sie allein hier?«

»Im Augenblick ja.«

»Ist bestimmt ein bisschen einsam, oder?«

»Ich bin es gewohnt. Ich habe allerdings Geräusche gehört. Ich meine, ich glaube, da ist jemand –«

»Haben Sie jemanden gesehen?«

»Nein, aber ich bin mir sicher, dass jemand da war. Draußen.« Ich klang wie eine alte Jungfer, die einen Einbrecher unter ihrem Bett vermutet. »Vielleicht habe ich es mir nur eingebildet, aber eigentlich glaube ich das nicht.«

»Wahrscheinlich nur Jugendliche, wie ich schon sagte. Ich würde mir keine Sorgen machen. Sie erschrecken Sie vielleicht ein bisschen, aber sie werden Ihnen nichts tun. Es wäre gut, wenn draußen ein Licht brennen würde. Ihre Sicherheitsfirma wird Sie bestimmt gut beraten.«

Ich begleitete PC Russell hinaus, ging wieder nach oben in Joans Schlafzimmer und betrachtete das Chaos, das ich angerichtet hatte. Dann hob ich einen Krimi von Agatha Christie auf, ging nach unten, mixte mir einen gigantischen Wodka Tonic und nahm beides mit in mein neues Schlafzimmer im Ballsaal. Es war erst sechs, aber für heute hatte ich genug. Ich wollte nicht mehr wach sein. Ich hatte gehofft, Agatha Christie wäre das Richtige zum Einschlafen, aber ich hatte vergessen, wie sehr ich Miss Marple hasste. Wenn ich in einem dieser Bücher mitspielen würde, würde ich sie umbringen und anschließend sagen: »Und jetzt lös den Fall, du alte Schachtel.«

Nach einer Weile legte ich das Buch weg und dachte über alles Mögliche nach. Irgendwann schlief ich ein.

Ich wachte auf, weil es klingelte. Ich war noch angezogen. Meine Augen klebten zusammen, weil ich die Kontaktlinsen nicht rausgenommen hatte. Draußen war es dunkel. Mitternacht. Von einem Fenster im Flur konnte ich einen Mann im Licht der Veranda erkennen. *Jimmy.* Ich konnte nicht fassen, dass ich ihn vergessen hatte. Er versuchte, mir irgendwas mit Gesten zu sagen. Ich öffnete das Fenster. »Soll ich mir selbst aufschließen?«, rief er. Der Schlüssel. Mist, ich muss ihn ihm wegnehmen, dachte ich.

»Ich bin gleich unten. Warte in der Küche auf mich.« Ich schoss ins nächstgelegene Bad und starrte mein Konterfei im Spiegel an. Meine Kleider waren zerknittert, und auf meiner Wange war ein roter Abdruck von der Matratze. Ich zog mein T-Shirt aus und spritzte mir Wasser unter die Achseln, dann stöberte ich in den Schränken nach einem sauberen Kamm, mit dem ich mir durch die Haare fahren konnte. Ich wusch mir das Gesicht. In der Unterhose, den Rest meiner Sachen in einem Bündel an den Bauch gepresst, raste ich zurück in den Ballsaal. Ich wühlte ein Kleid aus meiner Tasche, suchte vergeblich nach Schuhen und ging barfuß nach unten. Jimmy stand mit einem Dosenöffner in der Hand in der Küche.

»Hübsches Kleid.«

»Danke. Es ist von *Ghost.*« Wie konnte ich nur so was Blödes sagen. Jimmy machte ein verwirrtes Gesicht. Kein Wunder.

»Hast du die Katze gefüttert?«, fragte er.

»Nein, ich habe geschlafen.«

»Sie muss halb verhungert sein. Komisch, dass sie nicht da ist.« Er öffnete die Hintertür.

»Shaanti! Futter! Shaanti!« Er gab mir den Dosenöffner. »Mach schon mal die Büchse auf. Ich gehe sie suchen.«

Ich holte eine von den Dosen mit Katzenfutter, die wir im Supermarkt gekauft hatten, und hielt mir die Nase zu, als ich sie aufmachte und den Inhalt in Shaantis Napf schüttete. Ich hörte Jimmy draußen herumlaufen und rufen: »Komm schon! Leckere Fleischstückchen aus der Retorte. Verdammte Katze, wo bist du?«

Beim Händewaschen erhaschte ich einen Blick auf mein Spiegelbild in der Fensterscheibe. Des würde sagen, ich sehe spitz aus. Ich überlegte mir gerade, ob ich Zeit hatte, nach oben zu laufen und ein bisschen Make-up aufzulegen, als Jimmy zurückkam. Ohne Katze. »Lass nur«, sagte ich. »Sie kommt bestimmt, wenn sie Hunger hat.« Ich wollte die Schüssel neben die Tür stellen. »Wie kann man das Zeug nur fressen? Es riecht widerlich.«

»Dodie …«

»Sie wird schon kommen. Lass uns was trinken.«

»Wird sie nicht.«

»Was meinst du damit?«

»Sie wird nicht kommen. Ich habe sie gefunden.«

Ich schaute mich um. »Wo?«

»Du willst sie bestimmt nicht sehen. Ich kümmere mich darum.«

»*Was* sehen? Was ist passiert?«

»Na gut. Ich zeig's dir. Aber du wolltest es so, okay?«

Ich folgte ihm durch den Küchengarten ums Haus herum zum Haupteingang und lief auf dem Rasen, weil der Kies unter meinen Fußsohlen wehtat. Shaanti lag auf der Seite vor der großen Eingangstür. Es war nicht besonders hell, und zuerst dachte ich, sie sei ein Teil der Fußmatte. Ihr graues Fell war mit Schmutz und kleinen Steinen verkrustet, als hätte man sie über die Auffahrt geschleift.

Seite an Seite standen wir da und sahen auf die Katze herab.

»Sieh mal.« Jimmy zeigte mit der Schuhspitze auf den Kopf der Katze.

Er sah aus, als würde er gleich platzen; die Augen quollen

hervor und das Maul stand offen, als hätte man ihr vom Kopf her das Fell über die Ohren gezogen. Als ich mich hinunterbeugte, sah ich, dass eine Art Kordel, schwarzweiß gemustert wie das Kabel eines altmodischen Föhns, um ihren Hals gewickelt war. Die Schnur war so eng zugezogen, dass man sie unter dem Fell kaum sehen konnte. Die Katze war erwürgt worden.

16

Jimmy machte alles. Ich stand nur zitternd daneben. Als wir wieder in der Küche waren, fing ich an zu weinen.

»Warum holst du nicht den Kognak aus dem Esszimmer?«, sagte er.

Als ich zurückkam, legte Jimmy die Schachtel von der Kaffeemaschine, die er aus dem Mülleimer geholt hatte, mit Zeitungspapier aus. Er ging damit raus, tauchte einen Augenblick später wieder auf und trug sie in die Spülküche.

»Was hast du mit ihr gemacht?«, fragte ich, als er wieder in der Küche war.

»In einen der leeren Kühlschränke gelegt. Ich kann sie später begraben.« Er stellte zwei Kognakgläser auf den Tisch, machte eine Handbewegung in Richtung Flasche und sagte: »Na los, schenk ein.«

»Du klingst wie Des.«

»Wer ist Des?«

»Er ist –« Ich wollte sagen, ein alter Freund, aber dann dachte ich, scheiß drauf. »Komisch, dass Joan ihn nicht erwähnt hat. Er war ihr erster Mann.«

Jimmy sah mich stirnrunzelnd an. »Ich wusste gar nicht, dass sie einen ersten Mann hatte.«

»Ich auch nicht. Bis vor sechs Stunden.«

»Ich verstehe gar nichts.«

»Eigentlich ist es reine Ironie, weil ich immer gedacht habe ... na ja, irgendwie haben Des und Joan sich mehr wie Eltern benommen als meine richtigen Eltern. Und jetzt stellt sich heraus, dass sie verheiratet waren.« Ich lachte. »Ich dachte gerade ... ich hätte ihre Tochter sein können. Sein *sollen.* Sie hätten zusammenbleiben und mich haben sollen.« Jimmy machte ein gefährlich mitfühlendes Gesicht. Ich verstummte, bevor ich wieder anfing zu weinen. »Dumm, nicht wahr?«

»Wie hast du es herausgefunden?«

»Ich habe ein Hochzeitsfoto gefunden. In Joans Zimmer. Kurz bevor der Polizist kam. Er hat gesagt, es waren bestimmt nur Jugendliche, aber das kann nicht sein, oder? Warum sollten sie die Katze umbringen?«

»Warte mal. Er hat gesagt, es waren Jugendliche?«

»Wer auch immer hier herumgelungert hat. Er glaubt, es waren Jugendliche.«

»War jemand hier?«

Und dann erzählte ich ihm alles. Von den Männern, die Mums Leiche gefunden hatten, von Maggie Hill, dass Joan es gewusst hatte und mein Vater auch, von der Stimme am Telefon, dem Päckchen mit den Haaren und dem Erlebnis in dem alten Unterstand. Alles.

Als ich schließlich stotternd am Ende angelangt war, sagte er: »Gehen wir frische Luft schnappen.« Also steckten wir unsere Köpfe zur Hintertür hinaus. »Tut mir Leid«, sagte er, »aber mir ist irgendwie schlecht.«

»Vom Kognak?«

»Nein, von deiner Geschichte. Himmel noch mal.«

»Kannst du noch mehr vertragen? Von der Geschichte, meine ich.«

»Leg los.«

»Die Sache mit der Katze. Shaanti war ja nicht meine Katze. Aber angefangen hat alles damals mit der anderen Katze, die überfahren worden ist.«

Jimmy machte ein verständnisloses Gesicht. »Aber das kann dein Vater nicht getan haben, oder? Ich meine, er kann doch die Katze nicht dazu bringen, genau in dem Augenblick die Straße zu überqueren, wenn –«

»Nein, *das* meine ich nicht, aber später hat er vielleicht herausgefunden, wer diese Leute waren, und sie auf Mum angesetzt, und –«

»Aber du hast mir doch erzählt, dass er zu – wie heißt er noch mal – Des gesagt hat, er hält die Entführung für einen Schwindel.«

»Ja, aber vielleicht wollte er ihn damit nur ablenken oder so was. Ach, ich weiß nicht, ich bin total durcheinander, mehr nicht. Wahrscheinlich ist es wirklich ein bisschen weit hergeholt.«

Jimmy legte den Arm um mich. »Hör mal«, sagte er sanft. »Ich weiß, dass dein Vater reich war und Macht hatte, aber er war nicht Gott. Und warum sollte er das tun? Wenn er die Ehe beenden wollte, warum hat er sich dann nicht scheiden lassen? Von Joan hat er sich schließlich auch scheiden lassen, oder?«

»Das war etwas anderes. Joan ist geblieben. Mum hat sich innerlich von ihm entfernt, sie hatte einen Liebhaber, sie wurde seltsam, und ... Vielleicht wollte er sie irgendwie bestrafen. Das klingt doch plausibel. Er wollte ihr Angst einjagen. Ich hab dir doch gesagt, dass er ein richtiges Schwein war.«

»Das kann ich mir nicht vorstellen.«

»Er war so. Du hast ihn nicht gekannt! Wenn Mum ihn verlassen hätte, wäre sie frei gewesen und hätte einen anderen heiraten können, und dann –«

»Aber von seiner ersten Frau hat er sich doch auch scheiden lassen, oder? Sie hat wahrscheinlich auch wieder geheiratet, warum hatte er da nichts dagegen?«

Betty Carroll. Ich hatte sie nicht erwähnt. Ich schoss aus seinem Arm. »Woher weißt du von ihr?«

»Aus dieser Fernsehsendung über ihn. Sei doch nicht immer so paranoid.«

»Du wärest genau so beschissen paranoid, wenn du die ganze Zeit –«

»Hör auf, hör auf. Schhh ... Komm her.« Er legte beide Arme um mich und erstickte mich förmlich an seiner Brust. »Ich weiß. Ich wäre auch paranoid. Es war dumm von mir, das zu sagen. Ich mache dir keinen Vorwurf, weil du dich so benimmst, aber du musst ruhiger werden. In Ordnung?«

Ich grunzte nur.

Jimmy strich mir über den Kopf. »Nicht grunzen, Dodie. Alles in Ordnung, Süße?« Er trat einen Schritt zurück, um mich zu betrachten. »Ich kann in dem Licht nicht richtig sehen. Gehen wir wieder in die Küche.«

Ich folgte ihm nach Luft schnappend. »Es geht mir gut, ich hab nur keine Luft gekriegt.«

»Du hättest was sagen sollen.«

»Ich konnte nicht.«

»Tut mir Leid. Ich wollte dich nicht zerquetschen. Vielleicht brauchst du noch einen Schluck Kognak.«

Er schälte sich aus seinem riesigen Pullover und stülpte ihn mir über den Kopf. »So ist es besser, du zitterst ja.« Er setzte sich mir am Tisch gegenüber und begann, meine Hände zu reiben. »Also, wo waren wir stehen geblieben?«

»Die erste Frau. Betty Carroll. Ich weiß nicht, was aus ihr geworden ist. Vielleicht hat mein Vater sie umbringen lassen und unter einem Rosenstrauch begraben. Wahrscheinlich hat er das getan, und Joan wusste auch darüber Bescheid.«

»Und warum hat er dann deine Mutter nicht auch umbringen lassen? Willst du damit sagen, für ihn hatte das Gesetz keine Gültigkeit?«

»Er wollte sie bestrafen, das habe ich doch schon gesagt. Und weißt du was, Irene des Voeux hat es vielleicht auch gewusst. Mum war auf dem Weg zu ihr, und sie wohnte in Knightsbridge, das ist nicht sehr weit von der Stelle entfernt, wo man das Auto gefunden hat. Vielleicht hat sie Mum gebeten, einen der Entführer abzuholen –«

»Warum?«

»Keine Ahnung. Um ihn irgendwohin zu fahren. Vielleicht hat sie gesagt, es sei der Sohn eines Freundes oder so. Vielleicht hat sie die Polizei angelogen –«

»Aber warum sollte sie das getan haben? Ich dachte, sie war die beste Freundin deiner Mutter.«

»Sie wollte unbedingt bei meinem Vater landen. Dafür hätte sie alles getan, Jimmy, Irene des Voeux war eine Goldgräberin. Für Frauen wie sie sind andere Frauen immer Rivalinnen, keine Freundinnen. Du musst wissen, dass Mum sehr naiv sein konnte. Damals habe ich das noch nicht so genau erkannt, aber sie kaufte den Menschen alles ab. Egal, der Punkt ist, sie hielt Irene für ihre beste Freundin, aber vielleicht war sie es ja gar nicht.« Ich hielt inne. Mum dachte, Irene sei ihre Freundin. Ich dachte, ihr wäret meine Freunde, Joan und Des. Oh Gott, Des. Er hat es doch bestimmt nicht gewusst. All die Abende, an denen wir zusammen auf der Veranda standen, Lieder gesungen haben. Hat er mir die ganze Zeit etwas vorgespielt? Mich angelogen und so getan, als wäre er betroffen, obwohl er genau wusste, dass sie nicht wiederkommen würde? Vielleicht hatte mein Vater es ihm und Joan gesagt, damit sie sich genauso schuldig machten wie er. Oh Gott. Ich hatte das Gefühl, als hätte jemand in meinem Kopf auf die Taste »Vorspulen« gedrückt. Immer schneller drehten sich die Räder. Ich schloss ganz fest die Augen und schüttelte den Kopf, in dem Versuch, den Irrsinn zu stoppen.

»Alles in Ordnung?«

»Ja, ich …« Ich machte die Augen wieder auf. Jimmy sah mich besorgt an. »Ist noch Kognak da?«

Er beugte sich vor und schüttete genug in mein Glas, um einen Elefanten zu betäuben.

»Eins verstehe ich nicht«, sagte er. »Selbst wenn dein Vater sie bestrafen wollte, dann hat er sich auf gewisse Weise doch selber bestraft, oder? Als die Geschichte ans Licht kam, war das Bild deiner blendend aussehenden Mutter in jeder Zeitung, und es gab jede Menge Artikel darüber, was dein Vater für ein Schwein war, weil er das Lösegeld nicht bezahlt hatte. Und übrigens, du siehst aus wie sie.«

»Er wollte sie auch deshalb bestrafen, weil sie so überspannt war. Er hasste Verrücktheit. Sehe ich wirklich wie sie aus?«

»Ja.«

»Warum hast du das gesagt?«

»Weil ich plötzlich an etwas gedacht habe.«

»Woran?«

»Na ja«, Jimmy sah auf den Tisch, dann schaute er mich an. »Ich weiß, dass jetzt eigentlich nicht der richtige Zeitpunkt ist, aber ich dachte … wie gern ich mit dir ins Bett gehen möchte.«

»Oh … Hör zu …« Ich merkte, wie ich rot wurde. »Ich bin furchtbar in solchen Situationen. Und ich bin sowieso nicht gut im Bett.«

»Ist das nicht romantisch?« Er beugte sich vor und tat so, als wollte er mir einen Klaps auf die Hand geben. »Der Pullover hat mich ein Vermögen gekostet. Hör auf, ihn aufzurebbeln.«

»'tschuldigung.« Ohne es zu merken, hatte ich an den Ärmeln herumgezupft.

»Und ich glaube nicht, dass du nicht gut im Bett bist. Es sei denn, du willst nicht, natürlich.«

»Das ist es nicht, aber ich bin wirklich nicht sehr –«

Jimmy sprang praktisch über den Tisch und hielt mir den

Mund zu. »Genug. Komm.« Er riss mich so schwungvoll vom Stuhl in seine Arme, dass ich mit einem Knie gegen die Unterseite des Tisches schlug, was, wenn man die Situation bedachte, nicht das Schlimmste war. »Uups, tut mir Leid.«

»Mach dir keine Gedanken, meine Beine sehen sowieso schon aus wie überreife Bananen, ein blauer Fleck mehr oder weniger macht da auch nichts mehr.« Ich lehnte mich zur Seite, griff nach meinem Kognakschwenker und hob das Glas. »Warte mal, ich habe einen Schluckauf.«

»Wie wunderbar. Es wäre nett von dir, wenn du mir nicht den Kognak über die Hose schütten würdest, ja?«

»Gehen wir jetzt nach oben?«

»Das war eigentlich die Idee. Wenn du möchtest.«

»Ja.«

»Bist du sicher?«

»Ja, ich will. Ich möchte es.«

17

Da saß ich also in meinem neuen Doppelbett im Ballsaal. Die Morgensonne warf breite Streifen durch die weißen Musselinvorhänge des Himmelbetts auf das weiße Piquémuster des Bettüberwurfs und brachte die Sommersprossen an meinen Armen und Schultern richtig zur Geltung. Ein Bild zum Sterben. Es gab da nur ein kleines Problem, abgesehen von meinen Kopfschmerzen. Ich war die einzige Person im Bett. Jimmy war weg.

Ich werde das Erlebnis mit Ihnen teilen, wenn Sie wollen. Wir haben uns ausgezogen und sind ins Bett gegangen, und alles war wunderbar. Aber dann, ich weiß nicht, warum, vielleicht lag es am Kognak oder an Shaanti, oder vielleicht ist es einfach mein Schicksal, dass ich alles verderbe, jedenfalls fing ich an zu weinen und konnte nicht mehr aufhören. Jimmy war wunderbar. Er lag da, nahm mich in die Arme und sagte so nette Sachen, wie dass es nichts mache und dass ich mir keine Gedanken machen solle, aber so sollte es eigentlich nicht ablaufen, oder? Als ich merkte, dass er weg war, dachte ich, jetzt werde ich ihn nie wiedersehen. Deprimiert wickelte ich mich in ein Laken und wanderte auf den Treppenabsatz, um einen Blick auf Onkel Lawrence zu werfen.

»Wir haben überall das Licht angelassen.«

Ich wirbelte herum, meine Füße verfingen sich im Laken, und ich fiel hin.

Da stand Jimmy mit einem Frühstückstablett. »Bleib, wo du bist, bis ich das hier abgestellt habe«, sagte er.

Ich zappelte herum, aber meine Füße waren so in das Laken verwickelt, dass ich nicht aufstehen konnte, ohne es loszulassen, und ich wollte nicht, dass Jimmy mich bei Tageslicht nackt sah. Ich meine, Lampenlicht und Kognak sind eine Sache, aber Sonnenschein und ein Kater … Außerdem war mir ein bisschen schlecht.

»Eine weiße Leinenmade.«

»Oh, vielen Dank.«

»Halt still!« Er schlug mit einem Geschirrtuch auf meine Beine. »Du wirst es noch kaputt machen.« Er wickelte einen Fuß aus. Er war so bleich, dass ich mich fragte, wie Jimmy erkannte, wo das Laken endete und ich anfing.

»So ist's besser. So siehst du ziemlich hübsch aus«, fügte er hinzu, als ich herumkrabbelte und versuchte, mich zu bedecken. »Zu schade, dass ich zur Arbeit muss.«

»Kannst du wenigstens noch zum Frühstück bleiben?«

»Leider nein. Ich muss wirklich los, Dodie. Ich rufe dich an, okay?«

Ich rappelte mich auf. »Tut mir Leid wegen letzter Nacht.«

»Das macht doch nichts.«

»Ich hab dir ja gesagt, dass ich ein hoffnungsloser Fall bin.«

»Es macht wirklich nichts. Und du bist absolut kein hoffnungsloser Fall.«

»Wirklich nicht?«

»Wirklich nicht. Mach dir deswegen keine Sorgen.« Er küsste mich auf die Stirn. »Ich habe übrigens die Katze begraben.«

Ich beugte mich über das Geländer und sah ihm nach, wie er die Treppe hinunterging. Bevor er um den nächsten Absatz bog, blieb er stehen und warf mir eine Kusshand zu. Wahnsinn, dachte ich, kein Sex, und er begräbt trotzdem am Morgen danach die Katze. Der Mann muss ein Heiliger sein. Oder er ist komplett geistesgestört.

Ich war kaum angezogen, da kreuzte der Lieferwagen mit meinem Fernseher und den Bettelbriefen auf. Sechs randvolle Müllsäcke. Mehr als ich in Erinnerung hatte. Der Fahrer zerrte sie in die hintere Diele.

»Kann ich Ihnen etwas zu trinken anbieten?«, fragte ich.

»Nein danke, Süße. Dann muss ich nur auf der Autobahn anhalten. Ah, eh ich's vergesse, bitte sehr.« Er reichte mir einen braunen Umschlag. »Der lag auf Ihrer Fußmatte.«

Miss D. Blackstock. Camoys Hall. Persönlich. Ich winkte dem Fahrer, als er abfuhr, und ging in die Küche, um mir einen Tee zu kochen. Die Adresse war mit der Hand geschrieben. Ich öffnete ihn mit einem Obstmesser und warf einen Blick auf den Brief, in der Erwartung, er wäre vom Pfarrer. Es waren zwei Blatt blassrosa Briefpapier mit kleinen Teddybären in jeder Ecke. Also nicht vom Pfarrer. Die Handschrift kippte nach hinten. Vielleicht von Carol Curtis.

Er war nicht von Carol.

Du hältst dich wohl für sehr schlau, aber du bist ein Parasit, der das Blut der Arbeiterklasse aussaugt, wie deine Mutter und der Rest deiner Familie. Ich hab sie gekriegt und jetzt krieg ich dich. Ich dachte, dass sie mich liebt, aber sie hat die ganze Zeit für die Kapitalistenschweine gearbeitet. Aber ich hab's ihr gezeigt. Deine Familie hat die Schweine dafür bezahlt, dass sie auf uns schießen. Sie dachte, ich bin zu blöd, aber ich hab's ihr gezeigt, oder? Mehr schreibe ich nicht, ich sag nur noch eins: DU WIRST BEZAHLEN.

P. S. Ich weiß, dass ich nicht schreiben kann, aber das kommt von der schlechten Bildung. Das haben die Kapitalisten schlau eingefädelt, damit die Arbeiter denken, sie sind dumm, dabei sind sie gar nicht dumm. Diesmal kein Wort zu den Schweinen, nicht wie das letzte Mal. Du dachtest, du kannst mir entwischen, aber ich weiß, wenn du quatschst, weil ich hier bin.

Ganz intuitiv hatte ich den Brief in vier Teile zerrissen, ohne zu bedenken, was ich da tat. Ich ertrug nicht mal den Anblick der Schnipsel. Ich warf ein Geschirrtuch darüber, fischte den Umschlag wieder aus dem Müll, dann wickelte ich das Ganze in Alufolie und verstaute es in dem kleinen Schlüsselschrank hinter der Tür zur Spülküche. Ich überlegte, was ich tun sollte. Wenn ich PC Russell anrief, würde er mir wahrscheinlich nur wieder sagen, es sei ein Scherz von Jugendlichen. Jimmy hatte das Haus durch diese Tür verlassen. Da konnte der Umschlag noch nicht dort gelegen haben, sonst hätte er ihn bemerkt. Herrgott noch mal, Dodie, reiß dich zusammen. Es ist heller Tag, die Sicherheitsleute sind auf dem Weg, es ist alles in Ordnung. Alles ist in bester Ordnung! Tee. Eine schöne Tasse heißen Tee. Beruhig dich. Setz Wasser auf. Zucker. Viel Zucker. Die Tüte mit dem braunen Zucker rutschte mir aus der Hand und zerplatzte auf den Fliesen.

Ich hockte mich auf einen der Abtropfschränke, starrte auf

den alten Kohlenschuppen hinaus und versuchte, nicht zu weinen. Dann hüpfte ich mit meinen bloßen Füßen über den verschütteten Zucker und ging in Joans Wohnzimmer, um Tony anzurufen. Ich erwischte den Anrufbeantworter. »Tony, heb ab, wenn du da bist, bitte, hier ist Dodie. Tony, du musst da sein, ich muss mit dir reden, geh an das verdammte Telefon –«

Seine Stimme schnitt mir das Wort ab. »Ich bin da, Schätzchen, was gibt's?«

»Kommst du heute Abend?«

»Heute?«

»Bitte, Tony, komm einfach. Ich kann einfach nicht allein sein. Ich ertrage es nicht, zum Teufel noch mal.«

»Ich bin gerade erst aufgewacht, zum Teufel noch mal, ich muss in meinen Kalender gucken.«

»Vergiss den Kalender, Tony, *bitte ...*«

»Vergiss den Kalender? Mein gesellschaftliches Leben mag dir ja nicht viel bedeuten, aber es ist alles, was ich habe. Außerdem muss ich es den Leuten doch sagen, wenn ich sie versetze, oder?«

»Danke, Tony. Ehrlich, ich würde dich nicht bitten, aber ich bin einfach ... ich habe Angst, Tony. Ich habe so schreckliche Angst. Ich –«

»Hör zu. Bleib ganz ruhig. Ich ziehe mich an und komme sofort.«

»Die Leute –«

»Ich kann sie vom Auto aus anrufen. Und jetzt hör auf zu flattern. Hast du Alkohol im Haus?«

»Ich glaube, es ist noch Kognak da.«

»Gut. Trink einen. Ich bin schon auf dem Weg.«

Danach fühlte ich mich ein bisschen besser. Ich befolgte zwar nicht Tonys Rat, was den Kognak betraf, aber es gelang mir, die meisten Zuckerstückchen aufzusammeln, ehe die Frauen von der Reinigungsfirma kamen. Sie waren zu fünft, in bunten Overalls, die Staubsauger geschultert wie Rucksäcke, gewaltige Bohnermaschinen hinter sich herziehend. Ich bat sie, oben anzufangen, wenn sie nichts dagegen hatten, und ging zurück in die Küche, um mir endlich eine Tasse Tee zu machen.

Ich musste die ganze Zeit an den Brief denken. Schließlich holte ich das Päckchen wieder aus dem Schlüsselschrank, schüttelte die Teile auf den Küchentisch und klebte sie mit Klebeband wieder zusammen.

»Entschuldigen Sie, dass ich störe«, sagte eine Frauenstimme. Eine der Putzfrauen. Ich hatte sie nicht kommen hören. »Ich wollte nur fragen, ob wir hier hereinkommen dürfen. Wegen des Dampfreinigers. Wir müssen das Wasser wechseln.«

»Ich verstehe nicht?«

»Für den Teppich.« Sie lachte. »Davon haben Sie hier ja etliche Meilen. Geht das? Können wir das Wasser hier unten wechseln?«

Meine Mutter ist weggelaufen, wollte ich schreien. »Ja, machen Sie nur.«

»Danke.« Die Frau verschwand.

Das Zelt im Garten. Plötzlich fiel es mir wieder ein. In dem Sommer, bevor sie entführt wurde, hatte Mum angefangen, in einem Zelt auf dem Rasen zu schlafen. Es wäre ein Leichtes gewesen, sich aus dem Zelt zu stehlen, um einen Liebhaber zu treffen. Ich weiß, dass es im Sommer war, weil ich mich selbst noch sehe, wie ich neben dem Zelt in meiner Schuluniform auf einem Liegestuhl sitze, Walnüsse knacke und die Schalen in meinen Strohhut werfe. Manchmal ließ sie mich auch dort schlafen. Es war nur ein kleines Zelt ohne Fenster oder so was. Sie hätte unmöglich mitten in der Nacht aufstehen und weggehen können, ohne dass ich es gemerkt hätte, oder? Albert und Carol haben sie erst Monate später mit dem Mann im Auto gesehen, aber im Winter hätte sie nicht draußen geschlafen; das wäre zu kalt gewesen. Ich weiß noch, wie sie mich einmal in der Dämmerung aufgeweckt hat, damit ich eine Igelfamilie anschaue. Eine Mutter mit sechs Babys. Wir saßen am Zelteingang, sie hatte die Arme um mich gelegt, und wir sahen den Igeln zu, wie sie über den Rasen liefen ... Oh, Mummy, ich hab dich so lieb. Warum hast du mich verlassen?

Ich hörte die Putzfrau kommen, schnappte mir den Brief, flitzte damit in den alten Anrichtenraum und wartete, bis sie wieder weg war. Dann setzte ich mich wieder an den Küchentisch und schaute mir den Brief noch einmal an. Zwei der Entführer waren Männer gewesen: Mick Martin und Steven Moody. Mick Martin war tot. Blieb noch Steven Moody. Mick Martin und Maggie Hill waren damals Studenten gewesen, doch Steven nicht. Wenn er wirklich ihr Liebhaber gewesen war, hatte sie mich wegen eines armseligen Möchtegern-Baader-Meinhof im Stich gelassen, der kaum zwei Worte richtig herausbrachte. Der Mann, der im Wagen auf sie wartete, dessen Hände die ihren wärmten, dessen Bart sie kitzelte und zum Lachen brachte – war er das gewesen? Hatten sie damals im Auto die Entführung zusammen geplant, weil sie mit ihm weggehen, ein anderer Mensch werden und keinen von uns je wiedersehen wollte? Wenn es so gewesen war, musste sie ihr eigenes Verschwinden, ihren Tod, geplant haben. Zusammen mit Steven Moody. Der sie umgebracht hatte und jetzt mich umbringen würde. Doch er war 1987 entlassen worden, warum war er dann nicht schon früher aufgetaucht? Carol Curtis hatte gesagt, der Mann in dem Land Rover hätte einen Bart und braune oder schwarze schulterlange Haare gehabt. Es war doch sicherlich zu dunkel gewesen, um die Farbe richtig zu erkennen. Bei der Gerichtsverhandlung hatte Steven Moody keinen Bart gehabt, aber er hatte ihn natürlich leicht vorher abrasieren können ... *Deine Familie hat die Schweine dafür bezahlt, dass sie auf uns schießen.* Ich schloss die Augen. Wie ein scheußliches Karussell drehten sich die Gesichter vor mir: Steven Moody, Maggie Hill, Mick Martin, Mum, Joan, Des, mein Vater, schneller und schneller ...

»Alles in Ordnung?«

Ich machte die Augen auf. Die Putzfrau stand vor mir, die mit der Strickjacke, die so mütterlich aussah und gefragt hatte, ob sie das Wasser wechseln durfte. »Sie haben sich hin und her gewiegt. Ist es der Magen?«

»Nein, nein. Ich –«

»Sicher? Sie sahen aus, als hätten Sie Schmerzen.«

»Ich –«

»Kann ich etwas für Sie tun? Ich könnte Ihnen eine heiße Milch mit Honig machen. Das beruhigt den Magen.«

Ich nickte, einfach nur, damit sie den Raum verließ, und hielt den Kopf gesenkt, damit sie meine Augen nicht sehen konnte. Ich hörte sie in der Spülküche das Wasser aufdrehen und mit Töpfen klappern. »Das habe ich für meine Kinder auch immer gemacht, wenn sie krank waren.«

Sie kam wieder in die Küche und stellte einen Topf auf die Kochplatte. »Ich hoffe, Sie nehmen es mir nicht übel, wenn ich das sage, aber Sie sehen aus, als könnten Sie eine anständige Mahlzeit gebrauchen. Sie machen doch nicht etwa eine von diesen törichten Diäten, oder? Diese Models sehen alle halb verhungert aus, wenn Sie mich fragen. So wollen Sie doch nicht aussehen. Sie wären so hübsch, wenn Sie nicht so blass wären. Bitte sehr. Das wird Rosen auf Ihre Wangen zaubern.« Sie stellte einen Becher mit Milch vor mich auf den Tisch. »Ich gehe lieber wieder nach oben, ehe die anderen einen Suchtrupp losschicken. Ich an Ihrer Stelle würde das jetzt trinken und mich dann ein bisschen hinlegen.«

»Danke.«

»Schon gut. Und jetzt passen Sie auf sich auf.«

Ich schaute auf die Milch, bis sie gegangen war. Auf der Oberfläche bildete sich eine Haut. Die glänzende, runzlige Fläche und der Geruch nach warmer Milch verursachten mir Übelkeit. Rosen auf meine Wangen zaubern. Englische Rosen. Mum …

Ich hielt mir die Nase zu und trank die Milch, und nach einer Weile ging ich auf das Klo neben der Abstellkammer und erbrach mich. Nachdem ich gespült hatte, schüttelte ich eine Flasche WC-Reiniger hinterher, damit die nette Putzfrau nicht merkte, dass ich mich übergeben hatte.

Ich ging nach oben und stand vor der Tür zum Zimmer meiner Mutter. Ich lauschte eine Weile auf meinen Herzschlag, ehe ich die Tür aufschloss. Bis auf eine Kommode unter einem der Fenster war das Zimmer leer. Eine viktorianische Kommode aus solider Kiefer mit runden Porzellanknöpfen als Griffe. Ich erinnerte mich nicht an sie. Auf der Oberfläche lag eine dicke Staubschicht, und die Fensterbank war ein Fliegenfriedhof. Das Zimmer sah aus, als wäre es seit zwei Jahrhunderten nicht benutzt worden und nicht erst seit zwei Jahrzehnten.

Die Kommode war leer. Bis auf die unterste Schublade. Und da lag, einsam und verlassen, Timothy, das rote Nilpferd aus Wildleder. Ich hob es hoch, pustete und klopfte den Staub ab. Die wildlederne Haut war schäbig, aber die Nähte hatten gehalten, und auch sein schiefes, rundum zufriedenes Nilpferdlächeln war noch da. Vielleicht konnte ich ihn wieder herrichten. Seine Ohren mit Q-Tips reinigen. Ihn zu einem Lederspezialisten bringen. Vielleicht konnte mir die nette Putzfrau einen empfehlen.

Oh Gott, dachte ich. Ob es so ist, wenn man langsam verrückt wird? Wenn es nichts Wichtigeres auf der Welt gibt, als ein Spielzeugnilpferd sauber zu machen? Ich tätschelte Timothys Kopf, und wir schauten zusammen aus dem Fenster in den Garten, bis ich hörte, wie die Hintertür zuschlug und Tony meinen Namen rief. Ich sah auf meine Uhr. Seitdem ich mich erbrochen hatte, waren vier Stunden vergangen. Ich hörte seine Schritte auf dem Flur näher kommen.

»Komm hinab zum Garten, Maud. Die Fledermaus, die schwarze Nacht, flog schon herein. Komm hinab zum Garten, Maud. Ich warte hier, am Tor, allein …«, sang er.

Ich hatte nicht die Kraft, ihm entgegenzugehen, deshalb blieb ich an die Kommode gelehnt stehen und wartete, bis er mich fand. Beinahe wünschte ich, ich hätte ihn nicht gebeten zu kommen.

Er blieb wie angewurzelt an der Tür stehen, die Arme voller Blumen. »Hier steckst du also. Was ist los? Überall liegen Kabel, ich habe mir auf der Treppe beinahe den Hals gebrochen.« Er kam näher und sah mich durch eine Unmenge von Lilien prüfend an. »Oh-oh, Dorothy, sieht so aus, als wären wir nicht mehr in Kansas.«

»Das sind die Putzfrauen. Für die Beerdigung.«

»Alles in Ordnung?«

»Danke. Dass du gekommen bist.«

»Nichts ist in Ordnung, oder? Du bist voller Spinnweben, deine Kleider sind schmutzig, und deine Füße sind schwarz. Was hast du gemacht? Dich im Dreck gewälzt? Du siehst aus wie ein richtiger Schmutzfink. Du musst sofort ein Bad nehmen.«

Ich ließ mich von ihm auf der Suche nach einem sauberen Badezimmer durch den Flur führen und setzte mich auf die Matte, während er die Blumen ins Waschbecken legte, die Hähne der Badewanne aufdrehte und in den Schränken nach Badesalz suchte.

»Sieh mal, Badedas. Erinnerst du dich noch an die Werbung? *Hinein ins Nass mit Badedas.* Ob es das heute überhaupt noch gibt?« Er roch an der Flasche. »Ich hoffe, es ist noch gut, jetzt habe ich es reingeschüttet. Ja, wenigstens schäumt es.« Er zog mich hoch. »Na komm, weg mit dem Laken.« Ich ließ los. »Hast du diese Woche überhaupt schon was gegessen?«

»Du sagst doch immer, man kann gar nicht dünn genug sein.«

»Das ist dir gelungen. Na los, steig rein. Ich werde dich heute Abend in ein Restaurant ausführen, und du wirst essen, bis du umfällst, und wenn ich es dir persönlich in den Hals stopfen muss.«

»Geht es auch morgen, Tony? Ich bin viel zu müde.«

»Na gut. Aber ich werde Dominic beauftragen, einen Tisch zu bestellen. Du bleibst jetzt da drin und lässt dich einweichen, und ich kümmere mich um alles. Wer sind all diese Leute noch mal?«

»Putzfrauen.«

»Ich gehe nach unten, um unsere Zimmer anzuschauen. Dominic kann die Sachen reinbringen. Wo sollen wir überhaupt schlafen?«

»Ich habe noch nicht darüber nachgedacht. Wo ihr wollt.«

»Schön. Dominic kann das Zimmer neben meinem haben. Ich will bereit sein, falls er doch nicht hetero ist. Schließ nicht die Tür ab. Ich bin gleich wieder da.«

Er kam mit einem Bademantel, einer Zeitung, einem Joint und einem Gin Tonic zurück. »Bitte sehr. Wir müssen ihn teilen. Zwei konnte ich nicht tragen.«

»Die Blumen sind wunderschön.«

»Unten sind noch jede Menge. Ich habe die Leute beauftragt, sie zu versorgen. Was ist das?« Er klopfte Timothy mit einer Stranddistel auf die Nase.

»Das war mein Kuscheltier, als ich klein war. Er braucht dringend eine Reinigung.«

»Schade, dass er nicht mit dir baden kann.« Er reichte mir den Joint. »Hinein ins Nass mit Badedas«, sang er.

»Ich bin froh, dass du da bist, Tony.«

»Nur weil ich dir Drogen gebe. Hast du das gesehen?« Er hielt mir die Zeitschrift vor die Nase und zeigte auf eines der Fotos. »Oben links.«

»Was ist das?«

»Der *Tatler.* Du denkst, du hast Probleme. Ich sehe aus wie eine verrückte Tunte, und das ist eine Tatsache. Glaubst du, ich kann sie verklagen?«

»So schlecht ist es doch gar nicht.«

»Ist es doch. Es ist völlig verzerrt. Egal, darüber können wir uns später den Kopf zerbrechen. Du musst mir erzählen, was hier vorgeht, Dodie. Als du angerufen hast ... So habe ich dich noch nie gehört. Du warst so fertig. Du hast wie eine Jungfrau auf einem Truppentransporter geklungen.«

»Männlich oder weiblich?«

»Egal. Beides. Und du siehst beschissen aus.«

»Herzlichen Dank.«

»Und ich lasse dich nicht aus dieser Badewanne, ehe du mir erzählt hast, was los ist.«

18

Also erzählte ich es ihm. Die ganze Geschichte. Als ich endlich aus der Badewanne stieg, war ich ein bisschen aufgeweicht und hatte rote Augen, aber ich fühlte mich viel besser. Ich zog saubere Sachen an und nahm Tony mit hinunter in die Küche, um ihm den zusammengeklebten Brief zu zeigen, den ich wieder in das Schränkchen hinter der Tür gestopft hatte. Die Putzfrauen waren nach Hause gegangen, aber Dominic, Tonys neuer Chauffeur und Mädchen für alles, saß mit dem Wachmann von der Sicherheitsfirma am Küchentisch, und unter dem Tisch lag hechelnd dessen langhaariger Schäferhund, der uns aus gierigen, schwarzen Augen anstarrte.

Dominic entpuppte sich als richtig netter Typ. Tony sucht sich immer Männer aus, die wie der junge John Kennedy aussehen – schwere rote Wangen und fettige blonde Haare. Nicht unbedingt mein Fall, aber was soll's. Dominic holte uns etwas zu essen vom Chinesen, während der Wachmann – sein Name war Dave – unsere Automarken und die Farben unserer Wagen notierte. Zu seinem Entsetzen wussten wir beide unsere Autonummer nicht. Ich stellte eine Liste aller Leute zusammen, die in den nächsten Tagen nach Camoys Hall kommen konnten. Danach gingen Dave und sein Hund auf ihren abendlichen Kontrollgang, und Dominic machte sich in den Pub auf, während Tony und ich zusammen zu Abend aßen.

Tony bestärkte mich darin, mit Des ein ernstes Gespräch über die Vergangenheit zu führen, und sagte, wenn ich mich *wirklich* mit Maggie Hill treffen wollte, sollte ich jemanden mitnehmen. Für alle Fälle. Dann sprachen wir Gott sei Dank über andere Dinge. An Schlafen war gar nicht zu denken. Das Karussell der Gesichter ließ mich nicht in Ruhe. Jedes Mal, wenn ich die Augen schloss, waren sie wieder da und starrten mich an, einzelne Gestalten, die sich auf mich stürzten, als wollten sie sich in meinen Kopf eingraben. Gegen zwei ging ich in Tonys Zimmer, um ihn um Schlaftabletten zu bitten, und er sagte, ich solle mit unter seine Decke kriechen. So fand uns Dominic, als er am nächsten Morgen für Tony den Tee brachte. Wenn er schockiert war, verbarg er es gut.

Wir verbrachten beinahe den ganzen Tag im Esszimmer.

Tony saß am Tisch, von Müllsäcken umgeben, und las die Bettelbriefe, ich lag auf dem Boden in einem Sonnenflecken unter einem der großen Fenster und arbeitete mich durch Joans Listen. *Friseur, Blumen Mi. nicht Do., Wurmkur, Wäscherei 15 Pfund.* Fesselnd.

»Hier schreibt ein armes altes Ding, das seit fünfzehn Jahren keinen Urlaub hatte ... Mein Mann ist schrecklich launisch. Er hat mich die Treppe hinuntergestoßen, und ich habe mir die rechte Schulter gebrochen. Mein Sohn schreibt für mich, weil ich die Hand nicht benutzen kann ... Oh, sie hat ein Foto von ihrem Sohn dazugelegt. Er sieht ziemlich gut aus. Kann ich es behalten?« Er wedelte mit dem Foto in der Luft herum.

»Herrgott noch mal, Tony, er ist höchstens zwölf.«

»Fünfzehn. Steht auf der Rückseite. Inzwischen sechzehn. Man sollte das Volljährigkeitsalter sowieso herabsetzen. Der Vater scheint ein richtiges Schwein zu sein. Du solltest ihr einen Scheck schicken, Dodie.«

»Warum tust du das nicht? Du bist doch hinter ihrem Sohn her.«

»Sie könnte mich für pervers halten.«

»Du *bist* pervers.«

Tony wollte gerade ein Halleluja anstimmen, als Dominic den Kopf durch die Tür steckte.

»Ich habe das Restaurant erreicht.« Er lächelte mich an. »Es war alles reserviert, aber kaum habe ich Ihren Namen erwähnt, hatten sie wie durch Zauberei einen Tisch frei.«

»Welches Restauant?«

»Die ›Fette Henne‹.« Tony machte ein selbstgefälliges Gesicht.

»Woher wusstest du –« Ich hatte auch daran gedacht, dort einen Tisch zu reservieren, um es für mein Treffen mit Des auszuprobieren.

»Ich habe Des versprochen, es auszukundschaften.«

»Was soll das heißen, du hast es Des versprochen?«

»Ich habe ihn angerufen.«

»Warte mal. Du hast Des angerufen?« Des und Tony sind nicht unbedingt seelenverwandt. Für gewöhnlich spricht Des von Tony als »dieser Schwuchtel«.

»Gestern Abend, nachdem du im Bett warst. Mach nicht so ein überraschtes Gesicht.«

Kaum hatte Dominic die Tür hinter sich zugemacht, sagte ich: »Worüber hast du mit Des gesprochen?«

»Ich habe ihm von dem Brief und der Katze erzählt. Dodie, das hier ist eine ernste Angelegenheit, ich musste es ihm sagen. Ach ja, und ich habe Della Ewart angerufen. Sie kommt morgen früh. Ich habe ihr gesagt, es geht um Leben und Tod.«

»Ich glaube es nicht.« Della Ewart ist meine Friseurin.

»Du willst doch für Joan hübsch aussehen, oder? Es geht sowieso auf mich.«

»Ja, aber … ach, egal. Danke.«

»Keine Ursache.«

»Tony?«

»Ja?«

»Hat Des gesagt, dass er die Polizei verständigen will? Wegen des Briefs?«

»Ich glaube nicht.«

»Dann … heißt das nicht, dass er von der ganzen Sache wusste? Er würde kaum wollen, dass die Polizei nach diesem Mann sucht, wenn der sagen könnte, dass Mum mit ihm gegangen ist, weil das Ganze eine Verschwörung war oder weil mein Vater ihn angeheuert hatte oder … Oh Gott, ich weiß nicht.«

»Wir wissen nicht, ob irgendetwas in der Art passiert ist, Dodie. Und ich weiß sowieso nicht, wozu die Polizei gut sein sollte. Sie würden wohl kaum alle Kräfte mobilisieren, um das ganze Grundstück zu bewachen, oder? Und wegen der Drohungen können sie gar nichts unternehmen, so lange du nicht tatsächlich ermordet wirst oder wenigstens ein bisschen verletzt. Weißt du nicht mehr, wie Coralie immer diese Anrufe von ihrem zweiten Mann bekommen hat, nachdem sie sich getrennt hatten? Sie haben nicht mal den kleinen Finger gerührt. Deshalb ist der Wachmann da. Wie auch immer, sobald die Untersuchung abgeschlossen ist, werden Millionen von Journalisten auf deiner Schwelle stehen, ob es dir gefällt oder nicht. Das sollte deinen Briefschreiber abschrecken, selbst wenn er ein absoluter Irrer ist. Wenn die Journalisten hier sind, wird er kein Risiko eingehen, geschweige denn irgendwelche Possen mit Ex-Gefreiten und deren Kampfhunden treiben.«

»Wie klang er?«

»Des? Beunruhigt. Er macht sich Sorgen um dich. Ich auch. Hast du daran gedacht, selber zu dem Gerichtstermin zu gehen?«

»Ich muss nicht, oder?«

»Nein. Und ich finde, du solltest es auch nicht tun. Sie würden dich nur anpöbeln.«

»Irgendjemand sollte allerdings hingehen.«

»Des wird gehen. Das hat er mir gesagt. Er wird deinen Anwalt bitten, in deinem Namen einen Antrag auf Ausschluss der Öffentlichkeit zu stellen.«

»Als ob mir das etwas nützen wird.«

»Es ist einen Versuch wert. Ich finde immer noch, du solltest dieser Frau mit dem prächtigen Sohn ein bisschen Geld schicken. Wo bleibt deine weibliche Solidarität? Du solltest Mitleid haben. Dein Vater war doch auch ein Wichser, oder?«

»Deiner auch.«

Tony verdrehte die Augen. »Danke, dass du mich daran erinnerst. Ich muss nächsten Monat nach Schottland fahren. Er wird durch die Heide marschieren und alles zerreißen, was ihm in die Quere kommt. Reine Übertragung natürlich. In Wirklichkeit bin ich es, den er zerreißen möchte. Weißt du, dass er sich noch ein Schloss gekauft hat?«

»Noch eins? Er hat doch schon zwei.«

»Ich weiß. Es ist lächerlich. Vor sechs Monaten konnte er einen schottischen Laird noch nicht von einem Hochlandrind unterscheiden, und heute stolziert er im Kilt herum und wirft mit Holzpfählen um sich. Ich verstehe nicht, warum meine Mutter ihn geheiratet hat.«

»Wie ist sie?«

»Spielt Cowboy und Indianer in Arizona. Vielleicht besuche ich sie zu Weihnachten. Macht auf jeden Fall mehr Spaß als Schottland. Sie ist allerdings ein bisschen faltig geworden. Zu viel Sonne. Ich sage ihr immer wieder, dass sie sich liften lassen muss, aber ihr ist es egal. Was haben wir denn hier? Examen in moderner amerikanischer Literatur. Bringt kein Geld ein. Das überrascht mich nicht. Der hier ist von einer Frau, deren Sohn ein neues Footballhemd braucht.«

»Tony?«

»Hhmm?«

»Hast du irgendwas gefunden, was von meiner Mutter sein könnte?«

»Nichts. Da ist der letzte Sack. Oh, Süße, es tut mir Leid. Aber es war schon eher unwahrscheinlich, oder?«

»Ich weiß.« Ich ergriff eine Hand voll von Joans Listen und ließ sie auf den Fußboden flattern. Ich hatte versucht, sie nach dem Datum zu ordnen, aber es war unmöglich. Auf der Hälfte stand gar kein Datum, nur Mittwoch oder Freitag oder irgendein anderer Tag. *Reinigung, Driscoll's fragen, wann die Vorhänge fertig sind. Annie wegen Blumen für die Kapelle zurückrufen, Paracetamol.* Ich drehte das Blatt um, in der Erwartung, auf der Rückseite eine weitere Liste zu finden. Doch da war keine. Auf der Rückseite stand der Entwurf eines Briefes. Keine Anrede, einfach nur: *Es tut mir Leid, dass es dir nicht gut ging. Ich hoffe, du passt auf dich auf. Vor kurzem habe ich zufällig einen Freund von Dodie getroffen, der mir erzählt hat, dass es ihr sehr gut geht und sie glücklich ist. Er gab mir dieses Foto, das ich dir dazulege. Ich werde dir Geld an die übliche Adresse schicken.* Mum. Joan hatte Mum geschrieben. Ihr Geld geschickt. Ich stand auf und ging zum Tisch.

»Tony? Hast du Joan ein Foto gegeben? Als du sie getroffen hast? Hast du ihr ein Foto von mir gegeben?«

»Ja, stimmt, habe ich. Ich weiß, dass es dir nicht gefallen hätte, aber sie wollte es so gerne haben. Es war von meiner Weihnachtsparty. Paul Ackroyd hat seine Fotos bei mir vergessen. Ich weiß nicht mehr, warum ich sie dabei hatte. Ich habe nur die behalten, auf denen Raoul war.« Raoul war ein männliches Model, in das Tony Weihnachten verliebt war.

»War auf dem, das du Joan gegeben hast, auch Raoul drauf?«

»Muss wohl. Den Rest habe ich weggeschmissen. Eigentlich war es seltsam. Ich meine, wir haben uns ein bisschen unterhalten, und plötzlich fragte sie, ob ich ein Foto von dir hätte. Hast du es gerade gefunden?«

»Joan hat es meiner Mutter geschickt. Es war eins von denen, die mir die Polizei gezeigt hat. Als ich die Fotos sah, wusste ich, dass es wirklich meine Mutter ist.«

»Jedenfalls haben wir jetzt ein Rätsel gelöst.«

»Das ist kein *Spiel,* Tony.«

»Ich weiß. Tut mir Leid.«

Ich las Joans Brief noch einmal. Er war sehr formell, nicht liebevoll, als wäre Mum jemand, den sie nicht besonders gut kennt. »Die übliche Adresse« klang, als würde sie Geld auf ein Bankkonto überweisen, aber die Polizei hatte kein Konto erwähnt. Vielleicht hatten sie gar nicht danach gesucht.

»Tony? Hast du Joan erzählt, dass es mir gut geht und ich glücklich bin, als du sie getroffen hast?«

»Kann sein. Na ja, das stimmte doch, oder?« Er wischte die letzten Bettelbriefe zurück in den Müllsack und stand auf. »Auf geht's, es wird Zeit, dass wir uns für die ›Alte Henne‹, oder wie der Laden heißt, aufbrezeln. Wir könnten ja so tun, als wollten wir es für eine Sonntagszeitung ausprobieren.«

19

Sobald Tony und Dominic am nächsten Morgen aus dem Haus gegangen waren, rief ich Des an, um ihm über die »Fette Henne« zu berichten. Das Restaurant hatte sich überhaupt nicht verändert. Das Essen war so ziemlich genau wie früher, und das Personal war im Großen und Ganzen noch das Gleiche. Ich war seit mindestens sieben Jahren nicht dort gewesen, aber alle erinnerten sich an mich. Der neue Besitzer kam sogar an unseren Tisch und bestand darauf, dass die Getränke aufs Haus gingen, was sehr nett von ihm war.

Ich sagte zu Des, dass es auf der Haigh-Wood-Skala mindestens eine Acht erreichte (die Skala geht von eins bis zehn), und er antwortete: »Dann werde ich für morgen Abend einen Tisch reservieren. Wollen wir uns dort treffen?«

»Ja. Du weißt, dass ich mit dir reden will?«

»Ja ...«, sagte er vorsichtig.

»Es sind noch ein paar Punkte dazugekommen. Punkte, über die ich mehr wissen muss.«

»Ich werde versuchen, dir zu helfen –«

»Nicht versuchen, Des, du *musst* mir helfen. Ich muss es wissen. Herrgott noch mal, ich habe ein Recht –«

»Dodie?«

»Was ist? Bitte mach jetzt keine Ausflüchte.«

»Das tue ich nicht. Es kann nur sein, dass ich dir nicht so viel sagen kann, wie du glaubst. Das ist alles. Ich weiß nicht alle Antworten.«

»Aber ein paar.«

»Ich habe in letzter Zeit viel nachgedacht, und ich glaube nicht, dass ich auf alles eine Antwort habe. Ich bin nicht besonders gut im Reden, Dodie. Ich habe nicht viel Übung. Aber ich werde mein Bestes tun.«

»Versprochen?«

»Versprochen.«

»Weil nämlich eine Menge passiert ist. Außer dem Brief meine ich.«

»Das kann ich mir vorstellen. Dieser Freund von dir hat es mir kurz geschildert.«

»Tony?«

»Genau.« Des kennt Tonys Namen, doch er kann sich nicht überwinden, ihn zu sagen. »Ist dir acht Uhr recht? Es gibt doch noch eine Bar, oder?«

»Natürlich.«

»Man weiß nie, was die Leute mit solchen Restaurants anstellen. Machen eine Diskothek draus oder –«

»Nein, alles in Ordnung. Die ›Fette Henne‹ ist genauso, wie du sie verlassen hast. Bis morgen, Des.«

Als Della ankam, brannte die Sonne vom Himmel, so dass wir, nachdem sie mir die Haare gewaschen hatte, einen Stuhl vors Haus trugen und sie mir dort die Haare schnitt. Als wir halb fertig waren, kamen Jimmy und Carol.

»Ich dachte, ich schaue mal, wie es dir geht«, sagte Carol. Sie wandte sich an Jimmy. »Hol mir einen Stuhl von drinnen.«

»Woran ist dein letzter Lakai gestorben?«

»Daran, dass er nicht getan hat, was ich sage. Oh, mach schon.« Als Jimmy weg war, sagte sie: »Ich hab ihn auf dem Weg getroffen. Wie läuft's?«

»Wie läuft was?«

»Mit dir und ihm.« Della sagte nichts, aber ich konnte förmlich hören, wie sie die Ohren spitzte.

»Gar nichts läuft.«

»Vor allen Dingen! Wer's glaubt, wird selig.«

»Warum? Stimmt etwas nicht mit …« Mir fiel der Name nicht ein. »… deinem Zauberer?«

»Greg? Er kreuzt ein paar Tage nicht auf, und ich denke, na ja, es war nett, aber das war's dann wohl, und dann kommt er wieder, und alles ist, du weißt schon … Ich gehe überall mit dir hin, Carol, wir machen dies, wir machen das, und wenn ich mich umdrehe, ist er wieder weg. Ehrlich gesagt, fange ich langsam an, mich zu fragen, ob er mich verarscht. Ich meine, was ist mit der Farm und den Kids –«

»Bitte sehr, meine Dame.« Jimmy stellte einen Stuhl für Carol ab und wandte sich an mich: »Hallo.«

»Hallo.« Ich spürte, wie eine schrecklich heiße Röte mein Gesicht überzog, und wünschte, er würde aufhören, mich anzusehen.

»Hast du etwas dagegen, wenn ich mir etwas zu trinken hole, Dodie?«, fragte er.

Ich schüttelte den Kopf, und Della seufzte und rückte ihn wieder zurecht.

»Ich nehme ein Bier, wenn du eins hast«, sagte Carol.

»Noch jemand?«

»Nicht während der Arbeit«, sagte Della steif.

»Es gibt auch Mineralwasser.«

»Danke. Ohne Eis.« Ich hörte beinahe, wie Della die Frage durch den Kopf schoss: »Woher weiß er, was im Kühlschrank ist?«

»Dodie?«

»Für mich nichts, danke.«

Della gab meiner Wange einen kleinen Schubs mit der Handfläche. »Den Kopf nicht bewegen.«

»Entschuldigung.«

»Und noch was«, fuhr Carol fort. »Erinnerst du dich an George Day? Wir nannten ihn immer Daisy. Er ist ein paar Monate mit Jackie gegangen.«

Ich erinnerte mich nicht. »Ich glaube schon.«

»Also, sein Bruder, Wonky –« Ich hörte Della hinter mir schnauben. »Wonky war mit Dave in der Army. Dave ist mein Ex«, sagte sie zu Della. »Jedenfalls war Wonky im Pub, und Greg war auch da, und sie fingen an über die Army zu reden, wie es war und so was, und er meint, dass Greg Mist erzählt hat. Er glaubt nicht, dass Greg in der Army war. Jimmy sagt, wahrscheinlich hat er es sich wegen Dave ausgedacht.«

»Wie meinst du das?«

»Na ja, er dachte, ich mag Soldaten und würde eher mit ihm ausgehen, wenn er auch einer war. Eigentlich sehr schmeichelhaft, findest du nicht?«

»Er muss doch gewusst haben, dass es rauskommt.«

»Ja. Aber an solche Sachen denkt er nicht. Er macht eigentlich keine Pläne, verstehst du? Er sagt immer, wir fahren hierhin oder dahin, aber wir machen es nie. Sogar wenn wir ins Kino gehen, muss ich alles organisieren. Jedenfalls ist es nicht so, dass er zu mir sagt: ›Carol, ich liebe dich, lass uns heiraten.‹«

»Oh, Carol, ich bin ja so ein Na-a-arr«, sang Jimmy. Er kam auf die Veranda und jonglierte meisterhaft ein Tablett zwischen Della und Carol durch.

Della war sichtlich beeindruckt. »Wo haben Sie das gelernt?«, fragte sie.

»Ich war mal Kellner.«

»Oh.« Es klang enttäuscht. Beinahe hätte ich gefragt: »Wo soll er es denn sonst gelernt haben? Bei einem Foto-Shooting in Marokko?« Aber ich wollte nicht, dass die anderen auf noch mehr dumme Gedanken kamen, wenn ich ihn verteidigte.

Carol zeigte Jimmy den Mittelfinger und betrachtete argwöhnisch ihre Bierflasche. »Wahrscheinlich sollte ich dankbar sein, dass du nicht so ein affiges Stückchen Orangenschale hineingetan hast.«

»Limone.«

»Ich *weiß.* Ich wollte dich nur ärgern.« Carol wandte sich wieder zu mir. »Zu dumm, dass es mir völlig egal ist. Ich meine, man mag doch den Menschen, oder? Nicht seinen Job oder das, was er hat.«

Zum Glück schob Della genau in dem Augenblick meinen Kopf runter, so dass ich Jimmys Gesichtsausdruck nicht sehen konnte, und, was viel wichtiger war, er auch nicht meinen.

Ein paar Sekunden herrschte Stille, dann sagte Carol: »Na ja, jedenfalls denke *ich* so.« Jimmy saß auf dem Boden ihr gegenüber. Sie stupste ihn mit dem Fuß an. »Dreh uns eine Zigarette, Jimmy, ich hab keine mehr.« Sie wühlte in ihrer Plastiktüte und kramte ein sehr flaches Portemonnaie heraus. »Mal nachsehen, ob es für eine Schachtel Rothmans reicht. Ein Pfund zwanzig, dreißig ... Scheiße. Irgendwo muss doch noch mehr sein.« Sie stellte die Tüte auf den Kopf, und eine Rolle Klopapier fiel heraus, trudelte auf den Weg und entrollte sich zu einer rosa Spur. »Dad hat nie welches auf der Farm. Es ist widerlich.«

Jimmy hob ein schmuddeliges, ebenfalls rosafarbenes Pony aus Plastik auf. »Spielen deine Kinder mit so was?«

»Natürlich nicht, Blödmann, es sind *Jungs.* Muss einem von Jackies Kindern gehören. Na bitte.« Sie hielt einen angebissenen Kaubonbon hoch, an dem ein Fünfzig-Pence-Stück klebte. »Wer den Penny nicht ehrt …« Sie kratzte das Bonbon von der Münze und schob es in den Mund.

»Igitt«, murmelte Della in meine Haare.

»Komisch, ich hätte schwören können, ich habe ein Foto von Greg dabei. Ich wollte einen Rahmen dafür besorgen. Eins der Kinder muss es weggenommen haben. Auch egal.« Sie stand auf und stopfte ihre Habseligkeiten wieder in die Tüte. »Ich muss los. Ich bin später im Pub.« Sie stieß Jimmy wieder mit dem Fuß an. »Kommst du auch?«

»Geht leider nicht. Zu viel zu tun.«

»Schade. Bis bald, Doe.«

Als Della hineinging, um ein Verlängerungskabel für ihren Föhn zu suchen, sagte ich zu Jimmy: »Bist du mal mit Carol *gegangen*?«

»Sozusagen.« Er spielte mit seinem Zigarettenpapier und sah mich nicht an. »Nicht richtig.«

»Ihr seid so … du weißt schon.«

»Es ist schon lange her. Außerdem war ich nicht der Einzige. Viele Jungs aus dem Dorf waren mit ihr zusammen. Ich meine, Carol war nichts Besonderes oder so.«

»Eine Teenager-Orgie, meinst du?« Ich klang wie Robert Robinson. Kaum war es heraus, wünschte ich, ich hätte den Mund gehalten. Jimmy machte ein verlegenes Gesicht.

»Nein! Du weißt schon … Das musst du doch auch erlebt haben. Man geht mit jemandem, dann mit jemand anderem, und jeder kennt jeden. Es ist wie ein Spiel.«

»Habt ihr es je in dem Unterstand getrieben?«

»Nein. Da hat es gestunken.« Er stand auf. »Hör mal, ich muss zu meinem Bruder. Ich habe ihm versprochen, auf die Kinder aufzupassen.«

»Wann sehen wir uns?«

»In den nächsten Tagen bin ich ziemlich beschäftigt. Ich

rufe dich an.« Er ging, ohne mir einen Kuss zu geben. Dodie Blackstock, die Frau, deren Vater den Lehrstuhl für Kommunikationswissenschaften an der Aberystwyth University gesponsert hat. Ein guter Witz.

Als Della weg war, ging ich zu Mr. Molloy, um ihn zu bitten, Blumen zu bestellen und das Gelände um die Kapelle für Joans Beerdigung ein bisschen zu verschönern. Mr. Molloy war früher der erste Gärtner. Heute ist der Arme der einzige Gärtner, und kein Setzling in Sicht.

»Es ist nicht richtig, dass die Gärten nicht mehr rund ums Jahr gepflegt werden. Aber wir können es uns eben nicht aussuchen.«

»Nein, das können wir nicht.«

»Besser so, sonst würden manche von uns gar nichts mehr zu tun kriegen. Keine Sorge, Miss Blackstock, ich werde für Miss Draycott alles hübsch herrichten. Ist mir eine Freude.« Ich wollte gerade gehen, als er hinzufügte: »Wollen Sie das Haus behalten?«

»Ich weiß es noch nicht.«

»Es ist nur wegen dem Cottage, Miss Blackstock …«

Ich versicherte ihm, dass ich ihn nicht rauswerfen würde, und fragte, ob er für die nächsten Monate ein Hilfe einstellen wollte. Er ließ sich darüber aus, dass die jungen Leute heutzutage nichts mehr lernen, schien aber ziemlich erfreut.

Mr. Molloys Häuschen liegt beinahe eine Meile vom Haupthaus entfernt. Wahrscheinlich wollten die Erbauer nicht, dass der Anblick und Geruch von Armut ihre ausschweifende Lebensweise störte. Auf dem Rückweg machte ich einen kleinen Umweg, weil es so schön war und die Sonne schien und weil ich wusste, dass ich mich sowieso nicht auf etwas anderes konzentrieren konnte. In meinem Kopf herrschte so ein Durcheinander – Joans Beerdigung, Mum,

Steven Moody, die Ereignisse der letzten Tage, die Frage nach dem Warum –, es war wie ein Klagen im Hintergrund, wie ein Hund, der ein paar Zimmer weiter winselt. Und ich war niedergeschlagen wegen Jimmy. Er war nicht einmal so lange geblieben, bis mein neuer Haarschnitt fertig war.

Wenn ich doch nur schlafen könnte, dachte ich. Dann könnte ich alles wenigstens für ein paar Stunden ausblenden. Aber ich hatte schon in allen Schlafzimmern nach Schlaftabletten gesucht und keine gefunden. Vielleicht hatte Tony sie verschwinden lassen. Ich lief über ein paar Wiesen und einen zugewachsenen Pfad entlang. Am Ende stand ein kleiner Wellblechschuppen, dessen Wände von Brombeersträuchern beinahe völlig verborgen waren. Daneben lag in einem Gewirr aus Nesseln eine alte Waschmaschine. Vor der Hütte war ein schmaler, von Moos überwucherter, gepflasterter Streifen. Die baufälligen Holztüren waren mit orangefarbener Paketschnur gesichert und voller Graffiti. Die einzigen Worte, die ich entziffern konnte, waren *Motörhead* in gestochener, gotischer Schrift, und *Achtung, P. Graham ist schwul.* Das ganze Gebäude sah aus, als würde es jeden Augenblick im Erdboden versinken.

Wahrscheinlich kannte ich den Schuppen, aber ich konnte mich nicht daran erinnern, dass er benutzt wurde, als ich klein war. Ich glaube, ich habe ihn nie betreten. Wenn ich das Anwesen verkaufen wollte, würde ich Mr. Molloy bitten müssen, ihn abreißen zu lassen. Mr. Molloy war über sechzig, und die neuen Besitzer würden ihn bestimmt nicht beschäftigen wollen, sollte ich Camoys Hall verkaufen. Ich sah Mr. Molloy vor mir, wie er in der Tür seines hübschen Häuschens steht, eingerahmt von Geißblatt und den ordentlichen Beeten mit seinem geliebten Gemüse, und dann stellte ich ihn mir mit seiner Frau am Fenster eines dieser unverputzten Häuser aus rotem Backstein auf einem Grundstück der Gemeinde vor, wie sie voller Entsetzen und Abscheu auf gestutzte Bäume und mit Kot bedeckten Rasen blicken.

Ich spähte in die Waschmaschine. In der Trommel lag ein altes Hufeisen. Ich fischte es heraus. Das Pferd, das es einmal getragen hatte, musste riesig gewesen sein. Ein Zugpferd, wie Boxer in *Animal Farm.* Der schwer arbeitende Boxer, zuverlässig und ehrlich, dessen Belohnung eine Reise ohne Wiederkehr in die Leimfabrik war. Die Molloys in einer Sozialwohnung. *DU WIRST BEZAHLEN!* Das hatte in dem Brief gestanden. *Weil ich hier bin.* Ich schreckte auf, als wäre plötzlich jemand hinter mir, und verlor beinahe das Gleichgewicht auf den rutschigen, grünen Steinen. Der Gedanke, dass ich mich schmutzig machen würde, machte mich wütend. »Wenn du hier bist, du Schwein, dann ist es illegal«, murmelte ich vor mich hin. »Das ist mein Haus, mein Land und mein Schuppen. Ich kann hingehen, wo ich will.« Aber die Stille war unheimlich. Ich wünschte, Malcolm, Joans Hund, wäre bei mir. Würde fröhlich und wachsam auf drei Beinen umhertollen, wie es Jack Russels so tun. Er war weiß gewesen, mit schwarzen Ohren und einem schwarzen Fleck über einem Auge, und er hatte einen runden, rosigen Bauch. Ich weiß nicht, warum ich an Malcolm dachte. Wahrscheinlich wollte ich einfach jemanden bei mir haben, der warm und lebendig war. Nur dass Malcolm tot war. Das hatte Joan mir in einem der Briefe geschrieben, die ich nie beantwortet habe.

Ich fing an, die Paketschnur abzuwickeln. Ich dachte, die Türen würden sofort aufgehen, wenn ich einmal den Knoten gelöst hatte, aber sie sackten ab und hingen zwischen den holprigen Pflastersteinen fest, so dass ich sie nur ein kleines Stück aufbekam. Schließlich stellte ich mich seitwärts zu den Türen, atmete tief ein und quetschte mich durch den Spalt. Völlige Dunkelheit. Zögernd tat ich einen Schritt vorwärts. Mein Knie stieß an etwas Hartes. Ich streckte die Hände aus und tastete blind herum. In Augenhöhe war nichts zu spüren, aber ganz unten fühlte ich etwas Großes und Festes, das von einem schweren Tuch verdeckt wurde. Ich lehnte mich mit meinem ganzen Gewicht gegen eine der Türen und fiel beinahe hintenüber, als sie plötzlich aufging und Sonnenstrahlen, auf denen der Staub tanzte, in den Schuppen fielen.

Es war ein Auto. Ich ging in die Hocke und hob das Tuch an. Das Nummernschild war weg, aber über den Kühlergrill verlief eine vertraute Linie. *Oh Gott, das kann nicht sein.* Meine Hände zitterten. Die Mitte, du musst die Mitte finden. Da war er, der dreizackige Stern. Mein Herz raste, wie nach einem Wettrennen. Bitte, bitte, bitte. Ich schob das Tuch beiseite und sah einen stumpfen, roten Schimmer. Ein roter Mercedes. Es war das Auto meiner Mutter.

Ich schob mich durch die schmale Lücke an der Fahrerseite, das Tuch schleifte hinter mir her und zerrte am Griff. Die Tür war nicht abgeschlossen. Ich schleuderte das Tuch über das Auto, eine Staubwolke stieg auf, und kletterte auf den Fahrersitz. Die Sprungfedern ächzten, aber das wunderschöne, cremefarbene Leder roch noch wie früher. Im Innern des Wagens war es dunkel, weil das Dach geschlossen und die Windschutzscheibe so schmutzig war, dass ich kaum hindurchsehen konnte.

Ich legte den Kopf zurück und schloss die Augen. Wenn man in einem Auto Selbstmord begehen wollte, wäre das hier der Wagen der Wahl. Nicht um damit gegen eine Mauer zu fahren oder so was, dann wäre er ruiniert. Sondern mit Abgasen. Kohlenmonoxid. Dazu brauchte man einen Schlauch oder so etwas Ähnliches. Ich beugte mich vor und tastete nach dem Zündschloss. Kein Schlüssel. Ich öffnete das Handschuhfach, um nachzusehen, ob er vielleicht dort lag, aber ich fand nur eine Schachtel Zigaretten. Gitanes, die mit dem wirbelnden blauen Mädchen. Es waren noch drei drin.

Mum hatte nicht geraucht. Vielleicht waren es *seine* Zigaretten. Warum hatte die Polizei sie nicht als Beweisstück mitgenommen? Ich schüttelte eine aus der Packung, schlitzte mit dem Daumennagel das Papier auf und zerkrümelte den Tabak zwischen meinen Fingern. Er war weder trocken noch krümelig und roch frisch. Ich konnte mich nicht daran erinnern, dass das Auto zurückgebracht worden war. Vielleicht war ich gerade im Internat gewesen. Ich drehte mich um und steckte auf Knien Kopf und Schultern zwischen die Vordersitze, um dahinter den Boden abzutasten. Meine Fingerspitzen berühten Schmutz und Sand und Strohhalme auf den Fußmatten aus Gummi.

Ich war gerade dabei zu versuchen, meinen Rock aus der Handbremse zu befreien und mich wieder umzudrehen, als ich etwas hinter mir spürte. Ich wirbelte herum und erhaschte einen Blick auf ein Gesicht zwischen den Türen des Schuppens. Durch die verschmierte Windschutzscheibe sah es aus wie das Turiner Grabtuch, beige und faserig, mit haselnussbraunen Umrissen und Haaren, die beinahe die Farbe von Rauch hatten. Es war so schnell verschwunden, dass ich fast glaubte, es mir nur eingebildet zu haben. Aber das hatte ich nicht.

Weil ich hier bin.

20

Er machte überhaupt keine Geräusche. Ich wusste nicht, ob er tatsächlich weg war oder vor dem Schuppen auf mich wartete. Ich wusste nicht einmal, ob er mich durch die verschmutzte Windschutzscheibe überhaupt gesehen hatte. Wenn er mir gefolgt war, hätte ich das doch bestimmt gemerkt. Ich rutschte vom Sitz und rollte mich in dem engen

Raum unter dem Armaturenbrett zusammen. Ich war mit Schmutz und Sand bedeckt, und meine Waden klebten an den Rückseiten meiner Oberschenkel. Mein Kopf klemmte zwischen meinen Knien, und meine Schultern fühlten sich an, als würden sie brennen, aber ich rührte mich nicht von der Stelle.

Er konnte zurückkommen und mich aus dem Wagen zerren. Wenn er mich gesehen hatte. Wenn er der Briefschreiber war, konnte er mich umbringen. Mir blieb nichts anderes übrig, als zu warten. Ich zitterte vor Anstrengung am ganzen Körper.

Als ich endlich aus dem Schuppen stolperte, ging die Sonne unter. Ich sah den Schlüssel sofort. Silbern glänzte das Mercedessymbol zu meinen Füßen in der schwächer werdenden Sonne. Ihr Schlüssel. Er hatte ihren Autoschlüssel verloren. Oder mit Absicht hier liegen lassen. Meine Knie gaben nach, ich sackte in mich zusammen und versuchte, halb liegend, halb kniend, wieder Leben in meine Beine zu bringen. Ihr Autoschlüssel, ihre Haare.

Ich dachte an all die Menschen, die diese Dinge haben konnten. Die Entführer – Mick Martin, Maggie Hill, Steven Moody. Sowohl mein Vater als auch Joan hätten den Schlüssel und die Haare haben können – konnte es sein, dass sie sie jemandem *gegeben* hatten? Joan hatte schließlich Kontakt mit Maggie Hill. Aber warum sollte sie … Mick Martin war tot, also konnten es nur Maggie Hill oder Steven Moody sein. Margaret Susannah Hill und Steven Joseph Moody. Das waren ihre vollen Namen, wie ich aus der Verhandlung wusste. *Du wirst bezahlen.* Steven Moody würde dafür sorgen, dass ich bezahlte – wenn er derjenige war, der den Brief geschrieben hatte.

Plötzlich wurde ich ärgerlich. Nicht wütend. Was habe ich denn getan? Ich kann nichts dafür, dass ich Wolf Blackstocks

Tochter bin, oder? Ich habe mir die Familie nicht ausgesucht. Ich rappelte mich auf und probierte, ob ich stehen konnte. Wer auch immer beschlossen hatte, hierher zu kommen und mich umzubringen – weglaufen kam nicht in Frage. So viel zu einem Wachmann mit Hund. Aber bald würde Verstärkung kommen. Doch das Seltsame war, dass ich keine Angst hatte. Ich war irritiert, verärgert. Aber hauptsächlich war ich einfach nur sehr müde.

Als ich endlich wieder im Haus war, schleppte ich mich die Treppe hinauf in mein Lieblingsbadezimmer und nahm erst einmal ein langes, heißes Bad. Am Ende saß ich im dunkelgrauen Wasser, das einem Burggraben glich, mit kleinen, roten Kratzern, die von den Stellen herrührten, an denen ich auf dem Rückweg mit den Sträuchern kollidiert war. Dann saß ich auf dem Badewannenrand, tränkte einen Wattebausch mit Jod, das ich in einem der Schränke gefunden hatte, tupfte es auf meine zerschundenen Beine und zuckte vor Schmerz zusammen. Ich beförderte meinen ruinierten Rock mit den Zehen in den Abfalleimer. Wenigstens war nur der Rock zerfetzt und nicht ich.

Danach ging ich ins Bett. Ich hatte gehofft, sofort in Tiefschlaf zu fallen, aber natürlich klappte das nicht. Ich versuchte, den Krimi von Agatha Christie weiterzulesen, den ich aus Joans Zimmer mitgebracht hatte, aber ich ärgerte mich nur, und nach einer Weile stand ich auf, um mich auf die Suche nach einer anderen Ablenkung zu machen.

Ich ging an dem grünen Vorhang vor der Tür, die zu den ehemaligen Räumen meines Vaters führte, vorbei. Ich war nicht in seinen Zimmern gewesen, seit ich zurückgekommen war, und ich wollte es auch nicht. Er hatte Romane verabscheut, nichts als Träume, hatte er immer gesagt. Deswegen mag ich sie wahrscheinlich so sehr.

Ich blieb vor Joans Schlafzimmer stehen, doch ich konnte

den Gedanken an das Chaos auf dem Boden nicht ertragen. Ein Teil von mir wollte hineinstürmen und auf allem herumtrampeln, doch der andere Teil hatte Mitleid. Joan hatte Unordnung gehasst. Sie wäre direkt da hineingegangen, hätte die Ärmel hochgekrempelt und alles wieder in Ordnung gebracht. Des nannte sie manchmal die kleine, rote Henne. Das stammte aus einer Geschichte, die er mir vorgelesen hatte, als ich drei oder vier war. Keines der Tiere, die in der Geschichte vorkamen, wollte irgendwas tun, und am Ende jeder Seite stand immer: »Nun gut«, sagte die kleine, rote Henne, »dann tue ich es selbst.« Und mich nannte er immer das garstige Kaninchen, wenn ich unartig war. Das stammte aus einer Geschichte von Beatrix Potter. Das garstige Kaninchen schnappte den anderen Kaninchen immer die Karotten weg. »Es nimmt sie sich einfach und sagt nicht einmal danke.« Hübsche, sichere Erinnerungen. Ich stand vor Joans Tür und versuchte, die Erinnerungen festzuhalten, doch meine Gedanken wanderten immer wieder zu Mum und all den anderen Dingen, an die ich nicht denken wollte.

Mein altes Zimmer war abgeschlossen. Die lange Reihe Schlüssel in dem Schränkchen hinter der Tür zur Spülküche fiel mir ein. Ich überlegte, ob ich die fünf Schlüssel zu den Abstellräumen holen und versuchen sollte, ob sie passten, aber wozu? Mums Zimmer zu betreten war schon schlimm genug gewesen – bis auf die Tatsache, dass ich Timothy, das Nilpferd, gefunden hatte. Die Erinnerung an mein Zimmer sollte etwas Schönes bleiben, wie Beatrix Potter.

Die Tür zu Angelas früherem Zimmer war nicht abgeschlossen. Nach ihrem Tod hatte Joan die meisten Bücher in den Sue Ryder Shop gebracht, bis auf zwei, die noch im Regal standen. Eins war ein Lexikon, das andere *Magie in Theorie und Praxis* von Aleister Crowley. Joan musste bei sich entschieden haben, dass die beiden sich nicht für einen Wohltätigkeitsladen eigneten. Vielleicht hatte Angela irgendwelche Zauber angewandt, damit mein Vater sie liebte. Oder damit meine Mutter verschwand. Ich sah sie vor mir, wie sie im Schneidersitz auf dem Bett saß. Umgeben von Weihrauch und Schmuckkästen, teuren Hippieschmuck um den gebräunten Hals und die Handgelenke gewickelt, und beinahe tat sie mir Leid.

Neben Angelas Zimmer war eine Tür zu einer der Treppen, die auf den Dachboden führten. Abgeschlossen. Vielleicht hatte man die Sachen aus Mums Zimmer da hinaufgebracht, als sie nicht wiederkam. Aber wann? dachte ich. Wenn Joan und mein Vater wussten, dass Mum am Leben war, hatten sie doch bestimmt erwartet, dass sie wenigstens ihre Sachen abholen würde. Wie auch immer, dachte ich, ist doch egal. Ich wollte nur noch ins Bett gehen.

Am Ende des Flurs, an dem Angelas Zimmer lag, war die Blinde Treppe. Eine kurze Stiege, die nach unten führte und vor einer Wand endete, wie auf einem Gemälde von Escher. Der Rest der Treppe war bei Umbaumaßnahmen am Haupthaus abgerissen worden. Die Maurer zogen zwar die Mauer hoch, aber die Treppe wurde nie ganz abgerissen. Das Geländer ist noch da, und ein massiver Bücherschrank aus Mahagoni versperrt den Weg, damit niemand aus Versehen hinunterfällt. An diesem Ende des Flurs gibt es kein Fenster, und sogar mitten am Tag ist es hier dunkel, so dass Joan eine Lampe auf den Schrank gestellt hatte. Ich knipste sie an, schob den Schirm zur Seite und leuchtete damit die Bücherreihen ab. Hauptsächlich meine Texte fürs Abitur. *Othello, Tess von D'Urbervilles, Mansfield Park.* Und da, ganz am Ende, einsam und ohne Buchrücken, stand *The Diary of a Nobody* von George Grossmith. Des hatte es mir geschenkt. Er hatte über die schlechten Witze gejammert, aber seine waren auch nicht viel besser. Ich nahm es mit ins Bett. Beim Lesen war ich sicher, so lange ich mich konzentrierte. Als würde ich auf einem Drahtseil die Niagarafälle überqueren. Ein falscher Gedanke, die kleinste Unsicherheit, und du stürzt ab. Ich stellte mir vor, dass Des auf meiner Bettkante saß und mir vorlas. Immer langsam, altes Haus. Keine Panik.

Nach ungefähr zehn Minuten gab ich auf und überlegte mir nur noch, wie ich aus dem ganzen Chaos wieder herauskommen konnte. Mums Wagen ging mir nicht aus dem Kopf, und ich fragte mich, ob er wohl anspringen würde. Ich dachte nicht wirklich an Selbstmord, jedenfalls nicht im emotionalen Sinn. Es war eher ... die Logistik eines solchen Unternehmens, die mich faszinierte. Es ließ mich nicht los. Würde das Auto anspringen? Könnte ich einen Gartenschlauch benutzen oder hätte er den falschen Durchmesser? Ich wusste nicht mehr, ob man durch das Kohlenmonoxid ganz rosa wurde oder durch das Benzin. Immer wieder versuchte ich, meine Gedanken in vernünftige Bahnen zu lenken, aber dann dachte ich, schlimmer, als es jetzt ist, *kann* es gar nicht werden. Ich konnte sowieso nicht wieder zu dem Schuppen gehen, weil *er* vielleicht dort war. Als ich an dem Punkt angelangt war, setzte ich mich auf und lachte. Weil wir beide genau das gleiche Ziel hatten: mich umzubringen. Die Moral ist, lerne zu delegieren, dann ersparst du dir eine Menge Ärger, dachte ich bei mir. Dann muss ich eingeschlafen sein, denn um halb zehn am nächsten Morgen weckte mich der Lärm der Putzfrauen auf dem Treppenabsatz.

Ich verbrachte die meiste Zeit des folgenden Tages in Joans Zimmer am Telefon, bestellte Möbelpolitur, organisierte das Essen und den Service und alles Mögliche. Über meinem Kopf zogen die Frauen von der Reinigungsfirma ihre riesigen Maschinen mit lautem Getöse um die Ecken und stiegen mit Staubwedeln in den Gürteln Leitern rauf und runter.

Die nette Putzfrau steckte den Kopf durch die Tür, ihre leuchtend blaue Wolljacke biss sich scheußlich mit den Farben des Overalls, grün und orange. »Ich wollte nur mal sehen, ob es Ihnen gut geht.«

»Danke, ja.«

»Weil ich mir am Freitag wirklich Sorgen um Sie gemacht habe. Ehrlich gesagt, war ich mir nicht sicher, ob Sie heute noch hier sein würden, Sie waren so niedergeschlagen.«

»Es geht mir gut, danke.«

»Sicher?«

»Ja, bestimmt. Ein Freund hat mich besucht.«

»Das ist schön.« Sie sah mich zweifelnd an. »Kann ich Ihnen wenigstens etwas bringen? Eine Tasse Tee? Macht überhaupt keine Arbeit.«

»Danke.«

Danach brachte sie mir, ohne zu fragen, noch sechs weitere Tassen Tee. Ich habe noch nie gehört, dass jemand an einer Überdosis Gerbsäure gestorben ist, aber als ich nach oben ging, um mich für Des umzuziehen, hatte ich das Gefühl, ich wäre die Erste. Doch es war schön, so umsorgt zu werden. Ich dachte daran, Mrs. Fürsorglich zu fragen, ob sie meine Haushälterin werden wollte. Das wäre besser als Putzfrau. Vor allem müsste sie sich nicht in dieses Clownskostüm zwängen. Und ich könnte ihr mehr bezahlen. Sie hätte nichts anderes zu tun, als ein paar Dinge zu organisieren und nett zu mir zu sein, und sie müsste … *Joan sein.* Herrgott noch mal, was soll das denn?, dachte ich dann. Ich weiß doch noch nicht mal, ob ich das verdammte Haus überhaupt behalten will.

Ich bestellte ein Taxi für den Weg zur »Fetten Henne«, wählte ein Kleid, von dem ich hoffte, dass es Des gefallen würde, und steckte das Hochzeitsfoto in meine Handtasche. Als ich ankam, war er schon da und schwatzte mit dem Barkeeper über Cricket. Des liebt Restaurants. Früher hat er höchstens zweimal im Jahr zu Hause gegessen, und selbst dann holte er sich einen dieser Chefköche, damit sie ihm ein Drei-Gänge-Menü kochten, und ließ den Tisch mit feinem Leinen und Silber decken, damit er so tun konnte, als wäre er im »La Gavroche«. Ich glaube eigentlich nicht, dass Des Wert darauf legt, in ein schniekes Restaurant zu gehen, Hauptsache das Essen ist gut. Plötzlich fiel mir wieder ein, wie er mich mit sieben oder acht Jahren immer in den »Jade Palace« in Cambridge ausgeführt hat, wenn mein Vater verreist war, und wie wir Schweinefleisch süßsauer für Joans Hund in unseren Servietten hinausschmuggelten.

Als er mich sah, sagte er: »Hübsches Kleid. Sehr gesittet.«

»Danke.« Ich umarmte ihn.

»Man kann sich direkt mit dir zeigen, so zivilisiert siehst du aus. Ich könnte dich sogar auf einen Drink einladen. Was möchtest du? Ich habe einen sehr schönen blauen Gin.«

»Für mich sieht der nicht besonders blau aus. Wie viele hast du schon gehabt?«

»Bombay Sapphire«, sagte der Barkeeper. »Die Flasche ist blau. Ich kann ihn jedem empfehlen, der Gin trinkt.«

»Klingt gut.«

»Hör auf, auf einem Bein herumzuhüpfen.« Des klopfte auf den Barhocker neben sich. »Du kommst noch ganz außer Atem. Setz dich. Ich weiß, dass im Augenblick ein Typ von der Sicherheitsfirma da ist, aber ich komme morgen früh mit dem Chef vorbei, um den Bericht durchzugehen. Wegen der Beleuchtung und der Alarmanlage und so weiter. Es wird nur ein paar Stunden dauern, aber ich habe daran gedacht, einige Tage zu bleiben. Der Kerl, der mich da angerufen hat, scheint zu glauben, dass du Gesellschaft brauchst.«

»Meinst du Tony?«, fragte ich unschuldig.

Des runzelte die Stirn. »Du weißt ganz genau, dass ich Tony meine. Und ich will mir den anonymen Brief anschauen. Gott weiß, dass man die Polizei nicht gern einschaltet, aber … Nun, egal, warten wir es ab, einverstanden? Wenn es etwas zum Abwarten gibt. Die Journalisten werden natürlich kommen. Nach der gerichtlichen Untersuchung werden sie wie der Blitz vor der Tür stehen. Die Sicherheitsleute werden helfen, sie in Schach zu halten, aber ich fürchte, das wird kein Zuckerschlecken. Ich werde Mittwoch früh zu der Anhörung nach London fahren, aber ich glaube, du musst nicht kommen. Es ist deine Entscheidung, doch es wird ziemlich schmutzig. Genieß lieber die Ruhe und den Frieden, so lange es geht.«

»Ich werde Maggie Hill treffen.«

»Wann?«

»Morgen Nachmittag.«

»Kommst du anschließend wieder hierher? Ich finde, du solltest am Mittwoch möglichst weit von London entfernt sein, Dodie.«

»Ich komme direkt zurück. Ich nehme Tony mit.« Des hob die Augenbrauen. »Sein Chauffeur kommt auch mit, du brauchst dir also keine Sorgen zu machen.«

»Gut so. Was ich dich fragen wollte, hast du immer noch das alte Rundfunkgerät in der Küche?«

»Rundfunkgerät!« Des nennt den John-F.-Kennedy-Flughafen immer noch Idlewild, ob man es glaubt oder nicht. »Ja, du wirst das Unterhaltungsprogramm des *Home Service* hören können.«

»Sehr komisch. Es gibt ein Testspiel, mehr nicht.«

»Des, ich will dir etwas zeigen.«

»Verstehe.« Er schaute mich nicht mehr an und starrte stattdessen in seinen Gin Tonic. Ich holte das Hochzeitsfoto aus meiner Tasche und legte es auf die Bar neben sein Glas.

»Mr. und Mrs. Desmond Haigh-Wood, 1946«, sagte ich.

Er sah es einen Augenblick lang sprachlos an. »Wo hast du das gefunden?«

»In Joans Zimmer.«

Des stützte sich mit einer Hand auf dem Tresen ab und drehte sich auf seinem Hocker, so dass er mir direkt in die Augen sah. »Hör mal, Dodie, es gibt viel ...« Sein Blick schweifte von meinem Gesicht auf den Boden. Ich sagte nichts. »Dodie. Das ist nicht ... Es ist nicht so ... Du darfst das nicht missverstehen ...« Aus dem Augenwinkel sah ich, wie eine taubenblaue Weste auf uns zukam.

Der Kellner, der darin steckte, sagte: »Wenn Sie mir bitte folgen wollen, Sir. Ihr Tisch ist fertig.«

Keiner von uns sagte noch etwas, bis wir das Essen bestellt und unsere Servietten vorgelegt hatten. Wieder fiel mir das Schweinefleisch süßsauer aus dem »Jade Palace« ein, und ich fragte mich, warum wir uns damals nicht den Schoß mit Sauce bekleckert hatten, denn die Servietten waren aus Papier gewesen.

Des hüstelte ein wenig, um sich warm zu laufen, dann sagte er: »Ihr jungen Leute seid immer so eloquent, aber mehr als reden scheint ihr auch nicht zu können. Wir haben es einfach getan.« Er kicherte und schüttelte den Kopf. »Und ich nehme an, wir reden jetzt darüber, wie wir es getan haben. Während des Krieges und so. Alles muss heute ...« Er machte eine unbestimmte Handbewegung, suchte nach dem richtigen Wort. »... durchgekaut werden. Ich habe mir in den kleinen Finger geschnitten, lass uns darüber sprechen. Jeder. Die ganze Zeit geht es quak, quak, quak. Aber wahrscheinlich ist es für deine Generation schwerer. Weiß Gott, wie die Welt sein wird, wenn du in meinem Alter bist. Ehrlich gesagt bin ich verdammt froh, dass ich das nicht mehr erleben muss. Entschuldige, ich schweife ab. Nein, eigentlich nicht. Ich meine nur, dass manche Dinge ... dass es manchmal besser ist, nicht zu viel zu wissen. Leichter. Es hat keinen Sinn, Staub aufzuwirbeln. Man muss praktisch denken –«

»Du klingst wie Joan.«

»Ja, das liegt an meinem Alter, nehme ich an. Und Joan war immer vernünftig.«

»Erzähl mir nichts von Vernunft und Staub aufwirbeln.« Plötzlich war ich wütend. »Du – ihr alle – habt einen verdammten *Sandsturm* aufgewirbelt. Alles unter den Teppich kehren, Lügen erzählen, oder noch besser, den Mund halten, gar nicht drüber reden. Deswegen stecke ich bis zum Hals in diesem Chaos und habe keine Ahnung, worum es geht. Und du sitzt da und willst mir weismachen, dass es die Dinge leichter macht. Nun, ich habe eine Neuigkeit für dich. Es macht die verdammte Geschichte nur schwerer.«

»Wahrscheinlich hast du Recht.«

»Ich weiß, dass ich Recht habe. Des, als ich dich angerufen habe, keine Ahnung, wann das war, das erste Mal, hast du zu mir gesagt, du wunderst dich, dass ich immer noch mit dir spreche. Da musst du doch eine Ahnung gehabt haben, wie ich mich fühle –«

»Hör zu, ich werde mein Bestes tun, Dodie. Ich kann nicht alles erklären, aber ich werde versuchen, keine Ausflüchte zu machen. Und wenn du dann beschließt, dass du nicht mehr mit mir reden willst, dann …«

Über meinem Kopf hörte ich jemanden husten, und ich sah die schwarzen Hosenbeine des Kellners neben dem Tisch. »Der Wein, Sir.«

Des trank einen Schluck. »In Ordnung.« Er sah zu dem Kellner auf. »Sehr schön. Schenken Sie ein.« Ein anderer Kellner servierte uns schwungvoll einen Brotkorb. »Nur zu«, sagte Des. »Nimm dir. Dann hast du etwas, das du nach mir werfen kannst.«

Ich hielt den Kopf gesenkt, bis der Kellner sich zurückgezogen hatte. »Das ist nicht lustig.«

»Das weiß ich, meine Liebe. Es tut mir Leid.«

»Erzähl mir von dir und Joan.«

»Wir haben uns während des Krieges kennen gelernt, als ich auf Heimaturlaub war. Dann kam ich in Gefangenschaft und steckte für drei Jahre in Deutschland fest. Sie hat mir immer ihre Schokoladenration geschickt. Und sie hat wunderbare Briefe geschrieben. Sehr humorvoll.«

»Ich habe sie nie für humorvoll gehalten.«

»Nun, sie war es. Sie hatte einen wundervollen Sinn für Humor. Ich kam ein oder zwei Monate nach Kriegsende nach Hause, und wir haben ungefähr ein Jahr später geheiratet.« Er zog das Foto aus der Tasche und drehte es um. »Im März, ich dachte, es war später. Es war ein sehr warmer Tag, das weiß ich noch. Eher wie im Juni als im März. Offen gesagt, habe ich oft gedacht, ob es an der Entfernung lag; ob wir zusammengeblieben wären, wenn wir uns öfter gesehen hätten. Ich weiß es nicht.«

»Wolltest du nicht heiraten?«

»Ich wusste nicht, was ich wollte. Ich hatte gerade drei Jahre Kriegsgefangenschaft hinter mir. Wahrscheinlich dachte ich, ich muss einfach wieder am Leben teilnehmen. Drei Jahre lang habe ich im Lager nur daran gedacht, nach Hause zu kommen, aber als ich wieder da war, war alles so eine Enttäuschung. Die Leute redeten vom Wohlfahrtsstaat und all dem, aber es war verdammt schrecklich. Alles war grau: graue Gesichter, die ewige Rationierung, und alles schien so ... klein geworden. Oder zerstört. Jedes Leben schien ausgelöscht. Ich glaube, ich habe mir England so vorgestellt, wie es in den dreißiger Jahren gewesen war, und es war nicht mehr dasselbe Land für mich.«

»Gab es in den dreißiger Jahren nicht eine Depression? Arbeitslosigkeit?«

»Ja, aber –« Des hielt inne und sah auf seinen Teller. »Aber ich war ein kleiner Junge, und meine Familie war sowieso nicht davon betroffen. Darauf läuft es wohl hinaus. Jeder Mensch erinnert sich an die guten Zeiten, oder? Und ich dachte wahrscheinlich, nun, dass Joan den Krieg in London erlebt hatte und wusste, was uns erwartete, und irgendwie würde mir das helfen, und zusammen würden wir es schaffen. Also heirateten wir, und alle wünschten uns Glück, wir richteten ein Haus ein, und die ganze Zeit hatte ich das Gefühl ... als wäre ich unter etwas sehr Schwerem gefangen. Ein großer Fels oder so etwas. Ich konnte nie ganz darunter hervorkriechen.« Er machte eine Pause, als der erste Gang serviert wurde. »Ich werde nie verstehen, warum sie das tun«, sagte er, als der Kellner sich zurückgezogen hatte. »Ein Riesenteller mit einem winzigen Häuflein Essen genau in der Mitte. Was haben sie da auf deinem Teller verstreut?«

»Petersilienwurzel. Willst du probieren?«

»Nein danke.« Er schüttelte sich theatralisch. »Lass es dir schmecken.«

Wir aßen ein paar Happen, und ich dachte, er würde nicht mehr weiterreden, deshalb fragte ich: «War mein Vater bei eurer Hochzeit?«

»Nein. Damals kannte ich ihn kaum. Ich habe Ende 1946 angefangen, für ihn zu arbeiten. Im Dezember. Ein glücklicher Zufall. Man trifft jemanden, der jemanden kennt. Er suchte einen Mitarbeiter, der sich im Rechnungswesen auskannte, und das tat ich. Wir unterhielten uns, verstanden uns auf Anhieb und, nun, du weißt, was draus geworden ist.« Ich wollte ihn unterbrechen, aber er winkte ab und fuhr fort. »Du musst wissen, dass das die aufregendste Zeit meines Lebens war. Da war natürlich der Krieg – jedenfalls, bis ich in Gefangenschaft geriet –, aber die Arbeit für Wolf ... Wir wollten das Land wieder aufbauen, verstehst du. Keine Slums mehr, keine viktorianischen Monstrositäten, alles sauber und neu und viel, viel besser als früher. Viele Menschen hatten kein Bad und keine Toilette. Es gab eine bestimmte Sorte Häuser, Reihenhäuser ohne Hintertür. Wenn man auf die Toilette wollte, musste man aus der Haustür gehen und zweihundert Meter weit laufen. Und man musste die Toilette mit mindestens dreißig Leuten teilen, so dass man immer warten musste, wenn man da war. Da waren alte Leute, Invaliden. Man hatte diese winzigen Häuser, eins neben dem anderen, große Familien lebten auf engstem Raum zusammen, nicht mal eine Katze hatte da noch Platz, durch die Wände kam das Wasser, es gab Flöhe. So war das Leben damals für viele Menschen. Davon hast du einfach keine Ahnung. Für Leute, die das nicht mehr kennen gelernt haben, ist es leicht, zurückzublicken und schlaue Bemerkungen zu machen, aber damals ... Das war die Zukunft. Es war aufregend. Ein neuer Anfang. Ein besseres Leben. Das hat der Krieg fertig gebracht. Die Menschen dachten, wir haben das alles doch nicht umsonst mitgemacht.«

»Aber mein Vater hat das alles doch nicht getan, weil ihm die Menschen Leid taten, oder?«

»Nein, so funktioniert die Welt nicht, das weißt du. Es gab große Aufträge, Geld kam rein, langsam am Anfang, aber dann – ja, dein Vater ist zu Geld gekommen. Wir alle sind zu Geld gekommen, und es hat Spaß gemacht, das leugne ich nicht. Ich versuche nur dir zu erklären, wie belebend es war, nicht nur die neuen Häuser, sondern auch Büros, ganze Städte. Orte, wo man leben und arbeiten konnte. Wir blieben lange auf, wir redeten, machten Pläne ... Was ich vorhin über das schwere Gewicht gesagt habe, es war verschwunden. Wolf – dein Vater – inspirierte die Menschen, Dodie. Man spürte, dass er eine Vision hatte, etwas, wofür es sich lohnte zu arbeiten. Sich anzustrengen. Das hier ist gut.« Er prüfte seine Kalbsleber mit der Gabel. »Joan hat mir immer Brote gemacht. Zum Mitnehmen. Hat sie in meine Aktentasche getan. Das habe ich vermisst. Weiß Gott, warum, denn ich ging meistens zum Mittagessen. Geschäftsessen. Die Herren wollen immer mit dir in ein Restaurant gehen, und natürlich hat man sich darüber nicht beschwert. Aber die Brote haben mir gefehlt.«

»Du und Joan. Was geschah damals?«

Des seufzte. »Wahrscheinlich hast du ein Recht, es zu erfahren.«

»Ich finde schon.«

»Natürlich hast du das. Entschuldige mich einen Augenblick, ja?« Er stand auf und ging auf die Toiletten zu. Er blieb eine lange Zeit verschwunden. Ich sah ihn vor mir, wie er in den Spiegel schaute, während er sich die Hände wusch, sie immer wieder einseifte, vorsichtig, damit nichts an seine Manschetten kam, und sich fragte, wie er mir das, was es zu sagen gab, sagen sollte.

Er kam gleichzeitig mit dem nächsten Gang zurück, und wir saßen uns schweigend gegenüber, während der Kellner die Teller abstellte und die Gläser auffüllte. Als er weg war, sagte Des: »Was weißt du über die erste Frau deines Vaters?«

»Sie hieß Betty Carroll. Sie haben 1948 geheiratet und wurden einige Jahre später geschieden. Dann heiratete er Joan. Mehr nicht.«

»Du hast nie jemanden über sie reden hören?«

»Des. Ich wusste nicht einmal, dass sie existiert, bis ich es in einem der Nachrufe gelesen habe.«

»Sie hatte rote Haare, wie du und deine Mutter. Na ja, nicht richtig rot, das wäre zu grob. Erdbeerblond hat man es früher genannt. Sie war recht hübsch. Hatte jede Menge SA, wie man so sagte.«

»Was ist das denn?«

»Sex-Appeal. Sie war noch sehr jung, aber sie war während des Krieges Sängerin in einer dieser Tanzkapellen gewesen, die nur aus Mädchen bestanden. Sie gingen auf Tournee. Ich glaube, einmal waren sie sogar in Afrika.« Des räusperte sich. »Betty hatte – nun ja, eine Vergangenheit. Es hatte eine ganze Menge anderer Männer gegeben. Dein Vater war schrecklich in sie verliebt. Ich bin mir nicht sicher, wie viel er wusste, aber ich nehme an, er dachte, sie würde ruhiger werden, wenn sie erst einmal verheiratet waren.«

»Meinst du, sie hatte Affären? Nach der Hochzeit?«

»Ja.« Des sah auf seinen Teller. Er hatte noch nicht einmal das Besteck in die Hand genommen.

»Des?«

Er schaute auf. Er machte ein Gesicht, als würde er gleich zur Schlachtbank geführt. »Ja?«

»Hatte sie eine dieser Affären mit dir?«

»Ja.«

»Warum? Warst du in sie verliebt?«

»Nein, mit Liebe hatte es nichts zu tun.«

»War sie in dich verliebt?«

»Gott, nein. Betty mochte die Spannung, und sie mochte Sex. Damals hätte man es promisk genannt. Für sie war es aufregend. Ich glaube nicht, dass sie verstand, wie viel Schmerz ihr Verhalten auslöste – jedenfalls damals nicht. Sie, nun, so war sie eben.«

»Warum hast du es dann getan?«

»Weil ich dumm war, nehme ich an. Ich habe einen Fehler gemacht. Es war spannend. Wenn ich darüber nachgedacht hätte, dass ich Wolf betrüge, hätte ich es nicht getan, aber sie ließ es wie einen Scherz aussehen, einen Streich. Man wurde mitgezogen. Hör mal, Dodie, ich habe gesagt, ich mache keine Ausflüchte, und das tue ich auch nicht. Es war nicht Bettys Schuld, es war meine Schuld. Ich hätte es nicht tun müssen. Aber ich habe es getan, und es, nun, es tut mir sehr Leid.«

»Hast du es wegen Joan getan? Hast du sie nicht geliebt?«

Des seufzte. Es klang seltsam, fast wie ein Rasseln. »Ich war sehr gerne mit ihr verheiratet. Sie hat sich immer so nett um andere gekümmert, aber auf den Rest war sie nicht besonders scharf. Ich glaube, sie hat einfach nicht verstanden, warum die Menschen an Sex interessiert sind. Aber ich werfe Joan nichts vor.«

»Wirklich nicht, oder?«

»Ich hoffe es. Es war nicht meine Absicht.«

»Des, lass uns essen. Der Kellner schaut schon.«

Wir aßen ein paar Bissen, dann sagte Des: »Weißt du, dein Vater hat es nie erfahren.«

»Aber er –«

»Nicht die Geschichte mit mir. Er hat sie mit einem anderen erwischt. Joan wusste Bescheid. Ich habe es ihr erzählt, aber ich glaube, da wusste sie es schon. Sie und Wolf ... Wir waren alle immer zusammen. Bei sozialen Anlässen natürlich, und manchmal kam sie ins Büro ...« Er ließ den Satz in der Luft hängen, und ich dachte wieder an das, was Mrs. Curtis gesagt hatte: *Joan war deinem Vater gegenüber immer loyal.*

»Wurden Joan und mein Vater ein Liebespaar?«

»Ich weiß es nicht. Es war eher so, dass sie sich gut verstanden. Er tat ihr Leid. Als sie sagte, dass sie mich verlassen würde, um mit Wolf zu leben, habe ich nicht versucht, sie zurückzuhalten. Ich war so unglücklich. Ich habe oft gedacht, wenn ich nicht so dumm gewesen wäre, hätten wir es geschafft.«

»Wolltet ihr keine Kinder?«

»Doch. Leider hat es nicht geklappt. Doch Betty hatte einen Sohn. Sie hat immer gesagt, er sei Wolfs Kind, aber Wolf glaubte es nicht. Er wollte nichts mit dem Jungen zu tun haben, und sie bestand nicht darauf. Ich habe sie ein paar Mal gesehen, nachdem –«

»Lebt sie noch?«

Des schüttelte den Kopf. »Sie starb 1974. Sie ist nicht alt geworden. Sie hat nie wieder geheiratet.« Er lächelte. »Bis zum Schluss gab es sehr viele Tanzpartner. Wolf wollte nicht, dass man ihren Namen erwähnte. Ich glaube, als er die Gerüchte über deine Mutter hörte, dachte er, die Geschichte wiederholt sich.«

»Hat er das gesagt?«

»Nein. Er sprach nie über diesen Abschnitt seines Lebens. Ich glaube, er dachte, wenn er nicht darüber redet, kann er es irgendwie auslöschen. Als hätte es Betty und ihre Affären nie gegeben. Aber er wurde es nicht los. Er hat sie sehr geliebt.«

»Aber du warst auch eine ihrer Affären, oder?«

»Ich bin nicht stolz darauf, Dodie. Ich habe deinen Vater sehr bewundert. Wenn ich bei Blackstock arbeiten und in seiner Gesellschaft sein wollte, war das der Preis. Das Wissen, dass ich ihn betrogen hatte.«

»Ich habe einmal eine Unterhaltung zwischen euch belauscht, als Mum entführt wurde. Er hat nur davon geredet, dass Frauen alles durcheinander bringen und Mum an allem Schuld ist.«

»So was sagte er wegen Betty. Er hatte ihr vertraut, und als sie ihn betrog, war es aus. Ich verstehe diese ganzen Beziehungsgeschichten nicht, die heutzutage diskutiert werden, aber so viel kann ich dir sagen: Es läuft alles auf Vertrauen hinaus. Wenn du jemandem nicht vertrauen kannst, nun, dann kannst du es genauso gut lassen. Als Joan von der Geschichte mit Betty und mir erfuhr, war die Sache gegessen.«

»Und als sie meinen Vater heiratete, hast du es einfach hingenommen?« Des schien plötzlich von dem Essen auf seinem Teller fasziniert zu sein, und eine frische Röte überzog sein sonnengebräuntes Gesicht.

»Des? Alles in Ordnung?«

Er legte die Gabel weg und sah mich direkt an. »Ich kann es dir genauso gut sagen, Dodie. Sie waren nicht verheiratet.«

»Aber die Nachrufe –«

»Die Menschen glauben, was man ihnen erzählt. Sie fragen nicht nach einer Urkunde. Joan und ich wurden geschieden, und sie wollte Wolf heiraten, aber er wollte nicht. Ich dachte damals, es läge daran, dass er nicht genug für sie empfand, aber heute glaube ich, er hatte Angst. Ich glaube, er wollte eine Frau, die ihn *bedingungslos* liebte. Aber nach Betty hatte er den Glauben daran verloren. An das Ideal und die Realität. Ich glaube, das war der Grund, warum er sich zu deiner Mutter hingezogen fühlte. Sie war natürlich schön, aber sie war vor allem jung, das war der Grund. Ihre Unschuld. Sie hatte keine Vergangenheit.«

»Sie hatte auch nicht viel Gegenwart. Oder Zukunft.« Ich schob meinen Stuhl zurück. »Tut mir Leid, Des. Entschuldigst du mich einen Augenblick?« Meine Beine waren steif, und ich stakste über den Teppich, als ginge ich auf Stelzen. Meine Schulter fühlte sich wie ein großer, tauber Felsblock an, als ich die Tür zur Damentoilette aufstieß. Ich ließ kaltes Wasser in eines der Waschbecken laufen, hing über dem Beckenrand und starrte ich den Spiegel. *Diese Miene, die du trägst.* Ich erkannte sie kaum. Irgendwas muss ich doch fühlen, dachte ich. Irgendwas. Aber da war nichts.

Als ich zum Tisch zurückkam, war mein Hauptgericht, das ich kaum angerührt hatte, abgeräumt. »Ich habe Kaffee bestellt. Oder wolltest du einen Nachtisch?«, sagte Des.

»Nein danke.«

Er tätschelte über den Tisch hinweg meine Hand. »Mach nicht so ein Gesicht, Kleines.«

Als der Kaffee kam, sagte ich: »Ich verstehe das nicht. Er war umgeben von all diesen Frauen, die ihn anbeteten, um ihn kämpften.« Ich hielt inne, als ich daran dachte, wie es immer gewesen war. »Es war ein ständiger Wettkampf. Und Joan besaß immer diesen Trumpf über Angela, selbst wenn Angela sie ausstach, Joan war mit ihm verheiratet gewesen und Angela nicht.«

»Ich weiß. Joan nannte sich ja auch Mrs. Blackstock – natürlich nur, bis Wolf deine Mutter heiratete. Danach nahm sie wieder ihren Mädchennamen an. Ich weiß, dass die Leute heute oft einfach so zusammenleben, und kein Mensch nimmt Anstoß daran, aber in meiner Generation ... Ich fand es nie richtig. Nicht dass ich in meiner Lage etwas dagegen hätte tun können. Manchmal habe ich mich allerdings gefragt, ob Joan nicht inzwischen selber glaubte, dass sie tatsächlich geheiratet hatten. Angela wusste mit Sicherheit nicht, dass sie nicht verheiratet waren.« Des kicherte. »Sie hätte es Joan immer unter die Nase gerieben, wenn sie es gewusst hätte.«

»Ich dachte, er wollte Angela nicht heiraten, weil sie Jüdin war. Joan hat gesagt, das war der Grund, warum sie nicht auf dem Familienfriedhof beigesetzt wurde.«

»Das glaube ich nicht. Ich wusste nicht, dass Angela Jüdin war. Wenn es stimmt, hat sie es gut verborgen.«

»Weil er Juden nicht mochte.«

»Es stimmt, dass er nicht viel für sie übrig hatte. Aber einige Mitarbeiter in der Firma waren Juden, und er hat sie nicht diskriminiert. Nicht im Büro.«

»Warum? Weil seine Mutter Deutsche war? Ich meine, war sie Antisemitin?«

»Keine Ahnung, aber ich bezweifle, dass es ihn beeinflusst hätte. Eher das Gegenteil, wenn überhaupt. Dein Vater und dein Onkel Lawrence wurden kurz vor Ausbruch des Ersten Weltkriegs geboren, vergiss das nicht. Damals waren die Deutschen nicht besonders beliebt, und oft waren es irrationale Gründe. Man verbot Wagner und trat nach Dackeln, solche Sachen. Und in der Zeit bestand deine Großmutter darauf, sie ausgerechnet auf die Namen Ludwig und Wolfgang zu taufen. Das hat ihr bestimmt eine ganze Menge unangenehmen Spott eingebracht. Man fragt sich wirklich, was für eine Frau sie war.« Er machte eine Pause und schob den Teller mit Petit Fours in meine Richtung. »Nimm dir.«

»Nein danke. Ach übrigens, ich habe das Auto gefunden.«

»Welches Auto?«

»Mums Mercedes. In einem Wellblechschuppen auf dem Grundstück.«

»Wie kommt er dorthin?«

»Ich hatte gehofft, dass du mir das sagen kannst.«

»Ich fürchte, da kann ich dir nicht weiterhelfen. Vielleicht wollte die Polizei es einfach loswerden. Wahrscheinlich hat man es irgendwann zurückgebracht, aber ich weiß es nicht mehr.« Des schob seinen Stuhl zurück. »Ich glaube, es ist Zeit für meine Zigarre.«

Hinter der »Fetten Henne« gibt es einen riesigen Kräutergarten, der nachts von Lichterketten beleuchtet wird, die über Hecken und Bäume drapiert sind. Die Wege sind von großen Lavendelbüschen gesäumt, die unsere Beine streiften und ihren Duft verströmten, als wir auf und ab gingen.

»Es gibt kein Geheimnis, Dodie. Dein Vater hielt die Entführung für einen Schwindel, aber sie war echt. Am Ende musste sogar er das zugeben. Das Seltsame war nur, dass wir über die Möglichkeit einer Entführung geredet hatten, als das mit dem jungen Getty passierte. Ich hatte versucht, Wolf dazu zu überreden, eine Versicherung abzuschließen, aber er wollte nicht. Wir dachten, *du* könntest das Opfer einer Entführung werden, nicht deine Mutter.«

»Oh, super. Und wahrscheinlich hätte er dann genauso beschlossen, dass ich mir einen Scherz erlaube, und hätte auch nichts unternommen.«

»Nein, hätte er nicht, Dodie. Das weißt du.«

»Weiß ich das? Die Polizei hat einen Brief von Joan bei Mums Sachen gefunden Er war vom August 1976. Das war ungefähr sechs Wochen, nachdem man die Kidnapper verhaftet hatte, nur falls du dich nicht erinnerst.«

»Ja, dein Freund Tony hat es mir erzählt.«

»Hat er dir auch erzählt, dass aus dem Brief klar hervorgeht, dass mein Vater ebenfalls Bescheid wusste? Und mach dir nicht die Mühe, mir weismachen zu wollen, das stimmte nicht, weil ich dir nämlich nicht glauben werde.«

»Ich kann dir dazu nichts sagen, Dodie, weil ich es *nicht weiß*. Ich schwöre, das ist die Wahrheit, ob du es glaubst oder nicht. Ich habe dir gesagt, dass ich am liebsten alles wieder gutmachen würde, aber ich kann nichts erfinden. Ich weiß nicht, was geschehen ist. Sei vernünftig.«

»Vernünftig!« Ich wollte nicht wütend werden, aber ich konnte nichts dagegen tun. »Oh, klasse. Ihr könnt tun und lassen, was ihr wollt, ohne Rücksicht darauf, dass dabei das Leben der anderen kaputt geht, und ich soll das alles wie ein Lamm hinnehmen und *vernünftig* sein? Ich meine, schauen wir den Tatsachen doch ins Auge, es ist schließlich nicht so, als hätte ich mein Leben in der Umgebung von lauter Vorbildern verbracht. Oder bist du der Meinung?«

»Ich weiß nicht, was ich sagen soll. Außer, dass es mir sehr, sehr Leid tut.« Des hielt seine Zigarre von sich weg und schnippte mit Daumen und Zeigefinger dagegen, aber die Asche fiel nicht herunter. »Ich habe darüber nachgedacht, was dein – was Tony über Joans Briefe an deine Mutter gesagt hat. Und ich glaube, du hast Recht. Wenn Joan es wusste, wusste dein Vater es auch. Joan war ein bestimmter Typ Frau, Dodie. Altmodisch, wenn du so willst. Frauen wie sie müssen ... Nun, sie müssen ihre Loyalität, ihre Sorge irgendjemandem geben. Das können ihre Kinder sein, ein Wohltätigkeitsverein, die Kirche oder – eigentlich alles. Joan hatte keine Kinder. Ich glaube, das war ihre Tragödie. Und irgendjemand musste das Objekt ihrer Fürsorge sein, und dieser Jemand war dein Vater.«

»Aber sie hat es nicht einmal *mir* gesagt.«

»Das überrascht mich. Wie ich schon sagte, Loyalität an der falschen Stelle. Das ist die einzige Erklärung, die ich dir bieten kann, Dodie.« Er hielt inne. »Als du mir erzählt hast, dass man Susans Leiche gefunden hat, dachte ich, du meinst, na ja, ein Skelett. Ich hatte keine Ahnung, dass sie noch so lange gelebt hat.«

»Aber du wusstest von dem Liebhaber, oder?«

»Wir hatten Gerüchte gehört, mehr nicht. Wolf glaubte sie.«

»Und du?«

»Nein, ich nicht.«

»Warum nicht?«

»Nun …« Des dachte einen Augenblick nach. »Wenn Susan einen Liebhaber hatte, hatte sie eine merkwürdige Art, es zu zeigen. Ich meine, nicht dass man es unbedingt merken würde, aber sie schien so gedankenverloren. Abwesend. Sie war einfach so *seltsam.*«

Ich nickte und dachte an die seltsamen Mahlzeiten, die wir hatten. »Na ja, das hätte ja auch bedeuten können, dass sie an jemand anderen denkt.«

»Wahrscheinlich. Aber es war eher so, als zöge sie sich in sich selbst zurück.« Des seufzte. »Wenn du die absolute Wahrheit wissen willst, ich glaube, sie war einfach sehr unglücklich.« Wir liefen durch einen Laubengang aus weißen Rosen auf einen runden Teich zu. Als wir dort waren, setzte Des sich auf das Mäuerchen, das den Teich umrandete.

»Ich mochte deine Mutter sehr gerne, weißt du. Du bist ihr sehr ähnlich.«

»Meinst du verrückt?«

»Ich meine, du siehst ihr ähnlich.« Er lächelte mich an. »Du bist ganz ansehnlich, weißt du.«

»Aha.« Ich setzte mich neben ihn.

Er schob seine Manschetten hoch, lehnte sich vor und stützte sich mit den Ellbogen auf den Knien ab. Ich spürte, dass er das tat, um mich nicht ansehen zu müssen. »Weißt du, Dodie, dein Vater ... am Ende war er einsam. Das Haus war voller Angestellter, aber er sah nur uns beide, Joan und mich. Du hast ihm gefehlt.«

»Ich kann mir nicht vorstellen, warum. Er hatte mir nie viel Aufmerksamkeit geschenkt. Du schon, aber er nicht.«

»Er hat es bedauert. Dass er nicht erreichbar war. Dich nicht kannte. Joan bot ihm immer an, dich anzurufen, dich zu fragen, ob du herauskommst. Aber er lehnte immer ab. Ich glaube, er hatte Angst, dass du dich weigerst.«

Ich wusste nicht, was ich sagen sollte. Die Wahrheit ist, dass ich mich wahrscheinlich wirklich geweigert hätte. Ich konnte nicht verhindern, dass sich meine Augen mit Tränen füllten. Ich hatte kein Taschentuch. Ich schniefte, um sie zurückzuhalten, aber es funktionierte nicht.

»Es ist immer gut, solche Dinge zu besprechen ... ehe es zu spät ist.« Des' Stimme klang gedämpft. Ich warf ihm einen Blick von der Seite zu und sah, dass er den Kopf in den Händen hielt.

»Des?«

»Hmm ...«

»Kann ich dein Taschentuch haben?« Er sah nicht auf, streckte nur seine Hand aus. Das Taschentuch war zu einem ordentlichen Rechteck gefaltet, aber eine Seite war nass. Ich tupfte mir so vorsichtig wie möglich das Gesicht damit ab, trotzdem hatte es einen schwarzen Fleck von meiner Wimperntusche, als ich fertig war. »Danke.«

Des griff danach, breitete es vor seinem Gesicht aus und machte ein schreckliches, ersticktes Geräusch. Ich saß da und starrte auf das Fischgrätmuster der Steine zwischen meinen Füßen. Nach ein paar Minuten putzte er sich die Nase und richtete sich auf. Er lächelte mich schief an. »Alles wieder in Butter?«

»Ja. Und bei dir?«

»Auch, danke.«

»Lass mal sehen, ob du mein Make-up im Gesicht hast. Mir fehlt was davon.«

»Oh, Gott, unbedingt. Die Leute sollen nicht denken, ich sei eine Schwuchtel.«

Ich fasste ihn unters Kinn und drehte sein Gesicht zum Licht in den Bäumen. »Alles in Ordnung. Eigentlich ganz ansehnlich.«

Wir machten uns auf den Weg zurück ins Restaurant. Ich berührte im Vorbeigehen einen Rosmarinstrauch und hielt ihm meine Hand unter die Nase. »Riechst du das?«

»Hat überhaupt keinen Sinn. Mein Zinken ist reine Zierde, wie du mal gesagt hast. Zu viele von denen hier.« Er wedelte mit seiner Zigarre in der Luft herum.

»Wann habe ich das gesagt?«

»Als du klein warst.« Er tätschelte meinen Kopf.

»Hör auf.«

»Kindermund tut …« Er hake mich unter und hielt mit der anderen Hand meinen Arm. Leise begann er zu singen. *»Ein Hut, ein Stock, ein Regenschirm …«*

»Wir können hier nicht singen«, sagte ich. »Man wird uns rauswerfen.« Aber ganz automatisch fiel ich in seinen Schritt ein, zwei Schritte vor, dann ein kleiner Hüpfer, so wie wir es getan hatten, als ich klein war. »Des?«

»Ja, mein Kind?« *Ich wünschte, du wärst mein Vater.* »Danke fürs Abendessen.«

21

Als wir wieder auf die Terrasse kamen, wartete bereits ein Kellner, um zu sagen, dass der Wagen da war, den ich bestellt hatte. Des winkte mir nach. Ich sank in die weichen Lederpolster, schloss die Augen und ließ mich nach Hause fahren. Des und ich hatten nicht das Gespräch geführt, das ich mir vorgestellt hatte, und ich hatte kaum etwas von den Dingen gesagt, die ich schon so lange in Gedanken geübt hatte, aber das machte nichts. Irgendwie war es sogar besser. Nichts von dem, was ich erfahren hatte, brachte Klarheit. Es waren einfach irgendwelche Dinge. Es hätten Geschichten über Leute sein können, die ich nicht kenne. Es war, als schaute ich in die Fenster eines völlig fremden Hauses.

Nur eins war wichtig. Ich musste alles über Mum herausfinden. Als Des mir erklärte, er habe nicht gewusst, dass sie noch am Leben war, hatte ich ihm geglaubt, und ich glaubte ihm immer noch, als ich nach Hause kam. Er ist kein Lügner. Es gab Dinge, von denen er nichts erzählt hatte, aber wohl eher, weil es ihm nicht wichtig war. Und warum sollte er jetzt noch lügen?

»*Oje!* Was ist das denn?« Der Ausruf des Taxifahrers schreckte mich auf. Einen Augenblick lang blendete mich eine Taschenlampe, dann wurde sie ausgeschaltet, und ich sah Dave, den Wachmann, am Tor zu Camoys Hall. Sein haariger Schäferhund hatte die Vorderpfoten an die Fahrertür gelegt und streckte seine Nase durchs offene Fenster. »Nimm den Hund von meinem Lack.«

Der Hund bellte. »Er mag den Geruch von dem Frischluftspray nicht besonders«, sagte Dave. »Entschuldigen Sie, Miss Blackstock, ich habe Sie nicht erkannt.«

»Ich mag seinen Mundgeruch auch nicht besonders, Kumpel. Mach schon, runter da.« Der Fahrer wedelte mit den Armen. Der Hund leckte seine Hand. Er sah aus, als würde er lächeln.

»Wie heißt er?«, fragte ich.

Dave machte ein verlegenes Gesicht. »Sirup. War die Idee von meiner kleinen Tochter. Weil er Kinder so gerne mag.«

»Aber eigentlich ist er doch ein Wachhund, oder? Ich meine nur, er sieht nicht gerade Furcht erregend aus.«

»Der beste Hund, den ich je hatte. Er sieht vielleicht wie eine Schmusekatze aus, aber ein Wort von mir, und er tut, was er soll.« Er fuhr sich vielsagend mit dem Finger über den Adamsapfel.

»Oh, gut. Ist sonst alles in Ordnung?«

»Ja, alles ruhig. Wir sind jetzt zu viert, und morgen fangen sie mit den Toren und den anderen Sachen an, Sie brauchen sich also keine Sorgen zu machen.« Er schnipste mit den Fingern, damit Sirup Ruhe gab, und klopfte aufs Wagendach. »Ab mit Ihnen, und schlafen Sie gut, Miss.«

Ich gab dem Taxifahrer ein Extra-Trinkgeld, um ihn für die Sache mit dem Hund zu entschädigen, und schloss die Tür auf. Dann wanderte ich eine Weile durchs Haus und dachte nach. Ich hatte keine Angst mehr. Nicht nur wegen der Wachmänner. Vielleicht, weil ich mehr wusste. Irgendwie verleiht Wissen Macht. Als ich auf die Uhr schaute, war es Viertel vor zwei. Ich überlegte, ob ich Tony anrufen sollte, um ihm zu erzählen, was ich erfahren hatte, aber vielleicht war er nicht zu Hause. Und wenn er da war, würde er längst schlafen. Morgen würde ich ihn sowieso sehen.

Auf dem Weg ins Bett beschloss ich plötzlich, den alten Räumen meines Vaters einen Besuch abzustatten. Ich weiß nicht genau, warum. Ich stand eine ganze Weile vor der ersten Tür, die Hand auf dem Türknauf. Ich hatte alle Lichter ausgemacht, aber der Mond schien durch die großen Fenster auf dem Treppenabsatz, und ich konnte die Silhouette des Waldes sehen. Ich dachte an die vielen Male, die ich hier gestanden, auf die knorrigen Bäume geschaut und darauf gewartet hatte, hereingerufen zu werden, um einen Bericht über mich abzuliefern; über meine Zeugnisse – ich hatte gute Noten, aber sie waren nie gut genug. Einmal hatte ich eine Eins minus in einer Lateinarbeit, und alles, was er sagte, war: »Warum ist es keine Eins?« Ich dachte daran, wie ich gezittert hatte und mir jedes Mal geschworen hatte, diesmal nicht zu weinen, doch es gelang mir nie; ich dachte an Joan, die vor der Tür wartete und rosa Papiertaschentücher aus dem Ärmel ihrer Jacke zog, um mir die Nase zu putzen. Das friedliche Gefühl, das sich in meinem Innern ausgebreitet hatte, zerbrach in tausend Stücke. Scheiße, Scheiße, Scheiße! Ich ballte die Hände zu Fäusten. »Er ist nicht da drin«, sagte ich laut. »Er ist *tot.*« Ich drehte den Knauf und öffnete die Tür.

Es dauerte eine Ewigkeit, bis ich den Lichtschalter fand. Ich hatte erwartet, dass Joan die Möbel mit Schonbezügen abgedeckt hatte, aber so war es nicht. In seinem Wohnzimmer war alles wie immer, die Sessel und Tischchen, die Kommoden mit den Fotos: fünfzig, nein, Hunderte von Fotos von meinem Vater, in Farbe und Schwarzweiß, wie er Henry Kissinger, Edward Heath, François Mitterand, Margaret Thatcher, Charles Clore, Pablo Casals, Charlie Chaplin, Viv Richards, den Großen, den Guten, den Berühmten die Hände schüttelt. Auf dem polierten Walnusstisch in seinem privaten Esszimmer standen immer noch die Kerzenleuchter, und die silberne Bonbonniere war mit Nüssen gefüllt, der Nussknacker lag griffbereit daneben. Alles war so, als wäre er noch am Leben.

In seinem Schlafzimmer roch es muffig. Auf dem Nachttisch stand eine Vase mit verwelkten Levkojen, Rittersporn und Fingerhut. Joan musste sie letzte Woche noch hierher gestellt haben. Ich trug sie ins Badezimmer, warf die Blumen in den Abfall und leerte das stinkende, gelbe Wasser aus. Ob sie nach seinem Tod oft hier heraufgekommen war? Wahrscheinlich war es einfach ein weiterer Punkt auf ihrer Liste gewesen: *Frische Blumen für W.s Zimmer*, der einzige Unterschied war nur, dass er nicht mehr da war, um sie anzuschauen. Einmal in der Woche, immer am gleichen Tag, war Joan mit frischen Blumen durch sein Schlafzimmer gelaufen, die Strickjacke lose über den Schultern, die Ärmel baumelten wie ein Paar überzähliger Arme herunter. Sie entfernt die alte Vase, platziert eine neue an deren Stelle, rückt sie noch ein wenig hierhin und dorthin, ehe sie wieder geht. Sie würde nicht verweilen und aus Sentimentalität Gegenstände berühren oder weinen; sie würde es erledigen und zum nächsten Punkt übergeben, denn so war sie. Oh Gott, dachte ich, sie war so stark. Sie war der Motor des Hauses, sein Herz, der stärkste Muskel in seinem Körper, der alles in Betrieb hält. Loyalität an der falschen Stelle hatte Des es genannt.

Neben der Vase stand ein Foto von meiner Mutter und mir, beide in den gleichen blauweiß gestreiften Matrosenhemden. Mums Haare wehen ihr in das schöne Gesicht, und sie umarmt mich. Hinter uns blauer Himmel. Wir müssen glücklich gewesen sein, denn wir lachen. Ich konnte mich nicht daran erinnern. Ich konnte mich auch nicht an den Nachttisch erinnern. Er war klein und quadratisch, aus billigem, schwarzem Holz, mit geraden, zierlichen Beinen und geschwungenen Kanten. Er passte nicht zu den restlichen Möbeln des Schlafzimmers. Auch das Bett passte nicht. Es war nicht bezogen, sah aus wie ein Krankenhausbett mit einem Stahlrahmen und einer dünnen Matratze, die mit einem khakifarbenen, undurchlässigen Stoff bezogen war. Am Kopfende lagen ordentlich nebeneinander drei Kissen neben einem Stapel rosafarbener Decken mit Satineinfassungen.

Mein Vater muss in diesem Bett gestorben sein. Ich bohrte den Finger in die Matratze. Sie federte sofort zurück. Unter dem Bett stand ein Nachtstuhl, ein hässlicher grüner Kasten auf weißen Beinen. Ich sah meinen Vater vor mir, wie er mit schmerzverzerrtem Gesicht seine alten, grauweißen Beine über den Bettrand manövrierte, Joan immer in der Nähe, falls er Hilfe brauchte. Er hätte nie zugelassen, dass eine Krankenschwester ihm hilft.

Ich hatte gedacht, er sei der Mächtigste gewesen, aber das stimmte nicht. Der kleine Junge mit dem deutschen Namen, der schützend die Hände vors Gesicht hielt, damit die Steine ihn nicht trafen. Der betrogene Ehemann. Der Mann, der sich vor Zurückweisung fürchtete, vor Verrücktheit, davor, was die Menschen über ihn herausfinden konnten. Ich würde meinen Vater nie einen Feigling nennen, aber er hätte niemals den Mut aufgebracht, das zu tun, was Des heute Abend getan hatte: mir all die Dinge zu erzählen und zuzugeben, dass er einen Fehler gemacht hatte.

Als ich mich vom Bett abwandte, fiel mein Blick wieder auf das Foto. Mein Gesicht war im Profil zu sehen, halb an Mums Brust gelehnt, und der Wind zauste meinen Pferdeschwanz. Wenn meine Mutter wirklich einen Liebhaber hatte – ich war mir nicht sicher, ob ich Des' oder Carol Curtis' Geschichten Glauben schenken sollte, aber wenn sie einen Liebhaber hatte –, hatte mein Vater sie ihm in die Arme getrieben. Und er hatte ihr nicht vergeben. Weder, dass sie ihn betrogen hatte wie Betty Carroll – wenn es das war, was sie getan hatte –, noch dafür, dass sie verrückt geworden war. Er hatte alle Frauen an Betty gemessen. Am Ende sogar mich.

»Du Schwein!«, schrie ich. »Du schuldest mir eine Erklärung!« Ich rannte ins Wohnzimmer. Die silbernen Bilderrahmen zersplitterten krachend auf dem Boden, als ich sie von den Kommoden fegte. Die Schränke bebten auf ihren zierlichen Füßen, als ich eine Tür nach der anderen aufriss. Ich wusste nicht, was ich suchte. Ich riss den Dielenschrank auf, den Sekretär, den Medizinschrank im Bad, sogar die Standuhr. Nichts. Joan hatte alle ausgeräumt.

Zurück im Wohnzimmer, starrte ich auf den Haufen Bilder mit den strahlenden Zähnen und Lächeln, die ausgestreckten Hände, die Schultern klopften, die Herren im Smoking, umgeben von hübschen Frauen und den Resten von teuren Mahlzeiten. Wahrscheinlich waren sie alle genauso verdorben wie er, mit ihren Frauen und Geliebten und Intrigen und Lügen. Ich hatte mich so gut gefühlt, als ich durchs Haus ging. Schwebend. Losgelöst. Frei. Nicht mehr wütend. Und jetzt war alles wieder da. Ich stieß mit dem Fuß gegen die Fotos und spürte, wie meine Wut sich verhärtete und erstarrte, bis mein Körper sich wie ein Stein anfühlte. Ich kann ihm nicht vergeben, dachte ich, niemals.

Ich schnappte mir das Foto von seinem Nachttisch, knallte die Tür zu und rannte über den Flur in mein Zimmer.

22

Ich konnte vor Wut nicht schlafen. Auch *The Diary of a Nobody* half nicht. Irgendwann schlief ich ein, wachte um vier wieder auf und machte mir Sorgen wegen des Treffens mit Maggie Hill. Ich stand auf, ging zu dem großen Fenster des Ballsaals und sah zu, wie die Sonne aufging. Mein Herz klopfte, und mein Magen fühlte sich an wie ein kleiner Ball, der von der Hand eines Riesen zerquetscht wird. Ich beschloss, Maggie Hill anzurufen und abzusagen. Ich machte mein Handy an und wollte gerade ihre Nummer wählen, da fiel mir ein, wie spät es war.

Als Des kam, war ich angezogen und bereits bei meiner

vierten Tasse Kaffee. Ich überließ ihn seiner Tasse Tee und der netten Putzfrau und ging nach oben, um die Sachen zusammenzusuchen, die ich mit nach London nehmen wollte.

Des kam mit vor die Tür, um mir zu winken. »Heute Abend bist du wieder da, nicht wahr?«

»Ja, keine Sorge, Des, es geht mir gut.«

Das hatte wohl nicht besonders überzeugend geklungen, denn er sagte: »Nun, ich bleibe hier. Ich will sichergehen, dass du heil zurückkommst. Dieser Chauffeur, den Tony da hat, ist er gut?«

»Ja, ist er, wirklich.«

»Und sie werden beide auf dich warten, wenn du mit der Frau sprichst?«

»Ja.«

»Hast du ein Telefon?« Ich hielt es hoch, damit er es sah. »Geht es? Ist es aufgeladen?«

»Ja.«

»Gut. Also, pass auf dich auf.«

»Ich werde mein Bestes tun.«

»Dodie?«

»Ja?«

»Sei vorsichtig, ja? Diese Maggie Hill … Man weiß nicht, wozu sie fähig ist.«

»Ich weiß, Des. Aber Tony und Dominic sind die ganze Zeit da.«

»Gut so, aber was die Frau dir erzählen wird, muss nicht unbedingt stimmen. Sie hat ihre eigene Wahrheit. Du wirst dich wahrscheinlich nicht mehr daran erinnern, aber sie waren schon eine seltsame Truppe, und was sie da vor Gericht erzählt haben, war ganz schöner Unsinn. Kapitalistische Verschwörung und Gott weiß was alles. Ich weiß, dass du herausfinden willst, was wirklich geschehen ist, aber sie hat bestimmt ihre eigene Sichtweise. Sie hatte viel Zeit, um nachzudenken und sich das Ganze zurechtzubiegen. Sie war ziemlich lange hinter Gittern, und solche Leute schieben anderen die Schuld dafür in die Schuhe. Sie haben kein Geld, keinen Job, und immer sind die anderen daran Schuld oder das System. Ich will nur sagen, dass du nicht alles glauben sollst, was sie dir erzählt. Es ist vielleicht nicht die einzige Wahrheit.« Er hielt den Umschlag aus Alufolie mit dem anonymen Brief in die Luft. »Vielleicht stammt der ja sogar von ihr. Ich sage nicht, dass es so ist, aber es ist eine Möglichkeit.«

»Ich weiß.«

»Also dann, denk an meine Worte. Hast du genug Benzin?«

»Der Tank ist voll.«

»Alles klar. Fahr vorsichtig.« Mit einer kleinen Verbeugung hielt er mir die Wagentür auf. »Rein mit dir.«

Ich stieg ein, ließ den Motor an und kurbelte die Scheibe herunter. »Des?«

»Ich bin noch da.«

»Ich hab dich wirklich sehr lieb, weißt du das?« Ich wartete seine Reaktion nicht ab, sondern löste die Handbremse und fuhr los.

Auf dem Weg nach London war mir die ganze Zeit schlecht. Jedes Mal, wenn ich an eine Kreuzung kam, musste ich mich zwingen, nicht umzukehren und auf der Stelle zurück nach Camoys Hall zu fahren, und je mehr ich mich London näherte, desto schlimmer wurde es. Einmal hielt ich an, lief auf dem Seitenstreifen auf und ab und versuchte, nicht darüber nachzudenken, wo ich hinfuhr und was ich sagen würde, wenn ich da war. Schließlich rief ich Tony an.

»Wo bist du?«

»Auf einem Parkplatz. Tony, ich weiß nicht, was ich zu ihr sagen soll.«

»Du musst das nicht tun. Du kannst sie anrufen und sagen, dass du es dir anders überlegt hast. Wenn du willst, rufe ich sie an. Wie ist ihre Nummer?«

»Ich weiß nicht.«

»Hast du sie nicht dabei?«

»Doch, aber –«

»Wenn du ihre Adresse hast, kann ich nachschauen. Du hast sie doch, oder? Dodie? Dodie? Bist du noch da?«

»Ja, ich habe nur das Telefon fallen lassen.«

»Hast du ihre Adresse?«

»Im Auto.«

»Also hol sie, und ruf mich noch mal an.«

»Nein. Ich gehe hin. Ich muss, Tony. Ich bin in einer … dreiviertel Stunde bei dir.«

»Gut, aber mach dich nicht verrückt.«

»Ist Dominic da?«

»Ja, er hat seine kugelsichere Weste an und holt gerade den gepanzerten Wagen. Das wird das *Fegefeuer der Eitelkeiten,* Süße. Wir *leben* es.«

Tony machte mir die Tür auf, eine Baseballkappe verkehrt herum auf dem Kopf.

»Das macht dich auch nicht schöner.«

»Oh, danke, ich habe auch eine für dich. Und für Dominic. Macht uns unauffälliger. Komm rein.« Ich folgte ihm durch den Flur in den Hof, wo seine Autos standen. Dominic saß hinter dem Steuer eines grauen BMW.

»Ist das deiner?«

»Nein, Dominics. Er besteht darauf. Damit kommt man schneller weg, sagt er. Im Falle eines Falles.«

»Ach, hör auf damit.«

»Entschuldigung. Willst du vorne sitzen?« Er hielt mir die Tür auf und stieg hinten ein.

»Alles klar?«, fragte ich Dominic. »Hast du einen Stadtplan? Ich meine, wir können dort niemanden nach dem Weg fragen und ...«

Dominic warf einen Blick auf den Zettel mit der Adresse, den ich ihm gegeben hatte, dann sah er mich an. »Kein Problem.« Er ließ den Motor an und fuhr rückwärts über das Kopfsteinpflaster aus der Garage.

»Wenigstens einer, für den es kein Problem ist.«

Vom Rücksitz sagte Tony: »Dodie, ich habe dir doch gesagt, dass du das hier nicht tun musst.«

»Ich will aber.«

Er seufzte. »Deine Sache. Wir können jederzeit anhalten. Sag einfach Bescheid.«

»Können wir über etwas anderes reden?«

»Was du willst. Willst du meinen James-Bond-Schlitten?«

»Den DB 5? Willst du ihn verkaufen?«

»Ich hab ihm gesagt, er spinnt«, sagte Dominic. »Er ist wunderschön.«

»Ich weiß gar nicht mehr, warum ich ihn gekauft habe. Er ist abscheulich hetero. Vermittelt einen völlig falschen Eindruck.«

»Ich würde mir an deiner Stelle keine Sorgen machen, Tony. Kein Mensch würde dich für heterosexuell halten, selbst wenn du im Panzer aufkreuzt.« Dominic lachte.

»Egal«, sagte Tony. »Er fährt sich wie ein Ackergaul. Kein Wunder, dass James Bond immer alles vermasselt. Ich bin sicher, dass Schwule weniger Unfälle verursachen als Heteros.«

Dominic grinste mich an. »Hör nicht auf ihn. Er fährt sich traumhaft. Wenn du willst, bringe ich ihn für dich nach Camoys Hall.« Wir fuhren Richtung Osten und entfernten uns von den Teilen Londons, die ich kannte. »Hier in der Nähe habe ich mal gewohnt.«

Tonys Kopf schoss vor. »Wirklich? Wo?«

»In Islington.«

»Aber hier ist doch nicht Islington?«

»Nur die Straße da runter. Als ich in der Stadt gearbeitet habe.« Dominic zeigte auf die Häuserblocks. »Proletarierställe. So hat man sie in Russland getauft.«

»O Gott.« Tony schüttelte sich. »Ich bin jetzt schon völlig verängstigt.« Er hielt mir einen Flachmann unter die Nase. »Willst du einen Schluck?«

»Nein danke.« Auf beiden Straßenseiten waren Zäune aus verrostetem Eisen. Ich erhaschte einen Blick auf das brache Land, das hinter mit Ketten gesicherten Toren lag. Rechteckige Betonruinen, mit Graffiti beschmiert, in einer Steinwüste. Eine Revolution im öffentlichen Wohnungsbau. Des' Hoffnung für die Zukunft. Vielleicht war das der Ort, wo sie die Leiche meiner Mutter gefunden hatten. Im Geiste hatte ich das Bild aus dem Artikel *English Roses* vor Augen.

»Ich hab die Augen zu«, sagte Tony. »Warum halten wir?«

»Die Ampel ist rot«, sagte ich. An einer Ecke der Kreuzung war ein kastenförmiger Ziegelbau, ein Pub, mit verrammelten Fenstern. Jemand hatte das Wort STRIPPER auf die Sperrholzpatten gesprüht und darunter: MEGA TITTEN MITTEN INS GESICHT.

»In wessen Gesicht?«, fragte ich Dominic. »Hier ist doch niemand.«

Er zeigte über die Straße. »Da drüben ist ein Laden.« Er hatte keinen Namen, und vor den Fenstern waren Metallgitter. Dahinter erkannte ich Stapel von Getränkedosen und geschnittenem Weißbrot. Eine dicke Frau in einem schmuddeligen Jogginganzug schob einen Buggy um die Ecke und ging hinein. »Vielleicht ist sie gemeint«, sagte er.

Die Ampel wurde grün, und wir fuhren an Wohnsilos mit Plastikdächern vorbei; an riesigen, wütenden Hunden, die auf winzigen Balkons eingesperrt waren; zerfallenen Ladenfronten, die mit so vielen Plakatschichten gepflastert waren, dass sie von den Scheiben abblätterten wie die Kruste von altem Brot; eine ausgebrannte Mülltonne, dessen geschmolzener Plastikkorpus sich vorwölbte; Inderinnen, die in hochhackigen Sandaletten durch Berge von leeren Zigarettenschachteln, Zeitungen, weggeworfenen Verpackungen und Bierdosen auf dem Bürgersteig gingen.

»Stell dir mal vor«, sagte Tony, »du würdest hier leben.«

Ich antwortete nicht. Meine Mutter hatte hier gelebt. Hier oder an einem Ort, der nicht viel anders war.

»Hier müsste es sein.« Dominic bog zwischen zwei Wohnblocks, die auf massiven Betonpfeilern ruhten, links ab. »Wie heißt das Haus?«

»Kann ich nicht erkennen, Shelley, glaube ich.«

»*Ozymandias«*, sagte Tony. »In tausend Jahren stehen hier nur noch vier Betonbeine in einer Wüste aus geschmolzenem Asphalt. Der Rest wird verschwunden sein. Das ist euer Werk, ihr Mächtigen und Verzweifelten.«

»Welches Haus suchen wir, Dominic?«

»Byron. Es kann nicht weit von hier sein. Versuchen wir's hier.« Er bog auf einen Parkplatz ein. Im Schatten der gigantischen Wohnblocks wirkte der Platz düster und kalt. Eine Gruppe Jugendlicher in Kapuzensweatshirts kam aus einem Eingang heraus und starrte das Auto an. Einer kam auf uns zu.

Tony beugte sich vor. »Oh Gott. Fahr weiter. Er hat eine Kette in der Hand. Er wird uns umbringen.«

»Das ist eine Hundeleine.«

»Ist mir doch scheißegal, was es ist, Dominic. Ich will nur nicht sterben, verdammt noch mal, mehr nicht. Um Himmels willen, gib Gas.«

»Dann überfahre ich ihn.«

»Ich hab dir gleich gesagt, dass das hier eine Katastrophe wird, Dodie. Ich habe dich gewarnt. Oh Gott.«

Der Junge stand mit erhobenen Armen, die Handflächen zu uns gedreht, direkt vor dem Wagen.

Dominic hielt an. Tony fasste ihn an der Schulter. »Egal, was geschieht, mach bloß nicht das Fenster auf.«

Der Junge kam an das Fenster auf Dominics Seite und klopfte dagegen.

»Mach nicht auf. Fahr einfach weiter«, zischte Tony.

Der Junge versetzte der Scheibe einen leichten Schlag mit der offenen Handfläche und bedeutete Dominic mit einer Geste, das Fenster runterzukurbeln.

»Dominic, wenn du weiter für mich arbeiten willst, denk nicht mal drüber nach.«

Der Junge schlug wieder gegen die Scheibe. Dominic kurbelte das Fenster ein wenig herunter.

»Oh Gott.« Tony verkroch sich in seinen Rücksitz.

»Was sucht ihr?« Der Junge war weiß – na ja, eher gräulich-rosa –, aber seine Stimme klang wie die eines Schwarzen. Er war ungefähr sechzehn und sah total abgeklärt aus.

»Byron House. Kennst du das?«

»Warum?«

»Wir wollen zu einer Frau namens Maggie Hill.«

»Williams.« Ich lehnte mich zum Fenster. »Maggie Williams.«

»Entscheidet euch«, sagte der Junge. Er musterte das Auto und sagte: »Nie von ihr gehört. Byron House ist auf der anderen Seite. Da hinten links.«

»Danke.«

Er zuckte die Achseln und trat zurück. »Und tschüs.«

Schweigend fuhren wir an Wordsworth, Coleridge und De Quincy vorbei. Byron House war gleich am Ende der Straße. Der Parkplatz war leer. Dominic hielt neben einem der schmutzigen, vollgeschmierten Aufgänge, in denen eine bedrohliche Dunkelheit herrschte.

»Was hast du vor?«, fragte ich.

»Hier warten«, sagte Dominic. »Es sei denn, du willst, dass ich mitkomme.« Ich warf Tony über die Schulter einen Blick zu. Er starrte in seinen Schoß.

»Nein, ich schaffe es schon allein.« Ich machte die Tür auf.

Tony sah auf. »Warte mal. Mach die Tür zu. Ist dein Telefon an?«

Ich nickte, öffnete erneut die Tür und wollte aussteigen.

Tony beugte sich blitzschnell vor und hielt mich am Handgelenk fest. »Gib mir deine Uhr.«

»Was soll das? Dein erster Überfall?«

»Es ist eine Patek Phillippe, Herrgott noch mal. Gib sie mir, bevor sie jemand sieht.«

Ich fummelte am Armband herum und ließ sie auf den Sitz fallen. »Jetzt zufrieden?«

»Komm her.« Er drückte seine Lippen auf meine Wange. Unbeholfen und gar nicht der Tony, den ich kannte. »Sei einfach vorsichtig, okay?«

23

Der Lift war kaputt. Auf dem Weg in den elften Stock begegnete ich einem gebeugten Rentner mit rotem Gesicht und blauen Lippen, der sich keuchend von einer Stufe zur nächsten schleppte. Vielleicht hatte er auch, wie Des, im Krieg gekämpft und auf eine bessere Welt gehofft. Würde Mr. Molloy auch so enden, wenn ich ihn aus seinem Häuschen warf? Eingesperrt in einen Betonblock, in dem er kaum Luft bekam?

Eine Neonröhre ging über meinem Kopf flackernd an und aus, als ich in dem fensterlosen Gang stand und darauf wartete, dass Maggie Hill die Tür aufmachte. Maggie hatte Wohnung D. Ein Schild an der Wand wies den Weg zu A bis H, aber auf halbem Weg war der Flur zugemauert, so dass man nur bis Wohnung E kam. Es gab nur einen Ausgang, nämlich den Weg, den ich gekommen war. Ich sah mich schon eingekesselt zwischen Wohnung E und der Mauer, schreiend einem Messer gegenüber. Keiner würde aus diesen Türen kommen, um mich zu retten. Wenn ich hier umgebracht werde, dachte ich, bin ich selber schuld. Ich sollte überhaupt nicht hier sein.

Maggie Hill brauchte so lange, um die Tür zu öffnen, dass ich dachte, sie wäre nicht zu Hause. Ich wollte gerade wieder die Treppe hinuntergehen, als ich Schritte hörte. Ich sah rechts und links den Gang entlang, während sie hinter der Tür mit Riegeln und Ketten hantierte, und als sie schließlich die Tür aufmachte und vor mir stand, erschreckte ich mich beinahe zu Tode.

Ich hatte mir nicht überlegt, wie sie aussehen würde. Wahrscheinlich hatte ich ein junges Mädchen in einem braunen Hosenanzug aus Samt erwartet, das sich mit einem Bleistift den gelben Krauskopf kratzte. Natürlich war sie älter geworden. Sie hatte immer noch krause Haare, aber sie waren grau. Wangen und Nase waren gerötet, als hätte sie einen Spaziergang in kaltem Wind gemacht, und um ihre Augen, die mir viel größer als in meiner Erinnerung vorkamen, waren hundert Fältchen, blau gepudert und mit schwarzem Kajal durchzogen. Und sie waren freundlich. Ihre Augen waren freundlich.

»Ich hätte nicht gedacht, dass Sie kommen«, sagte sie.

»Beinahe wäre ich auch nicht gekommen.«

»Nun, jetzt sind Sie da.« Sie winkte mich herein und verriegelte die Tür hinter uns. Sie trug ein enges, türkises T-Shirt und einen langen, verschlissenen, schmalen Rock. Sie hatte kaum zugenommen. An den Füßen gestreifte Flip-Flops mit dicken Sohlen. Silberne Ringe an den Zehen und Fingern.

»Gehen Sie ruhig durch. Ich setze Wasser auf.« Sie verschwand durch eine halb offene Tür. Der Flur war dunkel und leer, auf dem rotweißen Linoleum lagen Zeitungen verstreut. Ich ging ein paar Schritte und spähte durch die einzige offene Tür.

Ein Wohnzimmer, ein winziger Raum mit einem dicken, lachsrosa Teppich in einem Muster aus halbrunden Abdrücken, die aussahen wie Kornfelder aus der Luft, über die über Nacht der Wind gefegt war. In der Mitte stand eine Chaiselongue in einem verblassten Blumenmuster, die beinahe ganz unter einer riesigen orangefarbenen Katze verschwand, die mich aus gelben Schlitzaugen anstarrte. Die Beine der Chaiselongue waren von den Katzenklauen zerkratzt, und unten hingen Klumpen von grauer Polsterwolle heraus. Gegenüber standen zwei dunkelbraune Kordsessel voller oranger Katzenhaare, und an der Wand war ein elektrischer Ofen angebracht, der von hellgrünen Fliesen eingerahmt war. Auf dem Boden davor stand ein Radio in einem Lederkoffer, das wahrscheinlich der teuerste Gegenstand im ganzen Zimmer war. Es gab keinen Fernseher, kein Bücherregal und keine Bilder an den Wänden. Der einzige Schmuck waren Usambaraveilchen, Begonien und Geranien, die in Töpfen entlang der Fußleiste standen.

Ich beugte mich gerade hinunter, um sie zu betrachten, als Maggie Hill mit zwei Bechern voll Tee erschien. »Nehmen Sie Milch?«, fragte sie.

»Ja.«

»Gut, ich habe schon welche reingetan. Zucker?«

»Nein danke.« Ich nahm den Becher. »Schöne Pflanzen.«

»Ich kaufe sie in der Columbia Road. Sonntagmorgens. Bisschen voll, aber wenn man lange genug wartet, kriegt man sie billiger.«

»Wie schön«, sagte ich und merkte, dass sie glaubte, das sei ironisch gemeint, doch sie sagte nichts, beugte sich nur zur Seite und verscheuchte mit der freien Hand die orange Katze von der Chaiselongue, bevor sie in einen der Sessel sank.

»Das ist übrigens Napoleon. Ignorieren Sie ihn einfach. Setzen Sie sich.« Die Katze stolzierte beleidigt an mir vorbei zur Tür.

»Er hat eine hübsche Farbe.« Ich setzte mich vorsichtig in den anderen Sessel und versuchte verstohlen, die orangen Haare beiseite zu schieben.

»Die gleiche Farbe wie der Schnurrbart von Arthur Lowe. Deswegen heißt er Napoleon.«

»Wie bitte?«

»In *Dad's Army.* Bill Pertwee nannte ihn immer so. Wissen Sie nicht mehr? Der Luftschutzwart.«

Nein. »Ach ja.«

Maggie bedachte mich mit einem fragenden Blick: Von welchem Stern sind *Sie* denn?, und schüttelte den Kopf. »Warum sind Sie gekommen?«

»Weil ich wissen will, was damals geschehen ist. Ich war so jung, und niemand hat mir etwas gesagt. Ich will es einfach wissen, das ist alles.«

Maggie starrte in ihren Becher.

»Wieso stand Ihr Name in Joans Adressbuch?«

»Sie hat sich mit mir in Verbindung gesetzt. Ungefähr vor sechs Monaten. Ich glaube, sie hat einen Privatdetektiv beauftragt, mich zu suchen, weil ich inzwischen verheiratet war und einen anderen Namen hatte. Nicht einmal meine Eltern wussten, wo ich war. Na ja, sie wollten es auch nicht wissen. Nicht, nachdem ich verhaftet worden war.« Sie machte eine Pause. »Es tut mir übrigens Leid, dass sie tot ist, ich mochte sie.«

»Danke.«

»Sie war nett. Ich dachte, sie würde auf mich losgehen, wissen Sie. Ich meine, ich hätte es ihr nicht übel genommen. Und Ihnen auch nicht.«

»Ich werde nicht auf Sie losgehen. Hören Sie, Maggie …« Ich brach ab. »Darf ich Sie so nennen? Nennen die Leute Sie so?«

Sie schien überrascht. »Ich denke schon. Wie soll ich Sie nennen?«

»Dodie.« Es war lächerlich, aber ich hatte das Gefühl, als hätten wir uns die Hände gereicht.

Maggie sagte: »Williams hieß ich nach meiner Heirat, wie ich schon am Telefon gesagt habe. Wir sind geschieden, aber ich habe den Namen behalten. Es war leichter.«

Ich überlegte, ob sie damit meinte, dass die Leute sie unter ihrem Mädchennamen erkannten. »Erzählen Sie den Leuten manchmal, was …« Ich wollte sagen, was Sie getan haben, doch ich sagte: »Was passiert ist?«

»Nein.«

»Sie wissen, dass meine Mutter tot ist?«

Sie sah mich verwirrt an. »Ja, ich meine, ich *wusste* es nicht, aber ich dachte immer … Ich dachte, Mick war es. Ich dachte, er hätte es arrangiert, bevor wir in das Farmhaus gefahren sind –«

»Sie dachten, Mick hat sie umgebracht?«

»Na ja, ich war mir nicht sicher, aber wahrscheinlich habe ich das gedacht. Ich habe ihn nie gefragt. Ich konnte nicht. Und ich hatte Angst, dass es stimmen könnte, deswegen wollte ich es nicht wissen. Nachdem wir verhaftet worden waren – Steve und ich –, durften wir nicht mehr miteinander reden. Ich wusste, dass sie verschwunden war, aber mehr nicht. Und ich wollte es für mich schließlich nicht noch schlimmer machen.«

»Sie ist vor zwei Wochen gestorben.«

»Sind Sie sicher?«

»Ganz sicher.«

»Oh Gott, ich hatte keine Ahnung.« Maggie starrte wieder in ihren Becher. »Arme Susan.«

»Man hat sie hier in der Nähe gefunden.«

Sie hob ruckartig den Kopf. »Was?«

»Ihre Leiche wurde hier in der Nähe gefunden.«

»Herrje. Keine Ahnung, was Sie denken, aber ich habe nichts damit zu tun. Deswegen sind Sie hier, oder? Ich habe Ihnen doch schon gesagt, ich dachte, es war Mick. Die ganzen Jahre im Gefängnis habe ich immer wieder damit gerechnet, dass jemand kommt und mir erzählt, dass man ihre Leiche gefunden hat, und ich habe gedacht, dann müssen sie ja denken, dass ich etwas damit zu tun habe. Weil Mick tot ist, müssen sie die ganze Schuld mir und Steve in die Schuhe schieben. Ich dachte immer, wenn das passiert, bleibe ich für den Rest meines Lebens hier drin, bis ich sterbe, weil mir kein Mensch glauben wird –«

»Sie ist an einer Überdosis Heroin gestorben.«

Maggie sah mich direkt an, aber sie konnte die Worte nicht erfasst haben, denn sie sagte: »Und jetzt geht alles wieder von vorne los, und wir sind schuld.«

»Haben Sie Steve gesehen? Seit Sie draußen sind, meine ich?«

»Nein. Und ich will ihn auch nicht sehen. Ich kann das alles nicht glauben. Ich wollte das Ganze immer nur vergessen, heiraten, Kinder haben. Ich wollte so gerne Kinder. Wollte einfach ein normales Leben führen.«

»Ich kann kein normales Leben führen.«

»Hören Sie, was wollen Sie mir sagen? Wenn ich könnte, würde ich alles anders machen, natürlich würde ich das, aber jetzt geht es nicht mehr, oder?« Maggie stand auf und quetschte sich hinter den Sessel, um ans Fenster zu kommen. Ihre ungezielten, tapsigen Bewegungen erinnerten mich an

Joans Hund, Malcolm, bei einem Gewitter, wenn er sich verängstigt hinter der Waschmaschine verkroch.

Ich sagte: »Ich will nur, dass Sie mir erzählen, was passiert ist, mehr nicht.«

Sie stand vor dem Fenster. Sie kehrte mir den Rücken zu, aber ich konnte ihre Wangenknochen durch das krause Haar sehen und beobachtete, wie sie mit dem Daumennagel gegen die getrockneten Farbtropfen auf der Fensterbank schnippte.

Nach einer Weile sagte sie: »Sie wollten uns getrennt den Prozess machen, aber wir hatten vorher schon abgemacht, dass wir nur als Gruppe auftreten würden, falls etwas passierte – wenn man uns kriegt. Ich habe es eigentlich wegen Mick getan, wir mussten es ihm versprechen. Mein Anwalt sagte, ich hätte weniger gekriegt, wenn ich allein gewesen wäre. Vielleicht hätten sie mich dann nicht wegen Verschwörung angeklagt.« Sie beugte sich hinunter, um ihren Becher auf dem Boden abzustellen, und als sie sich wieder aufrichtete, sah sie mich direkt an. »Und ich hätte die Wahrheit sagen können.«

24

»Angefangen hat alles, als ich in die Wohnung gezogen bin, in der Sie waren«, sagte Maggie. »Am Anfang wohnte ich mit einem Mädchen namens Maureen zusammen, aber wir brauchten noch jemanden, weil wir sonst die Miete nicht bezahlen konnten. So haben wir Steve Moody kennen gelernt. Er passte eigentlich nicht zu uns, weil er kein Student war. Er hatte seltsame Jobs auf Baustellen. Aber manchmal ist er auch stempeln gegangen. Arbeitslosenunterstützung.«

»Ich weiß, was stempeln gehen ist.«

»Und über Maureen habe ich Mick kennen gelernt. Auf einer Party. Als ich ihn das erste Mal sah, war ich total verblüfft.

Er war so, na ja, so schön. Ich dachte nur, *mein Gott.*« Sie hielt inne, als sei ihr gerade wieder eingefallen, mit wem sie redete. »Tut mir Leid.«

»Schon gut.«

»Wenn ich Ihnen erzählen soll, wie es war, muss ich offen sein. Ihnen sagen, wie ich mich gefühlt habe. Es darf ... nicht anders klingen, als es war. Ich darf nicht lügen.«

»In Ordnung. Erzählen Sie weiter.«

»Ich fing an, mit ihm auszugehen, und dann lernte Maureen jemanden kennen und wollte mit ihm zusammenziehen, also zog Mick bei mir ein. Das muss ungefähr ... ja, ungefähr drei Monate vor der Geschichte mit der Katze gewesen sein. Die Politik kam eigentlich über Mick. Er studierte Politologie, Steve ist total darauf abgefahren, und sie redeten über nichts anderes. Marxismus, die Black Panther, die Revolution, Sie wissen schon. Ich hatte nie viel darüber nachgedacht. Ich studierte Musik, und da redeten wir eigentlich nicht über solche Sachen, aber ich war ein paar Mal bei irgendwelchen Versammlungen und Demonstrationen gewesen. Es gehörte einfach dazu. Alle machten es.«

»Haben Sie daran geglaubt?«

»Woran?«

»Die Welt zu verändern. Wir werden siegen. Was weiß ich.«

»Wahrscheinlich. Damals war das anders. Es schien einfach ... es war möglich, verstehen Sie? Dass wir die Dinge verändern können. Die ganzen Geschichten über die Arbeiterrevolution. In Russland ist es schließlich passiert, oder? Aber ich habe eigentlich nicht darüber nachgedacht, was es bedeuten würde, wenn es in diesem Land tatsächlich geschehen würde. Wahrscheinlich dachte ich nur, dass alles besser wäre, wenn die Welt ein bisschen gerechter wäre.« Sie machte eine Pause und sah mich an. »Denn so, wie sie ist, ist sie nicht gerecht, oder?«

»Nein. Aber was ist gerecht? Was mit meiner Mum geschehen ist, war auch nicht *gerecht.*«

»Nein, das war es nicht.« Sie lehnte sich an den Sessel und drehte ihn ein wenig zu sich. Mir fiel auf, dass ihre Oberarme bereits schlaff wurden. »Ich denke oft darüber nach. Jeden Tag. Sie bestimmt auch.«

»Ja.«

»Soll ich weiterreden?«

Ich nickte.

»Also, Mick erzählte mir immer eine Menge Zeug. Hauptsächlich über Politik. Ich hörte ihm zu und dachte: Wahnsinn, er ist so *wirklich.* Wenn er über den Kapitalismus redete und darüber, dass die herrschende Klasse die Menschen zwingt, für einen Hungerlohn in ihren Fabriken zu arbeiten, nur damit sie dann ihren Lohn für den Mist ausgeben, den sie herstellen müssen. Er war so leidenschaftlich. Das habe ich geliebt. Ich dachte immer, wenn ich nur einen Bruchteil davon in meinem Spiel hätte – beim Cello, wissen Sie ... Weil die großen Meister das haben, dieses Wahnsinnsgefühl. Wie Paul Tortellier. Der hat vor einer Ewigkeit im Fernsehen Meisterklassen gegeben.« Sie sah, dass ich mich im Zimmer umschaute. »Früher hatte ich einen, aber ich habe ihn weggegeben. Zu viel Gewalt. Wahrscheinlich finden Sie es seltsam, dass ausgerechnet ich das sage.«

»Viele Leute denken so.«

»Egal, ich hatte sie nicht. Die Leidenschaft. Ich spielte gut, ich meine, rein technisch gesehen war es okay, aber ich tat nur so. Ich hatte in Wirklichkeit kein Gefühl, und ich –« Sie brach ab und ließ den Kopf hängen, dann ließ sie so abrupt den Sessel los, dass er mit einem Knall auf dem Boden aufkam. »Entschuldigung«, flüsterte sie und stürzte in den Flur. Ein paar Minuten später kam sie mit einer Schachtel Kleenex zurück. »Tut mir Leid. Meine Notration.« Sie ließ die Taschentücher auf die Chaiselongue fallen. »Möchten Sie noch einen Tee? Ich setze Wasser auf.«

Ich saß da und betrachtete die Pflanzen, während Maggie in der Küche mit dem Geschirr klapperte. »Früher standen sie auf der Fensterbank, aber der Rahmen ist verzogen.« Sie stellte die Becher mit dem Tee mitten auf den Teppich und setzte sich auf die Chaiselongue. »Bedienen Sie sich. Das Holz fault wegen der Feuchtigkeit. Im Winter ist es hier eiskalt. Jedes Jahr sterben mindestens zwei Rentner – an Rippenfellentzündung, Lungenentzündung, Unterkühlung. Die Stadt tut nichts. Zu teuer. Auch eine Methode, die Bevölkerungsdichte zu senken, oder?« Sie beugte sich hinunter und griff nach ihrem Becher.

Ich ignorierte die Herausforderung in ihrer Stimme. »Sie haben gerade über die Musik geredet …«

Maggie runzelte die Stirn. »Eigentlich war es dumm. Mick hasste klassische Musik. Wenn ich Elgar oder so spielte, sagte er immer, er könne nicht glauben, dass ich so naiv war, mein Leben damit zu verbringen, diese bourgeoise Scheiße zu spielen, nur damit die Herrscherschweine sich der Arbeiterklasse überlegen fühlen.«

»Herrscherschweine?«

»So hat er geredet. Herrscherschweine, Chefschweine, Oberschweine.«

»Er hat uns auch Schweine genannt. Auf einer der Kassetten.«

»Wirklich?«

»Haben Sie die nicht gehört?«

»Nein. Mick hat sie immer allein gemacht. Na ja, er und Susan. Er sagte, ich würde klassische Musik nur deshalb lieben, weil man es mir beigebracht hatte.«

»Aber Sie müssen doch gewusst haben, dass das Quatsch ist.«

»Ich war in ihn verliebt, Dodie. Ich wollte nicht, dass er sauer wird, also habe ich in den Übungsräumen der Hochschule gespielt, aber das bedeutete, dass ich das Cello im Bus mitnehmen und einen Raum reservieren musste, was ein ganz schöner Aufwand war, und nach einer Weile habe ich einfach aufgegeben. Es schien irgendwie nicht mehr wichtig.« Die orangefarbene Katze wand sich um die Tür, sprang auf Maggies Schoß, drehte sich und streckte die Beine aus. »Okay, aber nicht kratzen. Als die Polizei das Farmhaus stürmte, ging der Bogen kaputt. Durchgebrochen. Das war die Polizei. Es war ein teurer Bogen, aber ich habe nie eine Entschädigung dafür bekommen.«

»Haben Sie noch ein Cello?«

»Nein. Ich habe seit Jahren nicht gespielt. Früher habe ich immer CD gehört, aber bei einem Einbruch wurden sie geklaut. Jetzt höre ich nur noch Klassik im Radio.« Sie zuckte zusammen, als die Katze ihre Klauen in ihren Oberschenkel grub. »Aua. Verdammte Katze. *Hau ab.* Hören Sie«, sie klang verärgert, »es ist kein großer Verlust für die Menschheit. Ich wäre bestimmt keine zweite Jaqueline du Pre geworden.« Sie schubste Napoleon auf den Teppich, legte die Arme auf die Knie und beugte sich in meine Richtung. »Sie denken wahrscheinlich, ich war nur ein Fußabstreifer, aber Sie müssen das verstehen. Da, wo ich aufgewachsen bin, in meiner Familie, hieß es immer nur: ›Sei nicht so laut, ärgere deinen Vater nicht, reg deine Mutter nicht auf.‹ Man durfte sich über nichts freuen, nicht schreien, nicht weinen, nicht die Arme hochwerfen, weil es zu laut oder zu chaotisch gewesen wäre. Als ich Mick kennen lernte, war es, als hätte plötzlich jemand lauter gedreht, und ich konnte endlich richtig hören.«

»Aus was für Verhältnissen kam er?«

»Mittelklasse, wie ich wahrscheinlich. Er redete nicht viel darüber. Das tat keiner von uns. Ich glaube, seine Eltern waren tot. Er hatte ein bisschen Geld geerbt – nicht viel, aber genug zum Leben. Er hat uns immer erzählt, er wäre knapp bei Kasse, aber wenn er etwas haben wollte, hat er es sich gekauft.«

»Was zum Beispiel?«

»Na ja, wenn er was Neues zum Anziehen wollte, hat er nicht einfach eine Jacke oder eine Jeans gekauft, sondern vier oder fünf, und zwar ziemlich teure Sachen. Er hat mir gegenüber jedes Mal behauptet, er hätte sie geklaut, aber einmal kam er mit irgendwelchen Sachen wieder, die noch in der Tüte waren, zusammen mit den Quittungen, und einmal habe ich gesehen, wie er in einem Laden bezahlt hat, deswegen glaube ich, dass er alles gekauft hat. Er hat auch die Randall-Farm gemietet und die Kaution bezahlt. Da habe ich zum ersten Mal geglaubt, dass er es ernst meint. Als er mir erzählte, dass er es getan hat.«

»Dass er das mit der Entführung ernst meinte?«

»Ja. Das war ungefähr einen Monat vorher. Er hatte schon die ganze Zeit davon geredet, aber als er sagte, er hätte die alte Farm gemietet, dachte ich, mein Gott, er meint es wirklich ernst. Doch manchmal sagte er auch das eine und tat das andere. Wie bei den Klamotten. Und beim Essen.« Sie schüttelte lächelnd den Kopf. »Bei uns um die Ecke gab es einen Chinesen, und jede zweite Woche lud Mick Steve und mich dorthin ein und bestellte schrecklich viel zu essen, wir konnten nie alles aufessen, und er bezahlte. Er und Steve behaupteten immer, dass alles eine Verschwörung sei und man versuche, unser Essen mit Chemikalien zu vergiften, damit wir zu schwach für den Kampf gegen die herrschende Klasse werden. Sie sagten, eigentlich sollten wir Vegetarier werden, weil wir die Tiere ausbeuteten, aber beide haben das Hühnchen mitsamt Glutamat und all dem Zeug verschlungen. Oder sie sind zu Wimpy gegangen und haben sich Hamburger gekauft. Steve hat alles gegessen. Wir nannten ihn unseren Mülleimer. Susan hat ihm immer ihr Essen gegeben.«

Ich schaute in meinen Becher, und für einen Augenblick wurde aus dem braunen Tee Wasser, auf dem Kresseblätter schwammen wie Wasserlilien. »Mum hatte Probleme mit dem Essen. Das fing allerdings erst ein paar Monate vor der Entführung an. Es kam ganz plötzlich. Über Nacht ist sie sozusagen Vegetarierin geworden. Und sie fing an, Sachen zu trennen. Ich dachte immer, wozu soll das gut sein, im Magen kommt doch alles zusammen, aber sie sagte, man müsse die verschiedenen Geschmacksrichtungen trennen.«

»Ja, sie war ein bisschen seltsam.«

»Mein Vater glaubte, dass sie verrückt wurde. Sie hat noch andere Sachen gemacht. Einmal ging sie mit einem Koffer voller Kleider in die U-Bahn und fing an, alles an die Leute zu verschenken.«

»Oh Gott, dann hat sie das also tatsächlich getan.«

»Ich war dabei. Sie hat auch ein paar von meinen Sachen verschenkt. Aber woher wissen Sie davon?«

»Steve hat es uns erzählt.«

»Steve?« Steven Moody, der Liebhaber. *Der Mann, der den Brief geschrieben hat.* »War er ... war er derjenige, welcher?«

»Ja.«

»Er war bei unserem Haus auf dem Land. Die Leute im Dorf haben sie zusammen in seinem Land Rover gesehen.«

»Der gehörte Mick. Wenn Steve von seinen Ausflügen nach Hause kam, erzählte er uns immer davon. Was sie gemacht hatten, was sie gesagt hatte, Sie wissen schon ...«

Ich stellte mir vor, wie sie in der schmutzigen Küche herumhingen und über meine Mutter lachten. Geile, reiche Schlampe. »Dann hat er sie also nicht geliebt. Es war alles ... geplant.«

»Nein, war es nicht.«

»Wir kommen zufällig in Ihr Haus, und sechs Monate später hat meine Mutter eine Affäre mit jemandem, den sie dort kennen gelernt hat, und weitere sechs Monate später wird sie von genau diesem Mann entführt – und Sie wollen mir weismachen, das sei alles Zufall?«

Maggie seufzte. »Ich versuche ja, es zu erklären. Es war wirklich nicht geplant – jedenfalls nicht so, wie Sie denken.« Sie hob die Hand. »Es stimmt, dass es Micks Idee war. Jetzt denken Sie bestimmt, was soll sie sonst sagen, oder? Aber als Mick bei uns einzog, hat er sozusagen das Ruder übernommen. Als wäre er der Boss.« Sie zuckte die Achseln. »Hatte wohl eine starke Persönlichkeit. Heute denke ich, er hat das alles mit Absicht getan, um seine Stellung zu stärken. Wenn wir zum Chinesen gegangen sind und er für alle bezahlt hat, zum Beispiel. Und er war der Einzige, der ein Auto hatte. Er hatte Steve ganz schön unter seiner Fuchtel. So viel zu Klassenunterschieden. Es ist komisch, wenn man darüber nachdenkt. Da waren wir, redeten über nichts anderes, als dass die Klassenunterschiede weg mussten, und Steve hatte Achtung vor Mick, weil der durch seine gute Erziehung redegewandt und vertrauenswürdig war und Steve nicht, weil er in einer Sozialwohnung groß wurde und in einer staatlichen Schule war. Er hat allerdings immer mit Mick diskutiert. Hatte sich eine ganze Menge selber beigebracht, hauptsächlich durchs Fernsehen. Manchmal war er wie besessen von etwas. Das habe ich im Gefängnis bei Leuten, die ihre Bildung aus dem Fernsehen haben, oft erlebt. Steve war besessen von dem Mord an Kennedy. Von seinem Mörder. Er konnte stundenlang darüber reden, aber wenn Mick dabei war, hielt er meistens den Mund, weil der sich darüber ärgerte. Auf einer Party haben sie schrecklich gestritten, weil Mick sagte, wer auch immer Kennedy erschossen hat, hätte einen Orden verdient, weil Kennedy ein Kriegstreiber und ein Schwein war und die

Amerikaner in den Krieg nach Vietnam geschickt hat, damit die Schwarzen getötet werden und so das Rassenproblem gelöst wird. Steve drehte total durch. Wenn ihn nicht jemand festgehalten hätte, wäre er auf Mick losgegangen. Aber meistens hat Steve getan, was Mick gesagt hat. Wie mit Sus – mit Ihrer Mutter.«

»Dann hat er also Steve befohlen, mit ihr Kontakt aufzunehmen? Woher wusste er, wo sie zu finden war?«

»Sie hat uns ihre Adresse gegeben.«

»Wirklich? Daran kann ich mich gar nicht erinnern.«

»Wir waren in der Küche. Vielleicht waren Sie gerade draußen.«

»Es muss gewesen sein, als Steven mir die Geschichte über die Schaufensterpuppe erzählt hat.«

»*Das* wissen Sie noch? Ich hab das Ding gehasst. Ich bin immer über ihre Füße gestolpert.«

»Was geschah, als wir weg waren?«

»Mick war unterwegs, und als er zurückkam, erzählte ich ihm von Ihnen und Ihrer Mutter, damit er ein Auge auf die Katze hatte, falls sie zum Tierarzt musste. Ich sagte ihm, dass ich den Zettel mit der Adresse in mein Tagebuch gelegt hätte, da bewahre ich so was immer auf. Und das war's eigentlich. Ein paar Wochen später hat er in dem Tagebuch nach einer Nummer gesucht und den Zettel gefunden. Er kam in die Küche gerannt und schrie: ›Weißt du denn nicht, wer das ist?‹ Ich sagte ihm, dass ich keinen Schimmer hatte, wovon er redete, und er sagte: ›Schau dir doch den Namen an! Sie ist mit dem größten Schwein von allen verheiratet. Wolf Blackstock ist ein Feind des Volkes, und sie ist seine *Frau.*‹ Er drehte total durch, lief in der Küche hin und her, tippte immer wieder auf den Zettel und schrie: ›Ich fasse es nicht!‹ Dann lud er uns zum Essen ein. Während des Essens sagte er andauernd: ›Ich kann es nicht glauben. So eine Chance werde ich mir nicht entgehen lassen.‹ Aber er hat nicht von einer Entführung geredet. Da noch nicht. Ich dachte, er hätte irgendeine Betrügerei im Kopf. Wollte behaupten, wir hätten den Tierarzt wegen der Katze holen müssen, damit sie Geld locker macht. Ungefähr zwei Wochen lang sprach er nicht mehr davon, aber er behielt den Zettel. Das weiß ich, weil er in der Tasche seiner Jeans steckte, die ich mit in den Waschsalon genommen hatte. Er ist beinahe durchgedreht. Er stürmte herein und versuchte, die Waschmaschine aufzureißen, obwohl sie lief. Man konnte die Schrift Gott sei Dank gerade noch lesen. Dann fing er an, auf Steve einzureden: ›Warum rufst du die Frau nicht mal an? So eine süße Mutter wär doch nicht schlecht für dich.‹ Am Anfang wollte Steve nichts davon wissen, aber Mick ließ nicht locker, und ich glaube, Steve muss einmal gesagt haben, dass Susan hübsch ist oder so was, weil Mick dann anfing, Sachen zu sagen wie: Frauen, die so jung sind und so reiche, alte Knacker heiraten, sind scharf wie sonst was und treiben es immer mit dem Chauffeur, weil ihr Mann es ihnen nie besorgt –« Sie brach ab und sah mich abwehrend an. »Entschuldigung, aber ich wiederhole nur, was er gesagt hat.«

»Schon gut. Erzählen Sie weiter.«

»Also, Mick hat nicht locker gelassen. Es wurde so schlimm, dass Steve sagte: ›Hör mal, warum rufst du sie nicht selber an, wenn du so scharf auf sie bist.‹ Ich hatte Angst, dass er es tun könnte, aber er redete immer weiter auf Steve ein. Es war komisch, ich meine, ich merkte, dass Steve eigentlich nicht wollte – keiner von uns wollte –, aber er war so geschmeichelt, weil er so viel Aufmerksamkeit von Mick bekam; dass Mick dachte, er, Steve, könnte diese fantastische Frau haben.

Ich glaube, deswegen hat er sie schließlich angerufen. Er hat es uns erst hinterher erzählt. Wahrscheinlich hatte er

Angst, dass sie ihn zum Teufel schicken würde, aber das tat sie nicht. Und dann fing er an, mit der Geschichte anzugeben. Sagte, er hätte Einfluss auf die Frau. Daher weiß ich von der Geschichte mit den Kleidern. Angeblich hatte er sie dazu gebracht, darüber nachzudenken, was für ein privilegiertes Leben sie führt, und dass andere Leute dringend Kleidung brauchen. Er wollte, dass Mick sah, wie schlau er war.«

Mir war schlecht vor Wut. »Dann war es sein Vorschlag, die Kleider zu verschenken?«

Maggie nickte. »Und Vegetarierin zu werden. Aber das mit der Trennung nach Geschmacksrichtungen kam nicht von ihm. Ich meine, er machte sich zwar Gedanken über die Politik, die hinter der Produktion von Nahrungsmitteln stand, aber er interessierte sich nicht für ... Diäten. Das war einzig und allein ihr Ding.«

»Aber er hat sie behandelt wie einen dressierten Pudel! Er war wie ein ... *Dompteur,* und ihr beide habt jedes Mal geklatscht, wenn sie ein Stück Würfelzucker auf der Nase balancierte. Wie konntet ihr sie so behandeln? Sie wussten, was für ein Mensch sie war. Sie *kannten* sie.«

Ich hatte geschrien, und einen Augenblick lang schwieg Maggie. Dann reichte sie mir die Schachtel mit den Taschentüchern und sagte nichts, während ich mir die Nase putzte und die Tränen zurückzwang. »So war es nur am Anfang, Dodie. Und es war nur Mick, der Steve anstachelte, nicht ich. Er stellte andauernd Fragen über Susan, was hatte sie an, was für eine Frisur hatte sie, solche Sachen. Ich dachte, er fragt Steve das alles, weil er auch in sie verknallt ist. Sie war schön, reich – seien wir doch mal ehrlich, sie hatte einfach alles. Und ich nicht. Ich war nicht gut genug. Ich lag nächtelang wach und dachte, ich würde Mick verlieren, weil ich nicht gut genug war. Aber darum ging es gar nicht.« Sie beugte sich vor, die Ellbogen auf den Knien. »Ich war so blind!« Sie legte die Hände an die

Schläfen und schüttelte den Kopf. »Ich meine, was hab ich für eine Scheiße gedacht. Das ganze Zeug, was Mick über die gerechte Verteilung des Reichtums gefaselt hat, war kompletter Quatsch. Er hat sich einen Dreck um die unterdrückten Massen gekümmert, er wollte nur selbst *reich* sein. Das hat ihn total fasziniert – das Geld, das Leben, alles. Ich will Ihnen was sagen, Dodie. Später, als Ihre Mutter ... bei uns war, unterzog Mick sie immer so genannten ›Befragungen‹.«

»Hören Sie auf!« All die Bilder von Folter, die ich so gut verdrängt hatte, standen mir plötzlich wieder vor Augen. »Sie wollen sagen, dass Sie ihr wehgetan haben, nicht wahr? Er – Mick – hat sie gequält, oder? Er –«

»Nein!« Maggie schrie es heraus. »Nein. Wir haben ihr nicht wehgetan, Dodie, das müssen Sie mir glauben. Hören Sie mir zu. Bitte. Niemand hat ihr wehgetan. Selbst wenn Mick es gewollt hätte, was nicht der Fall war, hätte Steve es nicht zugelassen. Er hat sie geliebt.«

»Aber Sie haben gesagt, er hat es nur getan, weil –«

»Später hat er sich wirklich in sie verliebt. Also, diese Befragungen. Mick erzählte uns, dass er Ihre Mutter darüber ausfragte, wie viel Geld Ihr Vater hatte, wie viele Aktien ... Meistens fragte er sie am Nachmittag, sie gingen zusammen in ein Zimmer, nur die beiden, und redeten. Wir wohnten damals in der Alfriston Road in Cricklewood. Es war nur ein kleines Haus, so dass wir gehört hätten, wenn er sie angeschrien hätte oder so was. Die Tür war zu, man konnte nicht verstehen, was sie redeten, nur ihre Stimmen hören, und es klang wie eine ganz normale Unterhaltung. Sie blieben eine Ewigkeit in dem Zimmer. Einmal, als Steve nicht da war, habe ich an der Tür gelauscht. Ich war eifersüchtig, weil Mick so viel Zeit mit ihr da drin verbrachte. Wissen Sie, worüber sie geredet haben? Über ein Hotel in Paris. Sie erzählte ihm von diesem berühmten Hotel, in dem sie oft mit Ihrem Vater war –«

»Das *Georges Cinq*?«

»Genau, es muss das Teuerste sein. Sie beschrieb ihm, wie es da drinnen aussah, die Zimmer und alles, und er stellte ihr Fragen über die Einrichtung und das Essen. Es kam mir vor wie eine Klatschspalte in einem Magazin. Das waren die ›Befragungen‹. Er brachte sie dazu, ihm über Hotels und Yachten und Autos zu erzählen, über die berühmten Leute, die sie kannte und ... wer die Schuhe Ihres Vaters machte. Und Mick saugte es auf! Er *liebte* es. Und ich hab's immer noch nicht kapiert. Ich hab's einfach nicht begriffen.« Sie lachte plötzlich. »Wahnsinn!« Sie schüttelte sich.

»Alles in Ordnung?«

»Geht gleich wieder. Ich habe hundertmal darüber nachgedacht, und jetzt, wo ich es Ihnen erzähle, das erste Mal darüber spreche ... verstehen Sie? Nein, Sie verstehen es nicht, oder? Warum sollten Sie überhaupt versuchen, es zu verstehen, nach allem, was passiert ist. Mein Gott, Dodie, es tut mir so Leid. Ich weiß gar nicht, wie ich es sagen soll. Es tut mir einfach alles so Leid!« Sie schluchzte. Ich stand auf und legte die Schachtel mit den Kleenextüchern in ihren Schoß. Sie machte keine Anstalten, sich eins zu nehmen oder aufzuhören zu weinen, so dass ich mich neben ihren Sessel hockte und den Arm um sie legte. War ich deswegen gekommen? Um zu triumphieren, weil sie zusammenbrach? Aber ich triumphierte nicht. Ich war nur verwirrt. Nach einer Weile sagte sie: »Wollen wir was trinken? Ich glaube, ich habe noch Gin. Und Orangensaft.«

»Soll ich ihn holen?«

»Ich komme mit.« Sie stand auf und ging voraus in die Küche, wo wir uns, an die Einbauschränke gelehnt, gegenüber standen. Unsere Zehen berührten sich beinahe in dem schmalen Raum.

Ich steckte die Hand in die Tasche und fühlte den anonymen Brief in der Alufolie. »Wie meinten Sie das, als Sie sagten, später hat sich Steve in meine Mutter verliebt?«

»Wie ich es sagte. Am Anfang kam er von seinen Treffen mit ihr zurück und redete darüber, und Mick stellte Fragen, aber dann, nach einer Weile, hörte er auf, uns davon zu erzählen. Ich dachte, es läge daran, weil er sich über Mick ärgerte, aber es war nicht nur das. Er wollte es für sich behalten. Ihre Treffen. Er wollte sie nicht mehr mit uns teilen, weil sie etwas Besonderes für ihn waren. Romantisch.« Maggie starrte auf ihre Füße.

Romantisch. Steven Moody und meine Mutter.

»Es passt überhaupt nicht zu ihr. Ich weiß, dass er Ihr Freund war, aber es ist schwer für mich nachzuvollziehen, was sie in ihm sah.«

»Also, zum einen hatte er Mitgefühl. Hat sie beachtet. Sie hatte nicht viel Selbstvertrauen.«

»Das stimmt.«

»Sie hatte das Gefühl, als hätte sie nie etwas Eigenes zu Stande gebracht. Sie sagte, ihre Mutter habe sie in diese Modelgeschichte getrieben, und auch später habe es immer Menschen gegeben, die ihr sagten, wohin sie gehen oder was sie tun sollte. Sie hatte ganz schöne Angst vor Ihrem Vater, Dodie. Sie dachte wirklich, dass sie ihn liebte, als sie heirateten, aber später wurde ihr klar, dass sie ihn zum Teil deswegen geheiratet hatte, weil sie dann kein Model mehr sein musste, das hat sie nämlich gehasst. Sie erzählte mir, dass sie es nicht aushielt, wie die Leute sie anstarrten. Ich glaube, sie wollte irgendeinen Sinn im Leben haben. Sie sagte, Ihren Vater interessierte es nicht, was sie dachte, er redete nie mit ihr, und sie hatte das Gefühl, langsam zu verschwinden. Sie sah keinen Sinn in ihrem Leben.«

»Das hat sie Ihnen alles erzählt?«

»Ja. Wenn wir uns die Haare gewaschen haben. In dem Badezimmer in Cricklewood gab es keine Dusche, deshalb haben wir uns gegenseitig im Waschbecken die Haare gewaschen. Meistens waren wir hinterher beide völlig durchnässt.«

»Das klingt, als wären Sie Freundinnen gewesen.«

»Waren wir auch. Als sie keine Angst mehr hatte, war sie super.«

»Was meinen Sie mit Angst? Irgendwas verschweigen Sie mir, Maggie. Ist meine Mutter freiwillig mit Steve gegangen? Aber wenn es Micks Idee war, wie Sie sagten, wie kommt es dann –«

»Es *war* Micks Idee. Er hat es nur mir gesagt, nicht Steve. Wir hatten eines Nachts ein Gespräch, kurz nachdem Steve angefangen hatte, sich mit Ihrer Mutter zu treffen, und Mick sagte, das Ganze wäre das perfekte Beispiel dafür, wie das System funktioniere. Tausende von Menschen müssten leiden, nur damit dieser Mann Millionen scheffeln konnte. Ehrlich gesagt, hatte ich langsam genug von seinen Sprüchen, deshalb fragte ich: ›Und was willst du dagegen tun? Eine Bombe auf ihr Haus schmeißen?‹ Mick ging mir wirklich auf die Nerven, und ich wurde ironisch und sagte: ›Vielleicht helfen uns deine Freunde von der ›Angry Brigade‹, weil Mick andauernd –‹«

»Moment mal. Die ›Angry Brigade‹?«

»Entschuldigung. Das war eine Gruppe von Anarchisten Anfang der siebziger Jahre. Sie haben Bombenattentate auf die Häuser von Polizeichefs und Ministern und so verübt. Gegen die Unterdrückung durch den Staat.«

»Und Mick kannte sie?«

»Er *behauptete,* einen von ihnen zu kennen. Ich glaube nicht, dass es stimmte, er hat nur einmal einen Typen getroffen, der mit diesen Leuten zu tun hatte. Aber er redete dauernd von diesen Leuten oder von der SLA, das waren die, die Patty Hearst in Amerika entführt haben.«

»Hat ihn das auf die Idee gebracht?«

»Kann sein. Aber ein Bombenattentat fand Mick bescheuert. Er sagte, das würde nicht helfen, den Reichtum gerechter zu verteilen, weil Ihr Vater sich einfach ein noch größeres Haus kaufen würde, wenn wir ein Bombe auf sein altes Haus schmeißen. Da hat er den Vorschlag mit der Entführung gemacht. Er sagte es so, als wäre es ihm in dem Augenblick eingefallen, aber ich glaube, er hatte es von Anfang an im Kopf. Ich habe es nicht ernst genommen, doch er war Feuer und Flamme. Er wiederholte immer wieder, dass dies der perfekte Weg wäre, das Gleichgewicht wieder herzustellen und den Menschen zurückzugeben, was ihnen rechtmäßig gehörte. Er sagte, wir könnten das Geld dazu benutzen, eine revolutionäre Arbeiterbewegung zu gründen. Immer wenn Steve nicht da war, redete er darüber, und eines Tages kam er nach Hause und erzählte, er hätte das Farmhaus in Suffolk gemietet; und dann hatte er plötzlich einen fix und fertigen Plan.«

»Und Sie haben nie versucht, ihn davon abzubringen?«

»Zum Teil dachte ich, wenn ich ihn einfach ignorierte, würde er es nicht tun, dachte, mit der Zeit würde es ihn langweilen und er würde über was anderes reden.«

»Und der andere Teil?«

Maggie zögerte einen kurzen Augenblick. »Ich hätte alles getan, was Mick wollte. Aber es war nicht nur das, Dodie. Dieser Plan erschien mir so unwirklich. Sogar als es dann tatsächlich passierte, war es, als wäre ich nicht beteiligt, als würde ich nur zusehen.«

»*Wie* passierte es?«

»Wir haben sie nicht überfallen oder so was. Steve versuchte bereits, sie zu einem Besuch bei uns zu überreden. Das Haus in Cricklewood war schöner als das in Muswell Hill, obwohl es kleiner war. Wahrscheinlich hat Mick Steve die Idee in den Kopf gesetzt – dass sie uns besuchen sollte, meine ich –, obwohl ich mich nicht daran erinnere, dass er je so was gesagt hat. Dann kam Steve eines Tages von einem Treffen mit ihr wieder und sagte, sie würde nächstes Wochenende kommen. Der Plan war, dass sie sagen sollte, sie würde eine Freundin besuchen, aber anstatt am Freitag würde sie erst am Sonntag zu ihr fahren und übers Wochenende bei uns bleiben.«

Ich nickte und dachte an Irene des Voeux. An das Interview im Fernsehen. *Wolfgang und ich hatten eine ganz besondere Beziehung.* Nicht, wenn er gewusst hätte, dass sie Mum ein Alibi für ein Wochenende mit ihrem Liebhaber verschafft hatte. Vielleicht war er später darauf gekommen und hatte Virginia nur geheiratet, um es Irene heimzuzahlen.

Maggie fuhr fort: »Ich fing an aufzuräumen, und Mick sagte: ›Warum staubsaugst du für diese reiche Schlampe? Sie ist keinen Deut besser als wir.‹ Gut, dachte ich, er hat Recht, und ließ es sein. Aber es war so seltsam, als sie an unserem Küchentisch saß. Wir waren alle da, haben Tee getrunken, und es war so, als wären Mick und ich Steves Eltern, und er brachte zum ersten Mal seine Freundin mit nach Hause. Es war richtig steif. Susan versuchte, Konversation zu machen, aber mir fiel einfach nichts ein. Ich starrte sie die ganze Zeit an und dachte, Mick wird doch nicht Ernst machen. Obwohl ich Susan schon kannte, hatte ich ein bestimmtes Bild von ihr im Kopf, so selbstsicher, verstehen Sie ... Aber so war sie überhaupt nicht. Sie sah so *jung* aus. Sie trug einen wunderschönen grünen Pullover aus Mohair, passend zu ihren Augen, und ihre Haare fielen offen über ihre Schultern. Steve hielt unter dem Tisch ihre Hand. Mick hat Steve erst am nächsten Tag von seinem Plan erzählt – am Samstag, nachdem wir den Brief abgeschickt hatten. Steve und Ihre Mutter hatten ...« Plötzlich war sie verlegen.

»Den ganzen Tag im Bett verbracht?«, fragte ich. Es war so lächerlich, dass ich beinahe lachen musste.

»Ja, genau. Den ganzen Tag. Tut mir Leid. Egal«, fuhr sie eilig fort. »Steve kam gegen acht aus dem Zimmer. Wir waren alle im Wohnzimmer. Mick sagte: ›Wo ist Susan?‹, und Steve antwortete: ›Sie schläft‹, und dann machte Mick irgendeinen Witz darüber, wie müde sie sein musste, und Steve sagte, er solle den Mund halten. Ich wusste, was kommen würde, ich war mir sicher, dass es einen schrecklichen Streit geben würde, und das wollte ich nicht miterleben, deshalb sagte ich, ich würde den Abwasch machen, und überließ sie sich selbst. Als ich in der Küche war, dachte ich, jeden Augenblick würde einer von beiden aus dem Haus stürmen und die Tür hinter sich zuknallen, aber es wurde immer später, und nichts geschah. Ich fing an, alles Mögliche sauber zu machen – nicht, dass es nicht nötig gewesen wäre –, aber Sachen, die ich sonst nicht putzte, nahm die Dosen vom Regal und wischte sie ab und so was. Ich war mir so sicher gewesen, dass es nicht passieren würde, aber als Steve mit Mick immer länger da drin blieb, fing ich an zu denken, oh, *Scheiße,* es wird passieren. Machen wir uns endlich was zu trinken, okay?« Sie begann, Schränke zu öffnen, wahllos Sachen herauszuziehen und Grimassen zu schneiden. Ich wusste, dass sie mir das, was als Nächstes kam, nicht erzählen wollte.

»Maggie?«

Sie drehte sich um, eine Flasche Gin in der Hand. Ihr Gesicht glühte. »Das scheint alles zu sein, was ich habe. Was wollten Sie sagen?«

»Ich werde nicht wütend, das verspreche ich.«

»Ich weiß. Na ja, eigentlich weiß ich es nicht, es ist nur … Im Kühlschrank ist Orangensaft, oder wollen Sie ihn lieber pur? Was anderes habe ich nicht.«

»Kein Problem.«

»Gut.« Sie ging um mich herum, fischte zwei Gläser aus dem Spülbecken und trocknete sie mit dem Rücken zu mir ab. »Ich habe daran gedacht, in Steves Zimmer zu gehen und Susan zu wecken, aber gleichzeitig dachte ich, man weiß ja nie, worüber sie da drin sprechen. Sie hätten auch über Fußballergebnisse reden können ... Mick wäre fuchsteufelswild geworden, wenn ich sie aufgeweckt hätte, richtig wütend. Also suchte ich mir immer neue Arbeiten. Schließlich kochte ich Tee. Vielleicht wollte Susan ja Tee, dachte ich. Ich holte sogar zwei Becher raus und legte die Teebeutel rein, so weit bin ich immerhin gekommen. Draußen war es stockdunkel, wir hatten keine Vorhänge oder so was, und ich konnte mein Spiegelbild in der Scheibe sehen, wie ich da vor dem Spülbecken stand, den Tee in der Hand. Als Mick in die Küche kam, drehte ich mich nicht um. Ich konnte ihn in der Scheibe sehen. Er sagte nur: ›Alles klar.‹ Er sah so gut aus, und ich wusste, ich *wusste* einfach, dass ich mitmachen musste, wenn ich mit ihm zusammenbleiben wollte. Also machte ich mit. Ich bin nicht stolz darauf.« Maggie drehte sich um und schenkte den Gin ein. »Sagen Sie doch etwas, Herrgott noch mal.«

»Ich bin froh, dass Sie ehrlich zu mir sind.«

»Ja.« Sie trank einen Schluck von ihrem Gin. »Ich weiß nicht, was genau Mick zu Steve gesagt hat, aber es war so, als würde Steve denken, na ja, dass er Susan vor Ihrem Vater rettete. Ein Ritter auf einem weißen Pferd. Sie würden einfach in den Sonnenuntergang davonreiten und bis an ihr Lebensende glücklich miteinander sein. Er saß da und erzählte uns, dass er mit ihr in einer Höhle auf einer griechischen Insel leben und Orangenbäume pflanzen würde –«

»Einen Moment, Maggie. Wollen Sie sagen, meine Mutter war mit der Sache einverstanden? War es so?«

»Nicht ganz. Sie war sehr verwirrt. Wir waren alle ganz schön angespannt und wussten nicht, was geschehen würde.«

»Und was war mit dem Erpresserbrief? Dem ersten?«

»Davon wusste sie nichts.«

»Sie muss es doch herausgefunden haben. Ihr habt uns ihre Kreditkarte geschickt. Zusammen mit dem Brief. Das muss sie doch gewusst haben.«

»Nein. Steve sagte mir, sie wäre einverstanden, noch ein paar Tage zu bleiben. Sie wollte darüber nachdenken, was sie tun sollte. Ich dachte, er hätte ihr erklärt, was wir vorhaben, aber das hatte er nicht, und ich bin mir sicher, dass Mick auch nicht mit ihr gesprochen hat. Hat er bestimmt nicht, denn zwei Tage später suchte sie etwas in ihrer Tasche und entdeckte, dass ihre Kreditkarte verschwunden war, und da kam alles raus. Mick hatte sie aus ihrem Geldbeutel genommen, als sie nicht im Zimmer war.«

»Aber hat sie da nicht ... hat sie nicht ...«

»Es war schrecklich. Sie fing an zu weinen und sagte: ›Warum tut ihr mir das an? Warum hasst ihr mich so? Was habe ich euch getan?‹ Niemand sagte etwas darauf, nicht einmal Steve. Wir saßen nur da und sahen sie an. Ich wollte ihr sagen, dass alles in Ordnung ist, dass wir ihr nichts tun würden, aber Mick schickte mich in die Küche, um ihr eine Tasse Tee zu machen, und ich dachte, na gut, vielleicht hilft ihr das auch. Ich stand vor der Tür und lauschte. Sie hatte ein bisschen Geld dabei, zwanzig Pfund oder so, und bot sie Mick an, versuchte, sie ihm zu geben. Er erklärte ihr immer wieder, dass wir nicht ihr Geld wollten, sondern das Ihres Vaters. Sie war so erregt. Sie saß auf dem Sofa, und als ich ihr den Tee geben wollte, zuckte sie richtig vor mir zurück und verkroch sich in die Ecke. Ich werde nie vergessen, wie sie mich angesehen hat, sie konnte einfach nicht glauben, was ihr geschah, was wir ihr antaten. Mick fragte mich, ob ich sie nach oben in mein Bett bringen könne. Ich streckte ihr die Hand entgegen, wie einem Kind, und sie nahm sie und versuchte gar nicht erst, sich zu wehren. Als wir in meinem Zimmer waren, setzte sie sich aufs Bett und rührte sich nicht. Ich musste sie ausziehen. Ich hatte Angst, dass sie sich wieder aufregen würde und Mick sie hörte, deshalb sagte ich, ich würde ihr eine heiße Milch holen, was mir einen Grund gab, wieder runterzugehen. Als ich zurückkam, war sie im Bett. Sie fragte mich, wo Steve war, und ich sagte, ich wüsste es nicht. Dann sagte ich: ›Ich muss die Tür abschließen‹, weil Mick das gesagt hatte. Sie sah mich nur an. Ihr Gesicht auf dem weißen Kissen war so blass. Als hätte sie kein Blut mehr im Körper. Sie sagte immer wieder dasselbe: ›Ich verstehe das nicht.‹«

»Oh Gott, meine arme Mutter.«

»Es war einfach ... *bizarr.* Im Nachhinein – ich habe so viel darüber nachgedacht, und es war alles so irre. Sie sagen ›meine arme Mutter‹, aber es war nicht so, dass sie *die ganze Zeit* Angst hatte. Gut, sie war unsere Gefangene, und sie konnte nicht weggehen oder so was, aber oft war es eher so, als wäre sie ein Schulmädchen, das die Nacht bei ihrem Freund verbracht hatte und Angst hatte, ihre Eltern könnten es herausfinden. Die Art von Angst.«

»Was war mit den Kassetten?«

»Sie hat von den Drohungen nie was mitbekommen. Da war sie nicht dabei. Am Anfang dachte ich, sie würde uns was vorspielen, damit wir ihr trauten und sie abhauen konnte. Ich meine, das hätte ich getan, aber als sie es –«

»Sie hat versucht zu fliehen?«

»Na ja, sozusagen. Ich war vorne im Wohnzimmer und hörte die Tür. Und als ich aus dem Fenster schaute, sah ich sie den Weg hinunterlaufen. Ich sagte es Mick, und er ist ihr hinterhergelaufen. Am Ende der Straße hat er sie eingeholt – ich hab's vom Vorgarten aus beobachtet –, sie redeten ein paar Minuten miteinander, und dann kam sie mit ihm zurück. Er hatte den Arm um sie gelegt, aber es sah nicht so aus, als würde er sie zwingen oder so was. Es war niemand in der Nähe, doch sie hatte die Hand vor dem Gesicht, als wolle sie nicht, dass man sie erkannte, und sie rannte direkt nach oben, als sie hereinkamen. Ich fragte Mick, was er ihr gesagt hatte, und er tat so, als wäre es eine Kleinigkeit gewesen, Sie wissen schon, aber später erzählte er, dass er ihr erklärt hatte, wenn sie zurückging, würde sie verhaftet werden, weil die Polizei denken würde, das Ganze sei ein abgekartetes Spiel wegen Steve gewesen. Danach sagte er ihr immer wieder, dass sie ins Gefängnis müsste, und redete von Patty Hearst, die man wegen des Bankraubs schuldig gesprochen hatte, obwohl es gar nicht ihre Idee gewesen war. Sie werden mir das wahrscheinlich nicht glauben, aber bis zu dem Zeitpunkt bin ich überhaupt nicht auf die Idee gekommen, dass ich im Gefängnis landen könnte, wenn man uns schnappt.

Ungefähr zwei Wochen später fuhren wir auf die Randall-Farm. Steve und Susan kamen mit, aber dann kam Mick die Polizei in Suffolk verdächtig vor, und als wir nach Cricklewood zurückfuhren, um unsere restlichen Sachen zu holen, blieben Steve und Susan dort. Wir waren sicher, dass Susan viel zu viel Angst hatte, um zur Polizei zu gehen, und Steve hätte sie sowieso nicht gelassen. Er war die meiste Zeit in einem Wolkenkuckucksheim und redete nur über gefälschte Pässe und Griechenland. Susan hatte ein Postsparbuch mit ein paar tausend Pfund, die sie aus ihren Zeiten als Fotomodel gespart hatte, und Steve machte die ganze Zeit verrückte Pläne, wie es möglich wäre, das Geld in Drachmen zu wechseln, ohne dass man ihre Spur zurückverfolgen konnte. Ich erklärte ihm ständig, dass er bei dem Versuch, an das Geld zu kommen, auf der Stelle verhaftet werden würde, aber er wollte es nicht hören.«

»Sie haben doch gesagt, dass Sie dachten, Mick würde sie umbringen.« Ich gab mir Mühe, meine Stimme fest klingen zu lassen.

Maggie schlug die Hände vors Gesicht. »Ich weiß nicht

mehr, was ich dachte. Alles geriet außer Kontrolle. Nachdem Mick Susan erklärt hatte, dass sie im Knast landen könnte, redete sie praktisch mit keinem mehr. Steve merkte es gar nicht, er schwebte auf einem anderen Planeten mit dem ganzen Mist über Griechenland und Orangenbäume, und Mick war besessen von dem Lösegeld und völlig paranoid wegen der Polizei.« Maggie redete immer schneller. »Er hatte diese Waffe! Kam eines Tages nach Hause und wedelte mir damit vor dem Gesicht rum. Erzählte, dass ein Mann von der ›Angry Brigade‹ sie ihm gegeben hätte, dass die Leute uns helfen würden, so wie sie den Basken geholfen hatten, als der spanische Botschafter niedergeschossen wurde, sie würden uns Rückendeckung geben und ich weiß nicht was alles. Ich habe ihm nicht geglaubt. Sogar ich wusste, dass die ›Angry Brigade‹ 1972 auseinander gebrochen war und die Hälfte ihrer Mitglieder im Gefängnis saß. Wir stritten die ganze Zeit deswegen, und ich wusste nicht, was ich tun sollte. Mick schrie mich an, ich sei ein bourgeoiser Wendehals. Er drehte mir jedes Wort im Mund um, und ich dachte nur noch, was mache ich eigentlich hier? Ich dachte oft an meine Eltern, die für meine Cellostunden bezahlt hatten, damit ich aufs College gehen konnte, und wie ich sie betrogen hatte. Aber selbst da – selbst da liebte ich Mick noch.« Maggie rutschte an den Küchenschränken herunter, bis sie auf dem Boden hockte. Sie legte den Kopf zurück und schloss die Augen. »Die Randall-Farm war ein Schweinestall. Die Toiletten waren verstopft, und wir mussten in den Garten gehen. Es gab keinen Kühlschrank, und das ganze Essen wurde schlecht. Wissen Sie noch, wie heiß es war? Direkt neben dem Haus war ein großer Teich. Das Wasser war abgestanden, und es wimmelte von Mücken, aber Mick zwang mich, alle Fenster aufzulassen, damit er schießen konnte, falls die Polizei kam. Ich war völlig zerstochen und musste mich die ganze Zeit kratzen – ein paar

Stiche haben sich sogar entzündet. Ich habe immer noch Narben an den Beinen. Da!« Sie schob den Rock hoch, um sie mir zu zeigen. Sie zitterte.

Ich auch. Meine Beine waren wie Gummi. Ganz langsam ließ ich mich neben sie auf den Boden sinken, ganz vorsichtig, damit ich sie nicht berührte. Auf dem winzigen Stück Linoleum war gerade genug Platz für uns beide.

»Maggie?« Sie hatte die Arme auf die Knie gelegt und hielt den Kopf gesenkt. Ich konnte ihr Gesicht nicht sehen. »Maggie? Ich bin Ihnen dankbar, dass Sie mir das alles erzählen. Ich bin froh ..., dass ich es weiß ... Aber eins verstehe ich nicht. Eine Sache.« Sie sah auf. »Wenn meine ... wenn Susan in London war und Mick die Geldübergabe in Suffolk plante, wie wollte er sie dann zurückgeben? Wenn es funktioniert hätte?«

»Er wollte Anweisungen geben, wo sie zu finden war. Wo das Haus ist.«

»Aber Sie haben doch gesagt, Steve wollte mit ihr nach Griechenland. Wenn er nun mit ihr weggefahren wäre?«

»Mick sagte, das wäre egal, weil wir dann das Geld hätten. Ich weiß nicht, was passiert ist, Dodie. Ich weiß es wirklich nicht.« Sie klang erschöpft. »Sie müssten Steve fragen.«

Steve fragen. Steve, der gesagt hatte, er hätte meine Mutter getötet. Der mich töten wollte. *Du wirst bezahlen.*

»Wie hat die Polizei das Haus in Cricklewood gefunden?«

»Bei der Durchsuchung unserer Sachen haben sie die Adresse gefunden. Das war nicht besonders schwierig.«

»Ich verstehe.« Ein paar Minuten saßen wir schweigend nebeneinander, dann sagte ich: »Wir dachten, es wäre eine politische Geschichte, aber das war es nicht, oder?«

»*Ich* dachte auch, es ginge um Politik. Ich weiß, das klingt dumm, aber für mich ging es um, na ja, um Liebe. Im Grunde. Und Sie sehen ja, wo es mich hingebracht hat.« Maggie rappelte sich auf und reichte mir die Hand, um mir hoch zu helfen. »Kommen Sie«, sagte sie, »Zeit, nach Hause zu gehen.«

Ich stand in dem schmalen Flur, und Maggie sammelte Fussel und Katzenhaare von meinem Rücken.

»Es ist wahrscheinlich eine dumme Frage«, sagte ich, »aber Sie haben mir nicht zufällig Sachen geschickt? Mit der Post?«

Maggie ging um mich herum und sah mir in die Augen. Sie schien verwirrt. »Nein. Warum sollte ich? Außerdem habe ich Ihre Adresse gar nicht.«

»Natürlich nicht. Egal. Sie wissen nicht, wo Steve ist, oder?«

»Keine Ahnung. Vielleicht ist er nach Australien gegangen, aber ich weiß es nicht. Er wollte immer reisen. Hören Sie, Dodie, ich weiß, dass es mich nichts angeht, und natürlich ist es Ihre eigene Entscheidung, aber –«

»Was?«

»Na ja, ich finde, Sie sollten nicht versuchen, mit Steve Kontakt aufzunehmen. Das mit Ihrer Mutter tut mir wirklich Leid, und ich weiß, dass Sie herausfinden wollen, wo sie war und was geschehen ist, aber sie war nicht bei Steve. Ich meine, er war doch im Gefängnis. Und ehrlich gesagt, Steve war immer eher ein Loser. Er lebte in seiner eigenen Welt. Ich weiß, ich sollte so nicht reden, aber ich finde einfach, es führt zu nichts, das ist alles.«

»Ja, gut … Eine letzte Sache noch. In ein paar Tagen wird man die Einzelheiten über den Tod meiner Mutter der Öffentlichkeit mitteilen. Es wird in den Zeitungen stehen. Aber wenn Ihnen noch irgendetwas einfällt, würden Sie es mir sagen?« Ich suchte in meiner Tasche nach einem Zettel und einem Stift und schrieb die Adresse und die Telefonnummer von Camoys Hall auf.

»Ja. Aber ich habe Ihnen alles gesagt.« Sie schaute auf den Zettel. »Da hat Joan gewohnt, ich erinnere mich an die Adresse. Als sie hier war, hat sie mir dieselben Fragen wie Sie gestellt.«

»Und haben Sie ihr erzählt, was Sie mir erzählt haben?«

»So ungefähr.«

»Sie wollte Sie anrufen. An dem Tag, an dem sie starb. Wissen Sie, warum?«

Maggie schüttelte den Kopf. »Sind Sie sicher, dass ich es war? Wir hatten eigentlich keinen Kontakt, wie ich schon sagte.«

»Es bleibt ein Geheimnis.«

»Ja.« Wir sahen uns an. »Sie müssen nach Hause.« Sie ging an mir vorbei, um die Tür aufzumachen. »Da vorne links und dann die Treppe hinunter.«

»Auf Wiedersehen, Maggie. Und danke. Danke für ... Sie wissen schon.«

Sie lächelte. »Passen Sie auf sich auf, Dodie. Genießen Sie das Leben.« Ich ging hinaus, und sie schloss die Tür hinter mir.

Steve war immer eher ein Loser. Ich war viel zu müde, um noch Angst zu haben. Ich ging die Treppe hinunter und setzte mich auf die unterste Stufe. Es vergingen ein paar Sekunden, ehe ich die Schrift an der Wand bemerkte. Ein Stück unter den Graffitis stand in weißen Druckbuchstaben: TROCKENE STEIGLEITUNG. Und daneben auf einer kleinen Plakette: ENTWORFEN VON CLAUSEN & PARTNER, GEBAUT VON BLACKSTOCK LTD, 1961.

Mein Vater hatte Maggies Wohnung gebaut.

Als ich das nächste Mal aufsah, rannten Tony und Dominic über den Parkplatz auf mich zu.

25

Dominic setzte Tony zu Hause ab und fuhr mich in seinem BMW zurück nach Camoys Hall. Ich schlief auf der Fahrt die meiste Zeit. Keiner von beiden hatte mir Fragen gestellt, und ich erzählte freiwillig auch nicht viel. Ich musste über das, was Maggie mir erzählt hatte, erst mal nachdenken. Mein Kopf war voller Bilder von Männern mit langen, braunen Haaren und hängenden Schnurrbärten, die in braun und orangefarben gestrichenen Räumen die Welt verbesserten, fluchten, Parolen verbreiteten und in Unterhemden Verschwörungen ausheckten. Und mittendrin meine wunderschöne, verwirrte Mutter.

Es fiel mir schwer, meine Gedanken zu ordnen, aber zwei Dinge schienen klar. Erstens: Weder meine Mutter noch mein Vater oder Joan hatten irgendwas mit der Entführung an sich zu tun, und zweitens: Steve Moody war höchstwahrscheinlich die Person, die mich umbringen wollte. Es erschien mir nicht besonders wichtig. Einfach etwas, das man im Auge behalten sollte. So erschöpft war ich.

In der Küche in Camoys Hall wartete Des auf mich. Ich setzte mich an den Tisch und versuchte, wach zu bleiben und eine Tasse Tee zu trinken, während Dominic und Des sich hinter mir bewegten und über meinen Kopf hinweg versuchten, leise miteinander zu reden, ohne dass ich es mitbekam.

Als Dominic die Küche verließ, sagte Des: »Er bleibt über Nacht. Scheint ein netter Kerl zu sein. War früher in der Army, bei einem Wachbataillon, den *Coldstream Guards.*«

»Tony sagte, er hätte im Büro gearbeitet.«

»Davor.« Das passt zu Tony, dachte ich und lächelte, einen Wachsoldaten einzustellen. »Ich kenne seinen Vater. Ein anständiger Mann«, sagte Des missbilligend.

»Da bin ich mir sicher.«

»Ich habe mit den Sicherheitsleuten geredet. Alles bestens. Sie sagten mir, dass du einem ihrer Männer eine Liste mit den Namen von Leuten gegeben hast, die vielleicht hierher kommen könnten, so dass so weit alles in Ordnung ist. Wenn es Zweifel gibt, können sie dich jederzeit fragen. Ach ja, sie haben neben deinem Bett einen Alarmknopf installiert. Er macht einen höllischen Lärm.«

»Es war wirklich seltsam, Des. Ich mochte sie.«

Des schüttelte den Kopf über mich. »Erzähl mir morgen davon – das heißt, nur wenn du willst, natürlich. Ich treffe mich nach der Verhandlung mit Bennington, aber gegen acht müsste ich zurück sein. Du siehst fertig aus. Wie wär's, wenn du schlafen gehst?«

»Gut.« Ich zog mich hoch und trottete auf die Tür zu.

»Ach, und Dodie.«

»Ja?«

»Ich werde Benny bitten, einen Antrag auf Wahrung der Privatsphäre zu stellen, aber an deiner Stelle würde ich ein paar Tage nicht ans Telefon gehen.«

Als ich im Bett lag, war ich, wie immer, plötzlich hellwach, den Kopf voller Bilder. Maggie in grau-weißer Unterwäsche in einem schmuddeligen Badezimmer, wie sie mit einem Zahnputzglas Mums Haare ausspült; ein Waschbecken von kaputten, avocadogrünen Fliesen eingerahmt, schwarzer Schimmel im Abfluss, ein Stückchen rosa Seife mit ein oder zwei krausen Haaren daran; Mum und Maggie, die sich lachend nass spritzen; Steven Moody, der in einer schlecht beleuchteten Küche unter einem wackeligen Tisch Mums Hand hält; Mum, aufgeregt und ernst zugleich, mit riesigen Augen, wie ein kleines Mädchen, dann zusammengerollt in stummem Elend in einem Knäuel von braunen Laken aus Polyester. Maggie hatte gesagt, dass Steven Moody viel zu sehr mit seinen Fantasien über die griechischen Inseln beschäftigt war, um zu bemerken, dass Mum nicht mehr sprach. Sie hatte Maggie gebeichtet, dass sie Angst hatte zu verschwinden. Diese Ängste hatte sie auch schon in Camoys Hall gehabt, aber in Cricklewood verschwand sie wirklich. Für die nächsten zwanzig Jahre löste sie sich in Luft auf.

Ich fragte mich, ob es wirklich so gewesen war wie die Bilder in meinem Kopf. Alles hat sich so verändert, obwohl nur zwanzig Jahre dazwischen liegen. Nicht nur das Aussehen, auch die Meinung der Menschen, ihr Denken. Es hat keinen Sinn, die Uhr zurückzudrehen.

Ich werde Mum nie wiederbekommen, dachte ich. Und ich werde meine Kindheit nie wiederbekommen. Ich sah mich als Achtjährige, dünn und blass, für immer auf der Schwelle eines Zimmers hockend, darauf wartend dazuzugehören. Wenn ich nur mit ihr reden könnte. »Alles wird wieder gut.« Das hätte ich gesagt.«Keine Angt, alles wird wieder gut.« Ich starrte in die verschwommene Dunkelheit und wünschte, ich könnte mir glauben.

26

Des und Dominic waren längst verschwunden, als ich endlich auftauchte. Die Putzfrauen machten gerade Frühstückspause, als ich in die Küche kam. Sie drängten sich um eine Zeitung, die auf dem Küchentisch ausgebreitet lag. Als sie mich sahen, ließen sie die Zeitung schnell verschwinden, doch sie waren nicht schnell genug, so dass ich die Worte GEHEIMNISVOLLER TOD neben einem über die dreiviertel Seite gehenden Abdruck des Fotos von meinem Vater und meiner Mutter, das ich im Leichenschauhaus identifiziert hatte, nicht übersehen konnte. Vielen Dank, Inspector Halstead. So viel zu dem Versuch, die Sache herunterzuspielen. »Bitte bleiben Sie sitzen«, sagte ich, aber die Overalls stammelten Entschuldigungen und suchten, ihre Gerätschaften hinter sich herziehend, das Weite.

Nur die nette Putzfrau mit der Wolljacke blieb. »Gehen Sie doch in das hübsche, kleine Wohnzimmer, meine Liebe. Dort ist es ruhiger als hier.« Sie machte eine ausladende Bewegung mit ihrem rot bestrickten Arm in die jetzt leere Küche. »Haben Sie schon gefrühstückt?«

»Nein, noch nicht.«

»Dann bringe ich Ihnen etwas. Und jetzt ab mit Ihnen.«

Ich tat, wie mir geheißen. Auf dem Fußboden kringelte sich wieder eine lange Papierschlange aus dem Fax, aber ich brachte es nicht fertig, sie durchzusehen. Ich spulte den Anrufbeantworter zurück. Die erste Nachricht war von Tony. »Du wirst diese Nachricht wahrscheinlich erst morgen früh abhören, Dodie. Falls du gestern Abend nicht mehr mit Des gesprochen hast – wir haben ausgemacht, dass ich euch Dominic für ein paar Tage leihe. Wir machen uns beide Sorgen und finden, du solltest nicht allein sein. Hör mal, ich komme heute Abend mit dem Zug raus. Ich nehme mir ein Taxi vom Bahnhof. Uns wird schon was einfallen. *Ruf mich an.*«

Dann eine Nachricht von Des aus dem Gericht. »Wir gehen jetzt rein. Das Gericht ist ein Tollhaus. Journalisten, wohin man schaut. Dodie, meine alte Liebe, ich hoffe, du hast nichts dagegen, aber ich habe Helen Bain gebeten zu kommen. Du erinnerst dich wahrscheinlich nicht mehr an sie, sie war meine Sekretärin bei Blackstock. Sehr effizient. Du brauchst dir keine Gedanken um ihre Unterbringung zu machen. Ich habe ihr gesagt, sie soll sich ein Zimmer in der ›Fetten Henne‹ nehmen. Irgendjemand muss das Telefon übernehmen, und sie kann sich um Joans Angelegenheiten kümmern.«

Oh Gott, die Beerdigung. Ich hatte sie beinahe vergessen. Ich warf einen Blick auf meine Liste. *Ein Kleid für Joan aussuchen* war mit dicken roten Strichen eingerahmt. Ich konnte Helen Bain wohl kaum bitten, das für mich zu tun.

Dann rief ich Liza, meine Nachbarin in London, an. Sie war völlig hysterisch. »Ich wusste, dass die Geschichte mit Irland Quatsch ist. Was soll ich tun, Dodie? Alle Journalisten Londons campieren auf deiner Schwelle und fragen mich, wo du bist. Was soll ich ihnen sagen?«

»Es tut mir Leid, Liza. Weißt du, was los ist?«

»Ich weiß nur, dass ich meine Wohnung nicht verlassen kann. Woher soll ich wissen, was los ist? Ich wusste nicht mal, dass es deine Familie ist, bis sie heute Morgen deinen Namen im Radio gesagt haben. Übrigens, danke, dass du mir Bescheid gesagt hast.«

»Es tut mir wirklich Leid.«

»Das glaube ich dir gerne, aber was soll ich mit diesen Schmierfinken vor meiner Tür machen? Ich bin schließlich nicht diejenige, die weiß Gott wie viele Millionen geerbt hat. Ich *brauche* meinen Job noch, weißt du?«

Am liebsten hätte ich gesagt, »ich auch«, aber schließlich entschuldigte ich mich ein ums andere Mal. Ich versuchte, sie zu beruhigen, und dachte dabei die ganze Zeit, wenn du wüsstest, wie gerne ich du wäre.

Ich wollte gerade Tony anrufen, als das Telefon klingelte. Ich hielt mich noch rechtzeitig zurück und wartete, bis der Anrufbeantworter ansprang.

»Doe? Hier ist Carol. Mum ist gerade mit der Zeitung gekommen, und –«

»Carol, hier ist Dodie.«

»Hast du die Zeitungen gesehen, Doe? Sie sind voll von deiner Mum.«

»Ich weiß. Ich hätte nicht gedacht, dass es so schnell geht.«

»Ärgern sie dich schon?«

»Noch nicht, aber das ist nur eine Frage der Zeit.«

»Ist irgendjemand bei dir?«

»Nur die … nein, eigentlich nicht.«

»Soll ich vorbeikommen? Mum hat nur zwei Zeitungen gekauft, aber ich finde, du solltest – bleib dran. Was? Oh, Mum fragt, ob sie irgendetwas tun kann.«

»Das ist sehr nett von ihr, aber im Augenblick fällt mir nichts ein.«

»Hör mal, ich bin in zehn Minuten bei dir.«

»Gut. Ich bin zu Hause.«

»Mum sagt, es ist abscheulich. Zehn Minuten, okay?«

»Bis gleich. Ach, übrigens, Carol –« Ich wollte sie wegen der Sicherheitsleute warnen, aber sie hatte schon aufgelegt.

Die nette Putzfrau steckte den Kopf zur Tür herein. »Ich bin's nur.« Sie stellte ein Tablett mit Tee und Toast auf den Schreibtisch. »Ich will Sie nicht weiter stören.«

»Danke. Entschuldigen Sie, aber ich weiß Ihren Namen nicht.«

»Vera.«

»Danke, Vera.«

»Sie müssen versuchen, etwas zu essen, meine Liebe. Ich bin in der Küche. Wenn Sie noch etwas brauchen, rufen Sie einfach.« Sie schloss die Tür hinter sich.

Ich starrte die Teekanne und die braunen Dreiecke in dem silbernen Toasthalter an und überlegte, was ich damit sollte. Ich aß ein Stück Würfelzucker. Wann würden die Journalisten bei Maggie auftauchen? Vielleicht waren sie schon da. Ich war mir beinahe sicher, dass ihre Überraschung echt war, als ich ihr von Mums Tod erzählte. Ich versuchte, mir ihre Reaktion ins Gedächtnis zu rufen, aber ich konnte mich nicht genau erinnern. Ich suchte ihre Nummer in Joans Adressbuch und wählte, doch sie hob nicht ab. Ich hinterließ eine Nachricht auf ihrem Anrufbeantworter, erklärte, dass ich wegen der Journalisten nicht ans Telefon ging und sie zurückrufen würde, wenn sie mir eine Nachricht hinterließ. Erst als ich auflegte, kam mir der Gedanke, dass sie es vielleicht genauso machte.

Ich konnte jedes Angebot, das sie von den Zeitungen bekam, überbieten. Ich musste es nur zuerst erfahren. Ich überlegte, ob ich sie nach Camoys Hall einladen sollte, bis die Aufregung sich gelegt hatte. So wäre sie vor der Presse in Sicherheit, und ich würde auf jeden Fall erfahren, ob man versuchte, mit ihr Kontakt aufzunehmen. Auch wenn sie am Telefon gesagt hatte, dass sie kein Geld wollte, wenn ich ihr genug anbot, würde sie es nehmen. Ich sah sie in dieser schrecklichen Wohnung vor mir. Sie musste wissen, dass mein Vater das Haus gebaut hatte, doch sie hatte es mir gegenüber nicht erwähnt. Vielleicht hatte sie angenommen, ich wüsste es.

Ich war drauf und dran, Maggie noch eine Nachricht auf Band zu sprechen, als mir plötzlich klar wurde, dass ich wie ein reicher Mensch dachte. Glaubte, ich könnte sie kaufen. Wie mein Vater wollte ich das Geld dazu benutzen, Menschen zu kontrollieren. Wenn Maggie zulässt, dass ich ihr Geld gebe, habe ich die Macht über sie, dachte ich. So wie ich Macht über Mr. Molloy hatte, weil mir sein Haus gehörte, oder über Blackstock Ltd, weil ich die Mehrheit der Anteile besaß. Wenn man meinem Vater seine Macht vorgehalten hätte, hätte er Verantwortung und Dienstleistung dagegengehalten. Aber machen wir uns nichts vor, er hat es *genossen.* Je mehr Macht, desto besser. Und er kontrollierte die Menschen nicht nur über das Geld, sondern auch über die Liebe. Denn die größte Macht hast du über Menschen, die dich lieben. Und er benutzte sie, um Joan und Angela und auf gewisse Weise sogar Des zu kontrollieren. Lag es daran, dass Betty Carroll ihn verletzt hatte? Ich würde es wohl nie wissen. Wahrscheinlich hatte er es selbst nicht gewusst.

Veras Kopf tauchte an der Tür auf. »Hier ist jemand für Sie.«

»Wer ist diese Frau?« Carol Curtis stemmte die Tür mit der Schulter auf und ließ ihre Zeitungen auf Joans Kaffeetisch fallen.

»Willst du einen Tee?«

»Ja.« Sie befühlte die Teekanne. »Den hier allerdings nicht. Der ist ja eiskalt. Ich mache frischen Tee, okay?«

»Vielleicht macht Vera es, wenn du sie nett bittest.«

»Das bezweifle ich. Rechthaberische Kuh. Ich habe sowieso meinen eigenen Tee mitgebracht. Deiner schmeckt abscheulich.« Sie kramte in den Taschen ihrer abgetragenen, alten Wachsjacke herum und förderte zwei zerknitterte Teebeutel zu Tage. »Siehst du?« Sie wandte sich zum Gehen, und ich sah, dass ihr Rücken voller Heu war.

»Was hast du denn gemacht? Du siehst aus wie ein Heuhaufen.«

»Das möchtest du wohl gerne wissen, wie? Greg ist wieder da. Er war letzte Nacht richtig nett.« Sie grinste mich an, dann runzelte sie die Stirn. »Ehrlich, Doe, was sie da schreiben, ist richtig schlimm. Üble Verleumdungen. Du könntest klagen.«

»Erst mal muss ich es lesen.«

»Ja, natürlich. Mit welcher willst du anfangen?«

»Mit der oberen.«

Sie nahm die *Sun* in die Hand. »Du wirst nicht glauben, was da drin steht. Diese Leute sind das größte Stück Scheiße, das auf dieser Welt rumläuft.« Sie gab mir die Zeitung. Die Schlagzeile lautet: LEICHENFUND: LAUT POLIZEI SUSAN BLACKSTOCK. Daneben ein Foto von meiner Mutter im Abendkleid. Ich konnte meinen Blick nicht davon lösen.

»Doe? Ich bin gleich wieder da, okay? Das sind Schweine, richtige Schweine.«

Die Zeitung lag vor mir auf dem Schreibtisch. Ich wollte sie nicht anfassen. Mir war schlecht, und ich hatte Angst, als ich darauf lauschte, wie Carols Schritte sich durch den Flur entfernten. Dann begann ich, ohne es zu wollen und beinahe ohne zu wissen, was ich eigentlich tat, zu lesen.

Susan Blackstocks Leiche wurde gefunden – Zwanzig Jahre nachdem sie für tot erklärt wurde, tauchte sie gestern Abend auf. 1976 wurde das schöne Ex-Model und die Frau von Multimillionär und Baulöwe Wolf Blackstock von links-extremen Terroristen entführt. Nach einer Schießerei, bei der ein Polizist und einer der Entführer ums Leben kamen, wurden sie gefasst. Doch Mrs. Blackstock blieb verschwunden wie Lord Lucan. Nach einer landesweiten Suche wurde sie für tot erklärt. Bis die Polizei vor zwölf Tagen ihre zwei Tage alte Leiche im Londoner East End fand.

EHEMANN WUSSTE ES

Neue Beweise zeigen, das Wolf Blackstock die ganze Zeit wusste, dass seine Frau noch am Leben war. Der Geschäftsmann weigerte sich, das Lösegeld von zehn Millionen Pfund zu bezahlen. Er handelte die Entführer auf sechs Millionen herunter, hatte jedoch nie die Absicht, auch nur einen Penny auszugeben, um das Leben seiner Frau zu retten.

GRAUSAM

Blackstock, bekannt für seinen Hang zu schönen Frauen, heiratete 1980 wieder. Als er 1995 starb, hinterließ er sein Vermögen seinem einzigen Kind, Susans Tochter, Dorothy, »Dodie« Blackstock.

Blackstock wurde 1989 von Ehefrau Nummer vier geschieden. Virginia Blackstock starb Anfang dieses Jahres an Magersucht. Ein Freund der Familie sagte gestern: »Er war so grausam. Sie starb an gebrochenem Herzen.« Die letzten Jahre seines Lebens verbrachte er allein auf seinem weitläufigen Anwesen in der Nähe von Cambridge. Dort lebte er faktisch als Gefangener seiner schweigsamen zweiten Frau, Joan Draycott, und seines langjährigen Geschäftspartners Des Haigh-Wood und erlaubte seiner Tochter nicht, ihn zu besuchen.

VERSCHWUNDEN
Dodie Blackstock, 29, die sehr zurückgezogen lebt und nicht verheiratet ist, identifizierte die Leiche. Dodie wurde von der Polizei über ihre Mutter befragt, die entführt wurde, als die Tochter acht Jahre alt war. Unsere Reporter waren gestern bei ihrer Wohnung in London, doch Tochter Dodie ist verschwunden.

DIE ENTFÜHRUNG Untreue Ehefrau musste gehen, Seite 16

WIE KONNTE ES GESCHEHEN? Die Tragödie eines stümperhaften Polizeieinsatzes, Seite 18

ARMES REICHES MÄDCHEN Das tragische Leben der Dodie Blackstock, Seite 20

WARUM ICH MEINEN VATER IMMER NOCH VERMISSE Der Sohn des erschossenen Polizisten, S. 22

Ich blätterte zu Seite zwanzig, um mehr über mein tragisches Leben herauszufinden. Ein undeutliches Foto von mir. Behauptete jedenfalls die Überschrift. *Die kamerascheue Dodie. Wusste sie es?* Hinter der schützend vors Gesicht gehaltenen Hand und der dunklen Sonnenbrille hätte es jeder sein können. Es hätte ein Mann in Lumpen sein können. Ein unscharfes Foto von meiner Wohnung und daneben das Bild von mir als kleines Mädchen, das Inspector Halstead bei den Sachen meiner Mutter gefunden hatte. *Dieses Foto wurde in einer Plastiktüte gefunden, in der die arme Susan ihre verbliebene Habe aufbewahrte,* lautete der Untertitel.

Ich blätterte zurück zu dem Artikel über die Entführung auf Seite sechzehn, aber ich konnte ihn nicht lesen. Die Buchstaben verschwammen vor meinen Augen, ich nahm nur einzelne, fett gedruckte Worte wahr. ***Eifersucht. Liebhaber, Schwindel.*** Am Ende der Doppelseite war ein Kasten mit der Überschrift: DIE VIELEN FRAUEN DES WOLFGANG BLACKSTOCK mit Fotos von jeder einzelnen, inclusive Betty Carroll. Ich hatte noch nie ein Bild von ihr gesehen. Hoch gesteckte Locken, ein Joan-Crawford-Mund und glänzende, nackte Schultern, schmachtend vor einem altmodischen Mikrofon. *Ehefrau Nr. 1, Soldatenliebling Betty, Zu sexy für Wolf?* Daneben Joan mit einem Regenkopftuch aus Plastik, alt und griesgrämig aussehend. *Ehefrau Nr. 2, Joan: Wollte sie Susan loswerden, um Wolfs Liebe zurückzugewinnen?* Rechts neben ihr Mum, strahlend, in einem Nerz. *Ehefrau Nr. 3, die tragische Susan. Ein Mordopfer?* Und schließlich Virginia, mit schelmischem Blick in einem Peter-Pan-Hemd. Sie kann höchstens fünfzehn gewesen sein, als das Bild gemacht wurde. *Ehefrau Nr. 4, Kindfrau Virginia, starb an Anorexie. Freunde behaupteten: »Wolf machte sie krank«* Daneben, unter der Überschrift GELIEBTE waren Fotos von Angela, Irene des Voeux und einer Amerikanerin namens Kitty Jarrell Gardner, von der ich noch nie gehört hatte und die behauptete, 1957 in Singapur mit meinem Vater ein Verhältnis gehabt zu haben.

Ich legte die Zeitung beiseite. Mehr wollte ich nicht lesen. Es ist immer dieselbe, alte Geschichte. Man serviert den

Menschen vereinfachte Versionen ihrer selbst: Man nimmt hier ein wenig weg, damit sie in eine Form passen, tut da ein wenig dazu, um sie zu karikieren, so lässt sich ihr Verhalten mit wenigen, treffenden Worten beschreiben.

Ich fühlte mich schrecklich. Unloyal. Meinem Vater gegenüber, meiner Mutter, Joan, Des – allen, selbst Angela gegenüber. Weil sie meine Familie waren, mein Leben – eigentlich alles, was ich hatte. Ich war entsetzt über mich, weil ich die Zeitung gelesen hatte, weil ich Carol gebeten hatte, sie mitzubringen. Ich meine nicht, dass ich meinen Vater plötzlich zu einem Heiligen machte. Ich hatte einfach dieses unterschwellige Gefühl, dass ich sie beschützen wollte. Wenn es noch einen Funken Würde oder Persönlichkeit gab, ich wollte es schützen. Ich dachte an das Chaos, das ich in Joans Schlafzimmer angerichtet hatte. Auf einmal wollte ich hingehen, ihre Kleider zusammenfalten und alles wieder in Ordnung bringen. Sie würde es nicht mehr sehen, aber ich konnte ein bisschen wieder gutmachen, was man über sie geschrieben hatte. Und die Fotos, die ich im Zimmer meines Vater heruntergerissen hatte. Ich würde sie alle wieder aufreihen und frische Blumen neben sein Bett stellen.

Das Telefon klingelte, und Des' Stimme begann, auf den Anrufbeantworter zu sprechen. Ich griff nach dem Hörer. »Sind sie fertig?«

»Ja.«

»Was haben sie gesagt?«

»Es war ein Unfall mit Todesfolge. Was anderes konnten sie nicht sagen. Hast du die Zeitung gesehen?«

»Ja. Carol hat sie mir mitgebracht. Ich habe einen Teil gelesen.«

»Nun, mehr würde ich nicht lesen. Ich bringe heute Abend Benny mit, damit wir alles besprechen können. Wir werden versuchen, die schlimmsten Spekulationen zu stoppen.«

»Aber sie werden mich finden, oder? Camoys Hall wurde irgendwo erwähnt. Nicht der Name, aber irgendwo war von dem Anwesen in der Nähe von Cambridge die Rede. Eigentlich bin ich überrascht, dass sie noch nicht da sind.«

»Ich glaube, ein paar Stunden Ruhe bleiben dir noch. Und du hast die Sicherheitsleute, aber ich an deiner Stelle würde im Augenblick trotzdem im Haus bleiben. Ist das Mädchen, das die Zeitungen mitgebracht hat, noch da?«

»Carol? Ja, ich glaube, sie ist in der Küche.«

»Frag sie doch, ob sie noch eine Weile bleibt. Sie hat bestimmt nichts dagegen.«

»Mache ich. Des, es wird doch alles wieder gut, oder?«

»Keine Sorge, wir schaffen das schon. Und wir kommen auf der anderen Seite wieder raus. Es gibt Schlimmeres.«

»Mir fällt nichts ein.«

»Nein, tut mir Leid, war eine dumme Bemerkung. Aber Benny wird wissen, was zu tun ist.«

»Ich hoffe es.«

»Dafür wird er bezahlt. Wir kümmern uns drum, das verspreche ich. Ich weiß noch nicht, wann wir kommen, wir müssen hier noch ein paar Dinge erledigen, aber ich rufe dich an.«

»Gut. Bis später.«

»Halt die Ohren steif, Kleines.«

Er legte auf, und ich ging in die Küche, um Carol zu suchen. Sie saß mit einem Mann im Kampfanzug am Küchentisch. Es war heiß draußen, doch er trug einen haarigen, braunen Pullover unter seiner Tarnjacke, der aussah, als wäre er aus seinem Bart gestrickt. Ich wollte schon fragen, ob er von der Sicherheitsfirma war, als Carol aufsprang.

»Ich wollte gerade nachschauen, ob mit dir alles in Ordnung ist, Doe. Das ist übrigens Greg.«

»Hallo, Greg.« Greg machte ein Geräusch, das sich anhörte wie »Ähmp«, und nahm eine Hand von seinem Becher.

»Für seine Freunde auch Catweazle«, sagte sie und blies einen Kuss durch die Luft. »Schon gut, Greg, Doe hatte keinen Fernseher, als sie klein war.«

Greg sah mich überrascht an. »Wirklich nicht?«

Ich schüttelte den Kopf.

»Du hast doch nichts dagegen, dass er hier ist, oder?«, fragte Carol. »Der Aufpasser wurde richtig eklig, aber dann war es okay. Sie hatten meinen Namen auf einer Liste. Hast du ihnen den gegeben, Doe?«

»Ja. Sie wollten wissen, wer alles hierher kommen könnte.«

»Ach so. Ich hab Greg nur mitgebracht, weil ich ihn sonst bis nächste Woche nicht sehe. Er fährt nach Bristol.«

»Wie schön«, sage ich mechanisch. »Geschäftlich oder zum Vergnügen?«

»Um meinen Bruder zu besuchen.«

»Kann er ein bisschen bleiben?«

»Klar«, sagte ich. »Je mehr, desto besser. Eigentlich wollte ich dich sowieso fragen, ob du noch eine Weile hier sein kannst. Ich mache mir ein bisschen Sorgen wegen der Leute, die kommen könnten – Journalisten.« Und Mörder, dachte ich.

»Keine Angst«, sagte Carol. »An uns kommen sie nicht vorbei. Greg wird sie für dich vertreiben, nicht wahr, Greg?«

Greg nickte, zeigte die Zähne und gab ein knurrendes Geräusch von sich.

»Hast du die Zeitungen gelesen?«, fragte Carol.

»Genug.«

»Dass sie das Zeug überhaupt drucken. Diese Schweine. Du musst sie verklagen, Doe. Das dürfen sie deiner Familie nicht antun und so davonkommen.«

»Nein, wirklich nicht«, sagte ich so überzeugend wie möglich. »Hör mal, ich muss oben in Joans Zimmer ein bisschen aufräumen. Wenn das Telefon klingelt, ignorier es einfach.«

»Kein Problem. Wir sind hier unten. Jimmy lässt übrigens ausrichten, dass er vielleicht später vorbeikommt.«

»Ach, wirklich?«

»Er war gestern Abend im Pub.« Sie zog eine ihrer struppigen Korkenzieherlocken lang und schielte einen Augenblick nach oben, ehe sie sie zurückschnellen ließ. »Er mag dich wirklich, Doe.«

Greg rettete mich vor einer Antwort.

»Ich muss pinkeln.« Er löste sich von seinem Becher, legte beide Hände auf den Tisch und machte eine Art vertikalen Liegestütz, um sich vom Stuhl zu wuchten.

»Nächste Tür rechts, am Ende des Flurs.«

»Na dann tschüs.«

Carol wartete, bis er weg war, dann sagte sie: »Er ist klasse, oder?«

»Er wirkt ... sehr nett.«

Sie schnitt ein Gesicht. »Nur weil er nicht Cedric oder Humphrey oder so heißt.«

»Ich kenne niemanden, der Cedric oder Humphrey heißt, Carol.«

»Du weißt schon, was ich meine. Egal, *ich* finde ihn klasse.« Sie fing wieder an, mit ihren Haaren zu spielen. »Hast du wirklich niemanden in London?«

»Nein, ehrlich nicht.«

»Jimmy ist ein netter Kerl.«

»Ich weiß. Kann ich dich hier unten allein lassen?«

»Du sagst es mir nicht, oder?«

»Es gibt nichts zu sagen, Carol, ehrlich. Ich bin in Joans Zimmer.«

»Was soll ich machen, wenn Jimmy kommt?«

»Sag ihm, wo ich bin.«

Carol schenkte mir ein wissendes Lächeln. »Gut, wenn du willst. Tu nichts, was ich nicht auch tun würde.«

Ich floh, bevor Carol noch was sagen konnte. Ihr fehlten nur noch Pfeil und Bogen, ein Paar Flügel und eine Augenbinde. Maggie Hill hatte gesagt, dass meine Mutter Steven Moody geliebt hatte; obwohl er das nicht so sah, wenn man dem Brief glaubte. Und jetzt Jimmy und ich. Ich fragte mich, wie Des Jimmy finden würde. Mein Vater hatte gesagt, ich – oder Frauen überhaupt – wollte nur auf die Universität gehen, um einen Mann zu kriegen, aber das stimmte nicht. Die Leute reden doch immer darüber, wie sie herausfinden wollen, wer sie sind. Nun, ich wollte herausfinden, dass ich *jemand anders* war. Ich hoffte die ganze Zeit, dass es einfach geschehen würde, und als es nicht geschah, wurde ich depressiv. Das dauerte ungefähr drei Jahre, bis ich den Streit mit meinem Vater hatte. SNAFU. Situation normal, all fucked up. Wie Des *nicht* sagen würde.

Ich stand an der Tür zu Joans Zimmer und betrachtete das Chaos auf dem Boden. Wenigstens wussten die Journalisten nicht, dass sie und mein Vater nicht verheiratet waren. Das wäre furchtbar für sie gewesen. Nach einer Weile kniete ich mich an den Rand des Teppichs und begann das Durcheinander zu sichten, faltete Sachen zusammen, machte kleine Stapel und konzentrierte mich auf meine Arbeit, damit ich nicht dauernd darüber nachdachte, was Des tat, was Maggie Hill tat, was Steven Moody tat … Und ich dachte die ganze Zeit an Jimmy, ob er kommen würde und was ich zu ihm sagen sollte, falls er kam. Jimmy war so nett gewesen, als das mit der Katze passiert war und ich geweint hatte. Es wäre alles so viel leichter, wenn es jemanden gäbe. Obwohl ich Des und Tony hatte – und unten war natürlich Carol –, aber nachts waren sie nicht da, und wenn man allein ist, ist es am schlimmsten.

Nach einer halben Stunde hatte ich es geschafft, alles in sechs Stapel zu ordnen, mit einem Berg Lavendel und getrockneten Rosenblättern in der Mitte. Ich kniete vor Joans Kommode, zog die unterste Schublade heraus und wollte gerade ihre Blusen zurücklegen, als ich eine Beule in dem Auslegepapier sah. Ich hob es an einer Ecke hoch und fand drei kleine Säckchen, oben mit rosa Schleifchen zugebunden, alle zusammen in Zellophanpapier verpackt. Sie waren mit Bildern von viktorianischen Hausmädchen mit gestärkten Schürzen und Häubchen bemalt, eine mit einem Teetablett, eine mit einem Topf und die dritte mit einem Staubwedel in der Hand. Joans Vorrat an Lavendelsäckchen für den Notfall.

Nun, dachte ich, für Joan wäre das hier ein Fünf-Sterne-Notfall. Das Zellophanpapier war nicht versiegelt. Ich schüttelte die drei kleinen Mägde auf eine Spitzenbluse und beugte mich hinunter, um daran zu schnuppern. Der Lavendel roch immer noch. Ich hatte Joan plötzlich so lebendig vor Augen, dass ich mich tatsächlich umdrehte, um zu sehen, ob sie ins Zimmer gekommen war.

Dabei fiel mir etwas Glitzerndes unter der Kommode auf. die unterste Schublade war höchstens fünf Zentimeter vom Boden entfernt, aber hinter einem der runden Füße glitzerte etwas. Ich dachte, es musste aus Joans Schmuckkasten gefallen sein, als ich alles verwüstet hatte, und beugte mich vor, um es aufzuheben.

Es war ein Schlüssel. Ich hob ihn auf. Er hatte ein weißes Plastikschild, wie die Schlüssel in dem Schränkchen hinter der Tür zur Spülküche. *D's Zimmer.* Da lag der Schlüssel in meiner Hand, und ich dachte, es ist, als ob ich ihn finden sollte. Als würde Joan immer noch auf mich aufpassen.

27

Dann war mein Zimmer also doch nicht in einen Abstellraum verwandelt worden. Ich schloss einen Augenblick lang die Augen, um es mir in Erinnerung zu rufen: die Sprossenfenster, das scheckige, graue Schaukelpferd mit den wunderschön gemalten Augen; der rote Teppich mit den Streublümchen, extra für mich bei Sanderson's ausgesucht; der weiße Korbstuhl von Lloyd Loom. So hatte mein Zimmer ausgesehen, als Mum entführt wurde. Aber als ich von meinem ersten Semester an der Universität zurückkam, hatte Joan es neu eingerichtet. »Ich dachte, es gefällt dir besser, wenn es ein bisschen erwachsener ist«, hatte sie gesagt. Es hat mir gefallen, Joan. Es war nur nicht mehr mein Zimmer.

Konnte es sein, dass dort etwas war? Ich nahm den Schlüssel, sprang auf die Füße, machte die Tür von Joans Zimmer auf und flog direkt in Jimmys Arme.

»Wie geht es –«, setzte er an.

Ich hob die Hände, um ihn zu unterbrechen. »Frag mich ja nicht, wie es mir geht«, sagte ich. »Bitte.«

»Gut, dann nicht. Aber Carol hat gesagt –«

»Ich habe einen Schlüssel gefunden. Hier!«

»Super. Wofür ist er?«

»Für mein Zimmer. Das ich früher hatte.«

»Warum sollte es abgeschlossen sein?«

»Keine Ahnung! Das müssen wir jetzt herausfinden.«

»Halt. Warte mal. Warum sollte –«

»Hör mir einfach zu. Ja? Nur eine Minute.« Ich versuchte, ihm die Ereignisse der letzten drei Tage so klar wie möglich zu schildern, aber ich war so aufgeregt, dass ich alles durcheinander brachte. Als ich endlich fertig war, machte Jimmy ein total verwirrtes Gesicht. Ich griff nach seiner Hand und zog ihn hinter mir her durch den Gang.

»Immer langsam!«

Er hielt mich fest, und ich trat einen Augenblick lang auf der Stelle, wobei ich seine Hand nicht losließ.

Er lachte. »Du siehst aus wie eine Comicfigur.«

»Ich *fühle* mich wie eine Comicfigur. Jetzt *komm*!«

»Darf ich dir erst einen Kuss geben?«

»Oh ... Ja, na gut, wenn du willst.« Plötzlich verlegen wandte ich ihm das Gesicht zu. »Ich will nur herausfinden, ob da etwas ist, was ich wissen muss. Da draußen läuft ein Mann rum, der mich umbringen will, Herrgott noch mal.«

»Keine Chance. Du hast mehr Leibwächter als die Queen, Dodie. Ehrlich, dir fehlen nur noch ein paar Leute mit Bärenfellmütze.« Ich dachte an Dominic, der bei den *Coldstream Guards* gewesen war, und lächelte. Jimmy beugte sich vor und küsste mich auf die Wange. »Ich dachte, du bist völlig durcheinander – deprimiert, Carol hat gesagt –, die Zeitungen und all das? Aber du bist ja richtig albern.«

»Du klingst wie Des.«

»Ist das schlecht?«

»Nein. Eigentlich sogar ganz nett.«

Jimmy küsste mich auf die andere Wange. »Jetzt bist du symmetrisch. Gehen wir.«

Vor der Tür zu meinem Zimmer zögerte ich, und Jimmy sagte sehr sanft: »Dodie, vielleicht ist da nichts –«

»Ich weiß. Wenn da nichts drin ist ... Alles, was ich dir erzählt habe, über den schrecklichen Brief, das, was Des mir erzählt hat, das Treffen mit Maggie Hill ... Vielleicht ist alles einfach nur ein riesiges Durcheinander. Und wenn –« Ich dachte, wenn Mum nun nicht zurückgekommen war, weil sie glaubte, wir hätten sie alle im Stich gelassen, und weil sie uns hasste, und wenn ich auch daran Schuld hätte! »Es ist einfach alles zu *viel*. Es ist wie auf der Achterbahn, und ich ertrage den Gedanken einfach nicht –«

»Dodie, du warst acht Jahre alt. Es war nicht deine Schuld.«

»War es auch nicht, oder?«

»Natürlich nicht.«

Einen Augenblick lang schwiegen wir. Dann sagte Jimmy: »Es tut mir Leid, dass ich nicht eher wiedergekommen bin.

Aber dich vor diesem großen Haus zu sehen, zu wissen, es gehört dir, und dann diese Friseurin, die extra deinetwegen hier war … Mir ist plötzlich klar geworden, wie anders dein Leben ist. Und dann alles, was passiert ist. Aber als ich Carol im Pub getroffen habe und sie über dich geredet hat wie –«

»Wie über einen ganz normalen Menschen?«

»Ja.«

»Nun, mehr bin ich auch nicht. Tut mir Leid, wenn ich dich enttäuschen muss.«

Jimmy sagte: »Du bist sehr schön, weißt du das?«

»Nein. Ich meine, ich bin nicht schön.«

»Doch, das bist du. Ich glaube, ich gebe dir noch einen Kuss. Ganz schnell.«

Diesmal dauerte der Kuss länger. Als Jimmy mich losließ, sagte er: »Ich finde, du machst das sehr gut. Und du *bist* schön.« Er legte seine Hand auf meine Wange und rieb mit dem Daumen meine Nase. »Ich liebe Sommersprossen.«

»Davon habe ich mehr als genug.«

»Gut. Und jetzt schließ die Tür auf, bevor du explodierst.«

Ich drehte den Schlüssel, und die Tür schwang auf.

»Was für ein schönes Zimmer«, sagte Jimmy. Und das war es. Die Sonne schien auf die weißen Lloyd-Loom-Stühle, die weiß gestrichene Kommode und das Messingbett mit dem Überwurf in Pastellfarben. Mein Pyjamakissen, ein weißes Pferd mit einem Reißverschluss auf dem Bauch, lag auf dem Kissen. Das Schaukelpferd war verschwunden, und der rote Teppich war durch mehrere Läufer ersetzt worden, aber das Zimmer war weniger verändert, als ich es in Erinnerung hatte. Ich hatte doch ein anderes Bett, andere Stühle gehabt. Joan musste die alten Möbel wieder hineingestellt haben.

»Es überrascht mich, dass du nicht schon eher hier reingegangen bist«, sagte Jimmy. »Ich weiß, dass du in keinem der alten Schlafzimmer schlafen wolltest, aber –«

»Ich glaubte, Joan hätte einen Abstellraum draus gemacht.«

»Das hat meine Mutter tatsächlich gemacht. Ich dachte, sie würde traurig sein, wenn ich von zu Hause weggehe, aber sie sagte nur: ›Prima, dann kann ich dein Zimmer haben.‹ Allerdings hat dies Haus ein paar mehr Zimmer als unseres.«

Ich berührte die Oberfläche des Bücherregals. Kaum Staub. Die Messingknöpfe des Bettgestells glänzten, als wären sie gerade erst poliert worden. Die Putzfrauen konnten es nicht gewesen sein, weil sie keinen Schlüssel hatten. Und auf der Kommode standen Blumen, ein großer Strauß Alstroemerien. Sie sahen frisch aus. »Joan muss hier gewesen sein«, sagte ich. »Sie muss die Blumen hier hineingestellt haben. Im Zimmer meines Vaters waren auch Blumen. Levkojen, die halten sich nicht so gut.« Ich stellte mir Joan vor, wie sie jede Woche frische Blumen in leere Zimmer stellte.

Auf dem Kaminsims stand ein einziges Foto. Jimmy nahm es herunter. »Das hier hat sie mir gezeigt.«

»Das ist Malcolm, Joans Hund.« Ich muss ungefähr dreizehn oder vierzehn gewesen sein – jedenfalls schielte ich nicht mehr, Gott sei Dank. Ich stand vor dem Haus, der Jack Russel lag unbequem, aber ergeben in meinen Armen. Ich dachte an Joan, sah sie in ihren klobigen Schuhen an seinem kleinen Grab stehen, mit dem Spaten in der Haut schaut sie auf die glatte, frisch umgegrabene Erde, in die sie Blumenzwiebeln einsetzen wird. Ich zwinkerte, aber es funktionierte nicht. Ich drückte Jimmy das Foto in die Hand und ging ans Fenster. Er sagte nichts, aber gleich darauf legte er mir den Arm um die Schulter.

»Oh Gott, Jimmy, sie muss so einsam gewesen sein.«

»Ja, das glaube ich auch.«

Einen Augenblick lang schauten wir stumm aus dem Fenster. Ich sah die beiden neuen Helfer von Mr. Molloy die Rampe eines riesigen Lastwagens herunterstolpern, auf dem ein ausgewachsener Baum zu stehen schien. Ein Sicherheitsbeamter beobachtete sie und erstattete, den Kopf schief gelegt wie ein Papagei, Bericht in sein Funkgerät. Die Kirchenbänke waren auf dem Rasen verteilt, als wollte der Pfarrer einen Open-Air-Gottesdienst halten. Auf der vordersten Bank saßen sechs ältere Frauen in geblümten Kittelschürzen und tranken Tee aus Thermoskannen.

»Was machen die hier?«, fragte Jimmy.

»Das ist die Putzbrigade. Für die Kirche. Es ist wirklich nett von ihnen. Ich muss runtergehen und mich bedanken.«

Jimmy drückte leicht meinen Arm. »Sieh mal, da ist Mrs. Curtis. Und Mrs. Bright. Sie haben dich gesehen. Na los, wink ihnen.«

»Ich komme mir vor wie die Queen.« Alle sechs Frauen winkten zurück.

»Geht's dir jetzt ein bisschen besser?«, fragte Jimmy.

»Ich glaube schon.«

»Sollen wir uns umsehen?«

Das taten wir. Der Schrank war leer, der Schreibtisch war leer, und die Kommode war ebenfalls leer.

»Mehr ist hier nicht.« Ich setzte mich aufs Bett. Jimmy schaute unter den Bettüberwurf. »Und?«

Er richtete sich kopfschüttelnd auf.

»Na gut.« So viel dazu, dass Joan auf mich aufpasste. Ich konnte meine Enttäuschung nicht verbergen. »Ich dachte wirklich, ich würde etwas finden.«

»Ja, ich weiß, es tut mir Leid für dich.«

Jimmy setzte sich neben mich aufs Bett. »Hallo Pferd«, sagte er zu dem Pyjamakissen. »Wie süß von Joan, dass sie das aufgehoben hat.«

»Es heißt Hector. Des hat es mir geschenkt. Als ich zwölf war. Wir haben in der Schule die trojanischen Kriege durchgenommen, ich muss ihm davon erzählt haben, denn er packte seine alten Zinnsoldaten in Hectors Bauch und sagte, jetzt sei es das trojanische Pyjamakissen. Ich fand das lustig. Joan nicht. Sie musste es hinterher waschen.«

Jimmy gab mir das Kissen. »Na los«, sagte er. »Mach es auf.«

Ich legte Hector auf meinen Schoß. Kopf, Hals und Beine waren fest gestopft und hart, doch sein Bauch war flach und leer. Als ich ihn zwischen meinen Fingern rieb, hörte man ein schwaches, knisterndes Geräusch. »Oh Gott, Jimmy!« Ich zog den Reißverschluss auf und steckte die Hand hinein. »Komm schon, Hector, zeig mir dein Geheimnis.«

Ich zog ein flaches, in Zeitungspapier gewickeltes Paket heraus. Ich wollte es gerade aufreißen, da sagte Jimmy: »Halt, warte mal. Dreh es um. Sieh nach, was für ein Datum drauf steht.«

»Freitag, 14. Juni 1996. Das war der Tag, an dem sie die Leiche meiner Mutter gefunden haben. Zwei Tage, bevor ich hierher kam.« In dem Päckchen war eine braune Obsttüte, auf der mit schwarzer Tinte DOROTHY geschrieben stand. Die Tüte war mit Klebeband versiegelt.

Ich wollte es mit dem Fingernagel öffnen, aber Jimmy sagte: »Ich glaube, du solltest dir das allein anschauen. Es könnte … du weißt schon.«

»Etwas Schreckliches sein? Wenn das der Fall ist, wäre ich lieber nicht allein.«

»Nicht unbedingt etwas Schreckliches, aber etwas über deine Familie. Da steht dein Name drauf. Ich wette, Joan wollte nicht, dass es jemand anders sieht. Vielleicht hat sie es deshalb in Hector versteckt. Sie war ein sehr stiller Mensch, nicht wahr?«

»Das stimmt.«

»Pass auf, ich habe meinem Bruder versprochen, ihm zu

helfen, ein paar Möbel umzustellen. Er renoviert gerade, und ich wollte es eigentlich heute Nachmittag machen, aber ich kann es genauso gut gleich erledigen. In der Zwischenzeit kannst du Hectors Geheimnis lesen, und … du weißt schon. Die Möbel aus dem Weg zu schaffen dauert höchstens eine Stunde, dann komme ich wieder, falls der Mann am Tor mich durchlässt.«

»Du stehst auf der Liste.«

»Ich sage ihm, dass ich wiederkomme. Sollte eigentlich kein Problem sein. Und dann koche ich für dich.«

»Ich glaube, es ist nichts zum Kochen da.«

»Dann improvisiere ich eben. Ich weiß, du brennst darauf, das Zeug zu lesen, also los.« Jimmy schob mich zur Tür hinaus, küsste mich auf die Stirn und trabte singend die Treppe hinunter. Allerdings klang sein Gesang eher wie das Heulen eines Wolfs.

Ich schloss die Tür ab und ging in die Küche. Auf dem Tisch lag ein Zettel. *Hi!!! Bin nach Hause gegangen. Muss die Kinder ins Bett bringen. Keine Sorge, komme später wieder. Carol. P. S. Du hast keine Milch mehr.* Von Vera war nichts zu sehen. Die Putzfrauen mussten ebenfalls gegangen sein. Ganz vorsichtig öffnete ich mit der Küchenschere die Papiertüte, wobei ich mir vorstellte, wie Joan die Tüte glättete, ordentlich zusammenfaltete und unter das breite Gummiband zu all den anderen Tüten schob. Ich konnte fast hören, wie sie sagte: »Es mag dir dumm vorkommen, Dodie, aber manchmal braucht man sie.« Vielleicht hatte sie das, was in der Tüte war, vernichten wollen, doch dann war die Gewohnheit, alles aufzuheben, zu stark gewesen. Obwohl mein Name auf der Tüte stand, hatte ich das Gefühl, sie um Erlaubnis fragen zu müssen, ehe ich hineinschaute.

Ich schüttelte den Inhalt auf den Tisch. Es waren sieben Blatt Papier, mit einer Büroklammer zusammengehalten. Zuoberst lag ein liniertes Blatt, das aus einem Spiralblock herausgerissen war. Die Schrift meiner Mutter. Mit Bleistift geschrieben und ganz verblasst.

> Bitte hilf mir, Joan. Ich weiß, ich habe kein Recht, darum zu bitten, aber ich will mein Kind wiedersehen. Ich denke immer an sie. Vielleicht dachtest du, ich sei tot. Vielleicht hast du es ja sogar gehofft. Sicher hat die Polizei euch erzählt, was geschehen ist, dass sie zu dem Haus in der Alfriston Road kamen und ich nicht da war. Steve hat mich rausgebracht. Er stieß mich aus der Hintertür und befahl mir zu rennen. Hinter dem Haus ist eine Gasse, und die bin ich hinuntergelaufen. Es war so leicht. Ich habe mich nicht mal umgesehen. Wir hatten meine Haare abgeschnitten und gefärbt, damit mich niemand erkennt. Ich dachte, es würde nicht klappen. Steve und die anderen sagten, die Polizei würde mich verhaften, wenn sie mich dort finden. Das klingt alles so dumm, aber wenn ich mit dir reden könnte, um dir zu erklären, wie es passiert ist – ich kann es nicht schreiben. Du würdest es nie verstehen, und ich bin sowieso nicht gut im Schreiben. Wenn ich alles ruiniert habe, ist es allein meine Schuld, und das akzeptiere ich. Ich möchte Wolf fragen, ob er mir verzeiht. Ich weiß, dass es nicht mehr so sein wird wie früher, und irgendwie will ich das auch gar nicht. Aber ich will meine Tochter. Ich hatte noch ein wenig Geld, so dass ich ins Blue Bird Hotel in Bayswater gegangen bin. Von da schreibe ich dir. Es ist schrecklich, nur Prostituierte, aber sie stellen keine Fragen. Joan, wenn du mir nicht helfen willst, schreib mir wenigstens, wie es Dodie geht. Bitte. Sie fehlt mir so sehr.
>
> Susan

P. S. Ich habe gesagt, ich heiße Susan James.
P. P. S. Du fehlst mir auch.

Darunter lag noch ein Brief, diesmal mit Kugelschreiber geschrieben.

Liebe Joan,
danke, dass du mir das Geld geschickt hast. Ich werde woanders hinziehen, wo es besser ist. Ich schicke dir die Adresse. Ich verstehe nicht, was du damit meinst, dass Wolf sagt, er weiß, wer Mick Martin ist. Das ist der Mann, der mich entführt hat. Mehr weiß ich auch nicht über ihn. Bitte sag mir, was ihr mir vorwerft. Ich sehe ein, dass alles meine Schuld ist, aber ich habe die Wahrheit gesagt. Ich war nie daran beteiligt. Ich verstehe nicht, was ihr von mir wollt. Du hast nicht ein Wort über Dodie geschrieben. Wie geht es ihr? Bitte, bitte schreib es mir. Ich verstehe, wenn Wolf nichts mit mir zu tun haben will. *Aber ich will wissen, wann ich meine Tochter wiedersehen kann.* Bitte Joan, sei nicht böse auf mich. Ich bin so verzweifelt, es ist, als ob ich lebendig begraben wäre. Ich weiß nicht, was ich tun soll. Gestern war ich bei Irenes Haus. Ich wollte sie besuchen, aber als ich dort war, konnte ich es nicht tun. Sie ist auf Wolfs Seite. Ich weiß, dass du das auch bist, aber bitte hilf mir. Es gibt niemanden, an den ich mich sonst wenden kann.

Susan

Warum hatte sie *mir* nicht geschrieben? Vielleicht hatte sie es ja getan. Vielleicht war ich im Internat, und Joan hatte den Brief angenommen. Vielleicht hatte sie ihn zerrissen oder verbrannt. Ich nahm den nächsten Brief in die Hand. Wieder von Mum an Joan, diesmal auf Hotelbriefpapier geschrieben.

Canberra Lodge, Kenniston Road, London N 19. Er war datiert. *3. September 1976*

Liebe Joan,
ich kann nicht glauben, dass Wolf mir das antut. Dodie ist mein Kind genauso wie seins. Ich muss sie sehen. Ich kann es einfach nicht glauben. Wenn er es mir persönlich sagen würde, vielleicht. Hast du ihm wirklich von mir erzählt? Ehrlich? Ich habe dir nichts getan, Joan, und trotzdem kannst du mir in aller Seelenruhe drohen, dass Wolf Dodie enterben wird, falls ich versuche, sie zu sehen? Ich glaube, du lügst, jedenfalls möchte ich das denken, aber ich kenne Wolf auch und weiß, wie grausam er sein kann. Ich war arm, und es war weiß Gott kein Spaß, sondern ein ewiger Kampf ums Überleben, und Wolf weiß, dass ich das unserer Tochter niemals antun würde. Ehe ich deinen Brief bekam, habe ich in der Zeitung gelesen, dass Patty Hearst zu sieben Jahren Gefängnis verurteilt worden ist. Wenn es das ist, dachte ich – denn das hier ist wie Gefängnis für mich. Ein richtiges Gefängnis wäre nicht schlimmer. Aber als du mir geschrieben hast, dass Wolf Dodie enterben wird, wusste ich, dass ich das nicht tun kann. Sie fehlt mir so sehr. Kannst du nicht ein Treffen arrangieren? Nur ein einziges Mal? Du musst es ihm ja nicht sagen. Ich kann nur noch an Dodie denken. Ich kann mir nicht vorstellen, dass sie im Internat glücklich ist. Ich wollte nie, dass sie weggeschickt wird. Wolf tut es bestimmt nur, um sich an mir zu rächen, denn er weiß, dass ich es nicht wollte. Ich weiß, dass du ihn liebst, Joan, aber du liebst auch Dodie, und du tust ihr das genauso an wie ich, schickst sie durch diese Hölle. Warum willst du dich nicht mit mir treffen? Dann könnte ich dich überzeugen. Ich weiß nicht, was ich tun soll.

Vielleicht sollte ich mich einfach umbringen. Am liebsten würde ich es tun. Ich bin sicher, für euch alle wäre es eine Erleichterung, wenn ich es täte oder wenn ich gestorben wäre. Ich könnte genauso gut tot sein. Aber was würdest du dann Dodie sagen? Das wäre dann dein Problem, nicht meins. Aber alles wäre immer noch MEINE SCHULD.

Susan

Danke für das Babyfoto von Dodie. Versuch mir noch eins zu schicken, wenn du kannst. Ein Neueres.

Ein abgegriffener, brauner Umschlag mit schnell hingekritzelter Schrift war an den Brief geheftet. Das Datum lautete: 30. 9. 1976

Joan,
ich habe in der Zeitung über meine Trauerfeier gelesen. Was willst du von mir hören? Vielen Dank, dass du so nette Dinge über mich gesagt hast? Jetzt weiß ich, was es wirklich bedeutet, was ich vorher geschrieben habe –, dass ich mich lebendig begraben fühle. Du hast mir mein Leben genommen. Jetzt existiere ich nicht mehr.

S.

Ich kann nicht einmal versuchen zu erklären, was es für mich bedeutete, diese Briefe zu lesen. Es war überwältigend. Ich saß nur da und schaute auf meine Hände, die die Briefe hielten. Diese Worte waren alles, was mir geblieben war. Ich hatte das Gefühl, als würde mein Herz herausgerissen, und gleichzeitig war es so, als hätte jemand das Licht angemacht. Ein helles, klares, schreckliches Licht, und plötzlich verstand ich. Mum hatte ihr ganzes Leben lang nie etwas selbstständig getan. Immer waren andere Menschen da gewesen, die die Entscheidungen für sie trafen, so wie sie es Maggie erzählt hatte. Erst ihre Mutter, dann die Modelagentur, dann mein Vater und Joan und dann Steve und Mick und Maggie; und dann waren auf einmal alle verschwunden. Sie hatte niemanden mehr. Sie war ganz allein, verging vor Sehnsucht nach mir, und ich … ich wusste es nicht. Sie hätte zur Polizei gehen können und sagen: »Da bin ich, ich lebe noch.« Jeder hätte das getan. Aber sie war nicht jeder, sie war *Mum.* Maggie hatte gesagt, dass sie ihr erzählt hätten, man würde sie verhaften, und später dachte sie, mein Vater würde mich enterben. Oh Gott, warum hast du es nicht getan, Mum? Warum bist du nicht zurückgekommen? Ich wäre ohne das Geld zurechtgekommen. Das ist die Ironie. Ich kann ohne das Geld leben. Verdammt noch mal, ich weiß inzwischen, dass ich es kann.

»Meine Schuld« hatte sie in Großbuchstaben geschrieben. MEINE SCHULD. Das hatten Joan und mein Vater ihr eingeredet, und sie hatte gedacht, die Polizei würde ihnen glauben. Als sie entführt wurde, war meine größte Sorge gewesen, dass sie gefoltert wird oder hungern muss, aber das hier war noch schlimmer. Weil nicht andere ihr das antaten, sondern weil sie es sich selbst antat. Sie dachte, sie wäre eine Kriminelle, ausgestoßen. Sie konnte nicht einmal zu mir kommen. Und Joan. All die Briefe, die sie mir ins Internat geschrieben hatte, das Geplapper über den Garten, den Hund und das verdammte *Women's Institute,* und nie auch nur *ein einziges Wort.* Ich konnte es nicht glauben. Wie konnte ein Mensch, der so gut war, so hart sein. Sie hatte mir diese Briefe hinterlassen, also musste sie gewollt haben, dass ich es erfahre, aber erst, als es zu spät war. Des wusste bestimmt nicht, dass sie das hier getan hatte. Auf keinen Fall.

Da war noch ein weiterer Brief von Mum an Joan. Ein Blatt Papier aus einem linierten Din-A4-Heft, das am linken Rand gelocht war. Keine Adresse, aber ein Datum, 2. Dezember 1995. Fast einen Monat nach dem Tod meines Vaters.

Joan,
ich habe einen Entschluss gefasst. Ich will nicht, dass du Dodie von mir erzählst. Vor allem nicht von den Drogenproblemen. Ich habe ihr genug wehgetan. Ich will nicht, dass sie mich so sieht. Ich bin dir dankbar, dass du mich hier untergebracht hast, alle sind sehr nett zu mir, aber mein Leben ist unmöglich. Steve war hier. Ich weiß nicht, wie er herausgefunden hat, wo ich bin, aber er hat behauptet, ein Verwandter zu sein, so dass sie ihn reingelassen haben. Er hat mich die ganze Zeit angeschrien, bis einer der Praktikanten ihn hörte und rausgeworfen hat. Er sagt, er weiß jetzt, wo ich wohne. Ich weiß, dass ich nicht für immer hier bleiben kann, aber ich habe Angst zurückzugehen. Seinetwegen. Joan, ich bin an einem Punkt angekommen, wo man nicht mehr fragt, warum das alles geschieht, und man genauso gut tot sein könnte. Das ist mein Weg. Ich habe dem Psychologen gesagt, am liebsten würde ich in den weißen Fleck auf dem Bildschirm des Fernsehers kriechen und vom Nichts verschluckt werden, nur dass da kein weißer Fleck ist. Ich habe immer wieder danach gesucht, aber er ist nicht da. Ich kann nicht mehr schlafen. Steve ist weg, doch ich höre seine Stimme immer noch in meinem Kopf. Er hat Dinge wachgerufen, an die ich mich nie mehr erinnern wollte. Ich wünschte, ich könnte schreiben, sag Dodie, dass ich sie liebe, aber du weißt, warum das nicht geht. Ich war ein- oder zweimal bei ihrem Büro. Ich habe die Adresse aus dem Magazin, für das sie arbeitet. Ich bin nicht hineingegangen. Ich habe draußen an der Ecke gewartet, bis sie herauskam. Sie hat mich nicht gesehen,

aber ich wusste sofort, dass sie es ist. Sie ist mir so ähnlich. Ich bin stolz auf sie. Aber sie hat ihr eigenes Leben, Joan, und ich werde meinen Entschluss nicht ändern. Wenn Dodie irgendwelche guten Erinnerungen an mich hat, ist das besser als das, was sie jetzt sehen würde.

Susan

Oh, Mum. Dieser Tag, das Bild von ihr in meinem Kopf, das Gefühl, dass sie wirklich *da* war ... Sie hat sich von mir verabschiedet.

28

Es waren noch mehr Blätter. In einem hellen Blau. Joans Schrift, datiert vom 2. Januar 1996.

An meine liebe Dodie,
ich schreibe dies in der Hoffnung, dass du es nie lesen wirst, alles andere wäre gelogen. Aber wenn du das hier liest, wirst du auch die anderen Briefe gelesen haben. Es klingt dumm, wenn ich schreibe, ich hoffe, sie haben dich nicht allzu sehr aufgeregt, aber ich finde, du hast ein Recht darauf zu erfahren, was passiert ist. Mein ganzes Leben lang habe ich gewollt, dass alle miteinander auskommen. Es ist nicht immer so gekommen, aber ich habe getan, was ich konnte, und ich glaubte wirklich, dass ich nur zu deinem Besten gehandelt habe. Ich weiß, dass du wütend und verwirrt gewesen sein musst – und immer noch bist –, und ich möchte versuchen, es zu erklären, wenn ich kann.

Der Mann, der die Entführung geplant und durchgeführt hat, nannte sich Mick Martin, aber das war nicht sein richtiger Name. Vielleicht weißt du nichts darüber, aber die erste Frau deines Vaters, Betty, hat einen Sohn geboren, nachdem sie geschieden waren. Der Grund für die Scheidung war Bettys Untreue, und obwohl sie behauptete, es sei sein Kind, glaubte dein Vater es nie. Meines Wissens hat Betty nie Druck ausgeübt, aber dein Vater erhielt einige Briefe von einem jungen Mann namens Brian Carroll, in denen er Drohungen ausstieß und Geld forderte. Dein Vater hat diese Briefe nicht beantwortet. Während der Untersuchungen bei der Entführung gab er sie der Polizei, und man fand einige Fingerabdrücke, die zu denen von Mick Martin passten. Dein Vater bestand darauf, dass diese Information nicht an die Öffentlichkeit gelangte, und beim Prozess war es irrelevant, weil Mick Martin nicht vor Gericht stand. Wir hatten Gerüchte aus dem Dorf gehört, dass deine Mutter mit einem Mann gesehen worden war. Dein Vater war davon überzeugt, dass es Bettys Sohn war und dass er und deine Mutter gemeinsam den Plan hatten, deinen Vater um sein Geld zu bringen. Du sollst wissen, Dodie, dass ich das niemals geglaubt habe, aber ich war nicht in der Lage, es deinem Vater auszureden. Ich habe bei verschiedenen Gelegenheiten versucht, ihm die Briefe zu zeigen, die du gelesen hast, doch er weigerte sich, sie zu lesen. Ich habe nicht darauf bestanden, weil ich ihn nicht verärgern wollte. Heute denke ich, ich hätte es tun sollen.

Es gibt keinen Beweis, dass Mick Martin der Sohn deines Vaters war. Er glaubte es jedenfalls. Ich hörte manchmal von Betty, und sie mag Fehler gehabt haben, aber im Großen und Ganzen war sie ein ehrlicher Mensch. Wie auch immer, sie starb, bevor das alles geschah. Mick Martins Leiche wurde eingeäschert, so dass es keine Möglichkeit mehr gab, die Vaterschaft zu beweisen. Selbst wenn es die Möglichkeit gegeben hätte, bezweifle ich, dass dein Vater einem Test zugestimmt hätte.

Ich möchte dich um einen Gefallen bitten, Dodie. Es betrifft Desmond Haigh-Wood. Er weiß von all dem nichts. Dein Vater sprach nach der Scheidung nie wieder über Betty. Selbst mir gegenüber erwähnte er sie kaum. Ich habe ihm versprochen, nie mit einem Menschen darüber zu reden, deshalb habe ich es nicht getan, aber es gibt noch einen anderen Grund dafür, und ich werde ihn dir nennen: Ich schäme mich für das, was ich getan habe. Es hat lange gedauert, bis ich das zugeben konnte, Dodie, aber es ist wahr. Als ich älter wurde, wurde mir bewusst, dass ich einiges zu klären hätte, wenn du so willst, um es loszuwerden – bevor ich sterbe. Ich bitte dich darum, Des nicht zu erzählen, was in diesem Brief steht.

Letztes Jahr habe ich mit Maggie Hill gesprochen. Ich habe einen Privatdetektiv engagiert, der sie gefunden hat, und dann bin ich zu ihr gegangen. Ich fürchtete mich, weil ich nicht wusste, was mich erwartete, doch sie war sehr freundlich, und es tat ihr wirklich Leid, dass sie bei der Entführung mitgemacht hatte. Maggie erzählte mir, dass sie Mick Martin geliebt hatte. Sie glaubt immer noch, dass er Mick Martin hieß. Ich habe ihr nicht gesagt, wer er wirklich war. Aber unsere Unterhaltung bestätigte mir zweifelsfrei, dass dein Vater sich geirrt hatte. Es stimmt zwar, dass deine Mutter mit dem Entführer Steven Moody etwas hatte, aber sie war ein Opfer der Umstände und nicht die Komplizin der Entführer. In ihren Briefen schreibt sie, dass es ihre Schuld war, aber das stimmt nicht. Dein Vater und ich haben mehr Schuld auf uns geladen als sie. Wolf machte einen schrecklichen Fehler, den ich wider besseres Wissen unterstützte, indem ich nicht alles tat, um ihn wieder gutzumachen. Inzwischen wirst du wissen, warum deine Mutter nach dem Tod deines Vaters nicht versucht hat, mit dir Kontakt aufzunehmen. Ich fürchte, Dodie, auch ihre Sucht ist unsere Schuld, vor allem meine. Susan brauchte Hilfe und Unterstützung, und wegen meiner Gefühle für Wolf war ich nicht in der Lage, sie ihr zu geben. Ich glaube, deswegen hat sie Hilfe in Drogen gesucht. Vergiss nicht, Dodie, sie hat dich nie als erwachsene Frau kennen gelernt. Ich glaube, sie dachte, du wärst wie dein Vater geworden, und dass auch du ihr nicht vergeben kannst. Bitte glaub mir, dass ich versucht habe, sie vom Gegenteil zu überzeugen. Sie wollte ihre Meinung nicht ändern, aber sie hat dich sehr geliebt, und das ist es, was am Ende zählt.

Ich hatte Angst um dich, Dodie, und um Wolf. Angst, dass er dich auch verlieren würde, wie er alles verloren hat. Ich weiß, dass das, was ich getan habe, falsch war. Wenn ich mir selbst und den anderen gegenüber ehrlich gewesen wäre, hätte es vielleicht eine Versöhnung zwischen dir und deinem Vater geben können. Wolf war ein sehr stolzer Mensch, und in vielerlei Hinsicht war das seine Stärke, doch er konnte es sich niemals erlauben, Schwäche zu zeigen. Einige Tage vor seinem Tod sagte er mir, wie sehr er dich liebte. Seine Worte waren: »Ich wünschte, wir hätten Freunde sein können.«

Ich hoffe, dass du mir mit der Zeit vergeben kannst, Dodie. Ich habe deinen Vater geliebt, und was du auch denkst, ich liebe auch dich. Ich wünsche dir alles Gute.

Joan

Darunter war ein post scriptum vom 14. Juni

Ich habe in letzter Zeit merkwürdige Anrufe erhalten. Wenn ich abhebe, ist niemand am Apparat. Und ich glaube, heute Nacht war jemand im Garten. Ich bin nicht besonders schlau, aber ich fange an, mich zu fragen, ob diese Dinge etwas mit deiner Mutter zu tun haben könnten. Manche Leute könnten jetzt sagen, wer anderen eine Grube gräbt, fällt selbst hinein.

Ich starrte den Brief sehr lange an. Ich zitterte. Ich konnte nicht aufhören. Es war mit Sicherheit nicht kalt, wahrscheinlich war es der Schock. Nach einer Weile dachte ich, Jimmy kommt. Er kocht. Und Carol. Carol kommt wieder. Vielleicht will sie mit uns essen. Und Des. Des kommt. Und Tony. Alle. Ich war erschöpft, es war alles zu viel. Ich konnte nicht mal darüber nachdenken. Was soll ich jetzt tun, dachte ich. Sie dürfen mich hier nicht so finden. Und die Briefe. Sie dürfen die Briefe nicht sehen. Ich muss mich umziehen, dachte ich. Nach oben gehen. Ein Bad nehmen. Umziehen. Mich wieder fassen.

Ich sammelte die Briefe ein, packte sie wieder in die Papiertüte und nahm sie mit nach oben ins Badezimmer. Ich drehte die Hähne auf, setzte mich auf die Matte und wartete, dass die Wanne voll lief. *Wenn Dodie irgendwelche guten Erinnerungen an mich hat …* Wenn ich sie hätte sehen dürfen, hätte ich ihr all die Dinge, all die guten Erinnerungen erzählen können, und selbst zum Schluss, als sie nicht mehr wollte, dass ich sie sehe, hätte ich ihre Hand halten und einfach mit ihr reden können. Ihr von meinem Leben erzählen. Joan hatte geschrieben, dass Mum dachte, ich wäre wie *er* geworden. All die Jahre hatte sie nichts gesagt, hatte nicht zugelassen, dass ich meine Mutter sah … Plötzlich dachte ich an Des, an unser Essen in der »Fetten Henne«. An das, was er über Joan gesagt hatte. Wie er über sie gesprochen hatte. Sie hatte mich gebeten, ihm nichts zu sagen, was sie getan hatte.

»Ich werde es ihm nicht sagen, Joan«, sagte ich laut. »Aber ich tue es ihm zu Liebe, nicht dir zu Liebe.«

Des hatte eine Affäre mit Betty gehabt. Er hatte gesagt, mein Vater wusste es nicht. Aber Joan wusste es. Vielleicht war das auch ein Grund, warum sie nicht wollte, dass ich Des alles erzählte. Sie hatte geschrieben, es gäbe keine Beweise für die Vaterschaft, vielleicht war ja Mick Martin – oder Brian Carroll oder wie auch immer er hieß – Des' Sohn. Hatte mein Vater so etwas vermutet? Die Fotos in den Zeitungen – darauf sah man nie, wie die Menschen wirklich aussahen. Aber wenn nun Bettys Sohn meinem Vater ein Foto von sich geschickt hatte, ein gutes, und er die Ähnlichkeit gesehen hatte? Als ich Des gefragt hatte, ob er keine Kinder gewollt hatte, hatte er geantwortet, dass es ihnen nicht möglich gewesen war. Aber es konnte an Joan gelegen haben. Vielleicht hatte mein Vater einfach nicht zugeben können, dass er von seinem besten Freund betrogen worden war. Oder vielleicht – *nur vielleicht* – hatte er Des nie mit der Tatsache konfrontiert, dass der Mann, der meine Mutter entführt hatte, der Mann, der letztendlich für ihren Tod verantwortlich war, sein Sohn war. Oh Gott, dachte ich, das kann nicht wahr sein. Es *darf* nicht wahr sein. Ich darf nicht einmal denken, dass es sein könnte. Ich sah auf und bemerkte, dass die Badewanne beinahe überlief. Ich zog mich aus und kletterte hinein. Steven Moody hatte gewusst, wo Mum wohnte. Es wäre ein Leichtes für ihn gewesen, sie umzubringen. Der Polizist hatte gesagt, es war Heroin und noch eine andere Substanz, doch er hätte nichts anderes gebraucht. Wenn der Stoff reiner war als der, den sie normalerweise nahm, oder wenn es einfach nur mehr gewesen war … Steven Moody hätte es ihr nicht einmal selber geben müssen, er hätte es einfach irgendjemandem geben können, der es an sie weiterreichte. Drogensüchtige wollen nicht wissen, wo das Zeug herkommt. Plötzlich fiel mir das garstige Kaninchen aus der Geschichte von Beatrix Potter ein, das sich die Karotten schnappt. »Er sagt nicht danke, er nimmt sie sich einfach.«

Mums letzter Brief hörte sich an, als sei er aus irgendeiner Klinik geschrieben worden. Sie war bei einem Psychologen in Behandlung, doch sie hatte aufgegeben. Wegen Steve? Seinetwegen hatte sie an Dinge gedacht, die sie lieber vergessen wollte, das hatte sie geschrieben. Schreckliche Dinge.

Ich musste vergessen haben, die Tür abzuschließen. Ich hörte nicht, wie sie geöffnet wurde, spürte nur den Luftzug im Nacken. Ich war in einem der kleinen Gästebäder, in denen die Badewanne eine ganze Längsseite einnimmt, so dass die Tür direkt am Kopfende der Wanne ist. Ich lag mit geschlossenen Augen in der Wanne. Ich dachte, die Tür wäre durch den Luftzug von selbst aufgegangen, und wollte sie mit einer Hand wieder zustoßen, doch mein Arm traf etwas Festes. Nicht die Tür, sondern Stoff. Und darunter Fleisch.

Mein Herz blieb stehen. Ich machte die Augen auf und wollte mich aufrichten, doch ich rutschte aus und schlug mit dem Kinn auf dem Porzellanrand der Wanne auf. Nur zwei Finger breit vor meinem Gesicht sah ich eine Wand aus einer fleckigen, khakifarbenen Tarnjacke. Hose. Beine.

»Nur wir beide.« Die Stimme des Mannes schien von weit über meinem Kopf zu kommen. »Außer uns ist niemand im Haus.«

Ich sah auf. Es war Carols Freund, Greg. Er stand an der Tür. In der Hand hielt er ein Messer.

29

Er setzte sich auf den Rand der Badewanne, sein Hintern war direkt neben meinem Kopf, und sah auf mich herab. So nah, dass ich ihn riechen konnte. Stechender, scharfer Schweißgeruch. Mir schoss ein Bild durch den Kopf: Verklebte Achselhaare unter dem haarigen Wollpullover. Mir wurde schlecht.

Mit seinen dicken Fingern hielt er das Messer neben seinem Oberschenkel. »Das ist ein Krummdolch, ein *kukri.* Die Gurkhas benutzen ihn. Es gibt ein Gesetz bei ihnen: Du legst es erst weg, wenn Blut fließt.«

»Aber Sie sind kein ... kein Gurkha.«

Den Bruchteil einer Sekunde lang herrschte gespannte Stille, dann explodierte er. »Halt die Fresse!« Er fuchtelte mit der Messerklinge vor meinem Gesicht herum, ich wich zurück und stieß mir den Ellbogen an der gefliesten Wand. Ich presste den Ellbogen an meine Brust, wiegte mich vor Schmerzen mit geschlossenen Augen hin und her und versuchte, nicht zu weinen.

»Gib dir keine Mühe, du hast nichts zu verstecken«, sagte er verächtlich. Ich hörte, wie das Messer klappernd auf den Boden fiel, und spürte – so schnell, dass ich nicht mehr ausweichen konnte –, wie seine Hände auf meinen Kopf und die Schultern drückten und mich nach unten zwangen. Mein Kopf schlug gegen die Fliesen hinter der Badewanne, und mein Körper schoss in einer Welle aus grauem Seifenwasser nach vorn. Ich versuchte, mit den Füßen Halt am anderen Ende der Wanne zu bekommen, doch sie war einfach zu lang, und kurz sah ich aus den Augenwinkeln, wie das Wasser vor meinem Gesicht zusammenschlug. Dann, ehe ich Luft holen konnte, war ich unter Wasser. Sein Handballen bohrte sich in meine rechte Augenhöhle, und einen Moment lang dachte ich, mein Kopf würde platzen, dann wurde ich wieder an die Oberfläche gezerrt, wo ich nach Luft schnappte und mich an einem brennenden Wasserfall aus Seifenwasser und Rotz verschluckte, der mir aus Nase und Mund lief.

Meine Augen fühlten sich an, als wären sie fest zugeklebt. Ich drückte darauf und spürte eine Bewegung seitlich unter einem Augenlid, als meine Kontaktlinse herausrutschte und in die Badewanne fiel. Die andere war immer noch an Ort und Stelle, und als es mir gelang, die Augen zu öffnen, sah ich Gregs Gesicht direkt vor mir. Ich konnte nichts hören, aber der Mund mit den gelben Zähnen ging in dem Bart auf und zu, die rosa Zunge in der Mitte bewegte sich. In meinen Ohren war ein Rauschen, und dann Worte, und dahinter irgendwie eine Stimme in meinem Kopf: Das Wasser, lass das Wasser raus. Ich schaute ans Ende der Badewanne und sah, über den Heißwasserhahn drapiert, ein paar Zentimeter der Kette, die eigentlich ... Ich sah etwas Rundes in dem schmutzigen Wasser. Der große Stöpsel aus Messing.

Ich legte die Hände auf den Rand und versuchte, mich vorzuziehen, doch ich zitterte, war zu schwach, und Gregs Hände umklammerten plötzlich meine Arme und wirbelten mich herum. Ich rutschte aus, trat um mich, meine Füße donnerten ziellos gegen die Seitenwand der Wanne, das graue Wasser schlug über mir zusammen und spritzte auf den Boden.

Greg zerrte mich an den Haaren zurück. »Du kapierst es immer noch nicht, oder?«

Ich konnte kaum sprechen. Er riss meinen Kopf nach hinten, so dass die restliche, beißende Flüssigkeit aus meiner Nase in meinen Hals floss. »Bitte –« Das Wort kam wie eine leise platzende Seifenblase heraus. »Bitte, sagen Sie mir einfach, was Sie wollen.«

»Du hast den Brief gekriegt, du blöde Schlampe.«

»Sie haben den Brief geschrieben?«

»Ja.«

»Die Haare? Der Anruf?«

»Das war ich.«

»Ich habe Ihre ... Stimme nicht erkannt.«

»Wie solltest du auch. Für euch klingen wir doch alle gleich, oder?« Er zog schmerzhaft an meinen Haaren. »Weißt du, wie wir euch immer genannt haben? Schweinefamilie. Susan hat von dir geredet. Sie wollte, dass ich dich kennen lerne. Ich hab ihr erklärt, dass sie ihre Schweinefamilie und ihre Schweinetochter nicht braucht. Vergiss sie. Aber das konnte sie nicht, oder?« Seine Augen waren fest zugekniffen, und er schüttelte heftig den Kopf. »Sie hat gesagt, dass sie mich *liebt.* Ihr Schweine! Ihr versteht nicht, was Liebe ist! Ihr versteht nur Geld!« Er riss an meinen Haaren und bellte in mein Gesicht, und ich schluckte, als mein Hals sich wieder mit Wasser füllte, und konnte kaum atmen. Dann ließ er mich los, und ich würgte und würgte, mein Körper bäumte sich unter den Krämpfen auf. Ich konnte nicht aufhören.

»Schau dich doch an«, sagte er. »Das ganze Geld. Was nützt es dir jetzt noch? Es kann dir auch nicht helfen, oder? Ich hab dich was gefragt.« Ich schüttelte den Kopf, und er packte mich am Kinn und drehte mein Gesicht zu sich. Die gelben Zähne schienen mich anzufallen. »ODER?«

»N-nein.«

»Ich hab sie *gerettet.*«

»Entschuldigung … ich verstehe nicht.«

»Entschuldigung, ich verstehe nicht«, äffte er mich nach. »Klar verstehst du das nicht, du dumme Kuh. Ihr haltet euch alle für klasse, mit eurem Geld, euren Häusern, euren Autos und euren Flugzeugen, aber ihr seid alle *tot.* Ihr verfault, vom Geld verdorben, ihr *stinkt* danach. Ihr habt keine Gefühle.« Sein Gesicht war unmittelbar vor meinem, und sein Atem schien meinen Kopf wie eine Kapuze einzuhüllen, als er seine Stimme zu einem Flüstern senkte. »Ihr könnt nicht mal ficken.« Seine Hand packte mich im Nacken, und er drehte mein Gesicht zu sich. Ich spürte seinen Bart an meinem Kinn, seine Zähne an meinen Zähnen, und dann wand sich seine Zunge in meinem Mund. Ein warmes, nasses Netz aus Speichel rann durch meine Kehle, so dass ich würgen musste. Er wich zurück, und ich rang hustend und spuckend nach Luft.

»Gott, guck dich an.« Er kniete sich auf den Boden, legte die Arme auf den Badewannenrand und ließ eine Hand ins Wasser gleiten, als würde er ein Baby baden. Plötzlich dachte ich an Carol, die ihre Kinder ins Bett brachte. Hatte sie die ganze Zeit gewusst, wer er war? »Frigide«, sagte er. »Wie die Mutter, so die Tochter. Was für eine Überraschung.«

Ich zog die Knie an die Brust, schlang die Arme um die Unterschenkel und versuchte, aufzuhören zu zittern. Tränen liefen mir über das Gesicht, vereinten sich mit dem Rotz aus meiner Nase und bedeckten mein Kinn mit einer dünnen Schleimschicht. Ich legte die Hände auf die Augen und spürte, wie meine zweite Kontaktlinse, die durch das Wasser verrutscht war, herunterfiel. Gregs – Steves – Gesicht wurde plötzlich unscharf, und die Umgebung verschwamm vor meinen Augen.

Er darf es nicht merken, dachte ich. Er darf nicht merken, dass ich nichts sehe.

Er redete wieder. »… als die Polizei das Haus gestürmt hat, habe ich ihr gesagt, sie soll weglaufen. Die Bullen waren überall, doch ich habe sie abgelenkt, damit sie weglaufen konnte. Ich dachte, sie würde zu mir zurückkommen. Die ganze Zeit, bis zum Prozess, dachte ich, sie kommt zurück, sie liebt mich. Sie kommt zu mir zurück. Ich dachte, sie würde der Polizei erzählen, dass sie von alleine mit mir mitgekommen ist, weil wir zusammen sein wollten, würde sagen, dass es überhaupt keine Entführung war. Wenn sie das getan hätte, hätten sie mich gehen lassen müssen. Es wäre so leicht für sie gewesen, aber sie hat es nicht getan. Ich habe sie *gerettet,* und sie hat mich einfach verlassen und so getan, als würde sie mich gar nicht kennen. Das hat sie *mir* angetan! Und ich dachte, ich hätte ihr die Augen geöffnet. Es war egal, dass sie dazugehörte, weil sie sich ändern konnte. Ich hätte ihr geholfen, sich zu ändern. Ich habe sie vor dieser ganzen kapitalistischen

Scheiße gerettet. Ich habe sie *befreit*! Diese blöde, wertlose Schlampe. Weil sie am Ende genauso korrupt und verfilzt und widerlich war wie der Rest von euch. Wir wollten zusammen leben. Wir wollten nach Griechenland gehen und in einem Haus am Strand leben. Davon versteht ihr nichts. Ihr fliegt in euren Privatflugzeugen herum, verpestet die Atmosphäre, und wir können nicht mehr atmen, aber euch ist das scheißegal, weil ihr euch ja euren privaten Sauerstoffvorrat kaufen könnt. Das würde dir gefallen, was? Wenn dir die Luft, die wir atmen, gehört. So seid ihr eben. Ihr könnt alles hinschmeißen und total radikal tun, und dann geht ihr zurück in eure sicheren, hübschen Häuser, mit Wächtern an den Toren, damit ja keine armen Leute reinkommen! Damit wir euch ja nicht zu nahe kommen. Wie deine Haushälterin – umgefallen wie ein Stein ist sie, als sie mich da durchs Fenster kommen sah, die arme Kuh. Ich hab ihre Tasche durchsucht und deine Adresse gefunden. Weil ich nämlich hinter dir her war – wenigstens hab ich dich jetzt. Neunzehn Jahre hab ich auf Susan gewartet – elf davon im Knast, und den Rest hab ich versucht, sie zu finden. Ich konnte es nicht fassen, als ich sah, in was für einem Zustand sie war. Sie war in diesem Obdachlosenheim. Ich brauchte einen Platz zum Schlafen, und als ich reinkam, saß sie da. Ich hab sie fünf Minuten angeschaut, bevor ich kapiert habe, wer sie ist. Sie war viel zu fertig, um mich zu erkennen. Ich hab nicht mit ihr gesprochen, aber ich hab mit ein paar anderen Leuten geredet, und die haben gesagt, dass sie erst einen Tag da ist und dass sie aus ihrer Wohnung geflogen ist. Eine Frau hat gesagt, dass Susan versuchen will, einen Entzug zu machen – sie hat ihr erzählt, dass sie in so eine teure Klinik in Gloucestershire geht. Die Frau dachte, Susan wäre genauso ein Junkie wie alle andern und würde Blödsinn reden, aber ich dachte, nein, und bin in die Bücherei gegangen, um die Adresse herauszufinden – hat verdammt lange gedauert, bis ich die richtige gefunden habe, aber dann … Also bin ich hingefahren. Von außen sieht es aus wie eine teure Kurklinik, aber drinnen wimmelt es von Verrückten und Junkies. Ich hab gesagt, ich bin ihr Bruder, und weißt du was?« Er lachte. »Sie haben mir geglaubt. Sie haben mir den Scheiß einfach geglaubt. Als ich bei ihr war, hab ich zu Susan gesagt: ›Ich hab für dich gesessen, du Schlampe.‹ Ich sagte: ›Ich muss nicht ganz dicht gewesen sein, als ich geglaubt habe, dass du mich liebst.‹ Sie hat geweint und gesagt: ›Lass mich in Ruhe‹, und die ganze Leier, von wegen, selber genug gestraft, aber das hat sie nur gesagt, um mich loszuwerden. Man brauchte sie nur anschauen, um zu sehen, dass die teure Behandlung nichts nützen würde; sechs Monate war sie da drin und nach einer Woche wieder drauf. Ich hab gut aufgepasst, dass sie kriegt, was sie braucht. Irgendwie komisch, oder? Wenn man drüber nachdenkt, wäre sie viel besser dran gewesen, wenn sie bei mir geblieben wäre.« Seine Stimme steigerte sich zu einem süßlichen Winseln. »Findest du das nicht auch verdammt komisch?« Er packte mich an den Schultern und riss mich an sich. »Ist das nicht ver-dammt ko-misch?« Er stieß mich ruckartig unter Wasser. »Ist das nicht ver-dammt ko-misch?«

Ich versuchte, mich am Wannenrand festzuhalten, um mich zu wappnen, aber er schmetterte seinen Ellbogen auf mein Handgelenk, so dass ich vor Schmerzen aufschrie, und dann schien ich ganz die Kontrolle zu verlieren, er tauchte mich unter Wasser, meine Hacken, meine Oberschenkel und mein Hintern rutschten weg und schlugen gegen das harte, weiße Porzellan, das Wasser schlug große Wellen, lief über den Rand und schwappte auf den Boden. Ich machte den Mund auf, um Luft zu holen, doch es war zu spät, und als er mich untertauchte, lief mir das schaumige Wasser in den Hals, meine Ohren dröhnten, und ich konnte nicht atmen, alles schlug über mir zusammen, und das Letzte, an das ich mich erinnere, ist, dass ich dachte: *Ich werde sterben.*

30

Ich keuchte, mein Körper krümmte sich, ich erbrach literweise dicke, zähe Flüssigkeit aus Nase und Mund. Schleimfäden hingen mir ins Gesicht und verklebten sich mit dem Vorhang aus verklumpten Haaren, der, jedes Mal, wenn ich würgte, vor mein Gesicht schlug. Das Innere meines Brustkorbs stand in Flammen. Es hätte mich nicht überrascht, wenn die kleinen verzweigten Äste aus meiner Lunge wie entwurzelte Bäume aus meinem Mund geschwemmt worden wären.

Mein Hintern fühlte sich an, als wäre er festgeklebt. Ich sah an mir hinunter. Blaue Handtücher bedeckten meine Beine und meinen Bauch, und da, wo sie aufhörten, ragte zu beiden Seiten, weiß und glänzend, die Badewanne auf. Panik durchfuhr mich. Ich war immer noch in der Badewanne. Das Wasser, gleich würde das Wasser über mir zusammenschlagen … Etwas Weiches presste sich in meinen Nacken, über meine Schultern und drückte mich nach unten.

»Nein!« Ich bäumte mich auf und schlug mit den Armen um mich.

»Dodie! Alles in Ordnung, Süße. Beruhige dich. Alles in Ordnung. Schhh, schhh.« Tonys Stimme. Ich spürte, wie das Ding – ein Handtuch, es war ein Handtuch – über meine Schultern gelegt wurde und eine Hand durch den Stoff meinen Rücken massierte.

»Das Wasser … Lass es raus … Hilf mir.« Meine Kehle fühlte sich wie Schleifpapier an, meine Stimme war kaum zu hören.

»Da ist kein Wasser mehr. Alles draußen.«

Jemand drückte ein paar Blatt Toilettenpapier in meine ausgestreckte Hand.

»Versuch, dir die Nase zu putzen. So besser? Nick einfach, wenn du Ja meinst.« Ich nickte. »Na komm, ich streich dir die Haare aus dem Gesicht. Jetzt kannst du sehen, was vor sich geht.«

Ich konnte Tonys Gesicht einigermaßen deutlich erkennen, aber der Raum dahinter war verschwommen. In der Tür, vor dem dunklen Hintergrund, war eine Ansammlung von Farben in Menschengröße.

»Wer ist das?«

»Es ist nur Dominic. Du kannst nicht richtig sehen, oder? Oh Gott, wahrscheinlich hat sie eine Gehirnerschütterung. Dodie, weißt du, wie unser Premierminister heißt?«

»Meine Kontaktlinsen sind rausgefallen.«

»Herrje, und jetzt bist du völlig blind, oder?«

»Wo ist deine Brille?«, fragte Dominic von der Tür. »Ich hole sie dir.«

»In meinem Schlafzimmer – im Ballsaal.«

»Ich hole sie, bin gleich wieder da, okay?« Die undeutliche Säule verschwand aus meinem Blickfeld.

»Was macht er hier?«, fragte ich.

»Er war bei Des, erinnerst du dich? Des ist auch hier, und dein Anwalt. Sie reden unten mit der Polizei. Jimmy ist bei ihnen.«

»Jimmy?«

»Er hat dir das Leben gerettet, Dodie. Er hat dem Typ eine Bratpfanne von Le Creuset über den Kopf gezogen. Das hat ihn umgehauen, dann hat Dominic sich auf ihn gesetzt, und Des hat die Polizei gerufen. Ich habe mich um dich gekümmert. Ich dachte, du atmest nicht mehr – du warst leichenblass, und deine Lippen waren blau. Ich hab mir das mit der

Vampirlesbe noch mal überlegt, Süße. Es passt überhaupt nicht zu dir.«

»Danke für den Hinweis. Ich werd's nicht wieder versuchen.«

»Tut mir Leid, dass du immer noch in der Wanne bist. Der Arzt ist auf dem Weg. Wir hielten es für besser, dich da drin zu lassen, bis er da ist. Meinst du, du hast dir was gebrochen?«

»Ich glaube nicht. Mir tut nur alles weh. Haben sie ihn?«

»Den Mann, der dich umbringen wollte? Ja, mein Schatz. Er kommt nicht wieder.«

»Er heißt Steven Moody.«

»Er hat diesen Brief geschrieben, nicht wahr? Herrgott, Dodie, es tut mir Leid. Wir hätten die Polizei einschalten sollen.«

Dominic kam mit meiner Brille und einem riesigen Stapel Kissen zurück. »Damit du es bequemer hast. Beug dich ein bisschen vor.« Er stopfte sie hinter meinen Rücken. »Besser so?«

Ich nickte und setzte die Brille auf. »Ich muss völlig verrückt aussehen.«

»Du könntest eine berühmte Exzentrikerin sein. Edith Sitwell oder so. Schade, dass du nicht Schriftstellerin bist. Du könntest in der Badewanne schreiben, und alle Zeitungen würden Fotos von dir bringen.«

»Gab es nicht einen berühmten Schriftsteller, der in der Badewanne geschrieben hat?«, fragte Dominic. »War das nicht Proust?«

»Das war im Bett«, sagte Tony. »Die Badewanne ist viel origineller. Der Arzt müsste jeden Augenblick da sein.Ich würde dir ja einen Kognak geben, aber das gibt nur Ärger.«

»Tony?«

»Was ist, mein Lämmchen?«

»Nicht mehr reden, ja?«

Er tätschelte meine Schulter. »In Ordnung.«

Nach einer Weile kam der Arzt. Er schaute mir in den Hals und in die Augen, stellte Fragen und fühlte, ob etwas gebrochen war, dann sagte er, ich solle versuchen aufzustehen, also wurde Dominic nach meinem Bademantel geschickt, und dann entstand allgemeine Verlegenheit, weil alle Handtücher runterfielen und jeder versuchte, höflich zu sein und nicht hinzuschauen, aber mir war alles egal, ich wollte nur noch aus dieser Badewanne heraus.

Ich schlurfte durch den Gang in mein Zimmer. Tony stützte mich. Ehrlich gesagt war ich irgendwie überrascht, dass das Haus unbeschadet war und noch stand. Was mir passiert war, bezog sich nur auf diesen einen Raum. Während es geschah, war alles andere im Haus unberührt geblieben. Es wäre auch dann noch so, wenn Steven Moody mich umgebracht hätte. Das ganze Zeug, das immer da gewesen war, die Fußbodendielen, die Wände, die Heizung, die Möbel. Alles sah ganz normal aus. Als wir zum Ballsaal kamen, kroch ich ins Bett, der Arzt gab mir ein Schmerzmittel, und dann schlief ich ein.

Ich wachte auf, als es an der Tür klopfte. Ich hörte, wie die Tür einen Spalt geöffnet wurde und eine Stimme fragte: »Darf ich reinkommen? Ich bin's, Jimmy. Ich dachte, du willst vielleicht ein Frühstück.«

»Warte einen Moment!« Ich setzte mich schnell auf, griff nach meiner Handtasche, zerrte meine Puderdose heraus und spähte in den staubigen Spiegel. Mein rechtes Auge war ein geschwollenes Etwas in Rot und Violett, der Bluterguss breitete sich über meine Wange und bis zum Haaransatz aus. Meine Haare hingen strähnig und verworren hinunter. Ein Sumpf. Nichts zu machen. Ich spielte kurz mit dem Gedanken zu versuchen, eine Kontaktlinse einzusetzen, doch dann griff ich lieber nach meiner Brille. »Komm rein!«

Jimmy schrie weder, noch ließ er das Tablett fallen. Er schob einfach mit dem Fuß die Tür hinter sich zu und stellte mein Frühstück aufs Bett. Räucherlachs, Rührei, Arme Ritter.

»Tut mir Leid, aber ich sehe schrecklich aus.«

»Du siehst sehr viel besser aus als gestern Abend. Wie fühlst du dich?«

»Furchtbar. Hauptsächlich mein Kopf. Aber wenigstens lebe ich noch. Das habe ich dir zu verdanken.«

»Ja, also ...«

»Tony hat mir erzählt, dass du mir das Leben gerettet hast. Mit einer Bratpfanne.« Mein Hals tat zu weh, um zu lachen.

»Um die Wahrheit zu sagen ...« Er brach verlegen ab.

»Ja?«

»Das wollte ich schon immer mal machen. Das, oder einem Glatzkopf eine Suppenkelle über den Schädel ziehen. Weil es ein so befriedigendes Geräusch gibt. Klong!« Er tat so, als würde er jemandem eine Suppenkelle auf den Kopf hauen.

»Du spinnst, weißt du das?«

»Wahrscheinlich. Kennst du die Serie *Fawlty Towers*? Comedy. Da gibt es eine Szene, in der Basil das mit Manuel macht. Mit einem Löffel. Er reibt mit dem Löffel in Manuels Gesicht herum, und dann, peng!, haut er ihn auf seinen Kopf. Ich wollte das einfach auch mal machen.«

»Also, ich bin froh, dass du deinen Ehrgeiz befriedigen konntest, ein Glück für uns beide.«

»Ist es dir recht, wenn ich ein bisschen hier bleibe?«

»Wenn du meinen Anblick aushältst.«

»Red keinen Unsinn.« Er setzte sich auf den Bettrand. »Willst du Tee?«

»Ja, bitte.«

»Es ist Earl Grey. Mr. Haigh-Wood nennt ihn ›Schwuchtel-Tee‹. Er hat es mir ins Ohr geflüstert, damit Tony es nicht hört. Er ist nett, oder?«

»Ja, das ist er.«

»Gestern Abend war er brillant. Jetzt ist er unten mit der Sekretärin und kümmert sich um die Presse und das ganze Zeug. Ich habe gerade mit meinem Bruder telefoniert. Er sagte, als er heute Morgen die Tür aufgemacht hat, haben sie seinen Garten fotografiert.«

»Um Himmels willen.«

»Keine Sorge, es waren Japaner. Aber er sagte, er konnte dein Tor vor lauter Kameras und Mikrofonen nicht sehen. Aber sie kommen nicht rein.«

»Die Sekretärin ... sie heißt Helen sowieso, oder?«

»Helen Bain. Es ist beängstigend, wie tüchtig sie ist. Sie hat diesen wilden Blick, als wäre dein Hosenstall offen. Tony findet das auch. Mr. Haigh-Wood lässt dir ausrichten, du brauchst dir keine Sorgen zu machen, sie kümmern sich um alles. Eigentlich soll ich ihn Des nennen, aber daran habe ich mich noch nicht gewöhnt.«

»Klingt, als wär's die Hölle. Wie spät ist es eigentlich?«

»Ungefähr elf. Wir wussten nicht, ob wir dich wecken sollten.«

»Ich bin froh, dass du mich geweckt hast. Das sieht alles ganz toll aus, Jimmy, aber macht es dir was aus, wenn ich erst mal nur den Tee trinke? Ich habe schrecklichen Durst.«

»Klar, wie du willst. Die armen Ritter sind leider von gestern Abend. Müssten aber noch gut sein. Ich habe sie mit Brioche gemacht.«

»Du hast sie gestern Abend gemacht?«

Jimmy zuckte die Achseln. »Die Polizei war mit mir fertig, Tony war oben und hat sich um dich gekümmert, und alle anderen waren mit irgendwas beschäftigt, also dachte ich mir, irgendwann müssen wir ja was essen. Wir haben in der Küche gegessen. Eigentlich war es sehr lustig – bis auf die Sorgen um dich; aber der Arzt hatte gesagt, du brauchst nur Ruhe, dann geht es dir wieder gut.« Er hielt inne und sah mich an. »Carol ist noch mal da gewesen, Dodie. Sie hat die Polizei durchs Dorf rasen sehen. Der Sicherheitstyp wollte sie nicht reinlassen. Es war ein neuer Mann, und der andere hatte ihm beim Schichtwechsel die Liste nicht gegeben. Also hat Carol ihren Vater geholt. Du weißt, was für ein Riese er ist. Er stürmte in die Küche und hatte sich den Sicherheitstyp um die Taille gewickelt wie einen Gürtel. Als sie hörte, was passiert war, regte sie sich schrecklich auf. Sie sagte, sie hätte dir einen Zettel dagelassen, dass sie die Kinder ins Bett bringt –«

»Hat sie. Ich dachte, sie hätte Greg mitgenommen.«

»Anscheinend hat er gesagt, er wartet hier auf sie und passt ein bisschen auf. Sie fand die Idee gut, weil er dich kennen gelernt hatte und so weiter. Ich glaube wirklich, dass sie keine Ahnung hatte, Dodie. Ich meine, ich hatte ihn ja auch ein paar Mal getroffen und fand nichts Seltsames an ihm. Na ja, wahrscheinlich war er ein bisschen merkwürdig, aber ich hätte nicht gedacht, dass er … du weißt schon.«

»Nicht ganz dicht ist?«

»Ja. Er war ein wenig still, mehr nicht.«

»Sehr zurückhaltend. Das sagen sie immer, wenn irgendein Irrer mit einer Pistole um sich ballert.«

»Du solltest mit Carol reden. Ihr sagen, dass es nicht ihre Schuld ist.«

»Aber nicht heute.«

»Mr. Haigh – Des, meine ich, kommt später rauf, und die Polizei will irgendwann mit dir reden.«

»Ja, vermutlich. Oh Gott, Jimmy, mir fällt gerade etwas ein. Die Tüte, die wir in dem Kissen gefunden haben. Ich habe sie im Badezimmer liegen lassen –«

»Alles in Ordnung. Ich habe sie.«

»Sonst hat sie niemand gesehen, oder?«

Jimmy schüttelte den Kopf. »Sie lag auf dem Boden, und ich habe sie in die Tasche gesteckt. Sie ist leider ein bisschen zerknittert, aber es ist noch alles da.« Er legte sie aufs Bett. »Ich habe nichts gelesen.«

»Danke.«

»War er in Ordnung? Joans Brief oder was es war?«

»Es klingt seltsam, aber wahrscheinlich kann man sagen, dass er in Ordnung war. Ich bin froh, dass wir die Tüte gefunden haben.«

»Gut.« Jimmy lächelte mich an. »Brauchst du noch irgendetwas?«

»Nein, ich muss mich nur noch mal bedanken. Dass du mir das Leben gerettet hast. Du und deine Bratpfanne.«

»Jederzeit. Der Bratpfanne kannst du später danken. Also, wo kann ich dich küssen? Das, was von dir zu sehen ist, scheint nur wehzutun.«

»Du könntest es auf meiner Nasenspitze versuchen.«

Also küsste er meine Nasenspitze. Dann nahm er die Hand, die nicht verbunden war, und sagte: »Die sieht ganz gesund aus«, und küsste sie auch.

»Jimmy?«

»Hmm.«

»Es wird alles wieder gut, oder? Ich habe einfach das Gefühl, dass ich an einem Stoppschild angekommen bin. Eine Art Schlusspunkt. Ich will nur, dass alles wieder gut wird. Oh Gott, jetzt rede ich schon wie Joan.«

»So schlimm ist das auch nicht, oder?«

»Nein, wahrscheinlich nicht.«

»Ich glaube, alles wird wieder gut. Ich weiß, dass du eine Menge zu tun haben wirst, aber gestern Abend, als ich in dieses Badezimmer kam und du da im Wasser lagst und ich dachte, jetzt ist alles zu spät, sie ist tot, und du so *weiß* warst – abgesehen von den Blutergüssen … Und als du anfingst zu husten, war das … es war … das Beste, was ich je erlebt habe.« Er spielte verlegen mit dem Deckenzipfel.

»War es … besser als dein bestes Soufflé?«

»Ja, war es. Obwohl ich vor ein paar Wochen ein fantastisches Schokoladensoufflé gemacht habe. Wenn du willst, mache ich es für dich. Wenn es dir wieder besser geht.«

»Wirklich? Wirst du … wiederkommen?«

»Klar. Ich meine, wenn du willst.«

»Ja, ich will. Sehr sogar.«

»Gut. Und was muss jetzt noch geküsst werden?«

31

Um fünf vor elf standen Jimmy, Tony und Dominic in der Diele und bewunderten ihre schwarzen Anzüge. Ich stand vor dem Spiegel und rückte meinen Hut zurecht.

Jimmy tauchte hinter mir auf und küsste meinen Nacken. »Hübsche Beine, das Gesicht ist allerdings scheußlich.«

»Ich sehe immer noch aus wie Quasimodo, oder?«

»Dein Benehmen ist etwas besser. Nein, ehrlich, so schlimm ist es nicht.«

»Doch«, sagte Tony. »Sie hat sich den ganzen Morgen Schminke ins Gesicht geklatscht, schlimmer als eine eitle Tunte. Ich hätte beinahe den Gärtner um einen Spaten gebeten.« Er reichte mir ein Glas Sherry. »Na los, kipp das runter. Und setz um Himmels willen deine Sonnenbrille auf. Da draußen könnten kleine Kinder sein.«

»Oh, deine vielleicht?«

Des steckte den Kopf zur Tür herein. »Seid ihr fertig?«

»Besser wird's nicht.«

»Es sind alle da, also kommt.«

Ich habe die Kapelle nie so schön gesehen. Der Steinboden war weiß geschrubbt, die Bänke frisch poliert, man konnte sich in dem Messing spiegeln, und die Blumen waren spektakulär und hätten sogar Joans Maßstäben genügt. Es gab keinen einzigen leeren Platz. Das ganze Dorf war da, die Frauen vom Women's Institute und viele, viele Menschen, die ich vor zwanzig Jahren das letzte Mal gesehen hatte – mit mehr Falten im Gesicht und grauen Haaren, aber immer noch aufrecht und hübsch angezogen. Als ich mich umsah, dachte ich, das sind die Männer und Frauen, die den Krieg gewonnen haben, wie Joan und Des. Da musste ich beinahe weinen. Stattdessen sang ich, so laut ich konnte. Alle sangen, und das wirklich gut, und die Orgel klang besser denn je. Während wir »Ein feste Burg ist unser Gott« sangen, fing ich Des' Blick auf, und er lächelte mich schief an.

Als der Pfarrer anfing über Joan zu sprechen, was sie für die Gemeinde getan hatte, dass die anderen immer zuerst kamen, dachte ich daran, wie sie sich die Schuld für das gegeben hatte, was mit meiner Mutter geschehen war. Ich kann sie und meinen Vater für den Rest meines Lebens hassen, dachte ich, aber das bringt mir Mum auch nicht wieder. Als Des mich gefragt hatte, wie ich mir Mums Beerdigung wünschte, hatte ich gesagt, nur er und ich und der Pfarrer. Ich will keinen großen Rummel mit Blumen und Journalisten und Leuten, die Mum kaum kannten und von der schrecklichen Tragödie sprechen. Das hatte sie vor zwanzig Jahren bei ihrer Trauerfeier. Sie verdient etwas Würdevolles, das ist das Einzige, was ich noch für sie tun kann. Sie ist mir jetzt näher als je zuvor, aber es ist kein *neues* Gefühl. Nicht wie eine frische Wunde. Wahrscheinlich ist das nicht überraschend. Schließlich hatte ich zwanzig Jahre Zeit, mich daran zu gewöhnen, dass sie mir fehlt.

Ich schaute in all die alten Gesichter und dachte an den Rentner, der sich mühsam die Treppe in Maggie Hills Haus hochgeschleppt hatte. Vielleicht konnte ich etwas für ihn tun oder für Menschen wie ihn. Das klingt wie der heilige Paulus auf dem Weg nach Damaskus – der beschließt, von jetzt an ein besserer Mensch zu sein –, aber so war es eigentlich nicht. Ich hatte viel nachgedacht, während ich das Bett hüten musste. Die Polizei verhörte mich wegen Steven Moody, und Helen Bain ließ eine Wagenladung schwarzer Kleider aus London schicken, damit ich mir etwas für die Beerdigung aussuchen konnte, aber abgesehen davon lag ich nur da und dachte nach. Ich kann die Vergangenheit nicht einfach vergessen und wie im Film in die Zukunft segeln, doch wenigstens weiß ich jetzt, was geschehen ist. Und das weiß ich, weil Des und Maggie Hill und Joan da waren. Weil sie den Mut hatten, mir die Wahrheit zu sagen.

Es war glühend heiß, als wir auf den Friedhof kamen. Keine Wolke weit und breit. Nach der Beerdigung gingen wir zurück ins Haus zum Essen. Die Caterer hatten in der großen Halle ein Buffet aufgebaut, und die Menschen wanderten grüppchenweise nach draußen und setzten sich zum Essen auf den Rasen.

Des und ich standen mit unseren Getränken auf der Veranda und sahen ihnen eine Weile zu.

»Es ist schön, nicht wahr?«, sagte ich. »Wenn die schwarzen Kleider nicht wären, wüsste man gar nicht, dass es eine Beerdigung ist.«

Des tätschelte meine Schulter. »Ich bin sicher, dass es Joan gefallen würde. Hast du etwas gegessen?«

»Noch nicht. Ich habe keinen großen Hunger. Ich glaube, ich gehe noch mal auf den Friedhof. Kommst du mit?«

»Wenn du willst.«

Joans Grab war neben dem meines Vaters, wie ich es gewollt hatte. Wir stellten uns davor.

»Danke, dass du dich um alles gekümmert hast.«

»Das war Helen, nicht ich. Ich hab dir doch gesagt, wie effizient sie ist. Joan mochte dich sehr gerne, weißt du das? Wirklich, sehr gern.«

»Ich weiß. Sie hat mir einen Brief geschrieben.«

»Ich dachte mir schon so was.«

»Des, weißt du noch, als wir in der ›Fetten Henne‹ zum Essen waren? Und du gesagt hast, du würdest alles wieder gutmachen, wenn du könntest? Nun, Joan hat das auch gesagt. Deswegen hat sie mir den Brief geschrieben. Und ich bin froh. Dass sie es mir gesagt hat und dass du es mir gesagt hast. Ich kann mich nicht mein ganzes Leben lang selbst bemitleiden, den Dingen aus dem Weg gehen. Ich muss weitergehen und ... entschuldige, ich kann es nicht besonders gut erklären.«

»Klingt doch ganz gut. Einmal hat Joan etwas zu mir gesagt, als wir noch verheiratet waren. Ich glaube, es kam von ihrer Mutter – egal, sie sagte, man darf die Sonne nie über seiner Wut untergehen lassen. Und sie hatte Recht. Wir haben das beinahe vergessen. Aber du hast Glück, Dodie. Die meisten Menschen begreifen das erst, wenn sie so alt sind wie ich, und dann ist es zu spät.« Er lächelte. »Das ist das Schlimmste am Altwerden, weißt du? Alle sterben. Hör mal, egal, was Joan dir geschrieben hat, es bleibt unter euch, aber wenn du mich noch irgendetwas fragen willst, dann tu es. Und überleg es dir lieber schnell, bevor ich den Löffel abgebe.«

»Du kannst gar nicht sterben, du bist viel zu wichtig. Aber danke. Ich muss noch viel nachdenken, das weiß ich.«

»Nun, denk nicht zu viel. Ich glaube, da ruft jemand nach dir.«

Wir drehten uns um und sahen Jimmy am Tor stehen, ein

Glas Wein in der Hand. »Alle fragen, wo du bist. Ich hab was für dich. Soll ich es dir bringen?«

»Nein, ich komme.«

»Ab mit dir, mein Kind.« Des klopfte mir auf den Po.«Ich bleibe noch eine Weile.«

»Bist du sicher?«

»Sicher bin ich sicher. Nun geh schon.«

Ich gab ihm einen Kuss und ging durch die Gräber auf Jimmy zu.

Danksagung

Für ihre Ermutigungen, Ratschläge und Unterstützung danke ich Judith Amanthis, Harriet Brittain, Hugh Davis, Tim Donnelly, Ruth Gavin, der gesamten Belegschaft von Gregory & Radice, Nigel Osborne, Derek Rimmer, Selina Walker, meinen Eltern June und Williams Wilson und Jane Wood.